KB134486

定本 小說 師任堂

정본 소설 사임당

2017년 1월 5일 1판 1쇄 박음
2017년 1월 10일 1판 1쇄 펴냄

지은이 이순원
펴낸이 김철종 박정욱
책임편집 김성은
디자인 이찬미
마케팅 오영일
인쇄제작 정민문화사

펴낸곳 노란잠수함
출판등록 1983년 9월 30일 제1 - 128호
주소 110 - 310 서울시 종로구 삼일대로 453(경운동) KAFFE빌딩 2층
전화번호 02)701 - 6911 **팩스번호** 02)701 - 4449
전자우편 haneon@haneon.com **홈페이지** www.haneon.com

ISBN 978-89-5596-778-4 03810

이 도서의 국립중앙도서관 출판예정도서목록(CIP)은 서지정보유통지원시스템 홈페이지
(http://seoji.nl.go.kr)와 국가자료공동목록시스템(http://www.nl.go.kr/kolisnet)에서
이용하실 수 있습니다.(CIP제어번호: CIP2016029699)

정본
소설
사임당

定本 小說 師任堂

이순원

노란잠수함

정사를 바탕으로 이야기할수록
점점 더 소설 속의 인물이 되어 가는 사임당 이야기

　조선시대에 태어난 여성 가운데 신사임당처럼 태어나고 죽은 날이 확실하게 기록되어 있는 인물도 드물다. 사임당은 1504년 10월 29일 강릉 북평촌에서 태어나고 1551년 5월 17일 47세의 일기로 서울 삼청동에서 세상을 떠났다. 우리 나이로는 48세다.

　사임당뿐 아니라 사임당의 어머니 용인이씨도 태어난 날과 죽은 날, 중간중간 행적이 외손자인 율곡이 쓴 글 말고도 『조선왕조실록』과 『동국신속삼강행실도』 등에 기록되어 있다. 조선시대 여자의 삶에 모녀가 함께 이런 기록이 남아 있다는 것, 모녀가 함께 학문을 하였다는 것, 그리고 그 집안이 전통적으로 딸들에게 학문을 가르쳤다는 것, 어쩌면 이것이 사임당의 삶이 다른 여성들의 삶과 다른 점인지 모른다. 한글을 창제한 세종 임금조차 여자는 학문을 하지 않는 것이 당연하고 또 다행인 것으로 여기던 시대에 사임당은 과거시험을 보는 선비들이 공부하는 경전과 문학서와 역사서를 두루 공부하고 따로 서화의 세계를 익혔다.

오죽헌을 처음 지은 사임당의 외고조부 최치운에서부터 그의 아들 최응현과 그의 사위 이사온과 또 그의 사위 신명화(사임당의 아버지)에 이르기까지 4대에 걸친 오죽헌의 주인들 모두 다른 사대부들과는 달리 딸들에게 학문을 가르쳤다.

이렇게 생몰 연월일과 행적이 뚜렷하게 전해 오는 인물인데도 어떤 문헌에도 사임당의 이름은 기록되어 있지 않다. 조선시대 여성 가운데 본명이 뚜렷하게 전해져 내려오는 인물은 후대까지 통틀어도 허초희(허난설헌) 민자영(명성황후) 등 몇 명되지 않는다. 정난정과 장옥정은 중간에 붙여진 이름이지 그것이 본명이라 확신할 수 없다.

사임당이 세상을 떠난 다음 아들 율곡이 쓴 어머니의 행장에는 어머니의 이름을 그대로 적는 것을 피하여 '기휘'라고 하여 임금과 부모와 조상의 이름을 문자로 쓰거나 입으로 부르는 것을 불경하게 여겨) '자당의 휘는 모(某)로 신공의 둘째 딸'이라고만 적었다. 만약 어머니의 이름을 행장에 그대로 쓴다면 그것은 율곡이 유학자로서 오히려 어머니에게 불경을 저지르는 일이 되어 사임당에 대한 여러 기록 속에 정작 사임당의 이름이 전해지지 않은 것은 너무도 당연한 일이다.

그럼에도 현대의 많은 자료에 사임당의 본명이 신인선(申仁善)으로 나와 있는 것이야말로 한 편의 역사 코미디와 같은 일이다. 1990년대에 출간된 어떤 동화에 사임당의 어린 시절 이름을 '인선'이라고 쓴 다음부터 연이어 나온 문학작품 속에 작가들이 혼돈을 피하기 위하여 그 이름을 그대로 사용하였고, 그러자 그것이 실제 이름인 것처럼 여기저기 자료에 인용되었다.

학술적으로 잘못된 인용이 인용에 인용을 거듭하다 보니 이후 어떤 백과사전에까지 사임당의 이름이 신인선(申仁善)으로 등재되어 일반인은 물론 텔레비전과 인터넷에 한국사를 강의하고 여러 권의 역사 베스트셀러를 쓴 저자까지도 거기에 나와 있는 문헌적 오류를 정답처럼 그냥 그대로 베껴 방송하고 강의한다. 사임당의 이름을 '신인선'으로 쓰는 일은 오직 문학에서만 가능하고 또 무방하다. 학문에서 그것은 명백한 오류이기 때문이다. 이 오류를 단순한 실수로 볼 수도 없는 것이 역사학자로서 조선시대 충효사상의 기본과 같은 기휘 풍습조차 모르고 있었다는 뜻이 되기 때문이다.

사임당은 일곱이나 되는 자식을 서당에 보내지 않고 자신이 가르쳤다. 큰아들과 둘째 아들이 한창 서당에 다닐 나이에 서당이 있을 턱이 없는 평창의 작은 마을에 살기도 했다. 스스로 자식을 가르칠 수 있기 때문이었다. 일찍이, 그리고 이후에도 조선시대에 이런 여성은 단 한 사람도 없었다. 율곡도 학문에서 자기의 스승은 어머니뿐이라고 말했다. 큰딸 매창은 어머니를 닮은 모습 그대로 서화에 일가를 이루었다. 막내아들 이우는 시·서·화·금(거문고)의 사절로 불릴 만큼 자식들마다 저마다의 소질을 이끌어 내었다.

그러나 사임당은 우리 나이로 48세에 세상을 떠날 때까지 그가 그토록 뒷바라지한 남편은 과거시험 소과 초시에도 오르지 못했다. 남편의 당숙 둘은 영의정과 좌의정을 지냈고, 한 집안에서 은근히 라이벌로 여겨지던 남편의 사촌 하나는 이조판서를 지냈다. 남편은 이들에게서 일 년에도 몇 교대로 돌아가는 계절직처럼 '아나, 이거나 받아라' 하는 무관직의 품계 낮은 체아직을 얻고 또 쉰이 넘어서 영의정 당숙의 덕으로 국가에서 녹봉도 주지 않는 무록관직의 수운판관 벼슬을 얻었다.

세상을 떠나기 전 일곱 자식 가운데 혼기에 이른 자식이 넷이었는데 혼례를 치른 자식은 제일 큰딸뿐이었다. 28살의 큰아들은 어릴 때부터 부증을 앓았고, 어머니가 죽은 다음 32살에 결혼했다. 아직 어느 아들도 대과는 고사하고 예비시험 격인 소과에도 오르지 못했다. 셋째 아들 율곡이 13살 때 처음 과장에 나가 치른 진사시험 초시에서 장원을 한 것이 살아생전 자식이 학문으로 보여 준 결실의 전부였다. 그것마저 없었다면 사임당은 어떻게 눈을 감았을지 모를 일이다.

그런데도 다들 사임당이야말로 자식들의 성공을 다 지켜 본 듯 여한이 없는 삶처럼, 또 자식교육에 성공한 삶처럼 여긴다. 율곡과 같은 훌륭한 인물을 아들로 두었다는 이유만으로 다들 그렇게 생각하는 것이다. 눈을 감을 때 열여섯 살짜리 아들이 앞으로 어떻게 성장할 줄 알고 미리 자식교육에 성공한 부모처럼 말할 수 있겠는가. 우리가 어려서부터 그렇게 배워 왔던 것이다.

애초에 사임당은 자신의 시대에는 여성 예술가로 평가되었다. 특히나 산수도에서 조선 전기의 최고 화가인 안견 다음가는 화가로 평가 받았다. 율곡의 어머니로 그렇게 평가 받은 것이 아니라 과거시험 소과 초시에도 오르지 못한 '선비 이난수의 처'로 그런 평가를 받았다.

그러던 것이 네 차례의 전란을 거친 다음 백 년 후 이 땅의 가부장제가 강화되면서 서인 정치가들에 의해 집 밖으로 나가야 산수화를 그릴 수 있는 화가로서의 자리는 의도적으로 무시되고 율곡과 같은 대유학자를 낳은 오로지 현숙한 부인으로만 이미지 메이킹이 되었다.

나라의 사정이 위급한 구한말과 일제강점기에는 또 그 시대마다 모든 여성이 본받아야 할 군국의 어머니로, 해방 후 독재시절엔 세상에 어떠한 토도 달지 않는 유순한 자식들을 길러 내며 남편과 자식의 뒷바라지에 온 정성을 다하는 현모양처로, 그리고 입시지옥 속에서는 하루 스물네 시간이 부족한 교육의 어머니로 변해 왔다. 그러다 보니 화장품과 막걸리와 학원과 의류 패션에 이르기까지 불법도박장과 유흥업소 말고는 사임당의 이름이 안 붙은 곳이 없는 시대가 되어버렸다.

이것은 그냥 하나의 예에 불과하다. 다들 허술하게 쓰지야 않았겠지만 '신인선'이라는 이름에서 보듯 여기 저기 잘못된 자료를 그대로 인용하다 보니 자료라고 베껴 쓰고 인용한 부분들까지 오류투성이가 되고 말았다. 또 한쪽으로는 남녀가 일곱 살만 되면 같은 자리에 앉지도 않고 한 우물의 물도 마시지 않고, 특히나 열 살이 넘으면 여자는 마당 밖으로 나갈 수도 없던 시절을 배경으로 너무도 당연하게 사임당의 자유연애 이야기를 하고 사랑 이야기를 그려야 그게 문학이고 예술의 요건인 양 포장되어 왔다.

그러다 보니 대한민국 국민 가운데 사임당의 이름과 존재에 대해 기본적으로 모르는 사람은 없는데, 그가 살아온 시대적 배경과 삶에 제대로 알고 있는 사람도 거의 없는 실정이 되고 말았다. 그것은 그동안 사임당의 삶이 시대마다 어떤 목적성을 가지고만 그려졌지 그 인물의 삶을 사실에 기초하여 제대로 그려내지 못했다는 뜻이기도 하다.

아홉 살 때 시오리 들길을 걸어 오래전 퇴락한 어느 양반집 같은 오죽헌에 처음 소풍을 갔던 산골 소년이 스무 살 청년이 되어 다시 갔을 때 그곳 오죽헌은 정말 대궐만한 크기의 성역으로 변해 있었다. 그 십 년 사이에는 또 어떤 변화들이 있었던 것일까.

이제까지 내용과 자료는 오류투성이인 가운데 그냥 대한민국 교육 이데올로기처럼 예로부터 겨레의 어머니로 무조건 훌륭하고 존경할 어머니여야 하는, 묻지도 따지지도 말고 무조건 현모양처로 정답이 정해져 있어야 하는 사임당의 삶에 대해 역사적으로, 또 문헌적으로 가장 정확하고 바른 모습을 그려 내고 싶었다. 그래서 그것들이 오히려 이제까지 제대로 밝혀지지 않은 사임당의 삶에 대해 새로운 역사적

사실을 말하는 책을 쓰고자 했다. 그래서 실제의 모습을 복원해 내듯 그 시절 사임당의 삶과 생각을 사실과 가장 가깝게 그려내고 싶었다.

아홉 살 때 처음 오죽헌에 소풍을 가서 사임당을 만났던 소년이 이제 반백의 머리로 사임당의 삶을 다시 조명하고, 그것을 세상에 내놓는다.

2017 정유(丁酉) 새해를 맞으며 이순원

오죽헌 주인 가계도

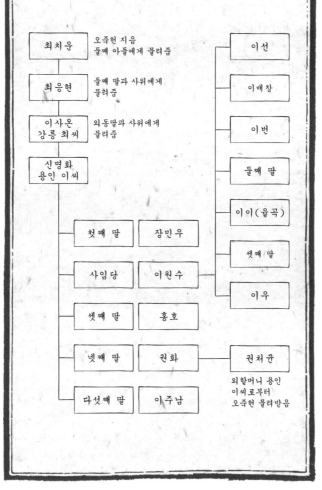

최치운
오죽헌 지음
둘째 아들에게 물려줌

최응현
둘째 딸과 사위에게
물려줌

이사온
강릉 최씨
외동딸과 사위에게
물려줌

신명화
용인 이씨

첫째 딸 — 장민우

사임당 — 이원수

셋째 딸 — 홍호

넷째 딸 — 권화 — 권처균

다섯째 딸 — 이주남

이선

이매창

이번

둘째 딸

이이(율곡)

셋째 딸

이우

외할머니 용인
이씨로부터
오죽헌 물려받음

「수박과 들쥐」, 신사임당, 종이에 채색, 34.0×28.3cm, 국립중앙박물관 소장

「가지와 방아깨비」, 신사임당, 종이에 채색, 34.0×28.3cm, 국립중앙박물관 소장

늙으신 어머니를 임영에 두고
외로이 서울을 가는 이 마음
돌아보니 북평촌은 아득도 한데
흰 구름만 저문 산을 날아 내리네

신사임당의 「유대관령망친정(踰大關嶺望親庭)」

「오이와 개구리」, 신사임당, 종이에 채색, 34.0×28.3cm, 국립중앙박물관 소장

「양귀비와 도마뱀」, 신사임당, 종이에 채색, 34.0×28.3cm, 국립중앙박물관 소장

한송정 가에는 외로이 뜬 달
경포대 앞에는 한줄기 바람
갈매기는 모래 위에 헤락 모이락
고깃배는 바다 위로 오고 가리니

신사임당의 「사친(思親)」 중에서

「추규와 개구리」, 신사임당, 종이에 채색, 34.0×28.3cm, 국립중앙박물관 소장

언제나 강릉길 다시 밟아 가
색동옷 입고 앉아 바느질할꼬

신사임당의 「사친(思親)」 중에서

「맨드라미와 쇠똥벌레」, 신사임당, 종이에 채색, 34.0×28.3cm, 국립중앙박물관 소장

「여뀌와 검은 잠자리」, 신사임당, 종이에 채색, 34.0×28.3cm, 국립중앙박물관 소장

「원추리와 매미」, 신사임당, 종이에 채색, 34.0×28.3cm, 국립중앙박물관 소장

밤마다 달을 보고 비노니
살아생전 만나 뵐 수 있도록 하소서

율곡이 쓴 「선비행장」에 실려 있는 사임당의 오언시 낙구

「갈대와 물새」, 신사임당, 종이에 수묵, 20.2×14.5cm, 강릉시오죽헌시립박물관 소장

「참새와 대나무」, 이매창, 종이에 수묵, 34.7×27.1cm, 강릉시오죽헌시립박물관 소장

「달과 기러기」, 이매창, 종이에 수묵, 34.8×30.0cm, 강릉시오죽헌시립박물관 소장

「참새」, 이매창, 종이에 수묵, 34.8×30.0cm, 강릉시오죽헌시립박물관 소장

돌아가는 이는 거룻배 타고
달빛 속에 강마을 지나가네

신사임당의 초서 중 유장경이 지은
「동려로 돌아가는 사람을 보내며」 중에서

「설경과 새」, 이매창, 종이에 수묵, 34.7×30.0cm, 강릉시오죽헌시립박물관 소장

「달과 매화」, 이매창, 종이에 수묵, 36.1×25.2cm, 강릉시오죽헌시립박물관 소장

「게」, 이우, 종이에 수묵, 36.8×25.6cm, 강릉시오죽헌시립박물관 소장

내 집이 어느 곳에 있냐고요
저 산 밑 물가에 사립문 닫은 집
이따금 모랫길에 구름이 덮여
사립문은 안 보이고 구름만 보이지요

이우의 「누가 내 집을 묻기에 시로써 답하다」

「묵죽」, 이우, 종이에 수묵, 36.9×22.4cm, 강릉시오죽헌시립박물관 소장

차례

삼가 말씀드립니다

시생의 이름은 우.

어릴 때의 이름은 위. '후'라고 짧게 부른 적도 있습니다.

본관은 덕수, 자는 계헌, 호는 옥산이며 아버지 사헌부 감찰 이원수 공과 어머니 사임당의 막내 자식으로 태어났습니다. 위로 형님 세 분과 누님 세 분이 계십니다. 이 분들 가운데 저와 큰형님을 빼곤 모두 강릉 북평촌 검은 대숲집에서 나고, 저는 서울 수진방(지금의 청진동)에서 났습니다.

태어난 해는 당시에 쓰던 명나라 연호로 가정 21년이고,

아직 들어오지 않은 서력으로는 1542년, 임진왜란이 일어나기 꼭 50년 전의 일입니다. 그때 아버지는 마흔두 살이었고, 어머니는 서른아홉 살이었습니다. 아버지와 어머니는 큰형님에서 저까지 일곱 자식을 낳은 순서도 어느 한쪽 기우지 않고 아들과 딸을 번갈아 낳았습니다.

자식 가운데 다섯째인 율곡 형님은 이미 당대에 중국에까지, 그리고 어머니는 돌아가신 다음 후대에 세상의 어머니로 이름을 얻으셨지만 내 학문과 삶은 위의 두 형님과 마찬가지로 그다지 빼어나지 못했습니다. 후일 작은 사임당이라고 불렸던 매창 누님이 어린 시절 그랬던 것처럼 막내인 저도 어머니로부터 시와 글씨와 그림에 대한 미감을 조금 더 도탑게 지도받고, 어머니가 생전에 듣기 좋아하셨던 거문고를 어린 날 누구에게 조금 배운 것을 바탕으로 성년이 되어서도 계속 그것을 가까이 하는 동안 저절로 터득하게 되는 소리의 문리처럼 스스로 깨쳤을 뿐입니다. 사람들로부터 시·서·화·금의 사절로 어쭙잖게 불리기도 했지만, 사실 그만큼의 소양을 이룬 것도 어린 시절 어머니의 가르침 덕이 크나, 송구하게도 어느 분야에서도 어머니의 기대만큼 우뚝 서지는 못했습니다.

관직도 스물여섯 살에 진사시에 입격하여 나라를 세우신

태조 임금의 영정이 봉안되어 있는 경기전 참봉으로 첫 임명을 받았으나 전주에 있는 임지까지 가솔을 끌고 갈 형편이 여의치 않아 나가지 못했고, 그 후 봄과 여름에 얼음을 넣어 두고 보관하는, 나라로부터 아무 녹봉도 받지 않는 무록관직의 빙고별좌를 거쳐 사복시 주부, 비안현감, 전란 중에 괴산군수와 고부군수, 그리고 예순여덟 살이 되던 해 군수품의 저장과 출납을 맡아보는 군자감정의 부름을 받았으나 이해에 제 명도 다하였습니다. 부모님과 다른 형제에 비하여 오래는 살았어도 관록으로는 그다지 이룬 것이 없는 삶이었습니다.

그래도 제 삶에 두 가지 위로가 되는 일이 있다면 하나는 눈은 높고 기예는 둔한 저에게 딸을 주신 조선 초서의 성인 고산 황기로 선생께서 제 글씨에 대해 '곱게 쓰는 것은 나만 못하나 웅건하기는 나보다 낫다'고 하신 격려의 말씀과 또 하나는 경상도 비안현감으로 있을 때 어떤 신문에도 형장(죄인을 신문할 때 쓰는 몽둥이)을 사용하지 않아 임기가 찼을 때 비안 사람들이 다음 임지로 떠나지 못하게 앞을 막으며 유임을 청해 7년간 더 그곳에 머물렀던 일입니다.

후일 사람들은 이 일로 저의 어짊이 사임당의 자식답고, 율곡의 아우답다고 했지만, 가진 재주와 오른 벼슬은 보잘 것 없어도 애초 막내자식의 그릇이 그리 크지 않음을 누구보다 잘 아셨던 어머니께서 하늘에서 보시고 두 일 다 조금이라도 위안처럼 여기지 않으셨을까 바랄 뿐입니다.

어머니는 제가 열 살 때 세상을 떠나셨습니다. 아무리 어려도 그때의 일을 생각하는 것만으로도 형님과 누님들의 뒤를 이어 한 어머니의 배를 아프게 하고 세상에 나온 같은 자식으로 마음이 미어지고 죄송할 따름입니다. 그때 큰형님은 스물여덟, 아래로 스물셋, 스물하나, 열여덟, 열여섯, 열세 살된 누님과 형님들이 있었습니다. 큰형님과 둘째 형님은 과거 시험이 있을 때마다 빠지지 않고 과장에 나갔지만 아직 생원진사과에 오르지 못했습니다.

후대의 사람들은 전대의 뛰어난 인물들의 이야기만 듣다 보니 생원과나 진사과는 어느 정도 글공부를 한 선비라면 이십대 초반쯤에 당연히 통과해야 할 관문처럼 여기는데 과거의 첫 관문 같은 이 시험에 오르기가 그리 만만치 않습니다. 사십이 넘어 생원진사과에 오르는 일도 한 집안의 영광처럼 대단하고, 당장 초시 과장에만 나가봐도 평생 먹만 갈며 살아온 육칠십 된 노인들도 많이 와 있고 더러 팔십이 넘은 어르신들도 자리를 펴고 있습니다.

중국에서 건너온 속담이긴 하지만, 삼십에 명경급제를 해도 늦은 감이 있고 오십에 진사급제를 해도 빠른 감이 있다는 말처럼 스물한 살의 둘째 형님이야 아직 그렇다 해도 스물여덟 살의 큰형님이 생원진사과에 오르지 못한 것이 선비로 부끄러움이나 늦됨은 아닙니다.

어머니가 돌아가실 때 일곱 자식 중 나이 찬 자식이 넷이었는데 혼례를 올린 자식은 매창 누님뿐이었습니다. 큰형님은 어릴 때부터 수시로 몸이 붓는 부증을 앓아 아버지 어머니도 혼례보다 그것이 늘 더 큰 걱정이었습니다. 형님의 혼인이 늦어진 것도 그래서였고, 큰누님 말고는 아래 자식들의 혼인이 늦어진 것도 그래서였습니다. 큰형님은 어머니가 돌아가신 다음 4년이 지나 서른두 살에야 열세 살 아래의 형수를 맞이했습니다. 그 점에서는 우리 자식들 모두 두루 어머니께 불효하였던 것입니다.

아버지가 돌아가신 것은 어머니가 돌아가신 다음 10년 후 제가 스무 살이 되던 해의 일입니다. 그때 큰형님은 서른여덟, 둘째 형님은 서른하나, 셋째 형님은 스물여섯 살이었지만, 이제 막 약관의 나이가 된 저까지 네 아들 가운데 어느 자식도 공부만 할 뿐 아직 관직에 나서지 못했습니다. 다만 셋째 형님이 스물한 살 때 진사과 복시에 장원을 했으며, 스물세 살 때 한양에서 치른 별시에 또 한 번 장원을 했습니다.

이렇듯 셋째 형님 말고는 형제들 모두 부모님 살아 계실 적에 자식으로 학문으로나 벼슬길의 관직으로나 무얼 하나 이루어 보여 드린 게 없는 것이 특히나 어머니를 생각할 때마다 마음이 아픕니다. 그런데도 우리 자식들은 부모님으로부터 많은 것을 받았습니다. 아래로 베풀어 주신 사랑의 가르침이야 더 말할 것도 없지만, 실질적으로 물려받은 재물도 적지 않습니다.

그 이야기로부터 어머니의 생애와 저희의 어린 시절을 이야기하고자 합니다.

어머니가 돌아가신 지 15년이 지나고, 아버지가 돌아가신 지 5년이 되던 해 오월 스무날, 우리 동복 칠 남매는 서울에 있는 셋째 형님 집에 모여 부모님께서 남기신 재산을 나누고 거기에 대한 문기를 남겼습니다. 예전에 우리가 어머니와 함께 살았던 삼청동 집에서였습니다. 그 집은 사연도 많아 어머니가 돌아가신 다음엔 아버지와 서모가 사셨고, 아버지가 돌아가신 다음엔 큰형님이 자식 없이 혼자 된 서모를 파주 형님 댁으로 모셔가고, 우리 형제들은 부모님 산소 아래 여막을 짓고 삼 년 시묘를 살았습니다.

그런 다음 삼청동 집에는 그해 새로 응시한 진사시 초시 장원과 생원시 초시·복시에 장원을 한 다음 연이어 대과의 초시·복시·전시에 삼장장원을 하여 예전의 것까지 합쳐 전체 '구도장원공'이라는 별호를 얻으며 벼슬길에 나선 셋째 형님이 살고 있었습니다. 그 전까지는 셋째 형님도 파주에 함께 살았는데 벼슬길에 나서며 서울 옛집으로 이사를 나갔던 것입니다.

그날 우리 남매들이 부모님이 남긴 재산을 나누기 위해 일부러 모인 것은 아닙니다. 바로 사흘 전 오월 열이렛날이 어머니의 제사였고, 그 제사를 셋째 형이 지낼 차례가 되어 (이때까지는 그때의 예법에 따라 집안의 모든 제사를 칠 남매가 아들딸 구분 없이 돌아가며 지냄) 멀리 떨어져 사는 형제자매들이 예전에 어머니와 함께 살던 집에 모두 모였습니다.

큰형님 둘째 형님과 함께 파주에서 서울로 나가다가 보니 길옆에 베어만 놓고 미처 태질을 할 사이 없이 비가 내려 탈곡하지 못한 보리와 밀이 밭에서 싹이 나고 있었습니다. 이미 장마가 시작되어 어머니 제삿날에도 비가 질금거렸고, 우리 남매들이 문기를 작성하던 날에도 하루 종일 오락가락 비가 내렸습니다. 그런 풍경 속에 예전 어머니와 함께 살던 집에서 어머니를 생각하니 다들 마음이 울적해졌습니다.

보통 화회문기는 부모 삼년상을 치른 다음 의논하는 게 관례인데 아버님이 돌아가신 다음 5년이나 시간이 흐른 것도 해마다 어느 자식 집에서 제사를 지내든 부모님 제사 때

모인 형제자매들의 마음이 처음과 다르지 않은 때문이었습니다. 특히나 어머니 제사 때는 더 그랬습니다. 형제자매들이 다 모여 반가우면서도 한편으로는 자식들의 이렇다 할 성장을 보시지 못하고 돌아가신 어머니 생각에 모두 죄송하고 숙연한 마음이었습니다. 그래도 칠 남매가 이렇게 다 모이기가 쉽지 않은 일이고, 제사를 지내는 방식도 점차 바뀌어가 우리 남매도 새로 제사를 지내는 방식에 대해 정리하고 그동안 미뤄 왔던 하회문기를 작성했습니다.

아래 문기가 다소 생소하더라도 잘 살펴보시기 바랍니다. 후일 나라의 보물 제477호로 지정된 '이이 남매 화회문기(일명 율곡 선생 남매 분재기)'의 내용입니다.

아래와 같습니다.

가정 45년(1566년) 병인 5월 20일

동복이 모여 동의하고 다음과 같이 정한다.

부모님이 남긴 전답과 노비를 나누는 것이므로 누락된 노비를 알리는 사람에게는 먼저 노비 1구[1]를 준 뒤 형제자매 순으로 경국대전에 정해진 바대로 시행한다. 거행해야 할

---

1 당시 노비를 세는 단위는 1명이나 1인이 아닌, 한 개의 입이라는 뜻으로 입 구(口)자를 썼다. 소와 말과 같은 집짐승을 생구라고 부르던 것과 크게 다르지 않다.

제사에 관한 일을 먼저 의논하여 몫을 마련한 다음 아래와
같이 입안한다.

- 형제 중에 한 명을 유사로 하고, 모든 제사를 맏아들과
  유사가 함께 의논하여 봉행하되, 만약 맏아들 집에 그러
  지 못할 일이 생기면 유사의 집에서 제사를 지낸다.

- 모든 제사를 돌아가며 지내지 말고 이제는 모두 맏아들
  집에서 지내되, 매년 자손들이 각각 쌀을 내어 제사를
  돕는다. 아버지 어머니 제사엔 10말, 할아버지 할머니
  제사에는 5말, 증조할아버지 증조할머니 제사에는 형제
  들과 시집간 딸들 모두 2말을 낸다.

- 제사를 받드는 데 쓰는 전답의 소출과 노비의 신공과 형
  제자매들이 제사를 돕기 위해 낸 쌀 등을 맏아들과 유사
  가 함께 살피고 수합하여 맏아들의 집이나 유사의 집에
  저장하고 꼭 제사에만 사용한다.

- 제사를 받들기 위한 봉사조: 파주 율곡원리에 있는 기와
  집 한 채, 파주 율곡원리와 두문리에 있는 논 15마지기.[2]
  이천에 있는 밭 7복.[3] 노비 3구.

- 산소를 돌보는데 쓰는 묘전: 율곡원리에 있는 논 8마지

---

2 1마지기는 볍씨 한 말을 부어 모를 낼 수 있는 땅이다.

3 1복이 탈곡한 낟알 한 짐이므로 7복은 탈곡한 낟알 일곱 짐이 수확되는 밭이다.

기. 두문리에 있는 논 7마지기 외 밭.

- 산소 묘지기: 파주 가까이 있는 노비 5구.

- 자식들과 서모의 몫

  큰아들 생원 이선: 논 15마지기와 소가 하루를 갈아야 하는 텃밭과 노비 16구.

  큰딸(병절교위 조대남의 처): 논 10마지기와 밭과 노비 16구.

  둘째 아들 유학 이번: 논 8마지기와 반나절갈이 밭과 노비 16구.

  둘째 딸(충의위 윤섭의 처): 논 8마지기와 밭과 노비 15구.

  셋째 아들 이조좌랑 이이: 논 8마지기와 밭과 노비 15구.

  셋째 딸(고 학생 홍천우의 처 이씨): 논 12마지기와 밭과 노비 15구.

  넷째 아들 유학 이위: 논 12마지기와 밭과 노비 15구.

  서모 권씨: 논 12마지기와 밭과 노비 3구.

문기에서 보듯 우리 남매가 받들어야 할 제사에 관한 일을 의논해 봉사조와 묘전, 묘지기에 대한 몫을 먼저 정해놓았습니다. 모든 제사를 칠 남매가 돌아가며 지낼 때에는 누가 더하고 덜하는 것 없이 그 자체로 공평하기 때문에 따로 봉사조를 정해놓지 않아도 되었는데 이제 큰형님 댁 한 곳에서만 지내기 때문에 제사를 지내는데 필요한 봉사조가 필요해졌습니다.

부모님이 남긴 재산 가운데 노비만 119구였습니다. 이 가운데는 25년 전 어머니가 외할머니로부터 받은 노비들도(처음 받을 때는 32구였으나 그 사이 조금 늘어 35구) 포함되어 있었으나 파주에 할아버지에서 아버지에게로 물려 내려온 노비가 훨씬 더 많았습니다. 아버지 쪽의 가세가 어머니 쪽의 가세보다 약하지 않다는 뜻입니다. 전체 재산을 나누는 방식은 경국대전에 정해진 바에 따라 칠 남매가 똑같이 나눈 다음 제사를 받드는 큰형님에 대해서는 형님 몫의 5분의 1을 더하고, 일찍 남편이 돌아간 셋째 누님과 아직 아무 생산 없이 과거 공부에 전념해야 할 저에게 다른 형제들이 전답을 조금 더 얹어주었습니다. 그리고 서모의 몫도 따로 정해 넣었습니다.

아버지와 서모 사이에는 따로 자식이 없었습니다. 만약 있었다면 서모의 신분이 양인이니까(후대에 전해진 얘기로는 서모가 술 잘 먹고 성질 고약한 주막집 주모라는 말도 있으나 이거야말로 후대에 만들어진 말일 뿐 전혀 그렇지 않습니다. 이 점도 차차 얘기하겠지만) 우리가 각자 받은 몫의 7분의 1을 주었을 것이고, 만약 서모가 천민 출신으로 얼자를 두었다면 우리 몫의

10분의 1을 아들딸 구별 없이 주었을 것입니다. 인정이 아니라 그렇게 주어야 하는 게 대전에 정해져 있는 바입니다.

문기의 필집은 남매의 맏이인 큰형님이 하고, 아들들은 큰형님이 차례로 적은 자기의 신분과 이름 아래 수결하고, 누님들은 누님 대신 매부들이 수결하고, 매부가 일찍 세상을 떠나 '고 학생 홍천우의 처'라고 적은 셋째 누님만 '이씨'라고 본인이 수결했습니다. 문기 앞머리에 쓴 유사는 아무래도 큰형님과 가까운 곳에 사는 둘째 형님이 맡기로 했습니다. 그래야 서로 오가며 제사에 대해 의논하기도 편하고 형제들이 모은 쌀과 노비의 신공을 분별하고 수합하기도 편할 것입니다.

연치 여든일곱이신 강릉 외할머니도 아직 건강하게 살아 계시는데 어머니도 그때까지 살아 계셨더라면 얼마나 좋았을까요. 그랬다면 이태 전 환갑을 지낸 어머니는 마흔이 넘어서이지만 부증을 앓고 있는 가운데서도 생원시에 당당히 입격한 큰형님의 장한 모습도 보고, 대과의 삼장장원 급제 후 조정 관직 가운데서도 핵심이며 꽃과도 같은 이조전랑[4]으

---

4 조선시대 6조 중 이조의 정5품 정랑과 정6품 좌랑을 합쳐 부르는 말이다. 조선시대에는 관원을 선발하는 모든 권한이 이조에 속했다. 대신 이조의 권한이 너무 막강해짐을 염려하여 3사(사간원·사헌부·홍문관) 관원의 선발권은 이조판서에게 주지

로 지명 임명된 셋째 형님의 늠름한 모습도 보셨을 겁니다. 둘째 형님과 저는 아직 생원진사시에 오르기 전이어서 유학(幼學)이라고 적었고, 내 이름을 '위'라고 적은 것은 필집을 맡은 큰형님이 그냥 습관처럼 예전에 부르던 어린 시절 이름을 쓴 때문입니다.

재산 분배에 대한 칠 남매의 화회가 끝난 다음 다시 질금거리는 빗속에 파주 집으로 돌아오며 저는 26년 전 강릉 북평촌 외가에서 외할머니가 슬하의 다섯 자매를 모아놓고 그날 우리가 입안한 화회문기와 비슷한 방식으로 작성한 분깃문기[5]를 떠올렸습니다. 제가 세상에 태어나기 한 해 전의 일이라 저의 존재는 아직 어머니 태중에조차 없었을 때의 일인데도 저는 그 모든 광경을 제 눈으로 지켜본 것처럼 눈앞

않고 오로지 정랑과 좌랑에게 맡겼다. 품계는 높지 않지만 외풍에 흔들리지 않는 독립적이고 독특한 인사방식으로 조정 각 부서 당하관의 천거, 언론기관인 삼사의 관리 임명, 재야인사의 추천, 후임 전랑의 지명권을 가지고 있어 권한이 매우 강했다. 전랑은 인사의 독립성을 위해 중죄가 아니면 탄죄받지 않았고, 이 자리를 거친 후에는 실질적으로 참판·판서·정승으로의 승진이 보장되어 있었다. 특히나 인사권과 언론권이 전랑에 집중되어 전랑을 누가 차지하느냐에 따라 권력의 향배가 결정되었다. 1575년(선조 8년) 심의겸과 김효원의 대립으로 동서분당이 일어나게 된 것도 전랑직 후임 임명이 계기가 되었다.

5 앞서 화회문기는 재물의 주인인 부모가 사망한 뒤에 형제자매가 모여 재산을 나누는 문서이고(대개 부모 삼년상을 마친 뒤), 분깃문기는 재물의 주인이 살아 있을 때 자녀들에게 재산을 나누어 주는 문서이다.

에 떠올릴 수 있었습니다. 시공을 넘어 제가 거기에 있었던 듯 그 방에 모여 앉은 모든 사람들의 얼굴과 말소리와 숨소리와 외할머니가 분별하는 대로 그것을 적어 나가는 필집의 붓 흐르는 소리까지 그 모든 것이 제 눈과 제 가슴 안에 들어왔습니다.

아, 그리고 26년 전 외할머니의 분깃문기를 얘기하기에 앞서 한 가지 오해가 없도록 먼저 말씀드려야 할 것이 있습니다. 제가 어머니와 관계된 다른 많은 일 가운데 가장 먼저 우리 남매의 화회문기에 대해 말씀드리는 것에 대해서입니다. 물론 그 사람들도 좋은 뜻으로 그랬겠지만, 후세의 사람들이 어머니와 형님의 모습을 어려운 환경 속의 반듯함과 청빈함으로 받들다 보니 때로는 이것이 지나쳐 오히려 과공이 실제를 왜곡함이 너무 많아서입니다.

예를 든다면 후일 셋째 형님이 세상을 떠났을 때의 일입니다. 상께서 너무도 애통해 우는 소리가 궐 밖까지 들리고 예를 다해 장례를 치르라고 하교하였습니다. 설사 그런 하교가 없더라도 한 나라 재상의 장례엔 그의 가세와 관계없이 나라에서 거기에 대해 충분한 기물이 나옵니다. 그런데도 형님의 살림살이가 너무도 가난해 준비해 놓은 수의조차 없어 친구의 것을 빌려 썼다는 말 같지도 않은 말이 만들어지고,

더러는 마치 자신이 그런 광경을 보기라도 한 것처럼 '선생이 운명한 뒤 집에는 한 섬의 곡식이 쌓여 있지 않았고, 서울에 집이 없는 처자들이 의지할 데가 없어 여기저기 옮겨 살며 추위와 굶주림을 면치 못했다'는 기록을 남기기도 했습니다. 어떻게 수의조차 없이 가난한 재상의 장례를 63일 동안 전국에서 모여드는 조문객을 받아 가며 치를 수 있겠습니까. 꼭 그런 식으로 말해야지만 어머니와 형님의 청빈함이 빛나는 건 아닐 것입니다.

만약 위의 일들이 사실이라면 형님이 살아 계실 때 여러 형제들 가운데 특히나 둘 사이가 남달라 어느 자리에서나 형님으로부터 아우라는 말보다 지기라는 말을 늘 듣던 제가, 또 돌아가실 때는 옆에서 병석을 지키며 형님의 마지막 충정이며 유언과도 같은 「육조방략」[6]을 눈물로 받아 적었던 제가 형님이 돌아가신 다음 태도를 바꾸어 저는 여러 고을의 현감과 군수를 지내며 제 가솔을 입히고 먹이면서 형님의 가솔은 저 지경이 되도록 외면했다는 뜻이 될 것입니다. 그런 비난을 면하자는 게 아닙니다. 그것은 저에게도 큰 잘못

---

6 율곡이 죽기 이틀 전 서익이 북로 순무의 어명을 받았다는 말을 듣고 그에게 북방 경비의 방략을 알려 주고자 자리에서 일어나 자신의 병조판서 시절의 생각들을 정리해 아우 이우에게 6개 조항을 불러 주어 받아 적게 했다. 그중엔 왕의 인덕을 선양하고, 배반한 오랑캐를 제압하며, 사신들이 오가는 길의 비용을 줄여 주변 백성들의 부담을 덜어줄 것 등이 포함되어 있다.

과 욕이 되는 말이기도 하지만, 그보다 억지 청빈에 대한 후대 사람들의 이런 과공의 말들을 바로 잡지 않으면 앞으로 제가 하는 얘기들이 어머니의 얘기도 형님의 얘기도 여기저기 부딪쳐 앞으로 바로 나갈 수 없기 때문입니다.

물론 형님도 젊은 시절 평생의 친구로 결의한 우계 성혼 선생에게 '우리 집안은 대대로 살아가는 데 필요한 사업이 없고, 선비와 서민의 생업이 달라 다른 일을 억지로 행할 수 없기에 가난을 면하고자 녹을 구하는 것이 성인의 바른 길이라 생각하지 않지만, 과거를 보는 한 가지 길로 나서고 있다'고 편지를 쓴 적이 있습니다. 그러나 그것은 대대로 아무 일도 하지 않고 먹고 살만큼 쌓아 둔 재물이 없다는 것이지 저토록이나 적빈의 가난을 이야기한 것은 아닙니다.

훗날 사람들이 만들어 낸 형님의 적빈 얘기는 고래로 영웅은 적수공권으로 자수성가를 해야 하고, 선비는 살아서도 죽어서도 끼니를 걱정할 정도의 적빈 속에 청백해야 후대의 귀감과 존경이 따른다는 공식 속에 만들어진 말들이 아닐까 싶습니다.

세상을 아래로 두루 살피는 형님의 인정과 물욕 없음을 얘기하려 든다면 억지 청빈을 내세우지 않고도 얼마든지 좋은 얘기들이 있습니다. 첫머리에 우리 동복의 화회문기 얘기를 했으니 화회문기와 연관된 얘기를 하나 더 하도록 하지요.

우리 남매의 문기를 작성한 다음 이태 후의 일입니다.

그해 봄 셋째 형님은 이조 좌랑에서 사헌부 지평[7]으로 자리를 옮겼고, 그 자리로 나가자마자 예전에 사헌부 지평과 성주목사를 지내신 셋째 형님의 빙장이신 노경린 공이 세상을 떠났습니다. 형님의 빙장께선 슬하에 적자를 두지 못하고 서자만 두어 후사를 사위인 형님에게 부탁했습니다. 당시 나랏법이 그토록 강퍅하게 서얼을 차별하였음에도 형님은 빙장어른의 삼년상이 끝난 다음 처가의 서남매를 한자리에 불러 빙장께서 남기신 제법 많은 재산을 경국대전에 정해진 바에 따르지 않고, 만약 거기에 따랐다면 다른 서남매들이 각자 받은 몫의 일곱 배를 받을 수 있었겠지만, 그래서 빙장께서 남긴 재산의 거의 전부를 받을 수 있었겠지만 적서의 구분 없이 균등하게 나누어 주어 모두 기쁘게 했습니다. 형님은 그렇게 하는 것이 대전의 법엔 맞지 않을지 모르나 형님 마음의 법도에 맞는 일이며, 적자들보다 어렵게 세상을 살아가야 할 서자녀를 두고 돌아가신 빙장어른의 혼령을 안심시키는 일이라고 했습니다.

---

7 조선시대 사헌부의 정5품 관직이다. 문과 급제자 중 청렴 강직하여 시류에 영합하지 않고, 옳다고 믿는 바를 굽히지 않고 직언할 수 있는 인물이어야 하므로 젊고 기개가 있는 인재들이 임명되었다. 그만큼 직무가 막중하여 이조의 전랑과 함께 조선시대 사족사회의 틀을 지탱하는 역할을 하였다.

청빈에 대한 후대의 과공은 어머니에 대해서도 마찬가지입니다. 어머니는 먹으로도 많은 그림을 그렸지만, 강릉과 서울에서 사실 때나 강릉과 서울 중간 봉평에 자리 잡고 아버지의 과거공부 뒷바라지를 하며 보다 검박하게 사시던 때에도 초충도나 화조도와 같은 색조 그림을 많이 그렸습니다.

그림을 그리는 옥판선지와 화선지도 값으로 따지면 만만치 않습니다. 종이 한 장이 그 넓이만큼의 면포보다 비싸 가난한 집은 문을 바르지 못할 정도이고, 문을 바를 종이가 없어 겨울이면 해진 면포 조각을 이어 문을 바르기도 합니다. 물감은 더 귀해 나라의 도화서 화공들일지라도 어진을 그릴 때와 궁궐 행사 그림을 그릴 때 말고는 색조 물감을 함부로 쓰지 못했습니다. 충분한 그림 값을 받고 높은 자리의 벼슬아치 얼굴을 그려 줄 때에나 색조 물감을 썼던 것도 안료를 구하기 쉽지 않은 때문입니다. 모든 색조 물감이 다 귀하고 비싼 것은 아니지만 거의 대부분의 색조 물감이 귀하고 비쌉니다. 어떤 것은 금을 가루로 내어 만든 금분만큼이나 비싸고 또 어떤 것은 그보다 더 비싸기도 합니다.

어머니는 강릉 북평촌에 사시던 어린 시절과 젊은 시절에도, 봉평에서 아버님의 과거 공부를 뒷바라지하던 시절에도, 나중에 서울로 올라온 다음에도 틈틈이 색조 그림을 그렸고 또 남기셨습니다. 어머니께서 당신의 그림을 바탕으로 즐겨 놓으셨던 자수 역시 그렇습니다. 자수에 필요한 물들인 색실 값도 이만저만이 아니었지만 아무리 비싸게 값을 쳐 준다 해도 여염집에서 쉽게 구하거나 구경할 수 있는 물건이 아니었습니다. 평생을 검박하게 사셔도 청빈으로는 다 설명할 수도 받들 수도 없는 서화와 자수의 세계가 어머니 안에 있습니다.

그런 것이 어디 한두 가지일까만은 후대에 잘못 전해진 일 가운데 하나만 더 예를 든다면 앞에서도 잠시 얘기한 서모의 이야기 또한 그렇습니다. 서모가 까다로운 사람이기는 하지만, 매일 아침 식전부터 술을 마시고 자식들에게 패악이나 부리고, 마당에 커다란 독을 가져다 놓고 섭섭한 일이 있을 때마다 거기에 대고 통곡해 동네사람들에게 자식들 망신이나 주는 사람처럼 전해진 것도 아마 율곡 형님의 고난과 효행을 돋보이게 하기 위해 과장되게 그려놓은 때문입니다. 서모가 패악을 부려 그것을 견뎠다면 그것은 율곡 형님 한 사람의 일이 아니라 어머니가 살아 계실 때 혼례를 올린 매창 누님을 제외한 나머지 여섯 남매가 모두 겪은 일일 것입니다. 그런 말을 전하는 사람에 따라 다른 뜻도 있겠지만 그것은 또 이야기가 나올 때 차차 바로잡아 나가도록 하겠습니다.

이런 시생의 뜻에 대해 거듭 오해 없이 살펴주시기 바라며, 다음 장부터 이어질 이야기의 객관성을 위해 삼인칭 평어체로 진술하려 하니 이 점도 함께 너그러이 이해해 주시기 바랍니다.

오죽헌의 주인들

강릉 북평촌 바로 앞에는 처음 보는 사람들은 저게 바다가 아닌가 여길 만큼 커다란 호수가 동쪽으로 바다와 둑 하나 사이로 붙어 있었다. 대관령 어느 골짜기에서 흘러내린 물이 그곳으로 흘러들었다. 처음엔 작은 내였던 것이 수만 년 동안 파도가 해변의 모래를 밀어올려 긴 둑을 막아 바다로 흐르던 내가 오히려 호수로 변했다. 강릉으로 걸음하는 시인 묵객들이 일부러라도 꼭 한 번 들러 자신의 정취를 남기고 떠나는 경포호수였다.

호수 서쪽에 있는 참판댁은 북평촌에서 가장 큰 집으로 강릉대호부 전체로 보아도 손에 꼽을만한 집 가운데 하나였다. 대문을 나서 호수 쪽으로 걸어가는 길 중간에 얼마 전 세상을 떠난 이조 판서 심언광이 강원도관찰사로 재직하던 시절에 지은 해운정[8]이 있고, 호수를 거의 반 바퀴쯤 돌아가면 후일 이 나라 조정에 동서 당쟁이 극심해질 때 동인의 영수로 율곡 이이와 국사의 여러 일에 의견이 맞서게 되는 초당 허엽의 집이 나온다.

북평촌 참판댁 주인도 해운정 주인도 경포호수를 사랑하여 호수 주변에 집을 지은 사람들이었다. 그들보다 조금 뒤의 사람으로 허엽 역시 강릉 아래 삼척부사로 재직할 때에도 가솔을 이곳 호수 남쪽 마을에 두고 외직을 나갈 만큼 이곳을 사랑해 그 집에서 허난설헌과 허균을 낳았다. 어느 정도 시간 차이가 있긴 하지만, 호수 이쪽 편에 사임당과 율곡이 태어나고, 호수 저쪽 편에 허난설헌과 허균이 태어난 것이다.

호수의 원래 이름은 경호였다. 이름만 그런 것이 아니라 실제로 거울처럼 맑은 호수였다. 바다같이 푸르고 넓어도 호

---

8 보물 제 183호로 지정되어 있는 조선시대 상류주택의 별당 건축이다. 오죽헌보다 백 년 정도 뒤에 지었다.

수 한가운데조차도 어른 키를 넘지 않아 일부러 작정한 다음이 아니면 빠져 죽는 사람이 없다고 하여 다들 어진개(어진 호수)라고 불렀다. 시인들은 그곳에 달이 떠도 하늘에 뜬 것 하나가 아니라 바다와 호수와 술잔과 마주 앉은 님의 눈동자에 함께 어리고 비치고 깃든다고 했다.

호수의 모습은 이토록이나 아름답고 평화로워도 이따금 호수로 불어오는 강릉의 미친바람 얘기를 하지 않을 수 없다. 사철 어느 바람도 만만찮지만 유독 봄바람이 그랬다. 먼 산의 산벚나무의 꽃이 흐드러지게 피어날 무렵, 이 산 저 산 피어난 꽃들이 눈처럼 후루루 날리면 호수로 흘러드는 작은 냇물에 꽃잎이 가득 떠서 흘렀다. 마을의 우물 역시 밤새 떨어진 살구꽃과 앵두꽃으로 아침에 나가 물을 뜨면 바가지 가득 꽃잎이 출렁거렸다. 그러나 한 번도 그림처럼 평화롭게 넘어가는 봄이 없었다.

매년 살구꽃이 지고 산벚꽃이 질 때 바다로부터 호숫가의 나뭇가지를 부러뜨리는 정도가 아니라 거기에 맞서면 사람 손가락이라도 부러뜨릴 듯한 기세로 거센 바람이 불어왔다. 바람이 부는 날과 불지 않는 날의 세상 풍광이 마치 천지개벽 전과 후처럼 달랐다. 북평촌에서 자란 율곡의 남매들도 그 바람을 양강지풍[9]이라고 불렀다. 그렇게 이름까지 가진, 바람 가문에서도 제법 족보 있는 바람이었다.

세 집 다 호수 가까이 있어도 집집마다 울안에서 맞이하는 바람의 세기가 달랐다. 심언광의 해운정은 마루 바로 앞까지 호수를 끌어들인 듯 운치가 있는 대신 바다와 호수 사이에 거칠 것이 없어 봄철 바닷바람이 불어 닥칠 때면 기왓장이 이 지붕에서 저 지붕으로 날아 어느 해는 사람이 상하기도 했다. 나중에 허엽이 와 살게 되는 초당마을은 해운정보다 바다는 더 가까워도 바다와 마을 사이에 빽빽한 송림이 가로막고 있어 그래도 나은 편이었다. 마을의 밥 짓는 연기조차 하늘 바로 오르지 못하고 박무처럼 솔숲 사이로 퍼졌다. 북평촌은 마을에서 호수까지 조금 걸어 나가야 하는 아쉬움은 있지만 뒤로 야트막한 산자락이 감싸고 있어 호수 주변의 어느 곳보다 아늑한 느낌을 주었다.

참판댁은 주위에 어른 손가락 굵기만한 검은 대나무 숲이 담처럼 둘러쳐져 있었다. 봄마다 마른 땅을 뚫고 올라오는 대나무 줄기가 첫해엔 댓잎과 똑 같은 초록색을 띠다가 이태만 넘기면 먹물을 들인 듯 쪽동백나무 줄기보다 더 새까

---

9 원래는 강원도 통천과 고성은 눈이 많이 내리고, 양양과 간성은 바람이 세다는 뜻으로 '통고지설 양간지풍'이라는 말을 썼으나, 강릉의 봄철 바람도 만만치 않아 '양강지풍'이라는 말을 함께 써왔다.

매졌다. 껍질도 청대에 일부러 먹물을 들이고 몇 겹의 옻칠을 한 것처럼 반들반들했다. 푸른 왕대보다 가늘어도 마디는 더 야무지고 옹골져 보였다. 댓잎사귀에 와 닿는 바람소리도 왕대 숲을 흔들고 지나가는 바람소리와 달랐다. 동쪽에서 불어오는 바닷바람은 더 이상 소란스럽지 않게 타이르며 반사시키듯 받아들였고, 서쪽 큰 영을 넘어 불어오는 바람은 그곳의 소식을 전해 들을 때처럼 부드럽게 나무가 오히려 바람을 어루만지듯 받아들였다.

검은 대숲에 둘러싸여 있는 이 집을 처음 지은 사람은 최치운이었다. 그는 아직 조선이라는 나라가 세워지기 전 고려의 마지막 왕인 공양왕 때에 태어났다. 조선 건국 후 과거에 급제해 세종 때 집현전 학사를 거쳐 이조 참판과 세자(문종)의 학문을 가르치는 우빈객을 지냈다. 한 나라 세자의 스승이 된다는 것, 그것은 당대 선비들 가운데 최고의 학문에 이르렀다는 뜻이지만 학문만이 아니었다.

최치운은 외교관으로도 대단한 활약을 보였다. 세종 임금이 북쪽의 국경을 바르게 하고 여진족의 침입을 방비하기 위해 사군과 육진을 개척하던 시기였다. 여진족은 수시로 국경을 침범하고 어지럽혔다. 무조건 막기만 한다고 다 해결할 수 없어 이들을 회유하기 위해 수차례 명으로 사신을 보내

동북쪽 여진족들이 함경도 경성지역에 양민으로 영주할 수 있도록 허락해 줄 것을 요청했다. 국경 가까이 있으며 자주 국경을 침범하는 여진족을 오히려 국경 안에 양민으로 받아들여 국경 바깥의 여진족을 방비하고 달래자는 것이었다. 말하자면 오랑캐로 오랑캐를 다스리자는 것이었다.

그러나 당장 명이 반대했다. 천자의 강토에 오랑캐를 받아들이다니. 처음엔 협상조차 안 되던 일을 최치운은 네 번 다섯 번 명으로 가 기어이 담판을 짓듯 이 조항을 관철시키고 돌아왔다. 외교란 군사를 쓰지 않고도 상대를 다스리고 평정하고 승리하는 길을 찾는 법이었다. 외교로 국경을 안정시킨 공으로 많은 토지와 노비 30구가 상으로 내려졌다. 당시 왕명으로 내린 가장 큰 상이었다.

최치운이 이곳 북평촌에 집을 지은 것은 언젠가 벼슬에서 물러나 고향에 돌아올 준비를 하면서였다. 그는 이곳에서 조금 떨어진 곳에 있는 즈므(조뫼 조산)[10] 사람이었다. 북평촌에 집을 지으며 어린 시절 즈므 본가에 자신이 심었던 매화나무를 새로 지은 집 마당가에 파 옮겨 심었다. 아직 몸은 멀리 서울에 있어도 마음을 늘 이곳에 두겠다는 뜻이었고, 몸

---

10 앞으로도 자주 나올 이 '즈므'라는 지명은 신사임당과 율곡이 태어난 오죽헌에서 십 리 쯤 떨어진 곳에 있는 마을 이름으로 지금도 옛 이름의 옛 발음 그대로 '즈므'라고 쓴다.

이 가 있지 못한 곳에 자신의 마음을 보내듯 붉은 꽃이 피는 매화나무를 먼저 그곳에 옮겨 심은 것이었다. 고향의 호수를 너무도 사랑해 자신의 호까지 호수 이름 그대로 경호라고 지었다. 그러나 그는 벼슬에서 물러난 다음 소망처럼 이곳에 와 살지 못했다. 평소 술을 좋아해 임금까지 친서를 내려 그의 술을 경계했던 최치운은 오십이 되던 해 이조참판으로 재직하던 중 어느 날 갑자기 술탈이 나듯 세상을 떠났다. 즈 므 본가를 큰아들에게 물려주고, 북평촌에 새로 지은 이 집을 둘째 아들 최응현에게 물려주었다.

그때 최응현은 겨우 열세 살이었다. 스무 살에 혼례를 올린 다음 즈므 본가에서 살림을 나 이 집으로 옮겨와 살았다. 그도 아버지처럼 일찍 벼슬길로 나서 성종과 연산군 시절 대사헌과 공조·병조·형조참판을 지낸 다음 늙어서 이곳으로 돌아왔다. 그는 살아서 다섯 명의 아들과 여섯 명의 딸을 두었다. 서울로 가 벼슬을 하던 중 둘째 딸(사위 이사온)에게 이 집을 물려주고 자신도 만년을 이곳에 와서 보냈다.

이 집의 세 번째 주인이 된 이사온은 이 집과 집 앞의 호수가 너무도 마음에 들어 젊은 나이에 서울에서 66명을 뽑는 생원시에 3등으로 입격한 것을 끝으로 더 이상 과거 시험에도 벼슬길에도 나가지 않고 강릉 북평촌으로 와 장인으로부터 물려받은 이 집에 살았다. 후일 여러 기록에 '용인이씨'

로 불리는 사임당의 어머니가 바로 생원 이사온의 외동딸이었다.

이 집에서 태어나지는 않았지만 사임당의 어머니 이씨야말로 서울에서 나서 어린 시절 아버지를 따라 이곳에 들어와 너른 마당과 안채와 바깥채와 별당을 오가며 어른들의 사랑을 독차지하고 자랐다. 대갓집의 외동딸로 자라며 다른 양가의 규수들과 달리 어려서부터 아버지에게 글을 배우고 공부를 했다. 이씨는 검은 대숲이 감싸고 지키는 이 집에서 자라 성년이 되어 서울에서 온 선비와 혼인했다.

대갓집의 외동딸과 혼인하여 이 집의 네 번째 주인이 된 선비는 후일 강직한 성품으로 기묘명현[11]의 한 사람으로 이름을 올리게 되는, 바로 사임당의 아버지 신명화였다. 옛사람들이 인물을 설명하는 방식을 그대로 따라 설명하자면 자는 계흠, 호는 송정, 고려 건국공신인 장절공 신숭겸의 18세손이요, 예종 임금 때 대사성을 지낸 신자승의 손자이자 영월군수 신숙권[12]의 아들이었다.

---

11 1519년(중종 14년) 기묘사화 때 화를 입은 사림들을 일컫는 말로 당시 개혁정치를 주도한 조광조 등 주로 김굉필의 문인들이 주축을 이루고 있었다.

12 많은 자료에 신사임당의 조부이자 신명화의 부친인 신숙권이 영월군수로 재임하던 중 매죽루라는 누각을 짓고, 후일 이곳으로 유배되어 온 단종이 이 누각에 올라 자규시를 읊어 누각 이름이 매죽루에서 자규루로 바뀌었다고 말하고 사임당과 관계된 많은 글들이 이 내용을 그대로 인용하고 있으나, 이것은 서로 연대가 맞지 않는 잘

신명화가 스물네 살, 이사온이 딸 이씨가 스무 살이던 해 가을, 강릉 북평촌 최참판댁 큰마당에서 혼례를 올렸다. 신명화는 어린 시절부터 성격이 곧고 어떤 일에든 정성을 다해 함께 공부하던 사람들 사이에서도 의리와 지조가 있다는 말을 들었다. 공부에서도 늘 성실함을 보여 함께 공부하는 사람들 모두 그와 친교하길 바랐다. 신명화 앞에서는 동료들도 말을 함부로 하지 않았다. 그는 자기 자신부터 먼저 언행을 바르게 하여 친구들에게도 남의 말을 함부로 하지 못하게 했다. 특히나 없는 말을 만들어내는 것은 어른들일지라도 절대 그러지 못하게 경계했다. 고집스럽지는 않아도 스스로 바르다고 여기는 일에 대해서는 물러서지 않는 강직함이 있었다. 그런 선비가 이 집의 네 번째 주인이 된 것이다.

이 집이 오죽헌이라는 이름을 불리게 되는 것은 사임당의 어머니인 이씨가 나중에 늙어 다섯 딸에게 재산을 물려주고 나서였다. 이씨는 둘째 딸의 아들 율곡에게는 외가의 제사를 받들라는 조건으로 서울 수진방에 있는 집과 전답 일부를 물려주고, 넷째 딸의 아들 권처균에게는 산소를 잘 돌보라고 북평촌의 이 집과 전답 일부를 물려주었다. 그때 어린아이였

못된 자료이다. 이 누각은 세종 10년(1428년) 영월군수로 재임해 있던 신숙근이 창건한 것으로 신명화의 부친 신숙권은 단종이 영월에서 억울한 죽음을 당하고 40년쯤 후에 영월군수로 재임했다. 이름이 비슷하여 생긴 오류로 본다.

던 권처균이 어른이 되어서도 강릉을 벗어나지 않고 이 집에 살며 자신의 호와 이 집의 당호를 오죽헌이라고 지었다. 그때부터 사람들은 몇 대에 걸쳐 참판댁라고 부르던 이 집을 오죽헌이라는 새로운 이름으로 부르게 되었다.

신명화와 이사온의 외동딸 이씨가 혼인할 당시의 풍속은 남자가 여자 집에 가서 혼례를 올리고 그대로 처가에 머물러 살다가 자녀가 어느 정도 성장하면 본가로 돌아오는 것이 일반적인 모습이었다. 남자가 장가를 간다거나 장가를 든다는 말도 이런 풍속에서 나왔다. 이사온은 딸과 사위가 두 사람을 위한 별당까지 마련되어 있는 강릉 북평촌 집에서 자신과 함께 살기를 바랐지만, 신명화는 혼례를 올리고 보름도 지나지 않아 이 집의 외동딸인 새댁을 데리고 서울 본가로 올라갔다. 혼례는 여자 집에 가서 올리지만 혼례 후 남자가 여자를 데리고 자신의 본가로 와서 생활하는 것이 서울에서 벼슬살이를 하는 사대부가를 중심으로 조금씩 자리를 잡아가던 시기이기도 했고, 또 신명화가 서울에서 계속 과거 공부를 해야 할 사람이기도 했다.

두 사람 사이에 첫 아이가 태어난 것은 혼례를 올리고 이 태가 지난 다음 설 명절을 막 쇠고 나서였다. 들리는 울음소리는 우렁찼으나 안채에서 온 기별은 딸이었다. 어른들은 섭섭하게 여겼지만 신명화는 조금도 그렇게 생각하지 않았다.

첫딸을 낳고 나서 신명화가 아기를 위해 제일 먼저 한 일은 딸의 아명을 짓는 것이었다. 아이를 낳은 지 삼칠일이 지나자 신명화는 자신의 공부방에서 마음을 경건하게 하고 앉아 스스로 먹을 갈아 흰 화선지에 딸의 이름을 썼다. 아명이라 하여도 여식이니 나중에 따로 본명을 지을 일이 없을 것이다. 그러니 아명을 사내아이들의 본명처럼 제대로 깊고 바른 뜻을 담아 짓자는 생각이었다.

참 진(眞) 착할 선(善).

세상을 참되고 착하게 살라는 뜻이었다. 더불어 이 아이가 살아가는 세상이 참되고 착했으면 좋겠다고 아비로서 자신의 뜻을 담은 이름이었다. 신명화는 먹이 마른 화선지를 둥글게 접어 들고 아내와 아이가 있는 방으로 건너갔다.

신명화는 아내에게 아기의 아명을 적은 종이를 내밀었다.

"진선? 무엇이인지요?"

"우리 아이의 이름이오."

"아이의 이름이라니요. 이름말이 예쁘고 좋긴 하지만, 아명도 아니고 여식아이에게 무슨 소용이 있다고 이리 고운 이름을요."

이씨는 젖을 먹이기 위해 안았던 아이를 옆에 눕히며 조금은 쓸쓸하게 웃었다.

"당신 생각은 그렇구려. 그럼 내가 당신에게 하나 물어봅시다. 당신은 어린 시절 강릉 외가에서 죽 자라지 않았소. 그럼 당신 외가 쪽으로 외고조부와 외증조부 함자를 아오?"

"참, 그야 당연히 알지요. 외고조부는 강릉최씨의 안 자 린 자 어른이시고, 제가 자랐던 강릉 북평촌의 집을 지으신 외증조부는 치 자 운 자 어른이시죠. 지금 서울에서 벼슬하시는 그 아래 어른은 응 자 현 자 쓰시지요."

"그럼 그런 훌륭한 분들을 낳으시고 내조하신 외고조모 외증조모 함자는 어떻게 되오?"

"할머니들이 함자가 어디 있어요? 어릴 때는 큰 아기씨 둘째 아기씨 하고 부르다가 출가한 다음엔 마님이라고 부르고, 돌아가시면 다 무슨 김씨 무슨 이씨 하고 성씨를 쓰지요. 산소에 세운 비석도 그렇고 사당에 모신 신위도 그렇지요."

"그럼 당신도 살아오면서 집에서 부르는 아명 말고 남자들처럼 이름이 있었으면 좋겠다고 생각한 적이 없소?"

부인 이씨는 잠시 생각에 잠겼다. 어릴 때는 집에서 부르는 '아기'가 자신의 이름인 줄 알았다. 어른들도 아가 아니면 아기라고 불렀고, 아랫사람들도 아기씨라고 불렀다. 자신 아래로 태어나는 동생도 없어 큰아기 작은아기 구분할 필요도 없이 북평촌 대갓집의 아기는 오직 자신뿐이어서 그냥 아기라는 이름이 집집마다의 아기가 아니라 세상에서 오직 자신만 그렇게 부르는 이름인 줄 알고 자랐다.

그러다 열 살이 되고 열다섯 살이 지나며 나는 왜 외가 오라버니들처럼 뜻말을 가진 이름이 없을까 생각한 적이 아주 없지는 않았다. 잠시 그런 의문이 들기도 했지만 그러나 그건 같은 항렬자 이름을 가진 외사촌 오라버니나 동생들에 대한 부러움 같은 것이었을 뿐 다른 사촌자매들처럼 여러 딸들을 구분해 부르기 위한 아명만 있으면 되었지 여자니까 따로 항렬자를 따라 지은 이름이 없는 걸 으레 당연하게 여겨왔다. 어릴 때 부르던 아기라는 아명 다음의 이름이 없어 불편했던 적도 없었다.

위로 딸 둘을 먼저 낳고 아들을 낳은 작은 외가 자매들의 아명은 차득(次得)과 다남(多男)이었다. 다음엔 아들을 얻게 해달라는 뜻으로 여자들은 이름을 지어도 꼭 그런 뜻을 담아 지었다. 이름 때문인지 둘째 외가는 그 아래로 남동생 셋을 두었다. 아니면 살아가며 나이를 잊지 말라는 뜻인지 큰외가 사촌들처럼 경자년에 낳으면 경생이, 계묘년에 낳으면 계생이라고 부르다가 함씨 댁에 시집을 가면 함실, 정씨 댁에 시집을 가면 정실이라고 불렀다. 당장 이씨 자신만 해도 어릴 땐 아가거나 아기씨라고 불렸고, 혼인한 다음엔 부모로부터는 신씨 집안과 혼례를 올렸다고 해서 신실, 아랫사람들로부터는 작은 마님이라고 불렸다.

"서방님의 뜻은 알지만 여자가 이름을 제대로 잘 짓는다고 남자들처럼 과거를 보는 것도 아니잖습니까?"

"꼭 과거를 보기 위해서만 이름이 필요한 건 아니오. 그런데도 왜 필요하고 어디에 필요하냐면 이 세상 어떤 물건도 이름이 있는 것과 없는 것의 차이가 있기 때문이오. 또 같은 것이라 하더라도 어떻게 부르느냐 차이가 있기 때문이오. 물건도 그런데 하물며 사람은 더 그렇지 않겠소? 당신 말대로 여식이라 이름을 제대로 지어도 과거를 못 보겠지만, 이름을 귀하게 지어서 귀하게 부르면 이 아이도 귀하게 자라지 않겠소? 안에서 귀하게 대접을 받으면 밖에 나가서도 귀하게 대접받는 법이라오. 또 어려서 귀하게 대접 받으면 어른이되어서도 귀하게 대접받는 법이오. 당신이야말로 그렇게 자라지 않았소? 거기에 좋은 뜻을 담긴 이름을 더한다면 더욱 좋지 않겠소."

그게 신명화의 생각이었다.

신명화는 잠시 사이를 두었다가 다시 부인에게 말했다.

"당신, 여자는 과거를 보는 것도 아니라고 했는데, 남자도 꼭 과거를 보고 벼슬살이를 하기 위해서만 공부를 하는 게 아니라오. 강릉 북평촌에 계시는 빙장어른을 봐도 꼭 벼슬을 하기 위해 공부를 하신 건 아니잖소. 여자여서 과거를 보지 못하더라도 당신도 글을 읽고 쓸 줄 아니까 모르는 것보다 확실히 밝고 편리하다는 생각이 들지 않소? 당신이 얘기책 삼아 매일 읽는『삼강행실도』만 해도 그렇지 않소?"

"그거야 당연히 그렇지요. 책보다 당장 강릉 아버님과 저 사이에 서찰이 오가는 것만 해도 그렇지요. 제가 모르면 사방님이 대신 읽어주고 대신 써줘도 되지만 내 마음속의 말을 내가 하지 못하고 다른 사람의 손을 빌려 한다면 그건 또 얼마나 답답하겠어요. 강릉에서 살 때 우리 외사촌 자매들도 어쩌다 집안에 일이 있어 한 자리에 모이면 글을 아는 자매와 모르는 자매가 달랐어요. 글을 몰라도 다들 큰 불편 없이 살아가는 듯해도 집에 아무리 많은 서책이 쌓여있고 어디에서 서찰이 와도 그걸 읽고 싶어도 읽지 못해 불편하고 답답한 마음은 어쩔 수 없겠지요."

"바로 그렇소. 내가 빙장어른께 감사한 게, 그리고 배울 게 많은 어른으로 존경하는 게 다른 집 어른들과 달리 당신에게 공부를 가르친 것이라오. 남들이 보면 젊을 때 생원시에 급제한 다음 더 이상 대과에 나가지 않으시니 하지 않아도 될 공부를 한 것처럼 보이고, 당신한테 글을 가르친 것도 소용이 닿지 않은 일을 하신 듯 보여도 그게 그렇지가 않다오."

"그야 외동딸이니 아들 삼아 더 그러셨던 것도 있겠지요. 아들을 줄줄이 낳으셨다면 저한테까지 그러지 않으셨을지도 모르지요."

"어쨌거나 당신이 글을 배워 세상 보는 눈이 밝아졌듯 나도 이 아이가 자라면 글을 가르칠 것이오."

"저처럼 외동딸이 아니라 이 아이 아래로 사내아이를 줄줄이 낳아도 말인가요?"

"물론이오. 나도 그렇게 하겠지만 아니, 글을 배운 당신이 나보다 더 이 아이에게 그렇게 해야 하오."

"서방님 뜻이 그렇다면 저야 당연히 감사하고 또 그렇게 하지요."

첫딸을 두고 부부가 한 처음 약속이었다.

다시 해가 바뀌고 강릉 북평촌에서 이씨의 친정어머니가 병이 나서 몸져누워 있다는 기별이 왔다. 이씨는 친정아버지 이사온이 보낸 편지를 읽고 수심이 가득한 얼굴로 남편과 의논했다. 아내가 내민 편지를 읽고 신명화는 부인에게 짧게 문답하듯 물었다.

"당신은 어떻게 했으면 좋겠오?"

"저야 지금이라도 당장 내려가서 어머니를 보살피고 싶지만 이제 지아비가 있는 몸인데 제가 혼자 어떻게 결정하겠어요?"

바깥일이라면 부모와 또 형제와 의논하여 결정하지만, 이건 집안일 중에서도 부부 사이의 일이었다.

"빙장어른과 빙모님께는 자식이라곤 당신 하나뿐이 아니오?"

"그렇지요, 두 분에게는. 편찮으실 때 약을 달이고 몸을 일으켜 주고 거동을 도와 줄 아랫사람이야 있겠지만, 어디 자식만 하겠어요? 그래서 제가 서방님한테 선뜻 얘기도 하지 못하고 이러지도 저러지도 못하고 있는 참이랍니다."

"그래도 자식이라곤 당신 하나뿐인데 당신이 내려가서 어머니 시병(侍病)하는 게 당연한 도리 아니겠소?"

"사정이 그렇긴 하지만, 여기 서울에는 또 아버님과 어머님이 계시니 저 혼자 그렇게 결정하기가 어렵습니다."

"그렇긴 하지만 더 딱한 것이 강릉 사정 아니오. 여기는 형님도 계시고 아우도 있으니 걱정 말고 당신은 내일이라도 강릉으로 갈 차비를 하시오. 나도 어머니께 말씀 드리고 당신을 따라가겠소."

신명화는 집안 어른들한테 처가의 사정을 말하고 그 길로 짐을 꾸려 부인과 함께 강릉으로 갔다. 신명화의 생각으로 그건 효도 이전에 부인 입장으로 보면 자신을 낳아주신 부모에게 살아 계시는 동안 정성을 다하는 일이었다. 두 사람이 강릉으로 오자 누구보다 반긴 사람은 이사온이었다. 최씨 부인은 자리에 누워서도 서울의 어른들은 어떻게 하고 왔느냐고 오히려 걱정했다.

서울에서 사위가 내려오자 이사온은 사랑채의 큰방은 자신이 쓰고, 서책을 놓아두었던 중간 사랑방의 책들을 윗사랑으로 옮기고 그 방을 사위에게 내주었다. 이씨 부인은 몸져 누워있는 친정어머니와 함께 안채에 머물렀다. 딸의 간병을 받으며 친정어머니도 기분이 나아져 몸도 점차 원기를 회복하기 시작했다. 겨울이 되어 설을 넘기며 서울에서 낳은 큰딸이 어느 새 세 살이 되었다.

봄이 되자 어느 날 이사온이 지필묵까지 준비하고 사위 신명화를 자신의 방으로 불렀다. 신명화가 큰사랑으로 들어서자 이사온이 말했다.

"거기 좀 앉게."

신명화는 장인이 이미 먹까지 갈아 놓은 지필묵 앞에 앉았다.

"자네, 내 대신 편지를 좀 써주게."

"어디로 보낼 편지인지요?"

"사실은 내가 내일 위촌에 사는 김생원과 약속이 있다네."

"여기 앞에 흐르는 내를 따라 올라가는 마을 말씀인지요."

"그렇다네."

"그러면 다녀오시면 되지 않습니까?"

"그런데 내가 내일 경포대에서 시회가 열리는 걸 모르고 약속을 했거든. 그래서 자네가 내 대신 편지를 좀 써 주었으면 하고 불렀네."

"글을 모르시는 분도 아니고, 그런 거면 빙장어른께서 직접 쓰시면 되지요. 사정이 이렇다고……."

"아닐세. 그게 좀 걸리는 게 있어서 그렇다네."

이사온은 자신이 직접 그런 내용의 편지를 써보내면 김생원 성격에 약속이 겹쳐졌다 생각하지 않고 자기를 보러 오는 것보다 여러 사람이 모이는 시회에 나가는 게 더 좋아서 그러는 게 아닐까, 오해할 수도 있다는 것이었다.

"그분은 시회에 안 나오시는 분입니까?"

"그게 이쪽 북평과 북일 사람들이 모이는 자리거든. 김생원은 저쪽 성산 사람이고."

"그러면 어떻게 하면 좋겠습니까?"

"자네가 내 대신 편지를 써주게. 내가 몸살 기운이 좀 있어서 아무래도 내일 위촌까지 나들이하기가 어렵겠다고 말이지. 몸살 기운 때문에 나는 쉬고 있고 편지도 자네가 대신 써주는 걸로 말일세."

"그러다 나중에라도 시회에 가신 걸 알면 어쩌시려고요?"

"그거야 하루 지나고 나니 몸살이 나아지고, 여기서 경포대는 그리 멀지 않으니 조심스레 다녀왔다고 하면 되지 않겠나."

그러자 신명화가 정색하고 말했다.

71

"빙장어른. 저는 그런 편지를 못 씁니다."

"아니, 못 쓰다니?"

"빙장어른께서 내일 경포대 시회에 나가야 해서 부득이 약속을 지킬 수 없다는 편지라면 제가 기꺼이 쓰겠습니다."

"그런 편지면 내가 쓰지. 자네 시키지 않고."

"저는 편지 받으시는 분이 어떤 분인지 모르지만, 사실보다 지나친 말을 다른 사람에게 알릴 수 없습니다."

"나 이런 사람하고는……. 그게 무어 그리 힘든 일이라고. 그냥 몇 줄 받아적으면 되는 일을 가지고."

"빙장어른. 그렇지 않습니다. 사람들은 늘 옳은 말을 하며 사는 것이 쉽지 않다고 하지만, 그보다 더 어려운 일이 있지 않은 말을 만들어 하는 것입니다. 빙장어른이 아니라 서울에 계신 할아버님(이 집을 이사온에게 물려준 최응현. 그는 아직 서울에서 벼슬살이를 하고 있었다)께서 오셔서 시키시는 일이어도 저는 없는 말을 보태어 전할 수 없습니다."

신명화는 끝내 장인이 말하는 거짓 내용의 편지를 쓰지 않고 중간사랑에서 물러 나왔다.

"허허, 우리 집에 대쪽 같은 선비 한 사람 들어왔구먼. 뒤뜰의 오죽들이 선생님, 하고 우러러보겠어."

이사온도 그런 신명화의 태도에 껄껄 웃으며 자신이 바른 내용의 편지를 써서 걸음 날랜 마당쇠 편에 위촌 김생원 집에 보내 사정을 전하게 했다. 그러면서 한 편으로 이 집에 새로 들어온 사위가 어떻게 보면 장인과 사위 사이에 지극히 사사로운 일에까지 저토록 곧은 성품을 보이는 것이 가뜩이나 어지러운 세상에 학문으로든 이후 과거에 올라 출사를 해서든 행여 어지러운 일에 빌미가 되어 화를 입게 되지는 않을까 미리 걱정스러운 것이었다. 그건 지금 서울에서 형조참판과 오위도총부부총관을 겸하고 있는 자신의 장인 최응현에 대해서도 마찬가지였다.

선비들의 무고한 죽음

　이사온이 그런 걱정을 하지 않을 수 없는 것이 그 무렵 세상일들이 글을 하는 선비들에게는 참으로 무섭고 흉흉하게 돌아가고 있었다. 자신의 외동딸이 영월군수의 아들 신명화와 혼인하던 무렵의 앞뒤 사정부터 그랬다.

　신명화와 이씨가 혼인하기 바로 전 해 서울에서 큰 사건이 일어났다. 무오년에 선비들이 큰 화를 입은 사건이라 하여 다들 무오사화라고 불렀다.

　사화의 직접적 도화선은 김종직의 「조의제문」을 그의 제자 김일손이 『성종실록』의 사초에 실은 일 때문이었다. 김종직은 세조 시절부터 조정의 권력을 잡고 있는 훈구대신들에 맞서 성리학적 정치질서를 확립하려 애쓴 사림의 큰 스승이었다. 훈구파로서는 김종직도 그랬지만, 그를 따라 새로 조정에 들어와 자신들의 탐욕과 부정을 사사건건 지적하고 견제하는 신진 사류들이 눈엣가시와 같은 존재들이었다. 어떻게든 밀어내거나 입에 재갈을 물릴 기회만 엿보고 있던 차에 좋은 먹잇감이 걸려들었다.

『성종실록』의 편찬이 시작되자 춘추관의 사관인 김일손은 자신의 스승 김종직이 쓴 「조의제문」과 함께 훈구파 이극돈이 예전 전라감사로 있을 때 세조비 정희왕후 국상 중에 장흥 기생과 어울린 일을 사초에 올리려 했다. 실록청 당상관인 이극돈은 짐짓 자신의 문제 때문이 아닌 것처럼 유자광에게 김일손이 사초에 올린 김종직의 「조의제문」에 대해 말했다. 그러자 예전 김종직과 사이가 좋지 않았던 유자광이 곧바로 이걸 문제 삼고 나섰다. 유자광은 김종직의 「조의제문」이 항우가 초나라 의제를 죽인 것에 빗대어 세조가 단종으로부터 왕위를 빼앗은 것을 비난하는 것이라고 글귀마다 해석과 주석을 달아 연산군에게 일러바쳤다. 세조라면 연산군으로서는 증조할아버지였고, 그 핏줄을 받은 자신의 왕위 정통성까지 걸려 있는 문제였다.

그러나 그것은 하나의 구실에 지나지 않았다. 훈구파뿐 아니라 새로 왕이 된 연산군 역시 자신이 하고자 하는 일에 늘 반대를 하는 신진 사류들에 넌더리를 내던 참이었다. 도 대체 이들은 목숨이 열 개라도 붙은 사람들처럼 어떤 일에 서도 물러설 줄 몰랐다. 말끝마다 '아니 되옵니다'밖에 모르 는 사람들로 왕이 즉위한 지 4년밖에 되지 않는데, 그동안 대간(왕에게 간언을 임무로 하는 사헌부와 사간원의 관리)들의 사직이 1천 회에 달할 정도였다. 일찍이 어느 왕 때에도 대 간들이 이렇게 집단으로 또 자주 사직한 적이 없었다. 신하 들 입장에서 보면 왕이 그만큼 불가한 일을 많이 했다는 것 이고, 왕의 입장에서 보면 그만큼 자신의 의견에 대간들이 많이 맞서서 반대했다는 얘기였다. 연산군은 훈구파의 말을 들어 김종직을 대역의 우두머리로 몰아 그의 문집을 수거해 불태우고, 무덤을 파헤쳐 관을 쪼개어 죽은 사람의 목을 베 었다.

훈구파는 다시 왕을 부추겨 김종직의 「조의제문」과 함께 자신들의 비행을 사초에 넣으려던 김일손, 이반, 권오복 등 숱한 선비들을 죽음으로 몰아넣고, 김종직의 제자인 정여창, 김굉필 등에게 곤장을 치게 한 다음 뿔뿔이 귀양을 보내게 했다. 이러면 조정에 들어와서도 무엇은 되고 무엇은 안 되 는지 정신을 좀 차리지 않을까, 한 번 하겠다고 하면 기어이 그 일을 하고 마는 고집 센 왕은 그렇게 생각했다.

그러나 그것이야말로 사림을 모르고 하는 소리였다. 그들은 스스로 옳은 일이라고 생각하면 밟혀도 다시 일어나고 거기에 목숨을 내놓고서라도 기어이 입을 여는 사람들이었다. 김종직의 수제자인 김굉필은 평안도 묘향산 아래의 희천으로 유배되어 그곳에 지방관으로 부임한 조원강의 아들 조광조를 만나 그에게 자신의 학문을 전수했다. 훗날 다시 한번 큰 사화의 중심에 서게 되는 조광조의 나이 열일곱 살 때의 일이었다. 한 차례 회오리바람이 휩쓸고 지나간 후 조정의 모든 권한이 훈구파로 돌아간 사이 사림의 인연은 또 그런 식으로 새로 맺어지고 이어져 가고 있었다.

북방의 여진족들은 예나 지금이나 수시로 국경을 넘어 침범하는데, 정작 정신을 차려야 할 젊은 임금은 임금대로 이런저런 놀이에 흥청망청 국고를 줄이고, 다시 자기들만의 반석 같은 권력을 잡은 훈구대신들은 전보다 더 많은 재물과 토지를 확보하는 일에만 열을 올리고 있었다.

아무래도 서울의 젊은 임금은 성군의 자질이 아닌 모양이었다. 이 집의 제일 큰 어른인 최응현이 서울에서 강릉에 있는 사위 이사온에게 보내오는 소식도 그냥 집안일을 전하는 안부지만 밝은 것이 없고, 신명화가 이따금 서울에 가서 보고 듣고 와서 전하는 소식들도 그랬다. 칠십 노구의 최응현은 세 번 대사헌에 이어 다시 형조참판 직에 나가 있었다.

그는 성종 임금 시절에도 한 번 대사헌을 맡았고, 연산군이 즉위하던 해에도 대사헌을 지냈다. 그리고 왕이 즉위한지 3년째가 되던 해 대간들의 사직이 700여 회에나 이르러한 관아의 수장으로 사헌부 전체를 관장해 나가기가 참으로 힘들고 어려운 시기에 또 한 번 불려 나가듯 대사헌 직을 맡은 적이 있는데, 무오사화 이후 공조를 거쳐 형조참판으로다시 왕의 부름을 받은 것이었다.

이때에도 처음에 제수된 자리는 강원도관찰사 직이었다. 그는 자신이 늙어 관찰사로 강원도의 넓은 지역을 다 둘러보며 살피기 어려움을 들어 벼슬을 사양했다. 그러자 다시주어진 자리가 형조참판 직이었다. 이때에도 그는 다시 자신은 나이와 늙은 몸을 내세워 그 직책을 수행하기 어렵다고사양했지만 받아들여지지 않았다. 먼저에도 공조참판과 겸임으로 성균관동지사로 임명되었을 때 이제 소신은 연로하여 그 직을 제대로 살펴나갈 수 없다고 해면을 청했으나 한번 마음에 작정한 일이면 절대 물러서지 않는 왕은 경이야말로 사유(師儒)에 가장 적합한 인물어서 그냥 둘 수 없으므로 해면의 청을 들어줄 수 없다고 놓아주지 않았다.

해가 바뀌어 젊고도 거친 왕이 즉위한 지 9년째가 되던 해 최응현은 다시 왕 앞에 나아가 머리를 조아리고 자신은 이제 너무 늙고 병들었으므로 모든 관직에서 물러나게 하여 고향으로 돌아갈 수 있게 해달라고 거듭 해면을 청했다.

그러자 왕이 다시 한 번 몰아치듯 물었다.

"경은 늙기도 하였소만, 그렇게도 내 곁에서 벗어나고 싶은 거요?"

최응현은 호까지도 고향의 호수 이름을 따 경호라고 짓고도 끝내 고향 호숫가로 돌아가지 못하고 서울에서 벼슬살이를 하던 중에 목숨을 다한 자신의 아버지 최치운에 대해서 말했다.

"그때 신의 아비의 나이가 쉰이었는데도 그 소망을 이루지 못하고 이조참판으로 재직하던 중에 세상을 떠났습니다. 그리고 지금 소신의 나이 일흔다섯에 이르러 늙고 병이 들었습니다. 이런 사정을 통촉하여 주시옵소서."

"아버지와 아들이 대를 물려 고향으로 돌아가는 꿈을 이룬다. 듣고 보니 고금에 없는 아름다운 이야기 같은데 이 또한 내가 내 어머니를 그리듯 경이 경의 아버지를 그리는 마음 아니겠소. 좋소이다."

왕은 비로소 그의 벼슬을 갈아 주었다. 최응현이 모든 벼슬을 버리고 꿈에도 그리던 고향 호숫가로 돌아왔다. 스물일곱 살에 벼슬길로 나선 다음 틈틈이 사직하거나 어머니의 삼년상을 치르기 위해 일시적으로 벼슬을 던지고 고향으로 돌아온 적은 있지만 처음 출사한 다음 48년이 지나 일흔다섯이 되어서야 비로소 모든 관직으로부터 자유로운 몸이 되어 둘째 딸과 사위가 지키고 있는 강릉 북평촌 자신의 옛집으로 돌아온 것이었다.

서울에서 가져온 것 중에 무엇보다 귀한 것이 그가 평생 아껴 모은 서책들이었다. 그는 자신이 거처하게 될 큰사랑 뒤쪽 방을 트고 그곳을 자신의 서고로 만들었다. 그의 서고엔 아버지 최치운이 외교관으로 명에 드나들던 시기부터 모은 희귀한 책들과 서화집이 가득했다.

병이 난 친정어머니를 시병하기 위해 오죽헌으로 왔던 이씨의 친정살이가 계속되며 신명화의 처가살이도 해를 넘겨 계속되었다. 그러는 사이 이씨의 배가 불러와 신명화로서는 그런 아내에게 다시 서울로 가자고 말할 수 없었다.

이 집엔 오래도록 아기의 울음소리가 귀했다. 이 집의 첫 주인 최치운도 자녀들이 어느 정도 성장한 다음 자신이 벼슬살이를 마치고 고향으로 돌아와 살 생각으로 집을 지어 당연히 이곳에서 난 소생이 없었다. 두 번째 주인 최응현도 어린 나이에 집을 물려받아 스무 살에 혼례를 올린 다음 스물일곱 살에 증광문과에 급제해 벼슬살이를 하러 떠나 고성과 영월 등지의 군수를 지내고 다시 성균관사성으로 임명되어 서울살이를 하는 동안 모두 11남매의 자식 가운데 1남 2녀만 이 집에서 낳았다. 이 집에서 마지막으로 태어난 아기가 바로 최응현의 둘째 딸로 얼마 전까지 몸져누워 있다가 서울에서 내려온 딸의 간병을 받고 겨우 일어나 앉은 이사온의 부인 최씨였다.

그리고 50년도 더 지나 갑자년(1504년) 겨울, 신명화와 이씨 사이에 둘째 딸이 이 집에서 태어났다. 이 아기가 바로 훗날 세상의 어머니로 이름을 얻게 되는 사임당이었다. 이날 서쪽으로 대관령에서부터 동쪽 경포호수까지 새하얗게 눈이 내려 검은 대숲의 푸른 잎들은 모두 흰 눈 속에 묻히고, 검은 오죽은 그 눈 속에 먹으로 빗금을 그은 듯 더욱 검게 빛났다.

안채에서 들리는 아기 울음소리에 이사온도 반가웠고 신명화도 반가웠다. 그러나 딸이라는 소식에 이사온은 이내 섭섭한 얼굴을 했다. 자신이 외동딸만 낳은 데다 둘째 아이여서 더 아들이길 바랐던 것인지 모른다.

"딸이면 어떻습니까? 괜찮습니다. 잘 키우고 아들이야 또 낳으면 되지요."

오히려 신명화가 장인을 위로했다. 사위가 위로할 때에도 이사온과 최씨 부인은 사위 앞에 괜히 민망한 얼굴을 했지만 신명화는 큰딸을 낳았을 때와 조금도 다를 바 없이 환한 얼굴로 새로 그들 곁으로 온 아기와 첫인사를 나누었다. 그리고 첫딸을 낳았을 때와 똑같이 삼칠일이 지난 다음 아기의 이름을 지어주었다.

어질 인(仁) 착할 선(善).

아이 역시 어질고 착하게 살아가야겠지만, 이 아이가 살아가는 세상이 어질고 착하길 바라는 마음을 그대로 이름에 담았다. 특히나 앞에 어질 인(仁)자를 쓴 것은 그것이 옛 성현께서 말하는 이 세상 치세의 이상이자 사람으로 지켜야 할 윤리적 덕목의 바탕이기 때문이었다. 이 이름을 아이의 어머니인 이씨도, 외할아버지와 외할머니도 좋아했다. 이태 전 낙향하여 큰사랑을 지키고 있는 외증조부도 뜻이 깊고 넓다고 몇 번이나 거듭 인선, 인선, 하고 부르며 흡족해 했다.[13]

---

13 조선시대에 태어난 여성 가운데 신사임당처럼 태어나고 죽은 날의 생몰 연월일이 확실한 인물도 드물다. 사임당은 1504년(연산군 10년) 음력 10월 29일 강릉 북평촌에서 태어나고 1551년(명종 6년) 5월 17일 48세의 일기로 서울 삼청동 집에서 세상을 떠났다. 그러나 생몰 연대가 이토록 뚜렷하게 전해 내려오는 인물인데도 어떤 문헌에도 사임당의 이름은 기록되어 있지 않다. 사임당이 세상을 떠난 다음 열여섯 살 된 셋째 아들 율곡이 쓴 「선비행장」에도 어머니 사임당의 이름은 '모씨로 신공의 둘째 딸'로만 기록되어 있을 뿐이다. 그럼에도 현대의 많은 자료에 사임당의 본명이 신인선(申仁善)으로 나와 있는 것은 1990년대에 출간된 어떤 동화에 사임당의 어린

이해엔 내년 풍년을 기약하듯 눈도 푸짐히 내렸다.

　강릉 북평촌의 이런 화기로운 사정과 상관없이 이해 갑자
년 서울에서는 봄부터 또 한 번 피비린내 나는 사화의 큰 회
오리가 있었다. 지난번 무오사화 때 화를 입은 신진 사류들
만이 아니라 이번엔 오랜 세월 조정의 권력을 좌지우지해왔

시절 이름을 '인선'이라고 쓴 다음부터로, 문학작품 속의 이름 인선이 실제 이름인 것
처럼 여기저기 자료에 인용되면서부터라고 한다. 이후에 제작된 어떤 백과사전에까
지 사임당의 이름이 신인선(申仁善)으로 등재되어 일반인은 물론 학원과 텔레비전과
인터넷에 한국사를 강의하는 역사학 전공자들까지 사전에 나와 있는 이름이 정말 이
름인 줄 알고 그냥 그대로 인용할 정도이다. 원본이 오류면 그것의 인용과 표절도 오
류인 식이다. 사임당의 이름을 '인선'으로 쓰는 일이 문학에서는 무방하다. 그러나 학
문에서는 절대 그럴 수 없다. 아무리 그것이 사전에 등재되어있어 그랬다 하더라도
그 이름을 그대로 쓰는 것은 실수가 아니라 학문을 하는 학자로서 그 시대뿐 아니라
그 시대 훨씬 이전부터 최근까지도 뿌리 깊게 이어져오고 있는 기휘(忌諱, 임금과 부
모와 조상의 이름을 문자로 쓰거나 입으로 부르는 것을 불경하게 여겨 일부러 피하
여 쓰지 않음)의 풍습조차 제대로 이해하지 못해 생긴 매우 무지하고도 동시에 학자
로서 또 부끄러운 일이다. 이렇듯 학문적으로는 자료의 오류가 분명하겠지만, 어쩌면
이런 것이야말로 문학의 힘인지 모른다. 역사 문헌 기록에 이름이 나오지 않는다고
해서 사임당의 이름이 없었던 것은 아니다. 집안에서 단순히 첫째, 둘째, 하는 식으로
태어난 순서로만 이름을 부르지 않고 다섯 명이나 되는 딸을 구분하여 부르던 아명
이 있었을 것이다. 율곡 역시 어머니의 이름이 있지만 행장에 어머니의 이름을 그대
로 적는 것을 기휘하여 '자당의 휘는 모(某)로 신공의 둘째 딸이다'라고만 적었다. 만
약 어머니의 이름을 행장에 그대로 쓴다면 그것은 유학자로서 대단히 불효·불경한
일이라, 후대 「선비행장」을 바탕으로 한 사임당에 대한 여러 기록 속에 정작 사임당
의 이름이 전해지지 않은 것은 오히려 너무도 당연한 일이다. 그러나 이 소설에서는
현대에 들어와 문학의 힘으로 마치 사임당의 문헌상의 본명처럼 굳어진 인선(仁善)
을 그 시절 사임당의 아버지 신명화가 직접 지은 이름으로 쓰기로 한다. 설사 그 이름
이 아니었다 하더라도 문헌에서는 드러나지 않았던 이름이, 혹은 오랜 세월 속에 잊
혀졌던 이름이 새로 만들어지는 과정 역시 학문과 다른 문학의 일이기 때문이다.

던 훈구파들까지 한꺼번에 변을 당했다. 사화의 직접적인 이유는 젊은 왕의 생모인 폐비 윤씨의 복위에 얽힌 문제 때문이었다.

연산군의 생모 윤씨는 부왕인 성종이 후궁들을 가까이 하자 임금의 수라를 엎고 얼굴을 할퀴어 상처를 낼 만큼 강짜와 투기가 심했다. 성종은 윤씨가 왕비로서 체모에 벗어나는 행동을 한다고 폐위시키고 사가로 내쳤다. 여기엔 성종의 어머니 인수대비도 막강한 영향력을 발휘해 사가 내친 다음에도 반성하는 태도가 없다고 끝내 사사했다.

지난 몇 년 간 이미 경험한 왕의 성정으로 보아 화약고는 이미 오래전부터 준비되어 있던 것이나 다름없었다. 불씨를 당긴 것은 그 자신이 효령대군의 아들 보성군의 사위이며, 예종의 딸 현숙공주와 성종의 딸 휘숙옹주를 차례로 며느리로 맞아 왕실과 가장 밀착된 관계를 유지하고 있던 임사홍이었다. 임사홍은 연산군의 처남 신수근과 결탁하여 연산군에게 모후가 폐위될 때와 사사될 때의 내막을 소상히 고해 바쳤다. 그건 선왕이 누구도 앞으로 백 년 동안 이 일에 대해 절대 거론하지 말라고 유지로 남긴 일이었다. 여기에는 지난번 무오사화 때 사림파를 밀어내고 득세했던 훈구파들이 대거 연루되어 있었다. 어느 한편으로는 기득권 훈구파들끼리의 권력싸움이기도 한 것이었다.

임사홍을 통해 생모의 죽음을 알게 된 연산군은 그 즉시로 그때의 관련자들을 모조리 색출해 문책하라고 명령 내렸다. 오래도록 어머니의 죽음에 대해 의문을 가지고 있던 왕의 안광에 광기가 번득였다. 사약을 받고 죽은 어머니에 대한 복수심으로 이미 이성을 잃은 연산군은 그때 부왕의 총애를 받았던 후궁 엄숙의와 정숙의를 자루 속에 뒤집어 씌워 몽둥이로 때려죽이고, 그 아들들을 귀양 보냈다가 바로 죽여 버렸다. 궁 바깥엔 왕이 지난 시절 자신의 어머니가 폐위될 때 두 후궁을 감싸고돌았던 할머니 인수대비의 가슴을 머리로 들이받아 쓰러뜨려 자리에 누웠다는 소문이 돌았다.

젊고 가뜩이나 거친 왕은 이제 일말의 망설임도 없었다. 궁중에 한바탕 피비린내를 뿌린 다음 오직 어머니를 높일 일에만 열중으로 폐위된 자신의 생모를 복위시켜 제헌왕후로 시호를 올려 추존했다. 누구도 이런 왕의 앞을 막고 나설 수가 없었다. 왕은 자신의 어머니가 폐위될 당시 이를 주장하거나 방관한 사람들에게 모두 죄를 물었다. 윤씨의 폐위와 사사에 찬성한 윤필상, 이극균, 성준, 이세좌, 권주, 김굉필, 이주 등은 사사되고, 이미 죽은 한치형, 한명회, 정창손, 어세겸, 심회, 이파, 정여창, 남효온 등은 무덤을 파헤쳐 송장을 꺼내 목을 잘랐다.

그런 광풍 속에 왕의 무자비함과 폭정을 낱낱이 비난하는 언문 익명서가 여기저기에 나붙었다. 여기에 대한 왕의 대응도 즉각적이었다.

"어허, 세종 할아버지께서는 왜 쓸데도 없는 언문 같은 걸 만드셔서 이런 일들이 생기게 하시는지. 언문이라는 게 도대체 애들의 장난도 아니고 글이 어디 글 같아야지. 글이 이토록 쉬우니 쥐니 개니 하루 만에 아무나 함부로 익혀 임금 무서운 줄도 모르고 이런 돼먹지 않은 소리나 써 붙이는 것이지."

언문 익명서에 대한 내용을 듣고 연산군은 이게 모두 백성들이 글을 쉽게 배울 수 있게 된 때문이라며 그 즉시로 언문의 가르침과 학습을 금지하고, 이두 사용을 금지시켰다.

왕은 온 나라에 명령 내렸다.

"이후로 누구에게도 언문을 가르치지도 말고, 배우지도 말 것이며, 이미 배운 자도 쓰지 말라. 이후로 만약 언문을 쓰는 자가 있다면 그 자의 목을 벨 것이고, 이런 사실을 알면서도 고하지 않은 자가 있다면 그 자를 찾아내 벌을 내릴 것이며, 사대부의 집 안에 간직한 언문과 구결 서적을 모두 불사르도록 하라."

이 명령에는 조정 대신들 중 누구 하나 옳지 않다고 말하는 사람도 없었고, 옳지 않다고 여기는 사람도 없었다. 피비린내 나는 사화의 와중에 왕과 왕의 다음 행동에 전전긍긍

하고 있는 대소신료들뿐 아니라 이 땅의 글을 하는 선비들 모두의 생각이 유일하게 일치하는 부분이 어쩌면 이것 하나였는지 모른다. 글을 배운 사람들일수록 글의 편의성과 실용성을 무시하고 글이란 무조건 익히기도 쓰기도 어려워야 한다고 여겼다. 그래야 글을 익히는 것 자체가 학문으로 존중받으며 아랫것들이 함부로 범접할 수 없게 되어 글을 아는 것이 자기들만의 특권이 되고 권력이 되기 때문이었다. 급한 일이 있을 때 언문 사찰을 주고받던 여자들과 평민들만 그나마 그것마저 사용할 수 없게 돼 자기 생각을 전할 수 없어 불편하게 여길 뿐이었다.

더불어 왕은 그간 자신이 하고자 하는 일에 반대만 해온 유생들의 인재 양성소이자 학문의 전당인 성균관을 놀이장소인 유연소로 만들고 성균관과 사학(서울의 양반 자제들을 위한 4부학당)의 유생들에게 일체 국정을 논하지 못하게 했다. 왕명으로 이걸 어기는 자가 있다면 엄벌에 처할 것이라고 했다. 그러면서 성균관에서 이름을 바꾼 유연소로 기녀를 불러들였다. 글을 아는 선비들과 유생들이 그래서는 아니 된다고 불만을 품는 것은 언문 사용금지에 대해서가 아니라 바로 이런 명령에 대해서였다.

이 사람 이행

　왕은 멈추지 않았다. 대궐 안에 불러들인 기녀를 흥청이라 이름 지어 부르고, 궐 바깥에 월산대군의 사저를 예비 기녀들인 가흥청의 임시처소를 만들고, 궁중의 음악과 춤을 관장하는 장악원을 왕의 향락을 위한 연방원으로 이름을 바꾸었다. 왕이 하는 일에 누구도 함부로 말하지 못하게 조정 신하들에게 신언패를 목에 차게 했다. 한마디로 누구든 말조심하라는 뜻으로 거기엔 이런 글귀가 적혀 있었다.

입은 화가 드나드는 문이요
口是禍之門 (구시화지문)

혀는 몸을 베는 칼이라
舌是斬身刀 (설시참신도)

입을 다물고 혀를 깊이 감추면
閉口深藏舌 (폐구심장설)

어느 곳에서든 몸이 편안하리라
安身處處牢 (안신처처뢰)

　듣기만 해도 입보다 목이 먼저 섬뜩 굳어지는 이 말은 궁중 내시와 상궁 나인들이 평소 지켜야 할 계명이었다. 특히 왕을 모시며 어쩔 수 없이 궁중의 긴밀한 일들을 보고 듣게 되는 내시들은 이 계명을 자신의 몸 깊숙이 간직하고 다녔다. 원래 이 경구는 당나라 말기에 태어나 후당 때에 재상 자리에 오른 풍도라는 사람이 쓴 「설시(舌詩)」였다. 어디에서나 말을 조심하라는 경계의 뜻을 담고 있지만 왕의 잘못에 대해 직언하고 나라 일에 의견을 분분하게 나누어야 할 조정 신하들이 개목걸이처럼 목에 걸고 다닐 말은 아니었다.
　서울에서 들려온 소식을 듣고 강릉 북평촌 참판댁 큰사랑에 앉아 있는 최응현은 저도 모르게 손을 올려 자신의 늙고 주름진 목을 쓰다듬었다. 그때 그만두지 못하고 아직까지도 서울에서 벼슬살이를 하고 있다면 일흔이 훨씬 넘은 늙은 대신의 목에 영락없이 저 신언패를 차고 있을 것이다. 그는 요즘 붓을 잡는 법을 막 배운 네 살짜리 큰 외증손녀에게 더듬더듬 천자문을 가르치는 재미에 빠져 있었다. 생각할수록 이태 전 스스로 벼슬을 잘 벗어던지고 나왔다는 생각이 들었다. 늙어서 더 험한 꼴을 보지 않고 그쯤에서 벼슬의 모든 영화를 훌훌 털고 나온 것이 여간 다행스럽지 않았다. 그러나 조정에 남아 있는 대신들이야말로 하루하루가 살아도 사는 것 같지 않게 저 신언패를 걸고 있는 자신의 목을 하루에도 몇 번이고 무참한 심경으로 쓰다듬고 있을 것이다. 왕의 성정을 누구보다 잘 알고 있는 최웅현으로서는 대전의 모습이 북평촌에 앉아서도 눈에 훤히 들어오는 듯했다.

연산군은 이어 왕후로 복위시킨 자신의 어머니를 더욱 높여 덕을 기리는 휘호를 올리고 부왕 성종의 묘정에 배사하는 일을 조정 백관들에게 의논하게 했다. 이 또한 거역할 수 없는 왕명으로 그걸 반대했을 때 어떤 일들을 겪게 될지 다들 눈으로 본지라 온 조정이 벌벌 떨며 감히 이의를 제기하지 못했다. 게다가 목에는 '구지화문'의 신언패가 걸려 있었다. 저마다 목숨이 어명이어서 선왕을 모셨던 대신들조차도 모두 지당하다는 말만 되뇔 뿐이었다.

그러나 바로 이런 때에 입이 있어도 누구 하나 나서지 않는 허수아비들뿐인 조정에 이렇게 말하고 나서는 사람이 있었다.

"전하, 그것은 아니 되옵니다!"

홍문관 응교 이행이었다. 홍문관은 조정 안에서도 학문 연구의 중심이 되는 곳으로, 모두들 이곳에 관직을 가지는 것을 매우 영광스럽게 생각했다. 당시 스물일곱 살이던 이행은 열여덟 살에 증광시에 급제하여 누구보다 벼슬길이 빨랐다. 두 살 위의 형 이기는 스물여섯 살에 관직에 나갔다. 형도 남보다 빠른 관직이었는데 그런 형보다도 6년이나 먼저 급제하여 벼슬길에 나선 것이었다. 이행은 이 일을 홍문관의 동료들과 먼저 공론에 부쳐 의논한 다음 이렇게 말했다.

"전하께서는 모후를 추숭하는 의식에 이미 지극한 예를 다하셨습니다. 이것은 홍문관의 젊은 관리들이 공론한 일로 이제까지 전하께서 모후께 행하신 예가 이미 극진하오니 이만 휘호를 올리는 일은 더하지 않는 것이 옳은 줄 아뢰옵니다. 또 선왕의 묘정에 배사하는 일은 조정의 대소신료들이 의논하여 정할 일이 아닙니다. 이 일을 의논하는 것이 선왕의 유지를 그르치는 일이라 이 역시 불가한 줄 아뢰옵니다."

오직 죽은 어머니의 원한을 풀고 어머니의 지위를 높이는 일에만 눈이 먼 연산군은 이 말에 부르르 몸을 떨었다.

"당장 이행을 잡아 국문하고, 홍문관뿐 아니라 조정 안팎에 이런 뜻을 앞서 주창한 자를 찾아내라."

왕명이 떨어지자 다시 백관들이 저마다 이를 면하려고 자신은 그 일과 상관이 없음을 변명하기에 바빴다. 이때 이행 다음으로 홍문관 교리 권달수가 의금부로 잡혀 들어왔다. 권달수는 의금부에 잡혀 와서도 조금도 두려움 없는 얼굴로 말했다.

"어찌 나의 목숨을 부지하고자 임금을 나쁜 길로 빠지게 할 수 있겠는가. 그 일에 대해 공론을 처음 주장한 것도 나이고, 휘호를 올리는 것이 부당하다고 가장 먼저 말한 것도 나이고, 전하의 모후를 선왕의 묘정에 배사하는 것 역시 선왕의 유지를 그르치는 일이라 부당하다고 가장 앞서 주창한 사람도 바로 나 권달수다. 먼저 잡혀와 있는 이행이 아니다. 그는 다만 우리의 공론을 모아 말했을 뿐이다."

누구든 왕의 비위를 거스르면 바로 죽임을 당해 온 조정이 떨며 한마디 말도 못하고 있을 때 분연히 홍문관의 젊은 관리들이 바른 말을 하고 나선 것이었다.

'그래서 다들 홍문관을 옥당이라고 부르는구나. 과연 삼사의 으뜸답다.'

국문을 진행하는 의금부의 옥리들조차도 마음속으로 그렇게 말하며 홍문관의 젊은 관리를 우러러보았다. 이후 국문이 더 진행되었으나 권달수는 얼굴빛 하나 바꾸지 않고 그 길로 죽임을 당하고, 이행은 곤장을 60대를 맞고 박은 등 홍문관의 다른 젊은 관리들과 귀양을 가게 되었다. 아마 보통 사람이었으면 그대로 목숨을 잃고 말았을 것이다. 이행은 형제들이 모두 구척장신으로 몸들이 좋았다. 그래서 살이 헤지고 상처가 덧난 다음 겹쳐 오는 지독한 장독을 견뎌낼 수 있었다.

이 일이 있은 다음 연산군은 홍문관을 진독청으로 이름을 바꾸고 전임관을 없애버렸다. 다음 해 다시 왕의 폭정과 문란함을 폭로하는 언문 익명서가 나붙자 이 일과 관련하여 이미 귀양 가 있는 이행을 한 차례 더 불러 고문하고 더 먼 곳으로 귀양 보냈다가 그래도 분이 풀리지 않자 이번엔 다시 죽을 때까지 곤장을 치라고 명령했다. 그러나 살 사람은 어떻게든 사는가 보았다. 의금부의 관리들이 왕명을 받들러 그가 염소를 치는 노비로 위리안치되어 있는 거제도로 가던 중 중종반정이 일어나 천운처럼 죽음을 면했다. 이때의 사화로 목숨을 잃은 사람의 수만도 239명이나 되었다. 반정이 늦었거나 그런 거사가 계획되지 않아 연산군이 계속 왕위에 있었다면 이행을 비롯해 더 많은 사람들이 목숨을 잃었을 것이다. 보다 최악의 경우로 반정 모의가 예전 사육신들의 단종 복위 모의처럼 중간에 발각되기라도 했다면 그때엔 또 이런저런 일에 연루되어 조정에 살아남은 신하가 절반이 되지 않았을 것이다.

　용재 이행.

　우리는 이 사람의 이름을 좀 더 오래 기억해 둘 필요가 있
다. 이 사람이 바로 후일 사임당의 남편 이원수의 당숙이 되
는 사람이었다. 젊은 나이에 벼슬길에 나선 또 한 사람의 당
숙은 이행의 바로 위의 형 이기. 이 사람의 이름 역시 우리는
오래 기억해 둘 필요가 있다. 한 어머니의 뱃속에서 나온 형
제여도 서로 다른 길을 걸어간 사람들이었다. 한 사람은 사
임당이 아들들에게 작은댁 할아버지의 행실을 귀감으로 삼
으라고 했고, 또 한 사람은 사임당이 남편에게 그 어른은 마
음속에 늘 옳지 않은 일을 꾸미니 절대 가까이 하지 말라고
경계했다.

　한 부모에게서 나도 한 사람은 죽어 임금의 묘정에 배향
되었고, 한 사람은 살아서는 일인지하 만인지상의 영의정 자
리에까지 오르는 영화를 누렸으나 죽어서는 훗날 을사사화
의 원흉으로 모든 관직이 삭탈되고, 지난 날 영화에 대한 철
퇴처럼 묘비가 쓰러뜨려져 깨어지는 치욕을 겪었다. 그가 살
아서 이룬 온갖 거짓 명성처럼 인생은 짧아도 저마다 살아
서 지은 업은 천년만년 역사에 남는 법이었다.

신명화와 오죽헌의 큰 어른

세월이 이토록 가혹하고 모진 때에 강원도 영월군수를 지낸 신명화의 아버지 신숙권이 세상을 떠났다. 이미 폭군으로 광기를 보이고 있는 연산군은 새로 상례를 정해 부모상이든 조부상이든 상기를 단축하는 단상법을 막무가내로 명령했다. 궁궐 바깥에는 왕이 머리로 할머니의 가슴을 들이받아 쓰러져 자리에 누웠다가 그 길로 세상을 떠났다고 소문난 대왕대비(인수대비)의 상제도 하루를 한 달로 계산하여 삼년상을 한 달도 채 안 되게 단축하여 치렀다.

삼년상을 격식대로 제대로 치르자면 아무리 상기를 짧게 하여도 2년하고도 3년째의 한 달을 더해 스물다섯 달을 부모 산소 아래 여막을 짓고 시묘를 살아야 했다. 그 사이 윤달이 끼었다면 스물여섯 달이고, 윤달이 없다면 스물다섯 달이었다. 그걸 연산군은 하루를 한 달로 계산하는 억지 역월법으로 스무 이레 만에 대왕대비의 상례를 끝낸 것이었다.

'허, 이건 저포(윷놀이)에서 도개를 치고 걸을 가는 일도 아니고…….'[14]

대신들은 다들 말은 하지 못하고 돌아서서 혀를 찼다. 왕의 심중에는 살아서 할머니의 핍박을 받았던 모후의 죽음에 대한 복수심이 겹쳐 있었지만, 궁중에서 이미 왕이 그렇게 상기를 단축하여 상례를 치른 다음이어서 단상법의 추진이 더욱 엄하고 혹독하게 실시되었다. 이 법이 모두에게 예외 없이 적용되는 것이긴 하지만 문제는 이 시기에 부모가 돌아간 사람들이었다. 벼슬길에 나선 사람들 중에 왕이 명령하는 이 상례를 지키지 않는 자가 없었다. 그걸 어겼을 때 어떤 처분이 내려질지 이미 지나온 일이 다 말하고 있었다. 지키지 않으면 단순히 단상법이 잘못되었다는 것이 아니라 대

---

14 윷놀이에서 실제 윷으로는 도와 개를 치고, 윷판의 말은 걸 자리에 가져다 놓는다는, 일을 얼렁뚱땅 서두른다는 뜻의 속담

왕대비의 국상을 역월법으로 치러 낸 왕의 상례가 잘못되었다고, 그것이 불효한 일이라고 왕에게 정면으로 맞서는 일이었다.

바로 그런 때에 신명화와 그의 형제들은 자식된 도리로 돌아가신 부모에 대한 예를 줄일 수 없다며 나라의 단상법에 맞서 아버지의 산소 아래 여막을 짓고 그곳에서 삼 년(실제로는 2년 동안의 스물네 달과 3년이 되는 해의 한 달을 더해 스물다섯 달) 상복을 입고 잠을 잘 때에도 허리에 두른 요질과 머리에 두른 수질을 한 번도 끄르지 않고 시묘를 살았다. 자신들은 매끼 죽만 떠먹어 피골이 상접한 가운데서도 직접 불을 피워 자기 손으로 극진히 음식을 짓고 그릇도 손수 씻어 아버지 산소에 올리며 부모를 잃은 슬픔에 정성을 다했다.

사람들 모두 과연 그 형제들이라고 칭송했지만, 신명화의 장인 이사온은 사위의 시묘살이가 일 년이 넘어가며 이 일이 여간 걱정스럽지 않았다. 왕명으로 내려진 법이 혹독한 가운데 계속 그렇게 하라고 격려하기에도, 사위의 안위를 생각해 이제 그만하라고 말할 수도 없는 처지였다. 큰사랑의 최응현도 무어라고 말할 수 없기는 마찬가지였다.

최응현은 열세 살에 아버지를 잃었을 때에도 삼년 시묘를 살았으며 쉰세 살 때 어머니가 돌아가셨을 때에도 벼슬을 버리고 고향에 내려와 어머니 산소 아래 여막을 짓고 집

에도 한 번 오지 않고 그곳에 머물며 시묘를 살고 다시 벼슬
길에 나섰다. 그러나 그건 어진 선왕(성종) 시절의 일이었다.
만약 삼 년 상중에 중종반정이 아니었다면 앞서 본 용재 이
행만이 아니라 신명화 역시 이때에 국법으로 엄히 다스려졌
는지 모른다. 벼슬길에 나선 사람이나 나서지 않은 사람이
나, 또 글을 하는 사람이나 하지 않는 사람이나 모두 힘든 시
절의 일이었다.

신명화는 아버지의 산소 아래 여막에서 삼년상을 마치고,
아내와 아이들이 있는 강릉 북평촌으로 처가 어른들에게 험
한 시절에 무사히 부모 상례를 마쳤음을 인사드리러 왔다.
큰사랑에 들어가 어른을 뵙고 절을 하는 신명화에게 처외조
부인 최응현이 말했다.

"올곧게 예를 갖추느라 고생했구먼."

"그러지도 못했습니다. 시절이 험해 제대로 예도 갖추지
못하고 남들이 하는 도리를 겨우 흉내만 내고 만 것 같습니
다."

"흉내만 내다니. 임금의 법까지 어겨가며 이렇게 몸까지
상한 사람이."

"아닙니다. 몸이야 상했다 하더라도 살아 계실 때 제대로
모시지 못해 부모를 잃은 죄만 하겠습니까?"

"젊은 선비가 말도 이렇게 효성스럽게 하는구먼. 이보게 신서방."

최응현은 가까이 앉아 있어도 그윽한 음성으로 외손주사위를 불렀다.

"예, 할아버님."

"나도 열세 살에, 또 쉰세 살에 시묘를 살았네만, 어려서든 나이 들어서든 시묘보다 더 어려운 게 시묘를 끝낸 다음의 일이라네. 시묘를 살 때 몸이 상하도록 정성을 다해 평생 병을 달고 사는 사람도 있고, 또 그래서 제 명보다 일찍 떠나는 사람도 보았네만, 자네가 부모 입장이라 하더라도 그것은 또 하늘에서 부모가 굽어보기에 좋은 일이겠는가."

"그러하겠지요."

"내가 여기 앉아서도 자네 시묘 얘기를 들었네만, 이 늙은이가 보기에 자네한테는 지금 시묘를 사느라 상해 보이는 몸보다 더 걱정스러운 게 또 있다네."

신명화는 무슨 분부일까 하고 오랜 세월의 비바람 속에 고목 등걸처럼 늙은 처외조부의 얼굴을 바라보았다.

"신서방."

최응현은 다시 낮고도 그윽하게 외손주사위를 불렀다.

"예. 할아버님."

"몸도 몸이지만, 중사랑에 있는 생원도 자네 성정이 강직해 걱정스럽다고 하고, 나도 자네를 본 지 오래지 않아도 안 팎으로 하는 일이며 언행이 너무 곧아서 걱정스러운 데가 있다네."

"무슨 말씀이신지요?"

"이제 폐주(연산군)와 같은 시절이 다시 오기야 하겠는가만 사람이 한평생 학문을 이어가는 일도, 또 등과하여 벼슬길로 나서는 일도 스스로를 조심시키고 몸을 아껴야 성취할 수 있는 일이라네. 언제 어디서나 늘 몸을 아끼게. 몸을 아끼지 않으면 아무리 좋은 뜻이라도 오래 지킬 수 없다네."

그것이야말로 앞에 앉은 젊은 선비를 바라보는 노 사유(師儒)의 진심어린 걱정이었다. 목 안에서 깊이 가래가 끓어 낮게 쉿소리가 나는 음성에서도 그것이 느껴졌다.

"할아버님 분부 명심하겠습니다."

신명화는 다시 자리에서 일어나 일흔아홉 살의 처외조부에게 진심으로 존경하는 마음을 담아 절을 올렸다.

신명화가 아버지의 산소 아래 시묘를 사는 사이 큰딸은 일곱 살이 되고, 둘째 딸은 네 살이 되어 있었다. 네 살이라 하더라도 입동 무렵에 낳아 두 돌 반 조금 지났다. 그가 처가로 인사를 갔을 때 큰딸은 틈틈이 외증조할아버지 방에서 천자문과 『명심보감』[15]을 함께 더듬더듬 익히고 있었고, 둘째 딸은 큰딸이 그 나이에 그랬듯 외증조할아버지와 외할아버지 방에 있는 여러 종류의 붓을 가지고 마른 붓끝을 가만히 얼굴에 대보기도 하고 손바닥에 조심스럽게 쓸어 보는 걸 좋아했다. 아이는 틈날 때마다 자주 큰사랑과 중사랑에 건너가 어른들의 붓을 가지고 놀았다. 최응현도 외할아버지의 방에 놓여 있는 물건들에 대해 호기심이 많은 어린 외증손녀를 유심히 지켜보았다.

"그리고 저 아이 말일세."

최응현은 인사를 마치고 방에서 물러나는 신명화를 다시 불러 세우고, 저쪽 마루 끝에서 제 언니와 놀고 있는 둘째 외증손녀를 가리켰다.

"나이가 어려도 옆에서 가만히 지켜보면 총기가 여간 아니거든."

"무슨 일이 있었는지요?"

"일이야 무슨. 이제 겨우 말을 뗀 아이가 노는 게 여간 명석하지 않아 하는 얘기라네. 제 형이 이 방에 드나들며 천자문과 『명심보감』을 익히고 있으면 같이 살그머니 들어와 형

---

15 고려 때 아동들의 학습을 위하여 중국 고전에 나온 선현들의 금언과 명구를 편집하여 만든 책.

어깨너머로 함께 글자를 유심히 바라보거든."

"그거야 뭘 알고 그러겠습니까? 제 언니가 하니 그저 시늉을 내는 거겠지요."

"아니야. 제대로 가르치지 않아 한 줄 한 줄 차례대로 음독하지 못해서 그렇지, 형 어깨너머로 보고도 인선이 여기 나라 국 자 찾아봐라, 호수 호 자 짚어 봐라, 하면 골똘히 바라보다가 그걸 짚어 내거든."

"그야 할아버님께서 귀엽게 보시니 그렇지요. 이제 두 돌이 더 지난 게 글자를 알면 뭐 얼마나 알겠습니까?"

"그래서 얘기인데, 좀 더 자라 누가 가르치든 저 아이가 배울 천자문 한 권을 미리 써 놓으라는 얘기일세."

"집에 천자문이 없는지요?"

"아무렴 선비가 둘씩이나 있는 집에 없기야 하겠는가. 큰 애가 지금 배우는 것도 있고, 그거 아니어도 서고에 찾으면 또 있기야 하지. 그런데 자네는 어릴 때 천자문을 누가 써준 걸로 배웠는가?"

"저는 가형이 어릴 때 아버님께서 써주신 걸 물려서 배웠습니다."

"그래. 대개 그렇게 하지. 천자문과 『명심보감』만 익혀도 이제 글씨를 아니 그 다음에 배울 책을 서당에서 빌려오든 어디에서 빌려오든 제 손으로 베껴서 묶지만, 천자문은 누구나 처음 배우는 글이니 어디 필체가 좋은 필경사가 쓴 것도 좋겠지만, 아버지나 할아버지가 정성껏 써서 내려주는 게 더 좋지. 나도 예전에 그랬네만, 무엇보다 글을 처음 접하는 아이들에게는 아버지가 한 자 한 자 정성을 들여 반듯하게 써주는 책이 제일 엄하거든. 그걸 펼쳐 놓고 공부하는 마음도 새롭고."

"그럼 지금 큰애가 배우는 책은 누가 쓰신 것인지요?"

"나는 이제 손이 떨려 그런 일이 어렵고, 집에 다른 천자문이 있기도 하지만 자네가 부친 시묘를 사는 동안 중사랑에 있는 생원이 직접 한 권을 새로 썼다네."

"그러셨군요. 저는 그런지도 모르고 있었습니다."

"시묘를 사는 일이 그렇지. 애가 크니 아나, 집에 추녀가 무너지니 아나. 그게 또 부모 잃은 슬픔에 정성을 다하는 일이고. 생원이 쓴 건 큰애가 아직 그걸 가지고 배우기도 하지만, 처음 글을 배우는 천자문은 그걸 아직 떼지 못한 형의 책을 옆에서 같이 배우는 게 아니라, 그것도 형편이 안 되면 어쩔 수 없는 일이겠지만, 저마다 자기 책으로 배워야 수시로 펼쳐 익힐 수 있거든. 그래서 언제 배우기 시작하든 작은 아이 걸 자네가 미리 한 권 써 놓으라는 얘기일세."

신명화로서는 거기까지는 미처 생각하지 못한 일이었다. 두 임금 대에, 그리고 일흔이 넘어서 세 번의 대사헌과 삼조

(공조·형조·병조)의 참판으로 부름 받았던 최응현은 나이 여든에 이르러서도 일생에 처음 시작하는 공부의 기초에 대한 마음부터 다른 어른이었다. 집안 어른이기에 앞서 학문에 대한 노학자의 진실함과 경건함에 신명화는 저절로 고개가 숙여졌다.

어쩌면 그것이 후일 오죽헌이라는 이름으로 불리는 이 집의 주인들의 자녀교육의 전통인지 모른다. 이 집을 처음 지은 최치운도 두 아들만이 아니라 딸들(최응현의 누이)에게도 글을 가르쳐 그 딸이 남긴 시가 후대에 전해지고 있다.

신명화는 아이가 태어나 배밀이를 하는 걸 보고 떠났는데 그 사이 두 해가 훌쩍 지나 네 살이 된 둘째 딸을 위하여 새로 천자문을 썼다. 천자문은 중국 양나라의 주흥사가 무제의 명을 받아 지은 책이었다. 1천 개의 서로 다른 글자를 가지고 250구절을 만들고, 두 구절을 하나로 이어 125수의 시를 지었다. 주흥사는 하룻밤 사이에 이 글을 짓고 머리가 하얗게 세었다고 했다.[16]

---

16 조선시대 들어 특히 천자문을 초학의 교재로 많이 쓴 이유는 천자문이 우선 글자 익히기와 글씨 쓰기의 교본으로 사용하기 좋고, 내용이 교훈적이며 짧은 글 안에 천지 우주의 자연과 인생에 대한 깊은 통찰이 담겨 있기 때문이다. 네 글자로 이루어진 두 개의 대구가 마치 두 마리의 말을 나란히 매어 마차를 끌고(騈, 나란히 할 변) 두 사람이 나란히 밭을 가는 것(儷, 짝 려) 같다고 하여 이런 문체를 변체문 혹은 사

두 아이의 책 모양이 똑 같도록 장인 이사온이 먼저 써준 큰딸의 책과 똑 같은 크기로 화선지를 반으로 접어 먼저 오른쪽 편에 세로로 네 글자씩 큼지막하게 열두 자를 쓰고, 왼편에 또 열두 자를 썼다. 그게 가운데를 접은 앞뒤 책 한 장이었다. 그렇게 천자를 다 쓰면 마흔두 장에 여든네 쪽의 책이 묶어졌다. 글씨를 조맹부의 송설체[17]로 반듯반듯하게 쓰는 건 처음 공부를 시작하는 아이가 글자만 보고도 획순을 짐작하고 따라 쓰기 쉽게 하기 위해서였다. 그리고 어린아이가 공부하는 책이라 혼자서도 익힐 수 있게 천자를 다 쓴 다음 각 글자마다 아래에 '하늘 텬' 하는 식으로 가는 붓으로 언문 음독을 달았다.

그는 두 딸이 옆에 지켜보는 가운데 한 글자 한 글자 정성을 다해 사흘 동안 천자와 음독을 달아 좌면지(기름을 먹인 유지)를 표지로 하여 다섯 군데에 구멍을 뚫어 종이못까지 박아 오침 안정법으로 단단하게 삼끈을 묶었다. 그렇게 종이

<hr />

류변려라고 하는데 두 구의 네 글자가 하나의 대를 이룬다는 뜻이다. 여덟 자가 한 개의 시로 이루어진 천자문 각 시의 끝 자를 살펴보면 앞에서부터 100수 가량의 시가 모두 '황장장양상강광상강상황상당' 하는 식으로, 또 뒤에 20여수의 시는 '소조묘요초주'로 끝나 각 시의 각운이 잘 살아 있어 1천 자의 글자와 함께 125수의 시를 익히는 것 자체가 한시의 압운과 대구 등 작문의 기초가 되기 때문이었다.

17 조맹부의 서체로 필법이 굳세고 결구가 정밀하면서도 유려하다. 한석봉이 나오기 전 조선 전기의 대표적인 필체로 강인한 느낌을 준다. 조선 전기 안평대군의 글씨가 대표적이다.

못을 박아야 나중에 삼끈이 헤어져도 책이 각 장으로 흩어지지 않았다. 그리고 제일 앞장에 새 종이를 붙여 '천자문'이라고 쓰고, 천자문의 제일 뒤편 여백에 '개권대월(開券對越) 혁약유림(赫若有臨) 연수부족(年數不足) 출연심경(怵然心驚)'이라고 썼다.

"그건 무슨 뜻이옵니까?"

이제 막 글을 깨쳐가는 일곱 살 큰딸이 물었다.

"공부를 할 때 책을 펼쳐 성인의 말씀을 대하면 그분이 나를 바로 앞에서 지켜보심과 같다. 너희가 아직은 어리지만 그래도 일생에 공부를 하는 시간은 늘 부족해 마음이 먼저 두려워 놀란다는 뜻이란다. 그러니 어려도 쉬지 말고 열심히 공부를 하라는 뜻이지."[18]

"예."

"네가 공부하는 책은 외할아버지께서 써주셨고, 이것은 이제 인선이가 새로 공부할 책이다."

"예."

신명화가 새로 쓴 천자문을 보고 최응현은 다시 흡족한 얼굴을 했다.

---

18 이것은 후일 공부에 대한 사임당의 좌우명이 되어 자녀들에게도 이 말을 강조하고 휘호로 남기기도 했다.

"허허, 중사랑의 생원도 필체가 좋은데, 신서방도 필체가 반듯하고 힘이 있어 배우는 아이에게도 아비의 기운이 그대로 스며들겠구먼. 사내아이면 기상도 책 속에 함께 내려가겠지만, 딸이라고 어디 그러지 말라는 법이 없는 거지."

"부끄럽습니다."

"아니야. 젊은 사람의 글씨여서 그런가. 반듯하면서도 아주 힘차군 그래."

천자문뿐 아니라 두 딸이 종이 위에 쓰는 것처럼 글씨 연습을 할 수 있도록 사람을 시켜 따로 분판[19] 여러 개를 만들어주었다.

그날 어린 둘째 딸 인선은 아버지가 새로 써 준 천자문을 잠결에도 꼭 안고 잤다.

두 아이가 잠든 옆에 신명화는 부인에게 나직하게 말했다.

---

19 종이가 귀하던 시절이라 글씨 연습을 요즘처럼 종이 위에 바로 할 수 없었다. 그건 장안의 부잣집 도령도 그렇게 하는 게 쉽지 않았다. 궁궐에서도 왕조실록의 사초와 같이 한 번 사용한 종이를 물에 담가 먹물을 뺀 다음 그걸로 다시 종이를 만들어 썼다. 그런 시절 종이 대신 글씨 연습을 할 수 있는 것이 분판(粉板)이었다. 분판은 네모난 나무판 위에 흰 석회 가루를 기름과 아교에 개어 발라 만들었다. 그 위에 먹물 대신 그냥 물을 묻혀 글씨를 쓰면 분판이 회색빛을 띠어 종이에 먹으로 글씨를 쓰는 것과 같은 효과를 냈다. 물이 말라 글씨가 사라지면 그 위에 다시 글씨를 쓰는 식으로 여러 개의 분판을 사용해 글씨 연습을 했다. 또 그냥 상 위에 맹물로 글씨를 쓰기도 했다.

"당신하고 의논할 일이 있소. 이제 아버님 상기를 마쳤으니 나는 다시 예전처럼 공부에 정진해야 할 듯싶소."

"당연히 그러셔야지요."

"그래서 하는 얘기라오. 이번에 강릉으로 온 게 아버님 상례를 마치고 어른들에 대한 인사도 인사지만, 오면서 당신을 다시 서울로 데려가려고 생각하고 왔다오. 그간 장모님 병환도 당신이 정성을 다해 예전처럼 회복하신 듯하니 이제 나를 따라 서울로 갑시다."

그러자 이씨 부인이 나직한 목소리로 말했다.

"저도 서방님이 오시면 그리 말씀을 하시지 않을까 생각하고 있었답니다. 부부의 연으로도 당연히 그렇게 하는 게 옳겠지요."

"내가 다시 몸을 추스르고 공부에 전념하자 해도 당신이 옆에 있어야 할 것 같소."

"이미 출가하여 아이를 둘씩이나 낳은 아낙이 어찌 서방님의 말을 어길 수 있겠습니까? 제가 출가 후 서울에 가서 살림을 하다가 어머니 병환이 깊어 서울의 시댁을 떠나 강릉에 와 있은 지 여러 해입니다. 또 그간 서방님은 돌아가신 아버님의 시묘를 사셨고, 그러는 동안에도 저는 장례를 치른 후 줄곧 이곳에 와 있었습니다. 서방님의 말씀이 아니어도 이렇게 저를 데리러 온 서방님을 따라 올라가 서울집의 살림을 사는 게 너무도 당연하지요. 그렇지만 서방님이 보시다시피 이제 저의 친정 부모님은 두 분 다 늙으셨고, 늙으신 어머니가 이 큰 집안의 살림을 모두 맡고 계시는데 집안을 돌보아 드릴 사람이 아무도 없습니다. 어머니 위로 여든이 되시는 외조부님까지 계시는데 그 수발은 또 누가 들며 무남독녀인 저마저 이 집을 떠나고 나면 부모님께서 누구에게 의지할 수 있겠습니까?"

"그러면 외조부님 살아 계시는 동안이라도 어머니 곁에 있으려오?"

"서방님의 말씀 또한 감사한 일이오나, 제 심중은 또 그러지 못하답니다."

"못하다니, 그건 또 무슨 말이오?"

"제가 처음 서울에서 강릉으로 올 때보다 어머니께서 건강을 많이 회복하셨다 하더라도 아직도 여전히 환우 중에 계십니다. 사랑채 어른들이 아시면 걱정할세라 부엌 뒤뜰에서 부채를 부쳐 가며 끊임없이 약을 달이는데 어찌 딸이 그 모습을 보고 차마 그냥 떠날 수 있겠습니까? 밤에 누웠다가도 그 생각을 하면 잠이 달아나 자리에서 일어나 꼬박 밤을 새우기가 일쑤랍니다."

"그럼 어디 당신의 생각을 말해보오. 우리가 어떻게 하면 좋겠는지?"

두 아이가 자는 모습을 한 번 바라본 다음 부인 이씨가 다시 낮은 소리로 말을 이어갔다.

"제가 지금 바라는 것은 우선 서방님이 이곳에서 몸을 회복하시는 일입니다. 그 일은 제가 어떤 일보다 지성으로 받들겠습니다. 그런 다음 서방님께 의논드리고 허락받고 싶은 것은 우리 부부가 지금처럼 당분간은 더 떨어져서 서방님은 서울 형님 댁에 계시는 어머님 가까이에서 그간 하지 못했던 공부를 계속 하시고, 무남독녀인 저는 이곳 강릉에서 친정어버이와 외조부님을 모시는 게 어떨까 하는 것입니다. 의논이라고 말씀을 드리면서도 제가 지금 이러는 게 이미 출가한 아낙으로 서방님께 해서는 안될 말을 하고 있는 것은 아닌지, 또 친정 부모님께 잘하자고 서울에 계신 어머님께는 얼굴도 제대로 보이지 않으며 불효하는 것은 아닌지 이런 제 마음과 처지를 잘 짐작하여 주시길 바랄 뿐입니다."

거기까지는 신명화도 생각하지 못하고 온 길이었다.

"와서 보니 여기 사정도 그렇고 당신의 처지를 모르는 건 아니나, 그런데도 내가 서울에 가자고 하면 당신은 어떻게 하려요?"

"그러면 저는……."

이씨 부인은 잠시 말을 끊고 긴 한숨을 내쉬듯 말했다.

"서방님의 말씀을 따를 수밖에 없습니다. 차마 이곳의 일을 놓고 갈 수 없어도 이미 출가하여 외인이 된 몸으로 서방님이 내리는 지엄한 분부를 어찌 거역할 수 있겠습니까? 서방님이 마음을 그렇게 정하시면 당연히 따라야겠지요."

그 말을 듣고 신명화는 지그시 눈을 감았다가 마지막 결정을 내리듯 말했다.

"내가 당신과 혼인할 때 당신의 무남독녀 처지를 몰랐던 것이 아니오. 그럼에도 어른들이 혼인을 허락하고 내가 어른들의 뜻에 따랐던 것은, 그때는 이런 사정까지 짐작하지 못했다 하더라도 그건 단지 그때 몰랐던 거지 결국은 이런 사정까지를 다 포함해서가 아니겠소. 당신이 서울로 가는 일은 잠시 전 당신이 내 말을 따르겠다고 한 마음만 받고, 내가 당신의 말을 따르리다. 당신은 당분간 더 이곳에서 아이들과 함께 부모님과 외조부님을 모시고 사시오. 나는 서울로 올라가 혼자서라도 중단한 학업을 계속하겠소. 그리고 이따금 이곳을 내왕하면 되지 않겠소."

"고맙습니다, 서방님."

부인 이씨는 자리에서 일어나 진심에서 우러나는 공손한 마음으로 남편에게 절을 올렸다.

"허허, 왜 이러시오."

"제 서방님이지만, 또 일찍이 살림이 넓은 분인 줄 알았지만, 너무 고마워서 그런답니다."

"이럴 때 보면 당신은 안으로는 참 부드럽고, 밖으로는 참 결기 있고 과단성 있는 장부 같소. 그동안 걱정으로 잠을 자지 못했다니 이제는 내가 서울에 가더라도 그런 걱정 내려놓고 편히 눕구려."

신명화는 보름간 강릉 북평촌에 머물다 서울로 돌아오고, 같은 해의 일로 어린 외증손녀의 재주를 특별하게 지켜보았던 검은 대숲집의 어른 최응현이 일흔아홉 살의 나이로 세상을 떠났다. 한 시대의 사유(師儒)가 떠났다.

그림 속에서 만난 스승

서울에서 세 차례나 대사헌을 지내고 삼조의 참판을 지낸 외증조할아버지는 지난해 세상을 떠났지만, 할아버지가 서울에서 가져온 많은 서책과 서화집이 뒷사랑 서고에 있었다. 그 서고는 북평촌 검은 대숲집의 어린 딸들에게는 어느 곳에서도 구경할 수 없는 보물 창고이자 꿈의 궁전과 같은 것이었다. 해가 바뀌어 인선은 다섯 살이 되자 세 살 위의 언니와 함께 매일 사랑에 나가 외할아버지 아래에서 공부를 시작했다.

그 사이 동생이 태어났다. 이번에도 딸이었다. 여덟 살 된 큰딸은 천자문을 뗀 다음에도 그것을 틈틈이 복습하는 한편 『명심보감』을 펼쳐놓고 공부하고, 다섯 살 된 인선은 하늘 천, 따 지에서부터 새로 천자문 공부를 시작했다. 아버지가 한 자 한 자 정성들여 써 준 책이었다. 외할아버지 앞이어도 언니가 왼쪽에 앉고 인선이 오른쪽에 앉아 앉았다.

외할아버지 앞에서만 공부를 하는 것이 아니라 어머니 앞에 앉아서도 공부를 했다. 외할아버지한테서 배운 것을 다시 따라 해보고, 특히 언문은 어머니 이씨가 읽는 법과 쓰는 법을 가르쳐주었다. 초성과 중성과 종성을 서로 붙여 글자를 만들어나가는 것이 어머니처럼 금방 익숙해지지는 않았지만 그건 사랑에서 배우는 한자들과 달리 한 글자를 배우면 다음 글자도 저절로 이치를 알게 되어 배우기도 쉽고 쓰기도 쉬웠다. 세상의 모든 글이 이렇게 배우기 쉬웠으면 좋겠다는 생각이 어린 마음에도 저절로 들었다. 또 어머니 앞에서 『삼강행실도』를 펼쳐놓고 공부했다. 어머니는 이 책을 어릴 때부터 이야기책 삼아 보아 책 전체 구절을 혼자서도 중얼중얼 외웠다.

진외가의 재종오라버니들은 즈므마을 서당에 다녔다. 학동들이 서당에 다니는 시간은 새벽에 들에 나갔던 농부가 집에 와 아침을 먹고 다시 들로 나가는 시간에 같이 나가서 해가 질 무렵까지 공부를 하고 돌아왔다. 해가 긴 여름엔 낮에 잠시 집에 와 시장기를 다스리고 가거나 낮참에 먹을 간식을 챙겨 가기도 했다. 또 봄부터 가을까지는 아침나절에는 서당 공부를 하고 오후엔 집에 돌아와 부모와 함께 논밭에 나가 바쁜 들일을 거들기도 했다. 그렇지만 늦가을부터 다음해 봄까지는 아침에 나가면 저녁 해 질 녘이 되어야 그날 배운 것들을 입으로 암송하며 돌아왔다. 하루 두 끼만 먹던 시절의 일로 점심이 아닌 낮밥은 농부들이 해가 긴 여름 들에서 힘든 일을 할 때만 먹었다.

이곳 북평촌의 서당도 학동들이 같은 마을에 있는 훈장 집에 가서 공부를 하는 좌훈서당이었다. 어떤 마을은(할아버지 친구 김생원이 사는 위촌 마을 같은 곳은) 인가가 많지 않아 따로 훈장이 없어 동네에 임시로 어느 집 방을 비워 두고 다른 곳의 훈장이 와 며칠 머물며 가르치고 숙제를 주고 가는 번차서당을 여는 곳도 있었다.

"공부도 다 제 할 탓이지. 독선생을 두고도 『명심보감』을 못 나가는 사람이 있고, 번차서당에 군불 때주며 공부해서도 나중에 알성시 장원하는 사람이 있고."

어른들은 그렇게 말했다. 서당에 내는 학채는 쌀과 콩과 보리와 같은 곡식이고, 그밖에 철마다 필요한 것들을 학동들의 부모가 챙겨주었다. 그 비용도 만만치 않아 살림이 넉넉

하지 않으면 자식을 서당에 보낼 수 없었다. 가세가 넉넉지 못한 가운데서도 배우고자 하는 뜻이 깊으면 학동의 부모가 훈장 집에 틈틈이 일을 해주는 것으로 품을 바치는 집도 있었다. 어떤 집은 여러 아들 중 한 아들이 가서 배우고 와 다른 형제에게 알려주기도 했다. 꼭 과거시험을 봐 벼슬을 하기 위해서가 아니라 형제들 중에 누군가 하나는 글이라도 알아야 제사 때 축문을 쓰고, 쓰는 게 어렵다면 남이 써 준 축문을 읽기라도 하지 않겠느냐고 했다.

　서울에서 멀리 떨어진 산골에서도 글을 아는 것이 권력과 존경의 대상이어서 훈장은 마을에서 누구에게나 어른 대접을 받으며 학동이 없는 집이라 하더라도 마을에 글이 필요한 일을 도왔다. 제사 축문을 써주는 것도 그런 일 중의 하나였다. 북평촌 훈장도 즈므마을 훈장도 이따금 생원 이사온을 찾아 검은 대숲집으로 놀러 오곤 했다. 두 훈장 다 수염이 하얘도 생원 초시에만 올라 식년시가 있을 때면 강원도 감영이 있는 원주로 자기 아래에서 공부하는 학동들과 함께 생원진사시험을 보러갔다. 그래서 어떤 해엔 훈장은 떨어지고, 훈장 아래에서 공부를 하던 사람이 생원진사시험에 오르기도 했다. 그러면 훈장으로서 망신일 것 같아도 제자는 언제나 스승을 넘는 법이 없어 생원진사시험 입격자가 나온 서당의 훈장은 오히려 밖으로 더 이름이 나 이웃마을의 학동이 이십 리 삼십 리 먼 길을 찾아오기도 했다.

"서당에 가면 어떻게 공부해요?"

위에 인선의 언니는 서당에 대해 궁금한 게 많았다. 책 보따리를 들고 집 앞을 지나 서당으로 가는 동네 사내아이들만 담장 밖으로 보았지 두 자매로서는 가보고 싶어도 가볼 수 없는 곳이었다.

"거기는 여럿이서 공부를 하는 곳이란다. 많으면 한 방에 열댓 명도 앉고."

"그렇게 많이요?"

"그래도 앉는 자리가 다 정해져 있단다. 공부가 제일 빠른 사람이 훈장 바로 옆에 앉고, 인선이처럼 지금 막 배우러 온 사람이 저 끝 문가에 앉지."

"그러다 늦게 온 사람이 더 잘하면요?"

"그러면 자리가 바뀌니 다들 열심히 해야겠지. 학동이 열 명이면 열 명 다 훈장이 가르치는 게 아니라 아침에 모이면 저마다 자기가 한 공부를 훈장 앞에 외워 보이는 걸로 검사를 받지. 그때 틀리면 훈장이 회초리를 쳐서 알게 하고, 그런 다음 공부가 제일 앞선 사람만 훈장이 다음 공부할 것을 가르쳐 주지."

"다른 사람들은요?"

"그 밑에 사람들 공부는 공부가 제일 빠른 사람이 가르쳐

주지. 같이 공부를 해도 그 사람이 접장인 게야. 그리고 같이 공부하는 사람을 동접이라고 하고."

"접장도 같이 공부하는 사람 종아리를 때려요?"

"훈장이 없을 때는 그렇게도 하지. 엄한 데서는 열다섯 살 먹은 접장이 서른 살 먹은 동접 종아리도 치는 걸. 그래서 훈장보다 접장이 더 호되다는 말도 있고. 그러지 않으려면 열심히 공부해야겠지. 너도 아우가 뒤따라오기 전에 열심히 해야 하고."

"아무렴요. 그런데 서당에서 배우는 책은 어떤 거예요?"

"그건 우리가 공부하는 것과 똑 같지. 처음 들어오면 인선이처럼 천자문을 공부하기 시작해 지금 너처럼 『명심보감』과 『소학』을 공부하고 그 다음에는 또 앞으로 나가지."[20]

---

20 이 시대 서당의 기본 교육서는 천자문, 『명심보감』, 『소학』, 『통감절요』, 『당음』, 『사략』 순으로 진행하고 사서오경을 공부했다. 서원이 생긴 다음엔 사서오경 가운데 사서(대학, 논어, 맹자, 중용)는 서당에서 익히고 오경(시경, 서경, 주역, 예기, 춘추)은 서원에서 익혔다. 서당 공부는 학동들이 저마다 진도에 맞춰 공부한 것을 훈장에게 책을 읽듯 외워 보이는 식으로 진행한다. 아침나절에는 새로운 것을 배우고 오후에는 먼저 배운 것을 혼자 입으로 외우며 복습한다. 복습에서 외우는 공부가 중요했던 것은 생원시의 초시와 복시가 시험관 앞에서 경전을 외우고 그걸 해석해 보이는 것이기 때문에 서당에서의 학습법 역시 강독을 가장 중요하게 여겼다. 먼저 글의 음과 훈을 배우고, 입으로 따라 읽은 다음 혼자 숙독하고, 훈장이 책의 어느 부분을 가리키면 그 부분을 책을 보지 않고도 막힘없이 암송하고 설명해야 다음 진도로 넘어갔다. 종이가 귀하던 시절이라 손으로 직접 글씨를 써보지 않고도 글자와 내용을 외우는 방법은 몸을 앞뒤로(또 옆으로) 가볍게 흔들며 운율에 맞춰 소리 내어 읽으며, 눈으로 그 부분을 따라 읽으며 글자와 내용을 함께 익히는 방법밖에 없었다. 글을 읽을 때 몇 번을 읽었는지 서산(書算)을 사용하기도 하는데, 이 산가지는 책을 읽을 때

인선이 일곱 살이 되던 해 어느 가을의 일이었다.

사랑에서 아침나절 공부를 끝낸 다음 종일 집안에 아이가 보이지 않았다.

"인선아. 인선아."

언니가 이곳저곳 찾아 돌아다녔지만 안채에도 사랑채에도 별당에도 보이지 않았다. 간식을 먹을 참부터 그랬다. 이집의 큰 아기씨가 동생에게 줄 대추 몇 알을 손에 꼭 쥐고 방마다 돌아가며 동생을 찾자 나중에는 부엌의 찬모와 찬모

만 쓰는 게 아니라 정철의 「장진주사」에 나오는 것처럼 선비들이 어울려 술을 마시며 술잔을 셀 때에도 썼다. 공부가 더 깊이 들어가면 배운 것들을 연달아 암송하고, 마지막엔 한 권의 책을 다 외워야 비로소 책을 떼는 책걸이를 했다. 『명심보감』과 『소학』 등 초기에 배우는 것들은 그냥 외우고 내용만 해석하면 되지만, 경서의 경우는 본문은 물론 거기에 붙은 작은 주석까지도 다 외워 암송한다. 잘 외는 사람은 '치외기'라고 해서 사서오경을 거꾸로도 막힘없이 외운다. 저마다 공부 진도에 따라 열다섯 전에 사서오경까지 다 외는 천재들도 있고, 사십 오십이 넘도록 공부를 해도 천자문의 순서도 제대로 못 외는 사람도 있다. 이걸 율곡은 열한 살에 모든 경전의 치외기를 끝냈다고 한다. 서당에서 강독만큼이나 또 하나 중요하게 공부하는 것이 시문과 부(賦)를 짓는 제술 공부였다. 요즘 학교공부가 시험공부 중심이듯 옛날 서당공부 역시 생원진사 시험공부 중심이었다. 생원시험이 경서를 외고 해석하는 것이었던 반면 진사시험은 제술시험으로 시 한 편과 부 한 편을 지어 당락을 결정한다. 시와 부를 잘 지으려면 경서, 역사서, 문학서를 모두 해박하게 공부해야 한다. 특히 시문 공부를 위해서 당나라 때의 좋은 시를 가려 뽑은 한시 교재로 『당음』과 시통을 사용했다. 시통 안에 시제와 운자가 들어 있는데, 이걸 뽑아 거기에 맞게 시를 짓는 공부를 하는 것이다. 손으로 글자를 직접 써보는 습자공부는 1900년대 초기까지도(이후 일제 강점기 시절 서당에서도) 봄부터 가을까지는 학동들이 서당 마당에 나와 앉아 땅바닥에 나무 꼬챙이로 글씨를 쓰거나 기왓장 위에 숯으로 써서 했다. 붓으로 쓰는 글씨 연습은 각자 집에서 글씨 연습을 하는 분판을 사용하거나 그냥 상 위에 맹물을 찍어 쓰거나 나중에 물로 씻어낼 수 있는 유기쟁반과 옹기판 위에 먹물로 연습을 했다.

의 딸 가실이도 함께 찾아 나섰다.

"작은 아기씨. 어디 계세요?"

"인선아. 너 어디에 숨었니? 얼른 나와."

들판의 추수가 끝난 가을에는 이 집에 드나드는 사람들이 많았다. 멀리 사는 노비들이 공납을 보내오기도 하고(또는 찾아가 받아 오기도 하고) 가까이 있는 전답에서 추수한 곡물도 안채 곡간으로 들어와 차곡차곡 쌓였다. 그런 물건들은 대문을 통해 들어오는 것이 아니라 안채 옆으로 난 곁문으로 들어와 어디에서 온 물건인지, 제대로 수효를 맞춰 온 물건인지, 품질은 틀림없는지를 살핀 다음 광으로 들어가 쌓였다. 그날은 북평촌 들에서 추수한 볏섬이 들어오는 날이어서 검은 대숲집 안팎이 분주했다. 언니가 보기에 할아버지 방에서 함께 공부한 동생이 대문으로는 나간 것 같지 않고, 곁마당에서 일하는 사람들도 그곳을 지나 밖으로 나가는 작은 아기씨를 보지 못했다고 했다.

"아니, 그럼 얘가 어디를 간 거야? 밖으로 나간 것도 아니면……."

나중에는 이 집 곳곳을 가장 잘 아는 어머니까지 찾아 나섰다. 일곱 살짜리 아이 하나를 아무도 찾지 못해 안채 식구들이 분주히 집안을 돌 때 외할아버지 이사온은 문득 짚이는 데가 있었다.

'그래. 어쩌면 얘가 거기에 있는지 모르겠구나.'

이사온은 예전에 장인 최응현이 서울에서 내려와 큰사랑 뒤쪽에 방 두 개를 터서 만든 서고를 떠올렸다. 문을 열 때 혹시나 안에 있는 아이가 놀라지나 않을까 싶어 이사온은 문소리가 나지 않게 조심스럽게 서고의 문을 빼꼼히 열었다. 이 집 사람들 모두 그곳에 책을 가득 쌓아 두었다고 해서 책사랑이라고 부르는 방이었다. 몇 년 전 최응현이 떠난 다음엔 이따금 이 집의 큰 주인인 이사온과 일 년에 한 번이나 두 번 다녀가는 사위 신명화 말고는 아무도 열지도 들여다보지도 않는 방이었다.

이사온의 짐작대로 그곳에 아이가 있었다. 그냥 그 방에 숨어 있듯 가만히 있었던 게 아니라 예전에 외증조할아버지가 서울에서 가져온 많은 서책들 가운데 화첩과 아직 족자로 표구하지 않은 채 접어 둔 산수화 몇 점을 방 한가운데 빙 둘러 가며 원형으로 펼쳐 놓고 마치 그림 동산에 어린 소녀가 들어가 앉아있듯 그 안에 오도카니 앉아 있는 것이었다.

"인선아."

외할아버지가 문을 열어도, 또 나직이 이름을 불러도 아이는 누가 방에 들어온 것도 모른 채 그림 한가운데 꿈을 꾸는 듯한 모습으로 그것들을 바라보고 있었다. 열린 문틈으로 삐죽이 들어온 서녘의 늦은 햇살도 꿈을 꾸는 아이를 방해

하지 못했다.

"아니, 너 여기서 무얼 하는 게냐?"

그제야 어린 소녀는 산수화첩이 펼쳐진 꿈동산에서 깨어나듯 문을 열고 들어선 외할아버지를 바라보았다.

"이것들은 다 무어고?"

"그림을 보고 있었어요."

아이는 서녘 햇빛을 받아 더욱 붉어지고 상기된 얼굴로 말했다.

"그림을?"

"예. 할아버지."

"네가 그림을 봐서 무얼 하게?"

"저도 그림을 그리고 싶어서요."

이제 겨우 천자문을 반복해 익히고 서툴게 『명심보감』과 함께 붓을 잡는 법을 익힌 아이였다.

"그림이라니, 어떤 그림을 말이냐?"

다시 이사온이 물었다.

"여기 이런 그림을 그리고 싶어요."

이사온이 보니 일곱 살 먹은 외손녀가 짚은 그림은 안견의 산수도 화첩이었다. 그러나 화첩 제일 앞의 그림 한 점만 안견이 그린 것이고, 뒤의 것들은 안견의 그림을 다른 화공들이 비슷한 붓놀림으로 전혀 다른 풍경을 모사한 사계절

화첩이었다. 도화서의 화공들도 다들 그림공부를 그렇게 한다고 했다. 이 모사 화첩 역시 먼저 세상을 떠난 장인 최응현이 서울에서 벼슬살이를 하며 어렵게 구해 소장한 것이었다. 예전에 안평대군이 진귀한 서화를 많이 소장하고 있다는 말이 소문이 나면서, 또 그런 서화를 구경하면서 서울에서 벼슬을 하는 사대부들 사이에 개인 화첩을 갖는 게 시류처럼 번졌다. 특히나 안견의 그림은 그가 살아 있을 때에도 다른 화공들의 것보다 귀하고 값이 나갔다.

"네가 거기 화첩 제일 앞에 그림을 그린 사람이 누구인지는 아느냐?"

"잘 모르겠어요."

"그런데 왜 그런 그림을 그리고 싶은 것이냐?"

"그냥 이 그림이 좋아서 저도 한 번 이 그림처럼 그려 보고 싶어요."

"전에 이 그림에 대해 들어본 적이 있느냐?"

물으면서도 그럴 리가 없는 일이었다. 말해 줄 사람은 돌아가신 장인과 자신뿐인데 장인이 살아 계실 때는 이 아이가 너무 어렸고, 그 다음 자신은 아이에게 한 번도 서고의 그림에 대해 말한 적이 없었다. 아이 혼자 몇 번 아무도 몰래 서고에 들어와 그림들을 보고 그것을 다시 있던 자리에 놓아두고 나갔을 것이다.

이사온은 화첩 앞에 앉은 외손녀가 고사리 같은 손으로 그림을 짚은 안견에 대해 말해주었다.

"이 사람은 이 집을 지으신 너희 외고조할아버지가 살아 계실 때와 얼마 전 돌아가신 외증조할아버지가 젊으셨을 때 서울 도화서에서 그림을 그린 으뜸 화원이란다. 너도 외증조할아버지의 얼굴을 그린 영정을 본 적이 있지?"

"예. 붉은 관복을 입으시고요. 이 그림을 그린 사람이 그렸나요?"

"아니 그렇지 않다. 지금 그 영정은 즈므 본가 최씨 사당에 모셔져 있는데, 그 영정을 그린 사람은 최경이라는 화원이란다. 서울에서 사람들이 모두 말하기를 인물화는 최경이고, 산수화는 안견이라고 말했지. 땅이 넓은 중국하고 우리는 산수의 풍경이 다른데, 도화서의 모든 화공들이 중국 그림을 따라 그릴 때 이 사람 안견은 산도 그렇고 강도 그렇고 나무도 그렇고 우리가 여기서 볼 수 있는 산수풍경을 그렸더란다."

"그래서 산도 바위도 다른 그림들보다 더 정말 같아요."

"할아비도 보지 못했는데, 이 사람 그림 중에 몽유도원도라는 게 있단다. 세종 임금의 큰 아들은 문종 임금이고(여기 이 집을 지으신 네 외고조할아버지께서 문종 임금님을 가르치신 선생님이셨던 건 잘 알고 있겠지?) 둘째 아들이 세조 임금이고,

셋째 아들이 안평대군인데 안평대군이 잠을 자다가 꿈에 복숭아꽃이 가득 피어있는 신선들의 세상을 구경하고 왔단다. 안견이 대군의 꿈 얘기를 듣고 그린 그림이 바로 몽유도원도인데, 그 그림이 그렇게나 뛰어나다는데 지금은 그걸 누가 가지고 있는지 모르겠구나."

"왜요? 그냥 처음 가지고 있는 사람이 가지고 있지 않나요?"

"너는 아직 어려서 모르는 일이다만, 예전에 그런 일이 있었구나. 세조 임금과 안평대군이 나라의 앞날을 두고 다투던 시절이 있었지. 그때 안평대군이 목숨을 잃은 다음 세조 임금이 그동안 안평대군이 모아 가지고 있던 수천 권의 책과 서화를 모두 예전에 아버지 세종 임금이 제일 사랑했던 막내아우 영응대군에게 주었다는구나. 그런데 영응대군도 명이 짧아 서른네 살에 세상을 떠났거든. 그 후에도 누군가 가지고 있기야 하겠지만, 안평대군이 세상을 떠난 다음엔 세상 밖으로 나오질 않아 너희 외중조할아버지도 몽유도원도에 대해서는 얘기만 들었지 그림은 보지 못했다는구나."

"외고조할아버지는요?"

"그분은 어떠하셨을까 모르는 일이고."

"어떤 그림일까요?"

"글쎄다. 그림만 봐도 저절로 신선들의 세계에 든 것 같다는데 말이지."

"외할아버지. 저도 세상 사람들이 다 보고 싶어 하는 그런 그림을 그리고 싶어요."

이사온은 어려도 아이답지 않게 말하는 외손녀를 가만히 내려다보았다. 그래, 이 아이라면 여자아이여도 어쩌면 그 꿈을 이룰 수 있을지 모르겠다고 생각했다. 처음 천자문을 펼쳐 놓고 '천지현황'의 첫 구를 가르칠 때부터 우리가 눈으로 보는 하늘은 밝고 파란데 왜 검다고 하는지, 그것은 밤이어서 그렇게 말하는지를 묻던 아이였다.

다음 날부터 이사온은 큰사랑 뒷방 서고를 어린 손녀들이 마음껏 드나들 수 있게 열어 주었다. 어린 자매는 아침나절에는 큰사랑에서 외할아버지 아래 공부를 하고, 오후 나절에는 안방에서 어머니와 함께 공부하거나 저마다 자기가 하고 싶은 것을 했다. 그림공부에 새로 재미를 붙인 인선은 오후가 되면 서고에 들어가 그곳에 있는 안견과 안견의 모사 화첩을 펼쳐 놓고 처음부터 습자지에 그림을 그리는 게 아니라 집안의 커다란 유기 쟁반을 방바닥에 내려놓고 그 위에 그림 공부를 했다. 이때에도 외할아버지 이사온이 글씨와 그림 공부의 스승이었다.

"할아비는 난을 칠 때 말고는 따로 그림 공부를 하지 않았다만, 글공부를 할 때에도 그렇지만 글씨를 쓰든 그림을 그리든 가장 중요한 것은 붓을 잡을 때의 마음가짐이 아니겠느냐. 아무리 좋은 종이에 좋은 붓과 좋은 먹이 있다 해도 마음을 바르게 하지 않으면 좋은 글씨와 좋은 그림이 그려지지 않는단다."

글씨와 그림을 그릴 때의 자세 역시 외할아버지가 잡아주었다.

"글씨를 쓰든 그림을 그리든 가슴을 펴고 허리를 꼿꼿하게 세우고 붓을 잡아야 한다. 그래야 획과 그림 선에 힘이 살아나지. 글씨는 팔꿈치를 상에 대고 쓰기도 하고, 왼손 손등에 오른팔을 얹어 쓰기도 하지만, 난을 치거나 그림을 그릴 때는 팔꿈치를 들고 팔 전체를 움직여야 한다. 그래야 선이 부드럽고 활달해진단다."

"붓을 쥐는 것도 글씨를 쓸 때는 붓의 중심이나 중심보다 조금 아래를 잡지만, 그림을 그릴 때는 붓대의 중심보다 위를 잡아야 한다. 지금 글씨를 쓸 때처럼 아래를 잡으면 네 손등이 그림을 가려 그림의 전체 모습을 볼 수 없단다."

"처음부터 산 모양, 집 모양, 나무 모양을 바로 그리려 하지 말고 옆으로 길게 한 일 자를 긋는 것부터 시작해 세로로도 그어 보고, 동그라미도 그려 보고 물결처럼 구불구불하게도 자꾸 그려 보아라. 그런 연습을 거친 다음에라야 난도 그리고 대나무도 그리고 산도 그리고 강도 그릴 수 있단다.”

“글씨를 쓸 때에도 그렇지만 그림을 그릴 때에도 붓을 옆으로 눕히지 말고 붓끝을 종이에 송곳처럼 똑바로 세워야 어디로든지 마음먹은 대로 선을 그려 나갈 수 있단다. 서도에서는 이걸 중봉이라고 하는데, 중봉의 기본이 잡혀야 나중에 붓을 자유자재로 눕혀서도 글씨를 쓰고 그림을 그리는 변화를 줄 수 있단다.”

그밖에도 외할아버지로부터 배운 게 많았다. 먹색을 진하게도 하고 묽게도 하는 법도 배우고, 조금은 거친 모습으로 붓끝이 갈라지게 선을 긋는 법도 배웠다. 그걸 익히는 사이 겨울이 오고, 그러는 틈틈이 안견의 그림을 놓고 도화서의 신참 화공들처럼 그것을 그대로 습자지에 따라 그리는 모사 공부도 했다.

대관령 동쪽 강릉은 언제나 겨울이면 많은 눈이 내렸다. 인선이 나이를 한 살 더 먹어 여덟 살이 된 다음 눈 녹은 봄에 서울에서 아버지 신명화가 왔다. 아버지가 올 때마다 동생이 한 명 태어나고 또 어머니 뱃속에서 자랐다. 제일 위에 언니는 열한 살이었고, 아버지가 오기 바로 전 넷째 동생이 태어났다. 이번에도 딸이었다. 아버지는 한 번쯤 섭섭한 마음을 가질 것도 같은데 조금도 그러지 않았다. 그런 아버지에게 외할아버지와 외할머니가 낯이 없는 얼굴을 해도 아버지는 셋째 동생을 낳았을 때처럼 반갑게 넷째 동생을 품에 안아 받았다.

"당신 마음은 알지만, 괜찮소. 인력으로 하는 일도 아니고."

아버지는 어머니에게도 그렇게 말했다.

아버지가 놀란 것은 다른 일에 대해서였다.

"아니, 빙장어른. 이 그림을 둘째가 그렸다는 말씀입니까?"

거의 일 년 만에 서울에서 내려와 사랑방에 마주 앉은 장인 이사온이 보여 준 어린 딸의 그림을 보고 신명화는 깜짝 놀랐다. 아무리 외할아버지가 가르쳐 주었다 하더라도, 그리고 누군가의 그림을 모범 삼아 따라 그렸다 하더라도 누가 보든 그것은 일고여덟 살 먹은 아이의 그림이 아니었다.

"그림이야 눈앞에 있으니 더 그렇게 보이지만, 데리고 공부를 가르쳐 보면 글공부도 여간 빠르지 않다네. 벌써 세 살 위의 제 형을 따라잡는 걸. 그림을 그릴 때도 작은 손에 붓을 잡고 이리 저리 움직이는 손놀림이 예사롭지가 않아."

아이의 재주에 대해서는 장인뿐 아니라 부인 이씨의 말도 그랬다.

"큰 애도 뭘 가르쳐 보면 참 영민한데 둘째가 더 그래요. 외할아버지든 저든 어른이 무슨 말을 하면 말 한 마디 허투로 듣는 게 없고, 들은 말이면 무엇이든 깊게 생각한답니다."

"아까 사랑에서 그림을 보고 그게 정말 아이가 그린 그림인지 깜짝 놀랐소. 아무리 화첩을 보고 따라 그렸다 해도 그냥 봐서는 어른이 그렸다 해도 속을 그림이었소."

"데리고 무얼 가르치고 되새겨보게 해도 그렇답니다. 사랑에 나가서도 공부를 하지만, 『삼강행실』과 『내훈』은 어미가 가르치는 게 낫겠다 싶어 안방에서 틈틈이 읊어주고 가르치는데 시작은 큰애가 빠른데도 지금은 둘이 같이 하고 있답니다."

"언해본 말이오?"

"아니요. 집에 언해본이 있으면 좋을 텐데 언해본이 없어 전부터 제가 늘 보던 책으로 살펴본답니다."

"당신이 늘 보던 그건 세종 임금님 시절에 만든 책인데, 그런 책을 여기 강릉 북평촌에 사는 당신이 가지고 있는 것도 정말 대단하지 않소? 나는 이 집에 장가를 든 다음 이따금 그런 것에 놀란다오."

"제가 어릴 때, 그때는 서울에 살 때였는데 외조부(최응현)님께서 '네가 이걸 보고 여기 나오는 것대로 배워라' 하고 내려 주신 책이랍니다."

"그러니 말이오."

"이 집과도 인연이 깊은 책이기도 하지요. 예전에 외조부께서 제게 책을 주시면서 그렇게 말씀하셨답니다. 이 책을 처음 만들 때 선대어른(최치운)께서 집현전에 계셨는데 그때 집현전의 학사들이 이 책을 만드는데 다들 힘을 보탰다고 합니다. 그래서 책이 나온 다음 선대어른께서 직접 받아 가지고 계시던 것을 외조부님이 물려받아 보관하시다가 그걸 저에게 주셨답니다."

"나는 당신이 늘 그 책을 봐서 그냥 얘기책 삼아 보는가 보다 했는데, 책 한 권에도 그런 내력과 인연이 있구려."

"증조부님께서 만드신 책을 외조부님께서 다른 손자들도 많은데 저에게 주셨으니 제겐 더 특별했던 거지요."

"그런 인연 속의 책이 있는 집에서 크는 것도 아이들의 복이 아니겠소. 그리고 아무리 책이 많다 하더라도 여자아이라고 그걸 쌓아두기만 하고 가르치지 않으면 그건 또 무슨 소용이 있겠소. 그거야말로 그림 속의 떡이고 그림 속의 재물이 아니겠소."

"서방님이 그렇게 여겨 주시는 것도 저에게나 아이들에게나 감사한 일이지요."

"나야말로 당신을 그렇게 키운 빙장어른께 늘 감사하다오. 일찍 빙장어른께서 그렇게 생각하지 않으셨다면 이 집에 만 권의 책이 있다 해도 그 책이 당신에게는 다 무슨 소용이고, 또 지금 우리 아이들에게는 무슨 소용이겠소?"

부인 이씨가 가지고 있는 『삼강행실도』는 신명화의 말대로 세종 임금 시절 임금의 특별한 명에 따라 중국과 우리나라 고전에 나와 있는 삼강의 효자·충신·열녀의 행실을 모아 펴낸 책이었다. 그때 나라에 이런 일이 있었다. 경상도 진주 땅에 사는 김화라는 자가 자기 아버지를 살해했다. 천지가 놀랄 일이라 조정에서 이를 당연히 강상죄(사람이 지켜야 할 도리에 어긋난 죄)로 엄벌해야 한다는 주장이 논의되었다. 이때 세종 임금이 그냥 처벌만으로는 앞으로도 이런 일을 다 막을 수가 없고, 이런 무도한 일이 일어나는 걸 방지하기 위해서라도 효행의 풍습을 널리 알릴 수 있는 책을 만들어 전국에 나누어주어 백성들이 이걸 쉽고 편하게 읽어 배울 수 있게 하라고 지시했다. 집현전에서 수년 동안 많은 준비 속에 글을 알든 모르든 세상 모든 백성들에게 다 읽힐 요량으로 글보다는 그림을 더 우선으로 하여 만든 책이었다.

책의 내용은 중국과 우리나라 고금에 기록되어 있는 삼강에 모범이 되는 효자·충신·열녀를 110명씩 뽑아 백성들이 내용을 알기 쉽게 그림을 앞에 놓고, 그림을 설명하는 행적을 뒤에 적은 다음 내용마다 그걸 칭찬하는 시 한 편을 찾아 넣거나 따로 지어 넣었다. 집현전의 학사들이 『삼강행실도』에 들어갈 인물을 선별하여 내용과 시를 짓는 일을 하고, 이야기의 밑그림을 바로 이 집의 어린 둘째 딸이 자신의 그림 스승으로 사숙하는 도화서의 안견이 주도하였다. 인물마다 책에 들어가는 그림도 한 장면이 아니라 글의 내용에 따라 요즘 만화처럼 첫째 장면, 둘째 장면, 셋째 장면을 순서대로 비스듬히 사선으로 배치하여 글을 모르는 사람도 누군가 옆에서 그림에 대한 설명만 해주어도 바로 내용을 알 수 있게 했다.

부인 이씨는 그 책을 어린 시절부터 보아 330명의 효자와 충신과 열녀에 대한 내용을 책을 보지 않고도 그대로 따라 입으로 외울 정도였다. 훗날 율곡도 외할머니가 평소에도 『삼강행실도』의 내용을 늘 구송했다고 하고, 『조선왕조실록』에도 '강릉부 진사 신명화의 부인 이씨는 천성이 순수하고 학문을 대강 알아 늘 『삼강행실도』를 외우고 어버이와 남편을 섬김에 도리를 다하여 고장에 소문이 났다'고 했다.[21] 그런 어머니 아래 어린 자매가 함께 하는 공부에서도 둘째 딸 인선이 언니를 따라 잡고 있었다.

---

21 이 기록은 『조선왕조실록』 중종 21년(1526년) 7월 15일 기사에 실린 것으로 강원도관찰사 황효헌이 치계한 내용이다. 『삼강행실도』는 조선시대 윤리의 기초와 같은 책으로 세종 때 처음 간행한 이후로 수차례 한글 언해본이 발간되는 등 오랜 세월 동안 가장 많이 읽힌 책 중의 하나이다. 성종 때 처음 언해본을 간행하기 시작해 중종 6년에는 효자·충신·열녀 편을 무려 3천 질(정확하게는 2,960질)이나 인쇄하여 전국에 배포했다. 이 시기 세계 어느 나라도 이만큼 많은 분량의 책을 국가가 인쇄하여 국민들에게 나누어준 예가 없다. 당시 인쇄술의 사정으로도 또 거기에 들어가는 종이의 수요로도 엄청난 분량의 발간이었다. 평소에도 늘 『삼강행실도』를 외우는 외할머니의 모습을 보고 자란 율곡도 어린 시절 어머니 사임당의 지도 아래 이와 비슷한 취지로 발간된 『이륜행실도』를 읽고 가족과 형제간의 우애에 대하여 평생 동안 영향을 받는다.

"서방님도 며칠 지켜보면 아시겠지만, 아이가 노는 모습도 여느 아이들과 달라요."

"어떤 것이 또 그렇소?"

"책으로 공부를 할 때도 그렇지만, 그냥 무슨 물건 하나를 봐도 그걸 아주 골똘히 살펴봐요. 마당 저쪽 화원에 나는 풀 한 포기 나뭇가지 하나 그냥 보는 법이 없습니다. 그리고는 사랑에 계시는 외할아버지가 난을 치는 그림과는 다르게 봉숭아도 그리고 맨드라미도 그리고, 거기에 날아드는 벌, 나비만이 아니라 메뚜기며 반딧불이 같은 풀벌레도 즐겨 그리곤 한답니다. 그중에 포도 그림은 아버님까지 놀랄 정도로 그려내는 걸요."

"그림에 풀벌레를 그려넣는 건 여자아이라 더 아기자기해서 그런가 보오. 나도 그 나이에 어른들 흉내를 내어 사군자를 그려 보고 했지만, 거기에 벌, 나비를 그려 넣을 생각까지는 하지 않았는데 말이오."

"서방님 오시기 얼마 전 이런 일이 있었답니다. 집에 예전에 할아버지 대에 쓰시던 색조물감이 조금 남은 것이 있는데, 아이가 꽃 그림을 그리는 걸 좋아하니 아버님께서 그걸 인선에게 내주셨지요. 오래된 것이긴 하지만 이걸로 어디 한번 색을 넣어 그려 봐라, 하고요. 그랬더니 좋아라 하고 볕 따뜻한 대청에 앉아 지난해 여름에 후원에 가득 피었던 원

추리 꽃을 그리고 거기에 메뚜기며 날벌레 몇 마리를 그려
놓고는 큰애가 부르는 바람에 잠시 자리를 비웠는가 봐요.
그 틈에 마당가의 닭들이 마루로 올라가 그림 속의 날벌레
를 죄다 쪼아 놓아 제 깐에는 처음으로 색조를 넣어 그린 그
림을 망쳐 엉엉 울고 그랬답니다."

"허허. 못된 닭들이로세. 물감까지 칠해 애써 그린 그림을
망쳤으니 아이가 울만도 하지 않소."

"그래서 아버님께서 얘야, 그게 울 일이 아니라 박수를
치며 좋아해야 할 일이다, 네가 그린 그림이 오죽이나 벌레
같았으면 닭들이 다른 데는 쪼지 않고 네가 벌레를 그린 자
리만 쪼았겠느냐, 닭들도 네 그림을 알아보지 않았느냐, 하
고 달랬답니다. 그리고 상으로 화선지 여러 장을 내려주셨
답니다."

"빙장어른이 아이들에게 하시는 걸 보면 당신은 또 어린
시절에 이 집에서 얼마나 귀한 대접을 받으며 자랐는지 알
게 된다오. 나도 이따금 강릉에 오면 그 사이 아이들의 자란
모습에도 놀라지만 그보다도 언행이며 책에서 익힌 모습이
달라진 걸 볼 때 더구나 깜짝 놀란다오. 당신이 안에서 가르
치는 것도 적지 않겠지만, 여아들이라 서당에 나갈 수 있는
것도 아니고, 빙장어른이 아니면 누가 저 아이들에게 제대
로 글을 가르쳐주겠소? 지금 얘기하는 것처럼 그림에 대해

둘째 아이가 가지고 있는 재주도 누군가 이끌어주니 겉으로 드러내는 것 아니겠소."

"그래서 말씀인데, 서방님 다음에 서울에 다녀오실 때는 새로 여러 색의 물감과 자수에 쓸 색실을 좀 구해 오셔요. 열한 살 된 큰 아이도 그렇고 둘째도 그렇고, 이제 자수를 가르칠 나이가 되었습니다."

"색조 물감이야 안료가 다 중국에서 들어오니 그렇다 하더라도 자수에 쓸 색실 같은 건 여기 강릉에도 구하려면 있지 않소?"

"그렇잖아도 여기 강릉부 관아 앞에서 만들어 파는 걸 몇 번 봤는데 물을 어떻게 들였는지 처음에는 제 색을 내다가 햇빛에 며칠만 둬도 색이 바래고, 빨래라도 하면 금방 물이 빠져 쓰지 못합니다. 들으니 서울 제용감[22]에서 만든 색실이 좋아 그게 오히려 중국으로 간다고 하니 그걸 좀 여유롭게 구해 오셔요."

"당신은 여기 앉아서도 나보다 서울 사정이 더 훤하오."

"아녀자들이 쓰는 물건이니 아는 거지요. 제용감에서 일

---

22 왕실에서 쓰는 각종 직물의 진상과 궁중의 모든 의복과 또 왕이 신하들에게 내려주는 의복(옷감)에 색을 입히고 물감을 들이는 일을 관장하였다. 특히나 제용감의 자색 염색은 중국에까지 명성이 나 중국에서 온 사신들이 제용감의 자색 염색물을 부탁해 중국으로 가져갈 정도였다. 여기에서 일하는 사람들이 물을 들인 색실이 시중의 인기를 끌었다.

하는 사람들이 궐 바깥에 나가는 물건도 따로 물들여 판다고 하니 값이 비싸 그렇지 서울에서는 물건 구하기가 그다지 어렵지 않은가 봅니다."

"그렇게 하지요. 우리 아이들은 여아들이라 아무리 공부를 해도 과거를 볼 일은 없다 하더라도 당신이 또 그 방면으로 잘 가르쳐서 이다음 어른이 되어서도 그림이고 자수고 그런 쪽으로 재주를 드러내며 사는 것도 나쁘지 않을 것 같소."

신명화가 강릉으로 오면 오랜만에 아버지를 보는 딸들의 얼굴에도 저절로 웃음꽃이 피어났다. 언제나 그런 모습으로 부부가 함께 살아야 하는데 그 점에 대해서는 이씨도 남편 앞에 늘 송구한 마음이었다. 오랜만에 서울에서 아버지가 오면 매사 엄격한 아버지의 모습에 딸들도 처음엔 잠시 긴장하고 두려워했다. 그러다 이내 어떻게 하면 아버지 앞에 좋은 모습만 보일까 생각하는 딸들의 모습을 볼 때 이씨도 여러 마음이 들었다. 자신을 이곳에서 친정 부모님을 모시고 살게 해주고 본인은 다른 사람들 같으면 손자도 둘 마흔 가까운 나이에 혼자 서울에 올라가 어머니 옆에서 공부를 하고 있는 남편에 대해 더없이 고마움을 느끼곤 했다.

벼슬을 마다하는 아버지

사임당의 아버지 신명화가 진사시험에 입격한 것은 중
종 11년(1516년) 서울에서 치른 병자년 사마시에서였다. 그
때 그의 나이 마흔한 살이었다. 그는 매년 설을 쇤 다음 대관
령의 눈이 다 녹은 봄에야 아내와 다섯 딸이 살고 있는 강릉
북평촌을 한 번 다녀갈 뿐 서울 본가에 있는 어머니 옆에서
공부를 했다. 그의 진사 급제 소식에 서울에 있는 어머니와
형님도 기뻐했지만 강릉 북평촌 식구들도 오랜만에 선비 집
안에 난 경사로 모두 기뻐했다. 사임당 인선의 나이 열세 살

이 되던 해의 일이었다.

　서울에서 함께 공부를 하던 옛 동료들 모두 그의 진사시험 입격을 축하했다. 평소 이루고 있는 학문대로라면 동문수학하던 동료들 가운데서도 가장 앞서 대과에 급제할 줄 알았는데 어떻게 보면 그는 과거 운이 그다지 따르지 않은 사람이었다. 보통 사람들에게 마흔한 살의 진사 급제가 아주 늦은 것은 아니지만 그가 이루고 있는 학문과 신망에 비해서는 뒤늦은 감이 없지 않았다.

　"애를 썼구먼."

　급제 후 일부러 인사를 하러 내려갔을 때 생원 이사온도 모처럼 만의 경사에 사위의 등을 두드려 주며 격려했다. 그동안 말을 하지 않아도 3년마다 식년시를 치르고 난 다음 연이은 낙방에 대해 그 점을 가장 미안하고도 안타깝게 여기던 사람이 바로 그의 아내 용인이씨와 장인 이사온이었다. 용인이씨는 자신이 무남독녀의 외동딸로 친정 부모의 시병 때문에 함께 서울로 올라가 남편 옆에서 공부 뒷바라지를 제대로 해주지 못하고 있는 것을 한없이 미안하게 여겼고, 장인 이사온 역시 이미 출가한 딸을 병든 친정 부모가 억지로 붙잡고 있는 것만 같아 사위에게 늘 미안한 마음이었다. 그러나 그 점에 대해서도 가장 개의치 않는 사람이 신명화 본인이었다. 그것은 부모를 가진 사람의 도리 문제이기 때문이었다.

신명화가 진사시험에 오른 해 가을에 대사간 직에 있는 윤은보가 사람을 놓아 그를 불렀다. 윤은보는 스물여섯 살에 문과에 급제해 처음 관직에 나갔다가 태조와 태조 위로 4대조의 위패를 모신 문소전에 추석 제향을 올릴 때 신위판을 떨어뜨려 파손한 죄로 장을 맞고 유배되었다가 서용되어 직제학과 부제학을 거쳐 지금 대사간 자리에 오른 사람이었다. 나이로는 신명화보다 여덟 살이 많지만, 예전 폐주(연산군) 시절 신명화가 단상법에 맞서 삼 년 상례를 엄정히 치렀을 때 우연한 자리에서 만나 그를 치하하고 격려하던 사람이었다.

"신진사. 자네, 조정에 들어와 일하고 싶은 생각 없는가?"

"생각이 있다 해도 그냥 능전의 참봉 벼슬도 아니고, 조정의 벼슬살이를 하자면 우선 대과에 급제해야 되지 않겠습니까? 저야 이제 겨우 진사시험에 오른 사람인데요."

"대과 급제를 하지 않더라도 길이야 있지 않겠는가. 자네에게만 특별히 기회를 주려고 하는 얘기는 아니네. 진사시엔 늦게 급제했다 하더라도 자네 사람됨과 신망에 대해서는 조정에서도 알 만한 사람들은 다 알고, 또 내가 직접 보기도 하고 여러 군데에서 얘기를 듣지 않았던가. 자네 조광조를 잘 아는가?"

조광조는 신명화보다 나이는 여섯 살 아래여도 조정에서

나 성균관 유생들 사이에서 위치가 이미 신진 사류의 영수와도 같은 사람이었다. 그는 열일곱 살 때 어천찰방[23]으로 부임하는 아버지를 따라 평안도 희천으로 가 그곳에 무오사화로 화를 입고 유배되어 온 김굉필 아래에서 공부를 했다. 사람들은 그가 공부에만 지독하게 매진하는 모습을 보고 '광인'이라고 부르거나 장차 그의 공부가 세상의 화를 부를지 모른다며 '화태'라고 부르기도 했다. 그는 남들의 말에 전혀 개의치 않고 학문에만 전념했다. 공부를 할 때뿐 아니라 평소에도 의관을 단정히 갖추고 언행도 『소학』에 나와 있는 그대로 성현의 가르침을 따라 매우 절도 있게 해 출사하기 전에 이미 곧고 바른 선비로 이름이 나 있었다. 그의 스승 김굉필이 스스로 '소학동자'라고 불렸던 것과 마찬가지로 조광조도 일상생활 자체가 『소학』의 실천자였다.

"허허. 대감도 참, 조선의 선비 중에 조광조를 모르는 사람이 어디 있던가요? 저와 교류가 활발하지는 않지만 인사 정도는 하고 지내는 사이이니 아주 모른다고 할 수도 없겠지요. 조광조에게 무슨 일이 있는지요?"

"아니, 무슨 일이 있는 게 아니라 그 사람 얘기를 먼저 해야 할 것 같아서 말이네. 조광조가 진사시험에 입격한 것은

23　평안도 영변과 희천을 중심으로 그 지역의 여러 역로를 관리하고 주관하는 벼슬

6년 전의 일이라네. 그때 사마시에 장원을 하여 성균관에 들어가서 공부를 했지. 그러다 3년 후 다시 본 식년시 대과에 낙방을 했지만, 성균관 유생들이 천거를 하고 또 이조판서로 있던 안당이 천거해서 조지서 사지[24]로 초임되었다네. 그런 다음 다시 별시문과에 급제해 성균관 전적과 사헌부 감찰을 지낸 다음 지금은 정랑으로 있는데 처음 관직에 나선 건 천거를 통해서였다네."

"잘 알고 있습니다. 성균관 유생들이 연판으로 천거한 일도 잘 알고 있습지요."

그 일만이 아니었다. 지난해 봄 장경왕후의 국상이 난 다음 조정에서 계비 책봉 문제가 거론되었다. 순창군수 김정과 담양부사 박상이 중종반정 직후 폐위된 신씨(단경왕후, 연산군의 처남인 신수근의 딸)를 왕후로 다시 복위시킬 것과 예전에 반정 직후에 정비의 폐위를 주장했던 박원종을 이제라도 처벌할 것을 상소했다. 왕과 왕비에 관한 일이라 모두 말을 조심하고, 새로 조정에 들어온 젊은 사람들 중심으로 그렇게 해야 한다는 의견이 나올 때 이를 반대하고 나선 사람이 바로 대사간 이행이었다. 그는 지난 폐주 시절에도 연산주가 자신의 모후의 휘호를 올리고자 할 때 반대를 하고 나서 여

---

24 종이를 만들고 관리하는 관서의 종6품 벼슬

러 차례 장형과 귀양 중에 때마침 일어난 반정으로 가까스로 목숨을 건진 사람이었다. 지금의 사정 역시 그때와 비슷한 부분이 있었다. 다르다면 그때는 옥당(홍문관)의 젊은 관리들이 반대하고 나서고, 지금은 젊은 관리들이 찬성하고 예전에 그 일을 겪었던 대신들이 반대하는 차이였다.

"지금 무슨 얘기를 하고 있는가? 그렇게 해서는 아니 될 일이로세. 그대들은 지난 시절 폐주가 자신의 모비를 위하는 일을 꾀하다가 도리어 조정 신하를 모조리 죽여 종사를 위태롭게 했던 일을 진정 모른단 말인가. 신씨의 아비 신수근이 폐주 시절에 왕의 처남으로 폐주의 여러 악행에 빌미가 되어 이미 복주(형벌을 받아 죽음)되었는데, 그 아비를 처형한 다음 이제 와서 그 딸을 국모로 다시 세우자는 것이 말이 되는가? 이거야말로 지난 시절 실패의 자취를 다시 그대로 따르자는 것인데 이렇게 해서야 어찌 사직이 온전하겠는가? 그대들은 지난 일을 직접 겪지 않았다 하더라도 충분히 듣고도 그렇게 말하는가?"

그렇게 해서 새로 맞이한 계비가 문정왕후였다. 이행은 정비의 복위를 상소한 김정과 박상을 탄핵해 두 사람을 귀양 보내게 했다. 이들 두 사람도 신진파로 조광조를 따르는 사람이었다. 일은 그렇게 마무리되는 듯싶었으나 이들이 귀양을 떠난 다음 조광조가 나서 반론을 폈다. 나라의 모든 상소를 주관하고 관리하는 대사간이 상소한 사람을 벌하는 것은 오히려 언로를 막는 결과가 되므로 이것이야말로 국가의 존망과 관계된 일이라고 역으로 이행을 탄핵한 것이었다. 이행은 폐위된 정비를 복위시키는 것이 참으로 종사에 불가한 일이어서 그런 것이지 내 어찌 상소한 사람들을 죽이려 그랬겠는가, 차라리 그런 누명을 쓸지라도 언관으로 종사를 저버릴 수 없는 일이라고 말했다. 이 일 한쪽에 종사의 원칙론자로 대쪽 같은 이행이 있었고, 또 다른 쪽에 조정의 모든 기운을 바꾸려는 개혁의 기수로 조광조가 있었다. 그 둘 사이에서 11년 전 반정 때 폐위되어 사가로 떠난 정비에게 여전히 애틋함을 가지고 있던 임금은 조광조의 편을 들어주었다.

임금은 이행을 대사간 직에서 파직하고 첨지중부부사로 임명했다. 그 자리는 특정한 업무의 소임 없이 그저 직위의 이름값으로만 대우하는 정3품 벼슬자리였다. 파직된 대사간 자리와 비교해서도 여간 불명예스러운 강등이 아니었다. 더구나 이 일은 대사간에서 탄핵된 이행 개인의 문제만이 아니었다. 조정 중앙정치에서 조광조를 중심으로 한 신진 사류가 원로파를 밀어내고 단숨에 국정을 틀어잡는 거침없는 약진의 상징적인 사건이자 뒷날 원로파와 신진 사류 간의 또 한판 건곤일척의 승부와도 같은 기묘사화의 전초가 되는 일이기도 했다.

다른 원로파들은 흥분했으나 그러나 정작 이행은 자신의 강등을 아무렇지 않게 웃으며 받아들였다. 그는 선비가 종사의 안위를 구하면 되었지 어찌 일신의 진퇴를 구차하게 정할 수 있겠느냐며 왕이 내린 첨지중추부사 직을 사직하고 이제 초야에 묻혀 시문이나 짓고 살겠노라며 필마로 고향 면천(당진)으로 돌아가 버렸다. 사람들은 이 역시 이행의 대인다운 풍모라고 했다.

동생이 고향 면천으로 돌아가 궁색하게 지낸다는 말을 듣고 그의 큰형 이권이 쌀을 보내주겠다고 했다. 이행은 이 역시 요란 떨 일이 아니라며 "제가 만약 굶주리게 되면 형의 허락을 기다리지 않고 가져다 먹을 것입니다" 하고 단 한 석도 받지 않았다. 그는 벼슬살이를 하는 동안에도 누가 전장을 장만하기를 권하면 이렇게 말하곤 했다.

"나라로부터 녹봉을 받는 관리가 전원을 차지해버리면 녹봉이 없는 백성들이 어찌 살아가겠는가? 후안무치한 일이 아닌가? 내 녹봉이 농사를 대신하기에 충분한데 후대 자손을 위하여 전장을 마련한다면 이 어찌 벼슬아치로 떳떳한 일일 수 있겠는가?"

그것은 그냥 한 사람의 가난한 청백리의 말이 아니었다. 그가 살았던 당대의 벼슬아치들뿐 아니라 그때에서 지금에 이르기까지 이 땅의 모든 벼슬아치들이 부끄럽게 자신을 되

돌아봐야 할 말이었다. 그는 벼슬아치가 일신의 영화와 자손의 앞날을 위해 전장을 마련하는 것을 근본적으로 부도덕하게 보았던 사람이었다. 조광조의 말대로 대사간으로 상소자의 언로를 막은 부분이 없지 않았다 해도 청렴함에서도 한 나라의 사직을 생각함에서도 그는 삶의 여러 모습에 곧고 바른 선비이자 관리였다.

그가 임금이 내린 관직을 버리고 필마로 고향으로 돌아가자 이어 임금은 그를 홍문관 부제학에 제수하였다. 그러나 이행은 자신의 진퇴를 분명히 해 고향에서 병을 핑계로 그 자리에 나아가지 않았다. 지난해 조광조의 탄핵으로 이행이 대사간 자리에서 물러나고, 그 자리를 지금의 대사간 윤은보가 이어받은 것이었다.

"그래서 말인데, 내가 자네 사람됨을 익히 알고 또 여기저기서 들은 말이 있으니 지난 예에 따라 자네를 천거하고 싶은데 자네 생각은 어떤지 듣고 싶어 불렀다네."

"대감. 자고로 선비는 자기를 알아주는 사람을 위해 목숨도 아끼지 않는다고 하지 않습니까? 이제 겨우 진사시험에 오른 저에게 이런 말씀을 해주시는 대감께 무어라 감사의 말씀을 드려야 할지 모르겠습니다. 그러나 너무 급작스러운 말씀이라 은혜가 산 같이 크지만 지금 이 자리에서 금방 대답을 드릴 수 없고 돌아가서 깊이 생각해 보도록 하겠습니다."

"역시 자네는 내가 생각했던 대로 진중한 사람이로세."

"대감의 이 말씀 역시 칭찬과 또 그렇게 행동하라는 질책으로 잘 새기도록 하겠습니다."

그러나 돌아와 신명화는 천거를 통한 벼슬길에 나가지 않기로 했다. 다시 친구 남효의가 그를 찾아왔다. 남효의는 6년 전 별시문과에 급제하고도 생육신 중의 한 사람인 남효온의 족친이라는 이유로 오래도록 이렇다 할 관직에 오르지 못하고 있다가 이제 막 황해도 도사로 임지로 떠나기 전 예전에 함께 공부를 했던 신명화를 찾아온 것이었다.

"자네 윤 대감의 천거를 거절했다는 말을 들었는데 정말인가?"

"자네는 그 얘기를 어디에서 들었는가?"

"윤 대감이 나를 불러 직접 한 말이라네. 이유가 뭔지 알고 싶어 하신다네."

"이유야 뭐 별 게 있겠는가? 별시나 대과에 오르지 않고 천거로 조정에 들어가면 그게 아무리 무록관직의 하찮은 자리라 하더라도 사람의 이목을 받지 않겠는가."

"아무래도 그렇겠지."

"일에 서툴고 바르지 못하면 별시나 대과에 오르지도 못하고 천거로 들어온 자가 별수 있겠냐는 식으로 깔볼 것이고, 또 일처리와 언행을 반듯하게 해 두각을 나타내면 과거에 오르지도 못하고 들어온 자가 별쭝나다는 식으로 여길 것이고, 아무리 생각해도 내 일신에도 이롭지 못하고 조정에도 여러 가지 불편한 일이 생길 것 같아 대감의 천거는 고맙지만 사양하기로 했다네. 그리고 내후년에 내 나이 늦기는 하지만 다시 식년시를 볼 것이네. 이것도 그저 내 생각일 뿐이겠지만, 빠르고 거침없는 것이 때로는 느려도 곧은 것만 하지 못할 때가 많다네."

"역시 그런 뜻이 있었구먼. 잘 알겠네. 내가 자네의 생각을 대감에게 전하지."

남효의도 신명화의 말을 듣고 그냥 돌아갔다.

그것은 중종 14년(1519년) 조광조의 주청으로 나라의 인재를 천거제를 도입한 현량과를 정식으로 실시할 때에도 그랬다.

현량과를 실시하기 전 조광조는 자신이 꿈꾸어 온 유학의 이상정치를 구현하기 위해 백성들의 생활 속에 박혀 있는 미신 타파를 내세워 우선 궁중에서 무속행사를 치르는 소격서[25]의 폐지를 강력하게 주장했다. 언제나 백성보다 궁중이 문제였다. 인간사의 길흉화복을 미리 알아내어 방비하는 도교의 기복신앙이 일반 백성들에게도 그렇지만 궁중의 각 처

---

25 도교의 영향으로 궁궐 안에서 하늘과 별에 제사를 지내는 곳

소마다 뿌리 깊이 박혀 있어 궁궐 내의 유교 교화에 가장 큰 장애가 되고 있었다. 궁궐에 장애가 된다면 향촌에도 장애가 되는 일이었다.

이 해 전국의 가구 수는 75만 호였고, 인구는 375만 명이었다. 조광조는 백성들이 유학을 알게끔 교화하기 위해 여씨향약을 전국의 각 향촌마다 장려했다. 향약의 기본을 이루고 있는 것이 바로 『소학』이었다. 조광조는 학문으로도 언변과 소신과 인품으로도 왕의 마음을 사로잡을 줄 아는 사람이었다. 세자보양관 시절 그는 이제 네 살이 된 어린 원자에게 『소학』을 가르쳤다. 어찌나 정성을 들여 가르쳤는지 네 살배기 원자가 『소학』을 줄줄 외우자 임금도 그 모습에 흡족해했다. 학문과 유학에 대한 조광조의 열정이었다.

궁중의 분위기로 보아 소격서를 없애는 일이 다소 무리한 감이 없지 않았지만 임금은 자신의 치세 동안 왕도정치를 구현하려는 조광조의 열정을 받아들이기로 했다. 궁중의 비빈들과 원로들이 어떻게 하늘의 뜻을 거스르며 나라를 운영할 수 있겠느냐고 했지만, 끝내 조광조 한 사람의 힘으로 소격서를 혁파하는데 성공한 셈이었다. 그러나 성공은 했지만 임금이 살고 있는 궁중에 너무 많은 적을 만들기도 한 셈이었다. 어떤 일에도 흔들림 없을 것 같던 소격서의 혁파를 보고 사람들은 이제 조광조의 시대가 도래하였다고 말했다.

대사간 이행을 언로를 구실 삼아 파직시킨 것이 원로파에 대한 신진 사류의 일차적 승리였다면 소격서 혁파는 이차적 승리에 해당하는 일이었다. 조광조는 임금의 신임을 한 몸에 받으며 홍문관 부제학에서 사헌부의 수장인 대사헌으로 자리를 옮겨 다음 개혁정치로 인재 등용제도에 손을 댔다. 자신이 처음 안당의 천거로 관직에 몸을 담았던 것처럼 학문과 덕행이 뛰어난 숨은 인재를 발탁해 관리로 등용시키는 현량과를 주청하고, 임금은 이것을 나라의 정식 인재 등용제도로 새로이 받아들였다.

지금까지의 과거제도가 시험공부를 하는 유생들에게 성리학의 본질에 대한 탐구보다는 시를 짓고 문장을 꾸미는 것에 더 큰 비중을 두게 해 참다운 유교정치를 위한 인재 선발이 어렵다는 이유에서였다. 그렇다고 천거만을 통해 아주 시험을 보지 않는 것도 아니었다. 인재를 천거할 때 성품과 기국 외에도 그 사람의 재능과 학식, 행실과 이제까지의 행적, 그리고 생활태도 등 일곱 항목을 살펴보고, 천거된 인물들에게 현안의 방편과 대책을 묻는 시험 과정을 따로 거쳤다.

이 제도를 통해 김식, 안처겸, 박훈 등 28명이 조광조와 다른 대신들의 추천을 받아 치른 시험을 통해 새로 조정의 관리로 임명되었다. 그중 현량과에서 장원으로 급제한 김식의 예로 본다면 사람 됨됨이에서나 등용 후 받게 되는 주목과 대우에서나 조광조 못지않은 사람이었다. 현량과의 급제자 28명 가운데 김식만이 천거 명목의 일곱 항목 모두에서 완벽하다는 평가받았다. 그는 새로 조정에 들어오기 전 성균관을 중심으로 한 신진 사림으로부터 이미 두터운 신뢰를 얻고 있었고, 현량과 등용이 아니더라도 조광조에 버금가는 재목으로 평가되던 인물이었다.

그러나 그들보다 먼저 등용된 조정 대소신료들에게는 그의 인물됨보다 놀라운 것이 그의 등용 다음 일어난 일들에 대해서였다. 김식은 현량과에 합격한 지 닷새 만에 성균관사성이 되었고, 며칠 뒤에는 홍문관 직제학에 올랐다. 그러나 그것만으로는 부족하다는 이조판서 신상과 우의정 안당의 거듭된 추천으로 다시 며칠 만에 홍문관 부제학을 거쳐 대사성에 임명되었다. 일찍이 이토록 파격적인 발탁과 먼저 교지의 먹물이 마를 새도 없이 이루어지는 빠른 승진이 없었다. 이것이 현량과에 합격한 날로부터 불과 보름 사이의 일이었다.

이들 28인이 천거될 때 이조참판 윤은보가 다시 한 번 신명화를 불러 현량과로 나갈 뜻이 없는지 물었다. 참판에 오른 남효의 역시 다시 그를 현량과에 추천하고자 했다. 그러나 신명화는 본인 역시 이 나라 정치개혁에 대해서는 신진사류와 뜻을 같이 하지만 조광조를 중심으로 이루어지는 변혁의 흐름이 너무 조급하게 이루어지고 있다는 판단 아래 본인의 추천을 다시 한 번 사양했다. 훗날에 발생할지 모를 어떤 일에 대해 단순히 몸을 사려서가 아니었다. 개혁과 정치를 경장하는 일일수록 쇠뿔도 단김에 빼라는 말이 있긴 하지만 신명화의 생각으로 그러나 옳은 일도 조급하게 서두르면 거기에 탈이 생기게 마련이었다. 그 다음 인재 등용으로 조광조는 다시 이자, 김구, 한충 등 소장학자들과 재야에 숨은 인재들을 대거 발탁해 조정 요직에 앉혔다. 이것도 뭔가 숨 돌릴 틈 없이 모든 게 너무 급물살을 타며 이루어진다는 느낌이었다.

그런 점에서 신명화가 보기에 조광조가 추진한 현량과와 파격적 인재 선발에 문제가 아주 없지 않았다. 자신이 그 자리에 나가지 않았다 해서 드는 생각만이 아니었다. 김식의 급격한 승진도 그랬지만 새로 요직에 오른 사람들 중에는 몇 년 전 계비 책봉 때 예전에 폐위된 정비 신씨를 다시 왕후로 복위시킬 것을 상소하여 이행으로부터 사직을 흔드는 인물로 탄핵 당한 전 순창군수 김정과 담양군수 박상이 포함되어 있었다.

김정의 경우는 정비의 복위 주장으로 탄핵되었다가 다음 해 바로 조광조의 주청으로 유배에서 풀려나 홍문관의 관리로 화려하게 복위한 다음 부제학, 동부승지, 좌승지, 이조참판, 도승지, 대사헌을 거쳐 형조판서에 임명되었다. 짧은 시기에 이루어진 그의 관직 변화도 놀랍지만 앞서 현량과로 들어온 김식과 마찬가지로 이것이 바로 조광조를 영수로 하는 신진 사류파의 급속한 세력 확장이자 성장이기도 했다. 특히나 김정의 빠른 출세 뒤엔 조광조의 비호가 큰 역할을 했지만 한편으로는 임금이 여전히 폐위된 정비 신씨에 대해 애틋함을 가지고 있다는 뜻이기도 했다.

터진 봇물처럼 빠르게 이루어지는 김정의 승진에 대해서는 누군가 한 마디 제동을 걸 법도 한데, 그러나 이 문제는 왕의 의중이 그 안에 들어 있기도 해 조정 원로파의 속을 부글부글 끓게 하면서도 다른 개혁의 물결 속에 일단 수면 아래로 잠복되었다. 아무리 개혁의 주체 세력이라 하더라도 원로대신들 입장에서는 사직의 안위를 흔드는 주장을 한 김정과 박상 두 사람을 다시 조정 요직에 중용하는 것은 일찍이 그것을 반대했던 자신들의 생각과 권위를 전혀 인정하지 않겠다는 뜻으로밖에 여겨지지 않았다. 조광조에 대해서도 그렇지만 신진 사류 전체에 대해서도 시선이 고울 수 없었다.

조광조는 세 번째의 개혁으로 자신을 따르는 신진 사류들과 함께 조정의 훈구세력인 반정공신을 공격하기 시작했다. 이들은 우선 반정공신의 숫자가 너무 많음을 강력하게 비판했다. 1등공신으로 책봉되어 있는 성희안은 반정에 전혀 참여하지 않았는데도 이름 구실로 뽑혔고, 반정의 1등공신이 간 하지만 지난 폐주 시절 무오사화를 일으켰던 유자광은 바탕이 패악한 인물로 나라의 안위보다 자신과 척족들의 권세와 부귀를 위해 반정에 참여했는데 이런 류의 반정정신은 소인배들이나 꾀하는 것이라고 신랄하게 비판했다.

조광조와 신진 사류는 반정공신 2등과 3등 중에 책봉이 잘못된 것은 새로 정하고 4등공신 65명 가운데 50여 명이 아무 공도 없이 함부로 녹을 먹고 있으므로 이들의 위훈을 삭제하는 것이 옳다고 주장했다. 특히나 훈구세력은 권좌에 올라 국정을 다스리는 일에 나라의 이익보다 자신의 이익을 먼저 챙기는 사람들로 이를 개정하지 않으면 국가 유지가 곤란할 지경이 될 것이라고 당사자들을 면전에 대놓고 비판했다.

임금 앞에서도 그랬지만 조광조는 누구에게든 할 말은 기어이 하고야 마는 사람이었다. 예조판서 남곤도 장경왕후 사후에 김정과 박상의가 올린 신씨 복위 상소에 반대했던 사람으로 이후 여러 차례 이들로부터 공개적인 망신을 당한 사람이었다. 이후 남곤은 이런 자리가 있을 때마다 예조판서의 업무를 내세워 왕릉을 돌보러 나간다는 핑계를 대고 번번이 피해 나갔다. 그러자 조광조는 남곤에 대해 재상이라는 자의 용심이 어떻게 이토록 요사스럽고 간특할 수 있느냐고 공격했다. 공개적인 자리에서 한 말이라 모욕도 그런 모욕이 없는 셈이었다.

공신 책봉에 관한 논란은 훈구파로서는 어떤 일이 있어도 내놓을 수 없는 평생의 기득권과 같은 밥그릇이 걸린 싸움이었다. 신진 사류의 주장이 워낙 강하고 명분에서 앞서는 일이라 왕도 이들의 주장을 받아들여 반정공신 가운데 2등과 3등 공신의 일부와 4등공신 전원의 훈작을 삭탈했다. 왕으로서도 이제 자신의 자리가 튼튼해진 다음이라 공신 세력을 어느 정도 견제할 필요가 있어 내린 결정이지만, 이 역시 훈구파의 강한 반발을 불렀다.

조정은 연일 신진 사류와 훈구파 간의 정쟁으로 시끄러웠다. 아직도 바꾸어야 할 것이 많은 신진 사류는 훈구세력을 나라의 이익보다 자기 이익을 탐하는 소인배로 몰아 공격하고, 여전히 지켜야 할 것이 많은 훈구세력은 자신들을 공격하는 신진 사류를 국가 기강을 흔드는 과격파로 규탄했다. 정쟁의 양상도 신진 사류는 공격적이었고, 수세에 몰린 훈구파는 연합하여 그것을 방어하는 식이었다. 그럼에도 전체 훈작의 절반이 삭탈되고 만 훈구파로서는 뭔가 새로운 반격이 필요했다. 옳고 바른 소리도 사흘이 지나면 지겹다는 말처럼 두 세력 사이에 끼인 왕도 언제부터인가 늘 새로운 정쟁거리를 찾아 조정의 분란을 일으키는 신진 사류의 집요한 개혁 주장에 대해 조금씩 넌더리를 내기 시작했다.

그런 중에 훈구파의 홍경주, 남곤, 심정은 조광조에 대해 자신들과 같은 생각을 가지고 있는 동지들이 있는 대궐 안으로 은밀히 손을 넣어 움직였다. 경빈박씨 등 소격서 폐지에 불만을 품고 있는 후궁들을 통해 임금에게 조광조를 무고하는 말을 만들어 전하게 하고, 대궐의 나뭇잎에 과일즙으로 '조씨가 왕이 된다'는 뜻의 '주초위왕(走肖爲王)' 글자를 써 벌레가 파먹게 한 다음 그것을 왕에게 바쳐 조광조가 꿈꾸는 이상정치의 본심을 의심하게 만들었다. 왕도 처음엔 누군가 꾸민 일로만 여기다가 같은 일의 알림이 거듭되자 고개를 갸우뚱거리기 시작했다. 그것은 점차 옷깃에 스며드는 물기와도 같은 의심으로 자리 잡아 갔다.

신진 사류와 훈구 세력의 정쟁을 바라볼 때에도 왕은 서서히 조광조와 신진 사류의 개혁정치에 피로감을 드러내기 시작했다. 지난해 소격서 폐지를 허락하던 날의 일도 그랬다. 그날 조광조는 승정원 승지들에게 오늘 윤허 받지 않으면 밤에도 물러가지 않겠노라고 미리 말하고 임금을 향해 새벽까지 그것을 왜 혁파해야 하는지 조목조목 따지고 들었다. 처음엔 왕도 내명부의 의견을 들어 그것만은 허락하지 않을 생각이었다. 그날 밤 왕은 조광조가 말하는 도학정치에 대한 끊임없는 강조와 설명을 지루하게 들었다. 따로 감복한 것은 없어도 자신의 새로운 치세를 위해서 실시하지 않으면 안 된다는 도학정치에 대한 조광조의 열정만은 믿을 수 있었다. 그날 대전 바깥에 대기하고 있는 승지들은 코를 박고 졸아도 왕은 군주의 바른 자세를 말하는 조광조 앞에서 몸가짐을 쉽게 흘뜨릴 수 없었다. 오랜 시간 꼿꼿하게 앉아 버티다 그야말로 마지못해 허락하듯 그의 주청을 들어주었다.

딱 거기까지만이었다. 왕으로서는 처음 반정으로 보위에 올랐을 때는 왕권이 다소 허약했다 하더라도 어느새 즉위 15년이 되어 가며 이제는 자신의 권한과 권위에 대해 조금도 부족함을 느낄 게 없었다. 앞서 소격서의 폐지와 현량과의 도입이 그랬듯 때로 과격하기도 하고 때로 피로하기도 한 방식으로 바꾸어 나가는 개혁보다는 당장 자신의 안위만 든든하면 그만이었다. 그런 왕의 생각 속에 스스로도 깨닫지 못하는 나쁜 기운이 스며들고 있었다. 그것은 바로 피로 속에 서서히 스며드는 회의와 의심이었다.

점차 왕은 조광조의 개혁정치에 염증을 내기 시작하고, 그 안에 무언가 다른 게 있을지도 모른다는 의심이 들기 시작했다. 이를 눈치 챈 남곤, 심정, 고형산 등 훈구대신들은 전격적으로 한밤중에 몰래 궁궐로 들어가 왕에게 조광조 일파가 당파를 조직해 왕권을 위협하고 조정을 문란하게 한다고 탄핵했다. 왕도 조광조의 이상정치와 개혁을 앞세운 여러 주장에 이미 조금씩 염증을 느끼고 있던 차였다. 궁궐 나뭇잎에 새겨진 글자처럼 문득 지금 자신이 앉아 있는 왕위의 안위가 안전하지 않을 수도 있다는 생각에 갑자기 의심이 들기 시작한 왕은 조광조가 붕당을 이루어 왕권을 위협한다는 말에 더 이상 지체하지 않고 다음 결정에 마음을 정했다.

다른 것은 다 그만두고 왕으로서는 왕권이 흔들리거나 위협받으면 안 될 일이었다. 아니, 이 강토의 왕으로서 그런 말이 나오게 놔두어서도, 들어서도 안 될 일이었다. 그동안 조광조의 독주를 바라보며 가끔 그런 혼란이 들기도 했다. 한밤중에 궁궐까지 찾아 들어온 신하들 앞에 왕은 최종적으로 결심했다. 왕은 조광조에 대한 훈구대신들의 탄핵을 받아들였다. 왕의 재가가 떨어지자 그다음 벌어진 일들은 미리 정해 놓은 수순과도 같이 전광석화처럼 이루어졌다. 날이 밝기 무섭게 왕명으로 조광조와 그를 따르는 조정 안의 신진 사류들을 잡아 옥에 가두었다.

조광조는 김정, 김구, 김식, 윤자임, 박훈 등과 함께 의금부에 투옥되었다. 조광조는 단 한 번만이라도 왕과 대면하여 설명하고 싶어 했다. 친국 받기를 원했다. 그러나 왕은 그조차도 받아들이지 않았다. 처음엔 김정, 김구, 김식과 함께 바로 사사의 명을 받았으나 영의정 정광필의 간곡한 비호와 주청으로 일단 능주(전라도 화순)로 유배되었다.

이때 신명화는 자신은 비록 현량과의 천거에 응하지 않았지만, 자신의 사촌동생 신명인과 함께 이들 신진 사류들과 상당한 교류를 가지고 있었다. 소격서의 혁파도 그렇고 반정공신의 바른 책봉과 위훈 삭제도 그들의 주장이 다소 과격한 부분이 있다 하더라도 나라의 바른 운영을 위해서라도 누군가의 힘으로 공론화되고 개혁되어야 할 부분이었다. 그 일을 조광조가 한 것이었다.

신명화의 사촌동생 신명인은 아직 등과하지는 않았지만 성균관에서 공부를 하며 신진 사류의 중요한 일원으로 활동하고 있었다. 게다가 신명인은 현량과로 조정에 새로 들어와 조광조 버금으로 주목과 신망을 얻고 있는 김식 문하의 사람이었다. 궁궐에서 그런 사건이 있던 다음 날 신명인은 성균관 유생들을 이끌고 궁궐 앞으로 가 엎드려 임금에게 조광조와 잡혀 들어간 선비들을 풀어 달라고 상소를 올렸다.

"전하, 조광조를 풀어 주시옵소서!"

"전하, 조광조와 옥에 갇힌 무고한 선비를 풀어 주시옵소서!"

신명인이 앞서 말하면 다른 유생들이 그 말을 따라 울부짖으며 외쳤다. 신명화도 다른 유생들과 함께 대궐 앞으로 달려가 엎드려 이들의 석방을 요구하다가 의금부에 잡혀가 나흘 동안이나 옥고를 치렀다. 이조참판 윤은보와 남효의의 현량과 천거에 응했더라면 신명화 역시 꼼짝없이 김식, 김구, 윤자임 등 28인이 당한 일을 당할 수밖에 없는 상황이었다.

조광조는 영의정 정광필의 간곡한 비호로 간신히 목숨을 구하는 듯했지만, 그해 12월 훈구파의 핵심인 김전, 남곤, 이유청이 각각 영의정·좌의정·우의정에 임명되면서 이들의 주청에 바로 의해 사사되었다. 세상 사람들은 기묘년 이해에 또 한 번 많은 선비들이 목숨을 잃었다고 하여 이 일을 기묘사화라고 불렀다. 조광조와 그를 따르던 신진 사류가 꿈꾸었던 이 땅의 도학정치와 새로운 정치 질서는 그렇게 시작과 함께 꽃도 피기 전 실패로 끝나고 말았다.[26]

이 일로 달라진 것이 많았다. 훈구파가 다시 정계의 중심으로 복귀하고 조광조가 혁파했던 소격서가 부활하였으며 이제 막 시작의 다리를 놓았던 현량과는 단 한 번의 시행을

---

26 훗날 율곡은 『석담일기』에서 조광조를 비롯한 신진 사류들의 실패를 '옛사람들은 반드시 학문이 이루어진 다음 이론을 실천했는데, 이론을 실천하는 요점도 왕의 그릇된 정책을 시정하는 데 있었다. 조광조는 어질고 밝은 자질과 나라 다스릴 재주를 타고났음에도 불구하고 학문이 채 이루어지기 전에 정치 일선에 나갔다. 그 결과 위로는 왕의 잘못을 시정하지 못하고 아래로는 구세력의 비방을 막아내지 못했다. 그가 도학을 실천하고자 왕에게 왕도의 철학을 이행하도록 간청하였지만, 그를 비방하는 입이 너무 많았다. 비방하는 입들이 한 번 열리자 결국 그의 몸이 죽고 나라를 어지럽게 했으니 후세 사람들에게 그의 행적이 경계가 되었다'라고 말했다. 율곡의 생각으로는 학문을 먼저 이루어서 다른 사람을 설득할 토대를 갖추어야 하는데 그러지 못한 상태로 성급하게 개혁을 추진했다는 뜻이다.

끝으로 즉시 폐지되고 말았다.

힘들게 이루어 낸 공신개혁 역시 무효화되어 다시 이들 엉터리 공신들의 끝없는 재산탐욕이 당연한 권리처럼 이어 졌다. 한 번 위훈이 삭제되었다가 회복된 이들은 자신들의 탐욕조차 면죄 받은 듯 더욱 경쟁하여 토지를 늘리고 집의 규모를 늘리며 사치에 빠져들었다. 이들에게 땅을 빼앗긴 백 성들은 산으로 들어가 도둑이 되었다. 몇 차례 무고한 선비 들의 죽음을 본 많은 유생들이 이제 더 이상 공부하지 않았 다. 폭군 연산을 폐위시킨 다음 새 임금은 정말 바른 정치로 나라를 이끌 줄 알았는데, 아니 그러길 바랐는데 공부해 봐 야 결국엔 저렇게 목숨만 잃지 않느냐는 소리가 성균관 유 생들 사이에서 나왔다.

또 하나 서울에서부터 시작해 전국의 서당에 『소학』이 금 서처럼 여겨진 것도 기묘사화가 남긴 영향 중의 하나였다. 조선 초기 서당의 기본 교육서와도 같은 『소학』은 1519년 조광조를 따르던 선비들이 참혹하게 처형되면서 이 책이 조 광조와 그의 스승 김굉필, 더 위로는 김종직 때부터 사림파 들이 행동 모범으로 삼은 책이라고 해서 한동안 서당에서 금서로 여겨졌다. 선조 즉위 후 조광조가 정치적으로 복권 된 다음 어느 정도 누그러지긴 했지만 그 영향이 길게 이어 져 영조·정조 시절까지 사대부들이 직접 『소학』을 읽는 것

도 자식들에게 가르치는 것도 꺼려했다.[27]

기묘사화 이후 선비사회에 또 하나의 변화라면 대간들도 이제 더 이상 바른말로 그른 일을 비판하지 않았다. 서로 암투하고 권력을 놓고 투쟁은 해도 예전 연산주 시절의 이행이나 권달수처럼 자신의 목숨을 내놓고 강직하게 임금의 잘못을 말하는 신하는 자연히 사라지고 말았다. 후일 율곡과 함께 바른 선비의 표본과 같은 사람으로 꼽히는 백인걸은 기묘사화로 많은 선비들이 목숨을 잃자 세상 일이 어찌 이러냐고 비분강개해 금강산으로 들어가 버렸다.

이 일로 사임당의 아버지 신명화도 벼슬을 단념하고 더 이상 과거시험을 보지 않았다. 신명화가 기묘명현의 한 사람으로 이름을 올리게 된 것도 이때의 일 때문이었다. 이제 과거를 단념한 그는 서울에만 머물러 있을 이유가 없었다. 더구나 지난해 봄, 장인 이사온이 세상을 떠나 북평촌 검은 대숲집의 넓은 사랑이 휑뎅그렁하게 비어 있었다. 이제 그가 오죽이 울타리처럼 둘러싸고 있는 검은 대숲집의 주인이 된 것이었다.

———

27 임진왜란 이후 조선 후대에 서당 공부에서 『소학』 대신 그 자리를 채운 것이 중종 시절 박세무가 지은 『동몽선습』과 이율곡이 지은 『격몽요결』이었다. 서당마다 천자문을 떼면 『명심보감』과 함께 필수적으로 『동몽선습』과 『격몽요결』을 공부했는데, 이율곡은 오히려 자신이 지은 『격몽요결』에서 『소학』 공부의 중요성을 강조했지만, 오랜 세월 여전히 그 책은 사대부의 기피 도서가 되었다.

전에는 늘 서울에 머물며 과거 시험공부를 하고 해가 바뀐 봄에 한 차례 강릉 처가에 가족을 보러 갔던 신명화는 기묘사화가 일어난 다음 해 봄, 강릉으로 절반 거처를 옮겼다. 예전과 반대로 이제는 주로 강릉 북평촌에 머물고, 어머니와 형님이 계시는 서울 집에는 이따금 한 번씩 올라가 얼굴을 뵙는 식이었다. 사임당 인선이 열일곱 살이 되던 해의 일이었다.

하늘을 감동시킨 어머니의 기도

　신명화가 강릉 북평촌에 가서 가장 놀란 것은 그동안 서울의 여러 일로 잘 살펴보지 못한 딸들의 학문과 기예였다. 큰딸은 재작년 가을에 혼인하여 집을 떠나고, 남은 네 딸의 맏이 노릇을 하는 둘째 딸의 학문과 서화가 평생을 공부만 해 온 자신조차 놀랄 정도였다. 처음엔『소학』과 어머니의 영향으로『삼강행실도』정도 익혔겠거니 하고 물어보기 시작한 것이 오서육경의 이곳저곳을 문답해 보아도 이제 열일곱 살이 된 딸의 공부가 중국 고전과 경전 어디에도 막힘이 없었다.

"놀랍구나. 어디까지 공부를 했느냐?"

"작년에 외할아버님 돌아가시기 전에 육경을 마치고, 그 다음부터는 혼자 여러 책을 익히고 있습니다."

"『예기』와 『춘추』를 다 살폈더란 얘기냐?"

"외할아버님 가르침 아래 하였습니다."

장인 이사온이 살아 있을 때 신명화가 서울에서 설을 쇤 다음 강릉으로 왔을 때 장인도 그렇게 말했다. 사내라면 과거를 봐도 좋을 실력을 갖췄으며 글씨도 왕희지를 본으로 어느새 자기 서체를 만들어간다고 말했다. 그러나 그때는 오랜만에 온 아비에게 딸의 칭찬을 하는 말로만 들었다.

"내가 여기 너희 곁을 너무 오래 벗어나 있었던 모양이다. 작년에 왔을 때 그저 열심히 하는구나 여겼는데, 이 정도인지는 몰랐구나. 정말 네 외조부 말씀대로 사내라면 지금이라도 과거를 봐도 좋을 듯하구나. 아비가 제대로 살펴보지 못한 동안 너 혼자 안으로 이룬 학문이 이미 아비를 넘어선 듯하구나."

태어나서부터 이제까지 일 년에 한 번 얼굴을 보는 늘 엄하기만 한 아버지가 칭찬을 하자 인선도 황송한 마음에 어쩔 줄 몰라 했다.

"그럴 리가 없습니다. 과찬이십니다, 아버님"

"아니다. 너희한테야 어떤 말을 해도 과찬이 되겠지만, 너희에게 이만큼 학문과 서화의 기예를 일으켜 주신 외할아버님을 생각하면 지금 아비의 칭찬은 오히려 인색하고 부족할 것이다. 네 언니서부터 너희 다섯 자매는 외할아버님의 은혜를 정말 크게 입었구나."

"꼭 글을 가르쳐 주셔서가 아니라 저희도 외할아버님의 은혜를 잊지 않고 있습니다."

"그래, 인선이 너는 더욱 그렇지. 아래 동생들은 아직 어려서 배울 게 많은 시기에 외할아버님이 돌아가셨지만 너는 글공부와 함께 서화까지 외할아버님 아래에서 했으니."

"그래서 보답으로 제가 동생들의 글을 조금 살펴보고 있습니다."

"당연히 그리 해야겠지."

그는 딸에게 한 말을 부인 이씨에게도 했다. 만약 16년 전 아내가 친정어머니를 시병하러 강릉으로 오지 않고 그대로 서울에 살았다면 아이들도 모두 서울에서 낳고 서울에서 길렀을 것이다. 그리고 처음 강릉에 와 있는 동안 그가 이제 장모님의 병환이 어느 정도 차도가 있으니 그만 서울로 가자고 했을 때 아내가 그의 말을 따라 서울로 왔다면 딸들이 자라는 모습도 지금과 많이 달랐을 것이다.

만약 그랬다면 아내가 자신이 예전에 배운 것처럼 아이

들에게 천자문과 『명심보감』에 이어 『소학』과 『삼강행실도』 정도는 가르쳤을 것이다. 신명화 자신도 물론 관심을 가졌겠지만 그렇다고 거기에서 앞으로 더 나가는 공부를 과거시험 공부에 매진하고 있는 자신이 자기 공부를 밀쳐 두고 다섯 아이를 차례로 앞에 앉혀 두고 가르칠 수도 없는 일이었다. 아마 아이들이 서울에서 자랐다면 학문으로는 오서육경이 무언지 모르고 자랐을 것이다. 그것이 아이들이 강릉 북평촌에서 자라며 외할아버지에게 가장 크게 은혜를 입은 부분이었다.

그러나 단순히 글공부만이 아니었다. 딸은 아버지 앞에 감히 자랑처럼 내놓지 못하고 아내가 벽장에서 꺼내 보여주는 둘째 딸의 글씨와 그림도 이미 어느 경지를 넘어선 듯했다. 딸은 특히나 마당가 꽃밭과 텃밭의 봉숭아나 원추리 같은 화초와 오이나 가지 같은 채소를 화폭에 담기 좋아하고 거기에 꼭 벌과 나비뿐 아니라 방아깨비며 개구리나 수박을 파먹는 쥐와 같은 작은 짐승을 함께 그려넣기를 좋아했다. 신명화는 그림을 앞에 놓고 다시 딸을 불렀다.

"아비는 네가 그림을 그린다 해도 남보다 조금 나은 재주로 그냥 심심파적으로 그리는 줄 알았다. 그런데 그게 아니라 이미 깊이 들어가서 이제는 누구도 쉽게 흉내 내지 못할 네 방식을 찾은 듯 보이는구나."

"아닙니다. 아버님이 그렇게 말씀하시니 부끄럽습니다."

"아니다. 아비는 오래도록 글공부만 하느라 서화까지는 하지 않았어도 서울에서 여기저기 여러 사람들이 소장하고 있는 것을 많이 보았단다. 이 집 사랑 서고에 있는 그림과 글씨도 적지 않고 말이다. 한 사람의 화원이 자기 방식의 화법을 드러낸다는 게 쉬운 일은 아닐 것이다. 그런데 네 그림을 보면 이 집 울안에서 자란 사람이 볼 수 있는 너만의 관찰이 있구나."

"아버님께서 이리 칭찬해주시니 더 열심히 익히겠습니다."

"학문도 남자들처럼 어디에 쓰지 못한다고 쉬이 그만 두지 말고 열심히 익히고, 서화의 기예도 열심히 훈련하도록 해라. 둘이 서로 다른 듯해도 그게 다른 게 아니란다."

"돌아가신 외할아버님께서도 늘 그렇게 말씀하셨사옵니다."

"그래서 사람의 성장엔 지도가 중요한 거란다. 누구의 훈도를 어떻게 받느냐 하는 것이 말이지. 너는 외할아버지 밑에서 아주 훌륭한 지도를 받고 자랐구나. 벼슬길로 나가는 사람이든 아니면 그냥 학문만 하는 사람이든 이만한 복이 또 어디 있겠느냐?"

지금 아내가 보여 주는 딸의 그림들 역시 처음 그런 그림을 그렸을 때 외할아버지가 이왕이면 보기 좋은 꽃에 보기

좋게 벌과 나비만 그려 넣지 개구리나 쥐와 같이 징그러운 것들을 무엇하러 그려 넣느냐고 오히려 그걸 나무랐다면, 어릴 때부터 특히나 어른들의 말을 잘 따랐던 딸은 그런 그림들을 다시 그리지 않고 줄곧 사군자만 그리곤 했을 것이다. 자신이라도 딸이 처음 그런 그림을 그려 보여 주었다면 그런 건 무엇하러 그리느냐고 말했을지 모른다. 화폭에 그림은 딸이 그렸어도 그것을 격려하고 이끈 것은 외할아버지였다. 신명화가 딸의 그림 앞에 새삼 장인의 훈도와 품성을 존경하고 고마워하는 까닭이었다.

다음 해 신명화는 강릉 북평촌에서 가족과 함께 설을 쇠었다. 아내와 딸들과 명절을 쇤 것이 17년 만의 일이었다. 지금은 출가한 큰딸을 낳은 다음 해 아내가 친정어머니를 시병하기 위해 서울에서 강릉으로 내려온 다음 처음으로 온 가족이 함께 설을 쇤 것이었다. 강릉은 겨울이면 눈이 많이 내리는 고장이었다. 그는 대관령의 눈이 녹기를 기다려 서울에 살고 있는 어머니와 형님에게 인사를 갔다. 예전에는 서울 본가에서 설을 쇤 다음 봄이 되기를 기다려 장인 장모와 또 아내와 딸들이 살고 있는 강릉으로 초봄 나들이를 했는데, 이제는 그 나들이 길이 예전과 반대로 강릉에서 서울로 바뀌었다.

서울에 가서도 그는 모처럼 만에 온 아들을 붙잡는 어머니 때문에 예정보다 늦게 강릉으로 길을 떠나며 마음속에 큰 걱정거리가 하나 있었다. 이태 전 장인이 세상을 떠난 다음 혼자 남은 장모의 건강이 지난 가을과 겨울 동안 좋지 않았다. 장모의 건강은 지금뿐 아니라 예전에도 어려운 고비가 여러 번 있었다. 그 때문에 아내는 혼인 후에 이태만 서울에서 살고 18년 전 친정 어머니의 시병을 위해 강릉 북평촌으로 내려와 친정 부모를 모시고 살았다. 신명화 자신은 가족과 떨어져 서울 어머니 곁에서 과거 공부를 하며 일 년에 한 번이나 두 번 강릉에 다녀가는 식이었다.

신명화가 장모 최씨의 부음을 들은 건 서울 집을 떠난 지 사흘 만인 여주 민가에서였다. 아직 서울과 강릉 사이를 오가는 길에 객주가 없던 시절이었다. 강릉에서 서울 도성까지 오가는 사람들이 신세지는 민가에 들러 밥값을 치르고 하루 묵어갈 방을 청하곤 했다. 첫날에는 동대문을 나와 망우리 고개를 넘어 덕소에서 잠을 자고, 둘째 날은 관북과 관동지역의 길손들과 물산이 모여 강을 건너는 양주 양근나루에서 하룻밤을 묵었다.

아주 바쁜 걸음이 아니면 더 갈 수 있어도 다들 그 정도에서 여장을 풀었다. 아직 해가 남았다고 내처 길을 떠났다가는 중간에 낯선 곳에서 해가 떨어진 다음 잠자리와 끼니를 해결할 곳을 찾기가 쉽지 않은 때문이었다. 그래서 길에 따라 많게는 하루 구십 리를 걷게 되는 날도 있고, 적게는 오십 리쯤 걷고 새 미투리를 바꿔 신을 민가를 찾게 되는 날도 있었다. 아무래도 사람들이 좀 많이 사는 역참 같은 곳이라야 그런 민가가 있어 매일 걷는 거리가 일정하지 않았다.

셋째 날 여주에 도착해 예전에 늘 다니던 길가의 민가에 들렀을 때 거기에 강릉 북평촌에서 기별을 가지고 올라온, 마당 바깥채에 살고 있는 솔거노 내은산이 먼저 와 그를 기다리고 있었다.

"진사 나으리!"

"아니, 네가 여기는 어쩐 일이냐?"

묻기는 해도 내은산의 굳은 얼굴을 보는 순간 그는 자신이 없는 동안 북평촌에서 일어난 모든 일을 짐작할 수 있었다. 애초 강릉에서 서울로 가는 길을 당겨 떠났거나, 서울에서 이레 정도만 일찍 떠났어도 장모의 임종을 지킬 수 있었을 것이다. 그러니 서울에서 한 달쯤 머물다 떠나는 것도 이제는 그것이 아버지의 제삿날까지 일 년에 고작 두 번 오가는 길이라 일흔이 넘은 어머니가 이렇게 떠나면 언제 다시 보나고 서운해 해서 얼른 떠나오기가 쉽지 않았다.

"큰할머니 마님께서 돌아가셨습니다."

"기어이 그렇게 가셨구나. 너는 언제 떠나왔느냐?"

"나흘 전 저녁에 큰할머니 마님께서 돌아가시고 저는 사흘 전 새벽에 떠났습니다."

강릉에서 여주까지 사흘에 온 것이면 매일 거의 뛰듯 달려왔다는 얘기였다. 대부분 부고를 전달하는 걸음 빠른 기별꾼이 강릉에서 서울까지 엿새 걸렸다. 부지런한 걸음으로는 여드레였고, 보통 걸음으로는 열흘이나 열하루였다. 여주 민가에서 장모의 부음을 들은 신명화는 지난 시절의 여러 생각들이 가슴을 치밀고 올라와 주인이 차려내 온 음식조차 제대로 먹을 수 없었다. 상을 물린 다음에도 제대로 먹지도 않은 음식이 명치끝에 얹힌 듯 기운이 쫙 빠지고 뒷머리가 서늘해지며 냉증이 일어났다.

뒷골에 냉증이 일어나는 것은 전에도 이따금 경험하던 증세였다. 기묘년 사화 때 며칠 옥에 갇혔을 때에도 같은 증세가 있었다. 이래서는 안 되겠다 싶어 평소처럼 몸을 곧게 펴고 자리에 누웠지만 이른 봄날 차가운 날씨에 며칠을 쉬지 않고 바쁜 걸음을 해서인지, 아니면 잠시 전 길 위에서 접한 비보 때문인지 눈을 뜨나 감으나 머리가 어질어질 흔들리는 것 같았다. 그래도 아침에 간신히 일어나 같은 방 윗목에서 잠을 자고 일어난 내은산에게 일렀다.

"이제 소식을 들었으니 나는 바삐 강릉으로 가도록 하겠다. 나한테만 기별하러 온 게 아닐 테니 내은산이 너는 곧장 서울로 올라가 더 기별할 곳에 기별하도록 해라."

서울에 벼슬살이를 하는 최씨의 형제들과 또 서울로 출가한 자매들이 있었다. 내은산이 강릉에서 길을 떠날 때는 서울에 올라가 제일 먼저 찾아가 알릴 곳이 최씨 부인의 사위인 신명화의 본가겠지만, 이제 길에서 소식을 전했으니 그 다음으로 최씨 부인의 형제자매들에게 소식을 전해야 했다.

"아닙니다요. 마님께서 저한테는 진사님만 모시고 오라고 하셨습니다."

"그건 내가 서울에서 길을 떠나기 전의 얘기지. 내가 있는 곳에 소식을 전하면 그 다음 소식은 그곳에 있는 누군가 또 전하면 되니까."

어느 집이나 기별은 원래 그렇게 하는 법이었다.

"그렇기도 하지만 나으리, 어제 저녁에도 진지를 하나도 안 드시고, 오늘 아침도 겨우 반 술을 뜨셨는데 이대로 걸음 하셔도 괜찮으시겠는지요?"

"내 걱정 말고 너는 어여 서울 기별이나 해라."

"아닙니다요. 제가 의원은 아니지만, 지금 나으리의 몸이 누가 봐도 말씀이 아닙니다. 제가 나으리 말씀대로 서울 다른 댁들에 기별을 하더라도 나으리께서 오늘 하루 가시는 길만이라도 옆에서 살펴보고 다시 서울로 가야 할 것 같습니다."

"괜찮대도 그러는구나."

"제 길은 걱정 마시고, 지금은 나으리 몸부터 생각하십시오. 나으리한테는 급한 소식이지만 다른 댁들엔 그냥 알리기만 할 소식이지 시간을 다투는 소식도 아닙니다요."

아마도 그런 정도의 임기응변과 요량을 가졌기에 아내도 일부러 내은산에게 서울 길의 기별을 맡겼을 것이다. 영민하지는 않더라도 충직하며 또 살아온 날만큼 일의 사리를 가릴 줄 알았다.

"그럼 떠나자꾸나."

신명화는 그날 중간에 길을 멈추자는 내은산을 몇 번이고 야단치듯 재촉해 강천과 문막을 지나 횡성까지 왔다. 보통 때 같으면 문막에서 멈추어야 할 걸음이었다. 나그네들의 보통 걸음으로는 하루 칠팔십 리가 고작이고, 더 걸어가서도 묵을 민가가 있다면 바삐 걷는 걸음으로 백 리 정도 갈수 있었다. 그런데 그날 하루 걸은 길만 아침 일찍 길을 떠나 늦은 밤중까지 열사흘 달빛 아래 백이십 리 걸음을 했다. 신명화는 어떻게든 다음 달 초하루로 잡힌 장삿날[28]까지 며칠

---

28 사대부 집안에 초상이 나면 그날이 며칠이든 그달 그믐을 넘겨 장사를 지내는 유월장(踰月葬) 풍습이 이미 이때에 있었다. 그래서 초상이 나는 날에 따라 길게는 31일장, 혹은 그 이상의 장례를 치르기도 했다. 꼭 그것 때문은 아니지만 그래야 멀리 있는 친족들이 장례에 참석할 수 있었다. 후일 이율곡의 장례는 63일장으로 치러졌다.

여유를 두고 북평촌으로 돌아갈 작정이었다. 아들이 없는 집에 아들 몫의 사위가 장모 장사에 빠져서는 안 될 일이었다. 장사에만 참석하는 게 아니라 장사의 모든 분별을 자신이 해야 했다. 그러나 전날 저녁에 온 뒷골 냉증에 엎친 데 덮친 격으로 이날 무리하게 걸은 걸음이 탈이 나고 말았다. 횡성 민가에 괴나리봇짐을 끌렀을 때 신명화의 온몸은 불덩이로 변해 있었고, 손발은 얼음처럼 차가웠다.

"아니, 이 몸으로 어떻게 여기까지 온 거요?"

오히려 먼저 민가에 들어 있던 길손들이 자리를 내주며 놀랐다. 누군가 품에 지니고 있던 사관침으로 손끝을 따주었지만 새까맣게 죽은 피 몇 방울만 나올 뿐 손발의 피돌기조차 멈춘 듯했다. 그의 생각 속엔 얼른 북평촌으로 가는 것 말고는 다른 생각이 없었다. 가까스로 저녁을 먹고 누웠지만 이제는 신명화 스스로도 내은산에게 서울로 길을 바꾸어 가라고 할 수도 없었다. 횡성에서 자고 다음 날 아침 일찍 다시 길을 떠나 인흥을 거쳐 방림 운교역까지 다시 백 리를 걸어왔을 때 신명화는 몸은 불덩이 같은데도 뒷머리로 온 냉증이 더욱 심해져 옆에서 내은산이 주인을 부르는 소리조차 들을 수 없었다. 그런데도 오직 한 생각으로 북평촌에 하루라도 일찍 대야겠다는 마음으로 다음 날 이를 악물고 다시 진부역까지 걸어왔다. 이제는 내 몸이 이미 내 몸이 아닌 것

175

처럼 옆에서 누가 말을 해도 그것이 귀에 웅웅거리기만 할 뿐 전혀 사람의 말소리로 들리지도 않고 몸도 물에 적신 솜처럼 천근만근이었다.

"집안에 중한 일이 있는 것도 알지만 이대로는 안 되겠습니다. 더 가시지 말고 여기서 머무르십시오. 그러잖으면 돌아가신 분 때문에 산 사람이 큰일 치르겠습니다."

가노 내은산뿐 아니라 그를 본 사람들마다 다들 더 걷지 말고 그대로 민가에 머물러 몸조리하기를 권했다. 그러나 신명화는 자신이 아들도 없는 집의 외동사위인데 어찌 그럴수 있겠느냐고 다시 진부에서 억지로 걸음을 떼어 대관령 바로 위에 있는 횡계까지 와서는 고원의 냉기에 목까지 퉁퉁 부어 연신 기침을 하며 피까지 토하게 되었다.

"아니, 이 분이 누구시오? 강릉 북평촌 최참판댁 서랑 신 진사 어른 아니시오?"

대관령을 넘나드는 사람들이 정해놓고 쉬는 횡계 민가에 다행히 그를 알아보는 사람이 있었다. 강릉사람 김순효였다. 그는 대화에 있는 처가 장인 제사에 다녀오는 길이라고 했다.

"아니, 이대로는 안 되겠습니다. 제가 내일 새벽 부지런히 먼저 내려가 북평촌에 가서 알리겠습니다."

횡계에서 북평촌까지 빠른 걸음으로 새벽에 길을 떠나면

저녁이면 닿을 수 있었다. 보통은 험한 산길이라 이틀거리 길이었다. 이 댁의 주인이 서울에서 장모 장례를 치르러 내려오다가 횡계에서 피까지 토하며 기침을 하고 있다는 말이 전해지자 장례 준비를 하던 북평촌 검은 대숲집으로선 그런 설상가상의 기별이 없었다. 이미 어머니를 잃은 이씨로서는 무너진 하늘이 또 한 번 무너지는 듯했다.

"우리 진사께서 혼자 내려오고 계시는지요?"

"아닙니다. 옆에 가노가 있는 듯합니다. 진사를 모시는 가노도 그렇고 함께 묵은 사람들 모두 아무리 움직이지 말라고 해도 그럴 바엔 차라리 길 위에서 죽는 게 낫다고 그 몸으로 아침에 다시 길을 떠났으니 얼른 마중이라도 나가보셔야 할 겁니다."

"아니, 그러면 움직이지 못하게 말리셔야지, 그걸 그냥 오시게 하면 어쩌십니까?"

옆에서 듣던 이씨의 외사촌 최수몽이 말했다.

"말려도 듣지를 않습니다. 죽더라도 길을 가다가 숙는 게 낫다고 고집을 부려 몇 사람이 부축해서 함께 오고 있는데, 아마 저녁 중에 대관령 아래 구산에 도착했을 겁니다."

"아무튼 알려주어 고맙습니다."

이씨 부인은 외사촌 동생 최수몽과 의논했다. 수몽은 부인의 둘째 외삼촌의 셋째 아들로 아직 생진사과에 등과하지

177

못한 유생으로 즈므의 고향집을 지키고 있었다.

"그나저나 이 일을 어찌하면 좋겠느냐?"

"누가 마중을 나가 봐야 되지 않겠습니까?"

"그래. 누가 나가는 게 아니라 내가 의원을 데리고 직접 나가 봐야겠구나."

"누님이요?"

"어쩌겠느냐? 여기 앉아서 발을 구르느니 내가 직접 나가 보는 게 낫겠지. 그러니 네가 내 대신 고모 상막을 잘 지키고 있어라."

잘못하다가는 어머니와 남편의 줄초상이 날지도 모를 일이었다.

"그럼 누님, 난손이를 데리고 가십시오. 한밤에 냇물을 따라 지름길로 가시지 마시고 도호부 쪽으로 나가다가 의원을 찾는 일을 난손이 시키십시오."

"난손이가 여기에 와 있느냐?"

"고방 쪽에 물품을 들이고 내는 일을 하고 있을 겁니다."

난손은 같은 외사촌이라도 얼사촌으로 수몽의 아버지인 둘째 외삼촌과 그 집 안채의 잔일을 돕는 시비 사이에서 낳은 자식이었다. 증조부와 조부가 참판까지 지낸 대갓집 주인의 아들로 삶이 조금 자유로운 부분은 있어도 그러나 그 역시 그 집 노비의 신분이었다. 어느 한 쪽이 아무리 지체가 높

178

아도 아버지든 어머니든 어느 한 쪽의 신분이 천하면 그 자식의 신분 역시 천하다고 경국대전이 움직일 수 없는 법으로 정하고 있기 때문이었다. 그러나 신분이 천해도 외삼촌의 얼자 아들로 적자 형제들이 받는 몫의 10분의 1의 재산을 받아(거기에 아버지가 생전에 더 주어) 제법 큰 기와집에 살며 적지 않은 농토와 스스로도 노비를 가지고 있었다. 얼자여도 바탕이 총명하여 글을 배우고 집안에 큰일이 생기면 일의 순서에 따라 물품의 출납 같은 아무나 쉽게 챙기지 못할 일을 돕곤 했다.[29]

이씨 부인은 도호부를 지나며 난손이 불러온 의원을 데리고 밤길을 걸어 새벽에 구산역에 닿았다. 부인이 가서 보니 신명화는 민가에 정신을 잃고 쓰러져 일어나지도 못했다. 내은산이 몇 번을 흔들어 깨우자 그제야 겨우 부인을 알아보고 어떻게 왔느냐는 눈빛으로 고개를 끄덕일 뿐이었다.

---

29 허균의 『홍길동전』에서 보듯 얼자는 사내부가의 아들이어도 아버지와 형들에게 호부호형조차 할 수 없다. 아버지가 정승 판서라도 아버지의 신분과는 상관없이 정확하게는 어머니 주인집의 노비신분이다. 그러나 노비도 얼마든지 재산을 가질 수 있어 성종 때 충청도 진천에 사는 임복이라는 사노가 나라에 심한 가뭄이 들자 백성들의 진휼을 위해 쌀 3천 석을 나라에 바치고 자신과 아들 넷의 신분을 면천하여 양인이 된 경우도 있었다. 이 얘기를 듣고 전라도 남평에 사는 기동이라는 가노가 쌀 2천 석을 바쳤으나 처음부터 면천을 노리고 바쳤다는 이유로 거부되었다. 태어날 때 한 번 정해진 노비의 신분을 벗어나기가 이토록이나 어려웠다. 훗날 이씨 부인이 다섯 딸들에게 자신의 재산을 나누어 주는 분깃문기를 작성할 때 이씨 대신 문기의 필집을 도와준 사람이 얼외사촌 최난손이었다.

"영감님, 이게 무슨 난리입니까? 힘드셔서 못 오시면 중간에 쉬시지 왜 이렇게 몸까지 상해가며 오시는지요?"

부인은 남편 앞에 그만 눈물이 폭 쏟아졌다. 사람 형편이 말이 아니었다. 살아도 살았다고 할 수가 없는 몸이었다.

"아무래도 여기서는 안 되겠다. 집으로 모시고 가야지. 너는 어디 가서 가마와 가마꾼을 구해오너라."

이씨 부인은 난손이 역참에서 구해온 가마에 신명화를 태웠다. 앞뒤 두 사람씩 네 사람이 그것을 메고 구산에서 건금 마을을 지나 북평촌 검은 대숲집 앞으로 냇물이 흐르는 위촌마을까지 갔다. 갈림길 앞에서 난손이 가마꾼들에게 냇물 옆길을 가르키자 이씨 부인이 잠시 제지했다.

"여기서 북평촌 말고 외가 재실이 있는 즈므(조산)로 가자면 어느 쪽으로 가야 하느냐?"

"여기 위촌에서 송두고개만 넘으면 바로 송암이고, 송암 바로 아래가 즈므마을입니다."

"그럼 진사어른을 즈므에 있는 외가 재실로 모시도록 해라."

"댁으로 안 모시고요?"

"거기는 나아서 가면 되는 곳이니, 너는 내가 시키는 대로 하면 된다."

동이 밝은 다음에야 이씨 부인은 간신히 자신의 외증조부 최치운과 외조부 최응현의 신위를 모신 사당 아래 재실로 남편을 데리고 들어갈 수 있었다. 이른 아침 다섯 딸들이 북평촌에서 즈므에 있는 외가 재실 앞까지 와서 아버지를 맞이하였다. 이때에도 신명화는 겨우 사람만 알아볼 뿐 입 밖으로 말 한마디 할 수 없는 채로 눈빛으로만 딸들의 인사를 받았다. 가마를 타고 오면서도 이미 얼굴이 새까맣게 죽어 있었다. 거기에 연신 피까지 토해 누가 보든 며칠 전 세상을 떠난 장모에 이어 사위마저 죽음을 피할 수 없는 것처럼 보였다.

이씨는 지금 막 어머니를 여읜 슬픔 속에 다시 남편을 잃을지 모를 또 한 번의 급작스러운 재액을 당하자 외가 재실에 향을 피우고 온 정성을 다하여 천지신명께 기도를 올렸다. 일곱 낮과 일곱 밤 동안 눈 한 번 붙이지 않고 입술이 터지도록 애를 끓이며 기도했지만, 그래도 차도가 없자 이씨는 다시 목욕재계를 한 다음 손발톱을 깨끗이 깎아 스스로의 몸을 더욱 정결히 하고서 몰래 장도를 몸에 품고 재실을 나섰다.

"어디로 가시려 그러십니까?"

이씨는 얼사촌 난손으로 하여금 외증조부 최치운의 묘소가 있는 뒷산 위에 제상을 놓게 하고 향을 피우게 한 다음 그 앞에 엎드려 절하며 소리쳐 울면서 호소했다.

"하늘이시여!

하늘이시여!

선한 사람에게 복을 주시고 악한 사람에게 화를 내려 주시는 것이 하늘의 이치옵니다. 그리고 선행을 쌓고 악행을 거듭하는 게 사람의 일이옵니다. 그러나 저의 남편 신명화는 이제까지 지조 있게 살아온 선비로 어디에서도 사휼한 행동을 하지 않았사오며 평소 몸가짐과 행실에도 조금의 흉악함이 없었사옵니다. 부모가 상을 당해도 복상을 짧게 하고 마는 시절에,[30] 부친의 상을 당하였을 때 거친 나물밥으로 몸이 쇠하면서도 산소 곁을 떠나지 않았고, 친히 제물을 올리며 몸에서 단 한 번 상복을 떼지 않은 채로 3년을 거상하였습니다.

하느님께서 만약 알고 계시다면 응당 선악을 잘 살피셔야 할 일이온데, 어찌하여 이런 사람에게 화액을 내리심이 이토록 가혹하시오니까? 저와 남편은 각각 저마다의 어버이를 모시어 서울과 강릉에 헤어져 산 것이 16년이나 됩니다. 바로 얼마 전 집안의 재앙으로 인자하신 제 어머니께서 돌아가셨는데, 이제 남편까지 앓아누웠으니 만약 또 한 번 큰일을 당한다면 외로운 이 몸은 사방에 의지할 곳이 없게 되옵

---

30 연산군이 단상법을 강제적으로 시행하던 시절

니다. 엎드려 생각하옵건대 하늘과 사람은 한 이치로 통하고 있고, 나타나는 것과 은미한 것은 차이가 전혀 없사옵니다.

하늘이시여!

하늘의 황제님이시여!

이 가련한 백성의 사정을 굽어 보살피어 주소서!"

몸을 구부려 하늘에 절을 하고 난 다음 이씨는 품에서 장도를 빼어 자신의 왼손 가운데 손가락 두 마디를 끊어 두 손에 받쳐 들고 다시 하늘을 우러러 바라보며 기도를 올렸다.

"하늘이시여.

저의 정성과 공경이 지극하지 못하여 이런 극한 지경에까지 이르렀사옵니다. 사람의 신체발부는 부모에게서 받은 것이라 감히 훼상할 수 없다고 하지만 무엇보다 제가 하늘로 삼는 것이 바로 남편인데 그런 하늘이 무너진다면 제가 어찌 홀로 살 수 있겠사옵니까? 바라옵건대 저의 이 몸으로 남편의 목숨을 대신하여 주시옵소서.

하늘의 황제이시여!

저의 이 미약하온 정성을 부디 굽어 살피어 주소서!"

하늘에 기도를 마친 다음 이씨는 산 위에서 내려와 다시 외증조부 최치운의 묘 앞에 절하고 고하였다.

"외증조께오서는 살아서 어진 정승이셨으니 돌아가셔도 반드시 영명하신 영혼이 되셨을 것이옵니다. 하늘의 상제께

고하시어 이 가련한 외손의 사정을 굽어살피게 하여 주옵
소서!"

고하기를 마치고 재실에 돌아와서도 조금도 아파하는 기
색 없이 오직 남편이 이를 알까 두려워할 뿐이었다. 이때 시
절이 봄이라 오랫동안 가문 날씨가 계속되고 하늘이 맑았는
데, 갑자기 검은 구름이 일어나듯 모여들고 천둥이 치며 비
가 내리기 시작했다.

둘째 딸 인선이 아버지를 밤새 간병하다가 아침에 잠깐
조는 틈에 꿈을 꾸었다. 꿈에 한 신령이 나타나 하늘에서 대
추만한 약을 가지고 내려와서 아버지 입에 넣어주는 것이었
다. 인선은 그 광경이 꿈인데도 너무나 생시인 것 같아 바로
그 순간 졸음에서 깨어나 주위를 두리번거렸다. 그러자 옆에
누워 있던 아버지가 눈을 감은 채 작은 소리로 홀연히 중얼
거렸다.

"내일이면 내 병이 다 나을 것이다."

"그걸 어찌 아십니까?"

진외가의 외당숙 최수몽이 함께 병석을 지키고 있다가 물
었다.

"얘가 옆에 있는데 방금 전 신령이 와서 알려 주고 갔다네."

신명화가 눈을 감은 채 대답했다.

"그러면 천만다행으로 누님의 정성이 하늘에 닿은 거지

요. 숨결이 맑게 돌고 말씀을 하시는 걸 보니 차도가 있는가 봅니다."

다음 날이 되자 신명화는 과연 어제 자리에 누워서 한 말대로 거짓말처럼 병이 나아 몸을 훌훌 털고 일어났다. 모두 반갑고 놀라 어안이 벙벙했다.

"내가 할 일이 많은데, 지금 여기에 누워 있을 때가 아니다."

신명화는 바로 북평촌 집으로 돌아가 며칠 앞으로 다가온 장모의 장례를 손수 주관했다.

훗날 율곡은 평소에도 외할머니 이씨에 대해 말은 서툴러도 행동은 민활하며, 모든 일들을 신중히 처리하되 착한 일에는 과단성이 있다고 말했다. 자신이 태어나기 전, 어머니로부터 전해 들은 외할머니의 바로 이런 모습을 두고서였을 것이다. 모두들 이씨 부인이 단지 기도를 올려 하늘을 감동케 하여 남편을 살려낸 것이라고 했다. 이 일은 7년 후 서울 조정에 알려지고 임금에게까지 상달되어 북평촌 마을 앞에 그곳을 지나는 모든 사람들이 우러러볼 수 있게 열녀정문이 세워졌다.

그러나 이씨의 이야기는 마을 앞에 열녀정문이 세워지기 2년 전에도 강원도관찰사가 여러 고을들을 두루 살펴본 다음 임금에게 '강릉에 사는 신명화의 처 이씨는 천성이 순수

하며 아녀자로 학문을 대강 아는 사람입니다. 평소에도 늘
『삼강행실도』를 외우며 어버이와 남편을 섬김에 도리를 다
하여 향리에 효부열녀로 소문이 났습니다' 하고 치계를 올리
기도 했다.

또 이씨는 자신만 『삼강행실도』를 열심히 외우고 실천했
던 것이 아니라 훗날 나라에서 편찬하는 『삼강행실도』의 주
인공이 되기도 했다. 이씨가 남편의 목숨을 구하기 위하여
자신의 손가락을 잘라 기도한 이야기는 그런 일이 있은 지
백 년 가까이 지난 다음 광해군 5년(1613년)에 간행된 『동국
신속삼강행실도』에 「이씨감천」이라는 제목으로 두 개의 그
림과 함께 편찬되어 지금도 책 속에 그때의 사정이 전해져
내려오고 있다.[31]

───

31 『동국신속삼강행실도』에 실린 그 부분의 내용은 '강릉에 사는 이씨는 신명화의 부
인으로 사람이 어질고 점잖았다. 지아비 신명화가 병에 걸려 죽을 지경이 되자 이씨
는 선조의 무덤에 가서 남편의 병을 낫게 해달라고 지성으로 빌며 남편이 죽으면 함
께 죽겠다는 맹세를 하고 손가락을 베어 피로써 간구하니 이 지성에 하늘이 감동하
여 지아비의 병이 나았다. 그런 후 이씨 부인의 딸이 꿈에서 아비의 병이 나을 수 있
는 약을 얻었다며 대추를 가져오자 이씨 부인이 이를 달여 먹이니 과연 남편의 병이
쾌차되었다'라는 설명 아래에 선조의 무덤 앞에서 단지하는 여인의 그림과 어머니에
게 꿈속에서 대추를 얻었다고 말하는 딸(사임당)의 그림이 아래위로 나란히 그려져
있다.

186

『동국신속삼강행실도』「이씨감천」, 유근,
종이에 목판 인쇄, 25.5×18.0cm, 규장각한국학연구원 소장

제 당호는 사임당입니다

　강릉 북평촌 검은 대숲집의 딸들에게 돌아가신 외할아버지는 한없이 인자하고 너그러웠지만, 자라는 동안 일 년에한 번이나 두 번밖에 모습을 보지 못하는 아버지는 늘 근엄하고 엄격했다. 신명화는 자주 얼굴을 대하지 못하는 만큼딸들의 예의범절을 더욱 각별하게 여겼다. 모처럼 아버지와한 자리에 앉아 담소할 때에도 딸들 모두 아버지 앞에서는『소학』과『내훈』의 가르침을 실수하지 않도록 조심하고 행동도 더 규범이 있게 했다.

외할머니의 장례를 치른 다음 한 번은 이런 일이 있었다.

어머니가 변소에 갔다가 올 적에 발을 헛디뎌 마당에서 넘어지려고 했다. 딸들이 놀라 달려가 부축하여 다행히 넘어지지 않았다. 어머니도 놀랐지만 딸들도 순간적으로 놀랐다가 이내 무사하자 잠시 후 모두 빙그레 웃었다. 신명화가 그 광경을 보았다.

"아니, 너희들 지금 그게 무슨 행동이냐?"

딸들이 아버지의 말에 놀라 얼굴이 굳어졌다.

"어머니가 넘어질 뻔했으면 부모가 이제 나이가 들어 기운이 쇠약해진 것을 걱정하고 두렵게 여겨야지, 그러지는 못할망정 도리어 다시 웃다니 그건 어디에서 배운 행동들이냐?"

"죄송합니다, 아버님. 저희는 어머니가 무사하신 게 안심이 되어 그리했습니다."

네 딸을 대신해 인선이 말했다.

"안심은 이번 한 번의 일이고, 어머니가 나이 들고 기운이 쇠약해진 것은 앞으로 계속되는 일인데 이길 걱정하고 두렵게 여겨야지."

"저희가 생각이 짧았습니다. 앞으로 아버님 말씀을 명심하겠습니다."

보통 사람들 같으면 무심히 넘길 수 있는 작은 행동에 이르기까지 아버지의 가르침이 늘 이와 같았다.

다음 해 둘째 딸 인선을 혼인시킬 때의 일 역시 그랬다. 신명화는 이태 전에는 장인이 돌아가시고, 지난해 장모가 돌아가셔서 한 해에 흉사와 길사를 함께 할 수 없어 그해는 어렵고 다음 해 혼인 시킬 생각으로 둘째 딸의 중매를 놓았다.

그런데 바로 그 전에 나라에 이런 일이 있었다. 중종 임금이 몇 년 전 세상을 떠난 장경왕후와의 사이에서 난 원자를 세자로 책봉하고 명 황제로부터 세자 책봉을 허락받기 위해 사신을 보냈다. 특히나 이럴 때 중국은 요구 조건이 많았다. 명의 무종은 내관에게 명해 다음과 같은 칙서를 내렸다.

'역(懌(기뻐할 역), 중종의 이름)의 아들 호(峼(산이름 호), 인종의 이름)를 조선의 세자로 봉한다. 이를 기려 역에게 흰 비단과 붉은 구슬을 내린다. 역은 그곳에 나는 진기한 물건과 그곳의 동남동녀를 찾아 진상하도록 하라.'

이것은 정말 요구 중에서도 보통 요구가 아니었다. 나라에 없는 금은보화를 요구하는 것보다 더한 요구가 바로 이런 것이었다. 황제의 칙서엔 동남동녀라고 해도 그것은 구색일 뿐 나중에 가면 그 숫자만큼의 처녀를 진상하라는, 온 나라의 민심을 흔들 요구였다. 북경에 갔던 사신이 돌아오자 금방 도성에 중국으로 조공 보낼 처녀를 선발할 것이라는 소문이 흉흉하게 돌았다. 이럴 때는 사대부가의 처녀들이 우선 대상이 되었다.

전에도 한 번 겪은 일의 학습이었다. 더 일찍 태종 임금 때에도 그런 요구가 있었다. 소혜왕후 인수대비의 큰고모도 그때 공녀로 선발되어 가서 극적으로 영락제의 후궁이 되었다. 그리고 영락제가 죽었을 때 함께 순장되었다. 이것을 인연으로 인수대비의 작은 고모도 그 다음 황제 선종의 후궁으로 보내졌다.

혼기를 앞둔 딸을 둔 집안으로서는 전혀 생각지도 못했던 날벼락과 같은 일이었다. 입과 입들이 전하는 흉흉한 민심 속에 황제 칙서에 대한 소문은 더욱 흉흉하게 퍼져 사람들을 미혹시켰다. 과년한 딸이 있는 집안에서는 정식으로 의례에 따라 중매를 놓으면 그 집에 시집 갈 나이에 이른 딸이 있다고 소문을 내는 거나 마찬가지이니까 중매를 거치지 않고 어디에 나이가 찬 총각이 있다고 하면 마치 사람을 사들이듯 바로 사위 맞기를 재촉했다. 서울 장안의 번듯한 사대부 집안이라도 제대로 예를 갖추어 혼사를 시키는 집이 없었다. 정승이고 판서고 딸을 가진 사람 모두 밖으로 쉬쉬하며 안으로 딸의 짝이 될 총각 사위감을 구했다. 아직 국법으로 금혼령이 내려지지 않았지만, 모두 그러기 전에 미처 다 자라지 않은 어린 딸까지 혼인을 서둘렀다.

"영감. 우리 인선이는 어찌합니까?"

이씨 부인이 남편 신명화에게 물었다. 이때 인선의 나이 열여덟이었다.

"나이가 되었으니 지금부터 준비해 내년엔 초례를 치러야 하지 않겠소."

"서울에서 온 소문이 안 좋아 드리는 말씀입니다."

"소문은 나도 들어 알지만, 혼인이야말로 인륜지대사인데 예법과 격식에 따라 초례를 치러야 하지 않겠소?"

"그러는 사이 금혼령이라도 내리면 우리 집에 그런 딸이 있다고 소문내는 꼴이 되지 않겠습니까? 들으니 서울에서도 다들 집에 딸이 있다는 말을 감추고 혼처를 정하는 것 같습니다."

"아무리 그래도 옛 성현의 가르침을 따르는 선비가 인륜의 의례를 손상시키면서까지 납폐해서야 되겠소?"

사람들의 입과 입 사이에 흉흉하게 떠도는 소문 속에서도 신명화는 자신이 오랫동안 살았던 서울에 제대로 중매를 놓게 했다. 다행히 조선의 동남동녀 진상은 다음 해 봄 중국의 황제 무종이 죽고 세종이 새 황제로 즉위하며 없던 일이 되었다. 서울 도성에 소문이 잘못 돌아 흉흉했던 것이 아니라, 실제로 흉흉한 소문 속에 중국 황제의 죽음으로 장차 몇 명이 될지 모를 조선 사대부가 처녀들의 운명이 바로 잡힌 것이었다.

새 황제가 즉위하자 예관이 새 황제에게 아뢰었다.

"천자가 천조(처음 황제의 자리에 즉위)하여서는 대국으로서 중국의 체통을 바르게 세우는 것이 가장 중요하고 또 먼저 해야 할 일입니다. 그러기 위해서는 바깥의 융로(戎虜, 중국 주변의 이민족)들이 행여 중국을 업신여길 빌미가 될 어떠한 일도 하지 말아야 합니다."

"당연한 일이로다. 어떠한 일이 그러한지 말하라."

"예를 들자면 지난해 선황께서 조선의 역에게 청유하여 그곳에 나는 진기한 물건과 동남동녀를 진상하라 함이 그러합니다. 그것은 새로 등극하는 폐하의 뜻이 아니니 그곳으로 가는 사신에게 그러한 것을 구하지 말라고 하시는 게 대국의 체통을 바르게 세우는 일인 줄 아뢰옵니다."

"당연한 일이로다. 그대로 시행하라."

새 황제의 즉위를 알리는 중국 사신이 등극조서와 함께 새로운 칙서를 가지고 조선 땅으로 향했다. 그것으로 조선 동녀에 대한 먼저 황제의 요구는 없던 일이 되고 말았다 하더라도, 자칫하면 딸이 그 동녀 속에 가장 먼저 신분을 드러낸 표적처럼 포함될지도 모를 위험한 사정 속에서도 바른 풍속에 대한 신명화의 소신과 고집이 이러했다.

신명화는 그동안 아버지로서 늘 엄한 모습을 보였어도 어느 딸보다 둘째 인선의 총명함과 재주를 아끼고 사랑했다.

그는 딸의 혼사를 앞두고 혼자 곰곰이 생각해보았다.

'어떤 집에 시집을 가느냐에 따라 저 아이의 앞날이 달라
질 것이다. 저 아이는 여기 강릉 북평촌 외가에서 태어나 부
족함 없이 자랐다. 여자로서 학문을 하고 따로 서화를 배우
고 익힐 수 있었던 것도 외조부의 각별하고도 너그러운 가
르침 덕분이다. 가문이 좋고 문벌이 좋은 집으로 시집을 가
야지만 저 아이의 앞날이 행복한 것은 아닐 것이다. 저 아이
는 외조부가 살아 계실 때 이미 자기 안에 학문을 이루고 서
화도 어디에 내놓아도 손색이 없는 자기 세계를 가지고 있
다. 어머니로부터 배운 자수도 제가 그린 그림을 바탕으로
놓아 일가친지들이 모두 본인이 혼례를 치르거나 딸이 혼례
를 치를 때 앞다퉈 부탁할 정도이다. 배필에 따라 저 아이의
학문과 재주가 이곳 북평촌에서 살던 시절의 일로만 끝날
수도 있고, 앞날에 더 넓고 크게 펼칠 수도 있다. 문벌만 보
고 그런 집으로 보낸다면 그 집안의 전통과 시집살이를 따
르느라 규방에서 마음 놓고 붓을 잡을 여유조차 없을지 모
르고, 너무 가난한 집안이라면 제가 가진 재주를 펼치고 싶
어도 수실이며 화선지 한 장, 색조 물감 한 조를 구하는데도
살림의 큰 제약을 받을 것이다.'

혼자 하루에도 몇 번 이런저런 사정을 짐작해보는 신명화
의 마음에 드는 사윗감이 나타났다.

신랑감의 이름은 이난수(이원수의 처음 이름).

본관은 덕수로, 나이는 인선보다 세 살이 많은 스물두 살이라고 했다. 태어난 곳은 파주 율곡원이지만[32] 어릴 때 아버지를 여의고, 홀어머니 아래에서 외아들로 자라며 장차 공부를 위해 어머니와 함께 파주에서 서울로 나와 산다고 했다. 무엇보다 가족이 단출한 것이 신명화의 마음을 끌었다. 그런 집엔 시집을 가도 크게 어른 섬김의 시집살이와 동기 간의 살림에 인생의 모든 노고를 다 빼앗기지 않을 것이다. 집안을 살펴보아도 일찍 세상을 떠난 아버지 대에는 벼슬이 없다 해도 그 위의 조상들도 문벌이 아주 강성하지 않다뿐이지 부족함이 없는 집안이었다.

동지돈녕부사[33] 이명신의 후손으로 조부는 세종 때의 청백리로 이름난(그리고 훈민정음 반포에 반대했던) 최만리의 사위 이의석이었다. 할아버지는 현감을 지냈고, 아버지는 아들이 어릴 때 세상을 떠났지만 아버지의 여러 사촌들 가운데 벼슬길에 나선 사람이 몇 있었다. 그 가운데 작은할아버지의 아들 이기는 의주목사로 있고, 그 아래 수년 전 조광조로부

---

32 이이 율곡의 호가 바로 여기에서 나왔다. 옛사람들은 호를 지을 때 자신의 고향이나 조상의 뿌리를 둔 본향을 호로 쓰는 경우가 많았다. 파주 율곡원에 본향을 둔 사람이라는 뜻이다.

33 돈녕부에 소속된 종2품 예우 관직으로 실제의 업무와 직책은 없었다.

터 탄핵 당했던 이행은 다시 왕의 부름을 받아 대사성과 공조판서를 지낸 다음 의정부 우참찬으로 있었다. 신랑감의 큰 당숙 이기는 신명화와 동갑이고, 작은 당숙 이행은 그보다 두 살 아래였다.

특히나 이행은 신명화도 서로 잘 아는 사람이었다. 십 몇 년 전 이행이 강원도 향시 사관으로 강릉대도호부에 시험관으로 왔을 때 서로 인사를 나누고 이후에도 아주 잦은 교류는 없어도 서울에서 여러 번 자리를 같이 한 적도 있었다. 사실은 이 혼사도 알음알음 그렇게 선이 닿아 있었다. 신명화에게 혼기에 이른 딸이 있다는 말을 들은 사람이 여러 사람이 있는 자리에서 어디 맞춤한 신랑감이 없느냐고 하자 이행이 우리 집안에 그런 신랑감이 있다고 연결을 지었다. 더구나 오래전 서로 인사를 하고 몇 번 자리도 함께 한 사이여서 아주 모르는 다른 집안과의 연결보다 더 반가운 면이 있었다. 집안의 음덕을 보자는 것은 아니지만, 아버지가 일찍 돌아갔다 해도 아버지의 사촌들이 그만하면 지금의 울타리만으로도 어느 문벌에도 무시당할 집안이 아니었다.

이 혼례를 떠나 그 즈음 이기와 이행, 두 형제의 얘기는 서울 장안 벼슬살이를 하는 사람들 사이에서 화제가 되기도 했다. 명의 황제 무종이 죽고 세종이 등극한 다음 중국 사신이 새 황제의 등극조서를 가지고 압록강을 넘어 올 때의 일이었다. 새 황제의 등극조서와 함께 동남동녀 진상을 그만두라는 칙명을 가지고 오는 사신들이었다. 나라로서는 우선 큰 부담을 더는 일이었다. 조정에서 우참판 이행이 원접사로 나가 압록강을 건너오는 명나라 사신을 접대했다. 그런데 그의 형 이기가 마침 의주목사로 있었다. 직책상으로도 하는 일로도 형이 원접사인 동생을 윗사람으로 모시고 수행하는 역할을 했다. 이기는 동생보다 과거에 늦게 붙기도 했지만 장인이 서산군수 시절 뇌물을 받은 장리여서 그것에 대한 연좌제로 과거에서 장원급제를 하고도 좋은 자리에 한 번 앉아보지 못했다.

사신이 서울에 온 다음에도 얘기는 계속되었다. 중국 사신이 홍제원에 이르자 임금이 황제의 등극조서를 맞이하러 그곳으로 나갔다. 황제의 조서를 받은 다음 임금이 그곳에 머무르지 않고 가마를 타고 궁으로 돌아오자 사신 일행이 반발했다. 왕이 이곳에서 머무르지 않고 조서만 받아 들고 궁궐로 들어간 것은 대국의 황제에 대하여 신하국의 왕이 갖추어야 할 예가 아니라고 트집을 잡았다. 대국의 사신으로 일부러 한 번 더 꼬투리를 잡는 것이겠지만, 그렇다고 왕이 다시 홍제원으로 나올 수도 없고 그것 자체로 난감한 상황이었다. 이에 이행이 나서서 말했다.

"우리 전하께서 도성을 벗어나 교외에까지 나와 황제의

조서를 맞이하는 것은 명나라 조정에 공경을 다하는 마음에서입니다. 이보다 더 예를 다할 수 없는 일입니다. 그리고 무엇보다 이 강토에서는 가장 지엄한 왕명을 받들고 제가 이곳에 여러분과 함께 있지 않습니까? 왕명이 지금 이곳에 있는 것입니다."

그러자 황제의 명을 받든 중국의 사신이 나서서 이 사람 우참찬이 바로 조선 시단의 제일가는 노장이라며 아래 부사들에게 예가 이러니 저러니 함부로 경솔하게 말하지 말라고 단속했다. 실제로 이행은 당대 조선 최고의 문장가이자 시인이었다. 훗날 조선 최고의 문장가로 일컬어지는 허균조차도 그의 시에 대해 '이행 정승이 시에 입신하였다'고 말했다.

허균의 말은 의례적이거나 단순한 칭찬이 아니었다. 허균은 자신의 문집 『성소부부고』에 누군가 우리나라 시단의 흐름에 대해 묻자 매우 가차 없고도 엄격한 평가 속에서도 이행의 시에 대해서는 '입신의 경지'라는 말로 극찬했다.

을지문덕과 진덕여왕의 시가 역사책에 모아져 있으나, 과연 자신의 손으로 직접 지었던 것인지는 감히 믿을 수 없고, 신라 말엽에 최치원이 처음으로 이름이 났지만 오늘로 본다면 문장은 너무 고와서 오히려 시들었고 시는 거칠어서 약하니 만당(당나라 말엽)에 넣더라도 누추함을 나타낼 것이고, 고려시대의 정지상도 아롱점 하나는 보았다 하겠지만 역시 만당 시 가운데 그저 농려한 정도이다.

이인로와 이규보는 더러 맑고 기이하며, 진화와 홍간은 기름지고 고우나 아들 모두 소동파의 아류들이다. 우리나라의 시는 고려말 이제현에 이르러 비로소 창시되어 이곡과 이색이 계승하였으며, 정몽주, 이숭인, 김구용이 고려 말에 명가를 이루었다. 조선 초에 이르러서는 정도전과 권근이 명성을 독점하였으니 문장도 이때에 이르러 비로소 활달해졌는데 중흥의 공로로 이색이 제일 크다. 중간에 김종직이 정몽주와 권근의 문맥을 얻어서 사람들이 대가라고 일렀으나 한스럽게도 문규의 트임이 높지 못했다.

그 뒤에 이행이 시에 입신하였으며, 신광한과 정사룡이 뚜렷하였다. 또 노수신이 문명을 떨쳤으니 이 사람들이 중국에 났다면 어찌 모두 강해와 이몽양 두 사람보다 못하다 하리오? 지금 이 시대에 글하는 이는 문장으로서는 최립을 추대하고 시는 이달을 추대하는데, 두 사람 모두 천 년 이래의 절조라 하겠다.

허균의 평가가 아니더라도 이행의 시는 당시 조선 시단에 정석처럼 통하던 판에 박은 당시(唐詩)의 유행에서 벗어나

참신하면서도 격조 높은 표현으로 새로운 시풍을 일으켰다.[34]

성종 임금 시절 궁중에서 자주 시를 겨루는 연회가 펼쳐졌다. 이때 늘 일등을 하던 아버지 이의무(이원수의 작은할아버지)의 시재를 그대로 이어받은 데다 학문까지 곧고 높아 세자좌부빈객을 겸임하고 있었다. 아버지를 일찍 여의어도 이

---

34 당시는 정치만이 아니라 시를 쓰는 것에서도 사대주의가 머릿속의 인처럼 박혀 조선 시단은 '봄풀 너머 구강'이니 '저녁 배 앞의 삼협'이니 '악양루를 흔드네' 하는 식으로 시에 중국 지명 몇 자를 더하기만 해도 전체적으로 빛을 발하며 아름다운데 우리나라 지명은 죄다 방언으로 이루어졌기 때문에 시에 부합되지 않아 오히려 시의 격을 낮춘다고 여기는 사람이 많았다. 그래서 우리 지명을 과도한 비유로 일부러 중국 지명으로 대체해 쓰기도 했다. 이런 때에 용재 이행은 자신의 시 속에 필요하면 조금도 감추거나 비틀지 않고 우리 지명을 그대로 넣어 당시(唐詩)를 뛰어넘는 서정의 아름다움을 선보였다. 아래의 시 역시 우리 지명을 넣어 먼저 세상을 떠난 벗에 대한 그리움과 회한을 절절히 그려낸 작품이다. 갑자사화 때 연산군이 폐비 신씨를 복위시킨 다음 다시 휘호를 올리고자 할 때 함께 목숨을 걸고 반대했던 홍문관의 동료 박은이 죽은 다음 그를 기려 쓴 시다. 시 속에 '구강'이니 '삼협'이니 '악양루'하는 말 대신 '천마산' '영통사' '만월대'와 같은 우리 지명이 그대로 들어가 있다. 허균이 이행의 시를 입신의 경지로 특히나 칭찬했던 것은 그의 시재와 함께 바로 이런, 조선 시단에서 지켜낸 선선한 지조도 함께 살펴서였을 것이다.

책 속에 천마산 빛이 　　　　　卷裏天磨色(권리천마색)
여전히 어렴풋이 눈앞에 열리네 依依尙眼開(의의상안개)
이 사람 지금은 가고 없으니 　斯人今已矣(사인금이의)
옛길은 날로 아득해지네 　　　古道日悠哉(고도일유재)
영통사에는 가랑비가 내리고 　細雨靈通寺(세우령통사)
만월대에는 석양이 비끼었네 　斜陽滿月臺(사양만월대)
함께 살고 죽기로 약속했건만 死生曾契闊(사생증계활)
다 늙은 백발로 홀로 배회하네 衰白獨徘徊(쇠백독배회)

이 시의 제목이 「제천마록후(題天磨錄後)」인 것은 홍문관의 옛 동료 박은이 죽고 난 후 함께 천마산을 올랐던 것을 기록한 「천마록」 뒤에 쓴 회고시이기 때문이다.

원수는 바로 그런 울타리를 가진 집안의 사람이었다. 게다가 중매의 시작이 신명화와 이행 사이의 교분이 끈이 되었다.

신명화는 서울 수진방에 있는 집으로 사윗감 이원수를 불렀다.

차림새가 반듯한 것이 첫눈에 사람이 진실되고 정성스러워 보였다. 집안의 어른과 중신아비가 함께 오긴 했지만 장래 장인이 될 사람에게 처음 인사를 온 것이라 긴장도 할 법한데 조금도 그런 기색 없이 젊은 사람이 자못 옛사람다운 기풍이 있어 보였다.

'반듯한 젊은이로구나.'

신명화의 눈에 다만 한 가지 아쉬운 점이 있다면 젊은이의 얼굴이 전체적으로 너무 순하고 부드러워 보이는 것이 어떤 일을 할 때 맺고 끊는 의지와 결기가 조금 부족해 보이지 않나 하는 것이었다. 그러나 그건 이 젊은이가 타고난 성품이 온화해서일 수 있었다. 신명화 자신은 매사 강직하여 서울과 강릉에 아내와 오래 떨어져 살면서도 그런 성정이 때로 아내도 힘들게 하고 딸들에게도 아버지를 어렵게 여기게 한 부분이 있었다. 몇 마디의 문답을 나눠 보아도 젊은이는 예의바르고 겸손한 모습이었다. 그렇다면 딸의 배필로서 지나치게 우직하고 고집스러운 것보다 바람직한 모습일 수 있었다.

인선은 집안의 둘째 딸이지만, 3년 전 큰딸이 시집을 간 다음 남은 네 딸의 맏이와 같은 자리였다. 아들이 없는 집의 외동딸로 태어난 자신의 아내가 거의 평생을 북평촌에서 친정부모 곁을 지켰던 것처럼 신명화도 다섯 딸 중 누군가 자신과 아내 곁에 있어주길 바라는 마음이 있었다. 그건 어머니인 이씨도 같은 심정으로 두 사람 다 그것이 둘째 딸 인선이길 바라는 마음을 오래 전부터 가지고 있었다. 그래서 양가 사이에 혼담이 오갈 때 중신을 통해 이쪽의 생각을 은근히 전하기도 했다.

"집이 파주라고 했던가?"

신명화가 이원수에게 물었다.

"예. 그곳에 본향을 두고 지금은 어머니와 함께 서울에 나와 살고 있습니다. 아버님은 제가 여섯 살 때 돌아가셨습니다."

그때 아버지의 나이가 스물네 살이었다는 얘기를 들었다. 일찍 혼례를 올려 일찍 아이를 낳고 일찍 세상을 뜬 셈이었다.

"그래. 홀어머니 슬하의 독자라고 했지?"

"그렇습니다."

"그런데, 나는 아들은 없고 딸을 다섯 두었다네."

"들어서 잘 알고 있습니다."

"내가 딸을 여럿 두었으나 그중에 둘째 딸은 혼례 후에도 내 곁에서 떠나보낼 수가 없다네. 자네가 혼인 후에도 그렇게 해줄 수 있겠는가?"

신랑이 강릉 북평촌 신부집에 와서 혼례를 치른 다음 본가로 돌아가지 않고 그냥 그 자리에서 눌러앉아 처가에서 아이들을 낳고 살면 어떻겠느냐고 물은 것이다. 젊은이의 성격이 맺고 끊듯 결연하다면 혼례는 처가에 가서 치러도 그곳에서 아주 사는 것은 어렵다고 말할 것이다. 돌아보면 스물네 해 전 신명화 자신은 지금 강릉 북평촌의 외동딸과 혼례를 올리며 그렇게 했다. 장래 장인이 될 신명화의 물음에 이원수는 자신이 지금 혼자 그것을 결정할 수 없고 파주로 돌아가 다시 한 번 어머니에게 말씀을 드리겠다고 했다.

"자네가 아버지가 안 계신 외아들인 처지를 잘 알지만, 나는 우리 둘째 여식을 아들처럼 여기고 있다네."

다시 한 번 신명화가 말했다. 그러나 그것은 여러 딸 중에 둘째 딸만 유독 사랑해서가 아니었다. 다른 딸들보다 함께 데리고 살고 싶은 마음도 있지만, 외조부 아래에서 학문을 하며 틈틈이 익힌 서화에 어느 정도 경지를 가진 둘째 딸의 그림 세계를 아버지로서 지켜주고 싶은 마음이 더 컸다. 그리고 이제 생원진사시 초시에서부터 시작해 과거시험을 봐나가야 할 사위의 학문을 옆에서 독려하고 싶은 마음이 있었다.

사윗감이 돌아가고 며칠 후 중신아비가 그렇게 하겠다는 저쪽의 뜻을 가져왔다. 거기엔 나의 하나밖에 없는 아들을 데리고 가서 정말 그 집의 아들처럼 열심히 학문을 가르쳐 아버지 대에 이루지 못한 벼슬길의 뜻을 이루게 해달라는 이원수의 어머니 홍씨의 깊은 뜻이 담겨 있었다. 서로 보지 않아도 부모의 마음은 그렇게 통하는 데가 있었다.

사주가 오가고 길일을 잡아 유월 스무날 혼례 날이 정해졌다.

혼인을 위해 파주에서 길라잡이와 기러기아범을 앞세운 신랑 일행이 강릉도호부 바로 위의 첫 역인 구산역에 와서 짐을 풀었다는 기별이 왔다. 이곳에서 사람들 몇이 그들을 마중하러 나갔다. 내일이면 북평촌에 와닿을 것이고, 모레 스무날이면 혼례를 치를 것이다. 그날 밤 북평촌의 검은 대숲집 사랑에 신명화와 둘째 딸 인선이 마주 앉았다. 아버지가 부른 것이 아니라 인선이 아버지를 찾아 사랑문을 두드렸다.

"아버님. 드릴 말씀이 있사옵니다."

"그래. 무슨 얘기인지 해봐라."

"소녀가 이제 부모님께서 정해주신 혼례를 앞두고 앞으로 쓸 당호(堂號)를 지었사옵니다."

당호라…….

신명화는 잠시 생각에 잠겼다.

사람이 세상에 태어났을 때 부모가 처음으로 붙여 주는 이름이 명이며, 이 아이가 딸이 아니라 아들이었다면 내년 스무 살이 되어 관례를 올리거나 그 전에 지금처럼 혼례를 올린다면 처음 지어준 이름 대신 자를 지어줄 것이고, 그 다음 더 큰 세상을 나설 때는 스스로 자신에게 어울리는 호를 지을 것이다. 『예기』에 여자도 나이 15세가 되면 처음 지은 속명이나 아명 대신 자를 지어주는데, 여자의 자는 자매의 순서에 따라 백(伯)·중(仲)·숙(叔)·계(季) 순으로 지어 붙인다고 했다. 남자도 이 순서에 따라 짓기도 해 공자의 자를 중니(仲尼)라고 한 것도 그에게 형이 있기 때문이며 뒤에 니(尼) 자를 쓴 것은 그가 이산(尼山)에서 기도를 드려 낳은 아들이기 때문이었다.

신명화도 어른처럼 다 자란 딸들을 방에서든 마당에서든 아랫사람들이 보고 듣는 앞에서 진선아, 인선아, 정선아, 하고 이름을 부르는 일이 경망하게 보여 진작부터 시집간 큰딸은 백이, 둘째 딸은 중이, 그 아래 셋째는 숙이라고 불렀고, 그 아래는 아직 어려 이름 그대로 은선이라고 불렀다. 다섯 딸 가운데서도 다르고, 다른 집 여식들을 일일이 보지 않았지만 다른 집 여식들과도 다르다는 건 일찍이 이 아이의 재주와 행동으로 알았어도 혼례를 앞두고 스스로 당호까지 지을지는 생각하지 못했다.

"그래. 어른이 되면 여자도 자가 필요하고 호가 필요하지. 당호라 하면 네가 혼인하여 거처하는 곳의 이름이기도 하고, 앞으로 세상을 살아가는 동안 네가 받들고 세울 삶의 어떤 뜻이기도 할 텐데, 그래 그 당호를 어떻게 지었느냐?"

"사임당이라 하였사옵니다."

"사임당?"

"예."

"사임이라. 어떤 뜻을 가진 말이냐."

"저는 이제 부모님께서 정해주신 배필을 맞이하여 혼례를 올리면 곧 어머니가 될 것입니다. 그래서 주나라를 창건하고 기틀을 닦으신 문왕의 어머니 태임을 제 마음속에 스승으로 여겨 받들고자 합니다."

"그분에 대해서도 얘기를 해보아라."

"태임은 오랜 세월 중국에서 부덕이 가장 뛰어난 어머니로 칭송받아왔습니다. 어머니로서 지켜야 할 네 가지 도리인 슬기로움과 엄정함과 의로움과 자애로움을 모두 갖춘 가장 훌륭한 어머니이십니다."

"그 말은 어디에 나와 있는 것이냐?"

늘 이렇게 하나하나 따져 묻는 모습 때문에 그동안 딸들이 아버지를 대하는 게 더 어렵게 느껴졌던 것인지 모른다. 그러나 어느 것 하나 소홀하지 않는 것이 신명화의 성격이었다.

"많은 출전이 있지만 소녀가 접하기로 『시경』 대아에도 있고, 또 가장 가깝게는 『소학』 입교편에 있습니다."

"『시경』의 그 부분을 읊어 보아라."

"거룩하신 태임 문왕의 어머니. 시어머니 태강께 효도하시어 왕실의 부인되셨다. 태사께서 아름다운 소리 이어받으셔서 많은 자손 낳으셨네."

"『소학』 입교편도 읊어 보아라."

"태임은 문왕의 어머니다. 지나라 임씨의 둘째 딸로 왕예가 맞이하여 왕비로 삼았다. 태임은 성품이 단정하고 한결같으며, 성실하고 엄숙하여 오직 덕스러운 행동만 하였다. 문왕을 임신하여서는 눈으로 사나운 빛을 보지 않았으며, 귀로 음란한 소리를 듣지 않았으며, 입으로는 나쁜 말을 내지 않았다. 문왕을 낳으시니 총명하고 사물에 통달하여 태임이 하나를 가르치면 백을 알아 마침내 주나라의 으뜸가는 임금이 되었다고 했습니다. 그래서 군자들은 태임이 태교를 잘 하였다고 하였습니다."

"그러니까 문왕의 어머니 태임을 본받아 너도 앞으로 그런 훌륭한 어머니가 되겠다, 그런 뜻이냐?"

"그렇사옵니다."

"『소학』에 태임의 얘기 뒤엔 뭐가 나오느냐?"

"맹모의 삼천지교가 나옵니다."

"맹모도 태교에 대해서 한 말이 있지 않더냐?"

"예. 그것은 또 삼천지교 뒤에 이어 나옵니다."

"거기도 읊어 보아라."

"맹자가 어렸을 때에 동쪽 집에서 돼지를 잡는데 무얼 하려는 것입니까? 하고 물으니 어머니가 말하기를 너 먹이려고 잡는다고 했습니다. 조금 뒤에 어머니가 이 말을 한 것을 후회하며 이르기를 내가 듣기에 옛날에는 태교가 있어 뱃속에 있는 아이도 가르쳤다는데, 이제 철이 나려고 하는 아이를 속이는 것은 불신을 가르치는 것이다, 하고 돼지고기를 사서 먹였습니다. 맹자가 이렇게 하여 자라나더니 장성하여 학문을 닦아 마침내 대유학자가 되었습니다."

"그래, 너는 그런 어머니가 될 것이다. 아비는 너의 초례를 치르면서도 거기까지 미처 생각하지 못했는데, 네 마음속에 평생 모실 훌륭한 사표를 찾아두었구나."

"아버님께서 기쁘게 받아주셔서 저도 기쁘옵니다."

"그리고 이제 초례를 치르는 너에게 아비가 한 가지 더 욕심 같은 바람이 있구나."

"말씀해 주십시오. 소녀가 받들고 마음에 새기겠습니다."

"아비는 네가 태임과 같은 어머니로서만이 아니라 거기에 더하여 이제까지 네가 닦아온 학문과 서화의 재주를 혼례 후에도 외할아버지의 가르침이 헛되지 않게 펼쳐 나갈 수 있었으면 좋겠구나."

"저도 외할아버님의 가르침을 늘 명심하고 있습니다. 공부를 할 때 할아버지께서 여자는 남자들처럼 과거를 보고 재주를 겨루는 것이 아니라서 학문이며 서화가 다 쓸모없는 것 같아도 절대로 그렇지 않다고 하셨습니다."

"어떻게 말씀하셨느냐?"

"여자가 학문과 기예를 익히는 일은 이다음 세상 어딘가에 한 집안을 학문으로 부흥시키는 일로도 그렇고, 또 학문과 기예로 자식을 가르치는 일로도 남자들의 벼슬길보다 더 크게 소용되는 데가 있을 거라고 하셨습니다."

"외할아버님께서 정녕 그리 말씀하셨느냐?"

"예. 그러하옵니다."

"그게 네 복이로구나. 너는 자라는 동안 이 세상에 가장 훌륭한 스승을 집안에 두었던 거란다. 그리고 이제 네 마음 안에 평생 사표로 받들 또 한 분의 훌륭한 스승으로 태임을 모시게 되었으니 사람으로 이만한 복이 또 어디 있겠느냐. 이제 초례를 치르면 너는 두 스승의 가르침을 늘 마음속에 새기며 살아가야 한다."

"예. 아버님 말씀 잘 받들겠사옵니다. 그리고 저를 이렇게 낳아 주시고 길러 주신 부모님의 은혜를 잊지 않겠습니다."

인선은 자리에 일어나 아버지에게 큰절을 올렸다.

아버지는 길 위에서 돌아가시고

둘째 딸 혼례를 올린 그해 겨울 북평촌 검은 대숲집에 또한 번 마른하늘에 날벼락 같은 소식이 전해졌다. 딸의 초례를 치른 지 다섯 달밖에 지나지 않은 동짓달에 이 집 주인 신명화가 서울에서 강릉으로 오던 중 길 위에서 그만 세상을 떠난 것이었다.

지난해 봄 장모 장례 때에도 한 번 그런 일이 있어 이제는 강릉과 서울을 오가는 길에 가노 내은산이 늘 따라 다녔다. 양주 지평에서 내은산이 한달음에 달려와 진사의 죽음을 알

211

린 건 동짓달 열하룻날이었고, 양근을 지나 지평에서 숨이
끊긴 것은 초이렛날이라고 했다. 딸의 초례를 치르고 나서
석 달 후 서울에 계신 어머니에게 딸이 초례를 치른 것을 말
씀 드리러 갔다가 거기 어머니 옆에서 한 달 보름 머문 다음
대관령에 눈이 내려 쌓이기 전 걸음을 재촉해 내려오던 길
이었다. 그때 미처 떠나지 않아 눈이 쌓이면 새 식구로 들어
온 사위와 함께 강릉 북평촌에서 설을 쇨 수 없었다.

"아니, 이게 무슨 일이란 말이냐?"

부인 이씨가 깜짝 놀랐다.

"서울에서 오시다가 사흘째 되는 날인데 양근에서 묵고
여주로 오시던 길에 지평에서 그만 복통을 일으켰습니다요.
갑자기의 일이라 함께 걷는 사람이 둘 있어도 길에 의원도
없고, 제가 어떻게 해볼 사이도 없이 그대로 돌아가시고 말
았습니다."

동짓달이라 이제 대설이 막 지나 맹동추위가 몰아칠 때였
다. 예부터 내려오는 속담에도 소한 대한에 객사한 사람은
제사도 지내지 말라는 말이 있었다. 한겨울 추위 속에는 사
람이 죽고 살 만큼 바쁜 걸음 아니면 길을 나서지 말라는 뜻
이었다. 그런데 이 집 주인이 소한 대한의 추위나 다름없는
동지 추위에 길을 떠나다 변을 당한 것이었다.

"그래서 지금 어디에 모셔 두었느냐?"

"……."

보통 민가에서는 하룻밤 묵어가는 나그네에게도 방을 잘 내어주지 않는데, 아무리 밥값을 받는 민가라 해도, 또 후하게 값을 친다 해도 길에서 객사한 송장을 받아들일 리가 만무했다.

"괜찮다. 말해라."

"민가에서는 아무 데도 받아 주지 않아서 어느 마을 산 밑에 있는 곳집에 모셔 두고 왔습니다."

"그러면……."

아무리 다음 말을 잇기 어려워도 잇지 않을 수 없었다.

"짐승이 해치지 않겠느냐?"

"그러지 않도록 단단히 살펴 놓고 왔습니다."

지난해 한 번 그런 일이 있었을 때 언젠가 같은 일이 다시 생기지 않을까 싶어 남편이 서울길을 떠날 때마다 부인은 그것이 늘 걱정이었는데, 결국 부인이 염려하던 대로 그런 변을 당하고 만 것이었다. 장례는 부인 이씨와 기별을 받고 온 첫째와 둘째 딸 내외, 그리고 아래 어린 딸들과 즈므의 외사촌이 함께 가서 치렀다. 이번에도 외사촌 수몽이 따라가긴 했지만, 얼사촌 난손이 낯선 마을에서 장지를 구하고 동네의 상군을 모으고 그들을 해먹이며 한겨울 장례를 치르는 동안의 궂은 일을 도맡아 가장 애를 많이 썼다.

누구보다 놀란 사람은 딸들이었다. 아버지는 기묘년 서울에서 많은 선비들이 화를 입는 모습을 보고 더 이상의 과거와 벼슬길을 단념할 때까지 16년 동안이나 가족과 떨어져 살았다. 일 년에 아버지의 얼굴을 보는 것도 눈이 녹은 다음 외할아버지와 외할머니에게 인사를 하러 내려올 때 잠깐뿐이었다. 길어야 보름 정도 강릉 북평촌에 머문 다음 아버지는 다시 공부를 하러 서울로 올라갔다. 그게 얼마 전 혼례를 올린 둘째 딸이 태중에 있을 때부터 열여섯 살이 될 때까지였다.

사임당은 장사를 지내며 아버지의 일생을 마음속으로 정리해보았다.

다른 집 자녀들처럼 아버지와 함께 살지 못했지만, 그래도 아버지는 딸들에게 세상 여러 일들에 임하는 모습과 말씀으로 가르쳐 준 것은 많았다. 아버지가 직접 딸들을 앞에 앉혀 두고 공부를 가르친 것은 아니지만, 처음 언니가 태어날 때부터 이 집에서는 딸들도 다른 집의 아들처럼 공부를 할 수 있게 해주었다.

어머니가 몸져누우신 외할머니를 시병하기 위해 서울에서 과거시험 공부를 하는 아버지에게 함께 강릉으로 가서 외할머니를 보살피자고 했을 때 아버지는 큰아버지가 모시고 있는 할머니의 곁을 떠나 흔쾌히 어머니의 청을 따라 강

214

릉으로 왔다. 아버지에겐 그것이 바로 자식의 가장 바른 도리였기 때문이었다.

외할머니의 병세가 조금 차도가 있을 때 아버지는 어머니에게 이제 서울로 올라가자고 말했다. 어머니는 혼인하여 출가한 사람으로 당연히 남편의 말을 따라야 하나 그러지 못하는 사정을 울면서 말했다. 외할머니가 전보다 나아졌다고 해도 완전하게 병이 나은 것이 아니어서 아직도 탕약을 끊이지 않고 대고 있는데, 그런 친정어머니를 자신이 아니면 누가 보살피겠느냐며 아버지에게 아버지는 서울에서 어머니는 강릉에서 각자 부모님을 모시자고 했다. 이때에도 아버지는 어머니가 자신의 과거 공부 뒷바라지보다 병든 부모님을 잘 모시는 게 자식의 도리로 더 중하다고 여겼다.

젊은 시절 나라에서 단상법을 엄하게 실시할 때에도 아버지는 그것이 왕명과 국법을 거역하는 일이어도 거기에 굴하지 않고 바른 풍속대로 할아버지의 삼년상을 산소 아래 여막에서 치러냈다. 예전 외할아버지가 아버지에게 친구와의 만남에 거짓 핑계를 대는 편지를 부탁했을 때 사위로서 장인의 부탁까지 그것이 바르고 옳지 않으면 절대 따르지 않는 아버지만의 강직함을 보여 주었다. 외할아버지는 부드러운 성품으로 손녀들이 가까이 하기 쉬웠고, 아버지는 자신에게나 자식들에나 한결같이 엄격한 모습이었다.

기묘사화가 일어나기 전 두 사람의 판서와 참판으로부터 현량과의 추천을 받았으나 아버지는 거기에 나아가지 않았다. 돌다리도 두드려 보고 건너는 조심성 때문이 아니라 오래도록 과거 공부를 한 사람이라면 누구라도 꿈꾸는 입신양명의 벼슬길 앞에서도 아버지는 자신이 취할 행동으로 어느 것이 진정 더 바른 처신인가를 깊이 생각했다.

　과거는 비록 백패[35]에 그쳤으나, 기묘년에 이르러 과거를 단념하기 바로 전까지 아버지는 어려서 처음 글을 배우기 시작해서부터 나이 들어서까지 어느 한 시기도 공부를 게을리 하지 않았다. 과거 뒷바라지를 하지 않은 어머니에게 한 번도 그것을 핑계대거나 불평한 적이 없었다. 외할아버지와 외할머니에게 인사차 다니러 온 북평촌에 와서도 늘 공부하는 모습을 자식들에게 보여주었다. 과거를 단념한 다음에 서울에서 강릉 북평촌으로 거처를 옮겨와서도 아버지는 아침이면 새벽같이 일어나 단정하게 의관을 갖추고 사랑에 나가 책을 읽었다. 아버지의 낭랑한 목소리가 창밖에 와서 지저귀는 새소리보다 먼저였다.

　어린 딸들에게, 또 자라서 어른이 되는 동안 늘 바른 모습

35　생원진사시의 입격자들에게 내리는 입격증서이다. 대과 급제자들에게 내리는 급제증서의 색깔이 붉은 데 비해 소과 입격증서의 색깔이 희다고 하여 백패라고 불렀다.

만 보여준, 이 세상에서 가장 존경할 어른이었다. 그러나 불행하게도 아버지는 아직도 더 많이 사셔야 할 나이에 돌아가시고 말았다. 그것도 집에서 편안하게 못 돌아가시고 추운 겨울 서울에서 강릉으로 오는 길 위에서 돌아가셨다. 사람이 태어나 한 생을 살고 마지막 목숨을 거둘 때 다들 그것만은 피하고 싶어 하는, 동지 맹동지절에 북평촌 집에서 4백 리나 떨어진 곳에서 객사하신 것이었다.

훗날 사임당의 아들 율곡은 외할아버지의 행장 제일 앞부분에 이렇게 적었다.

진사는 성화 병신년(1476년, 성종 7년)에 태어나 정덕 병자년(1516년, 중종11)에 진사시에 입격하고 가정 임오년(1522년, 중종17) 11월 7일에 졸하였다. 향년 47세였다. 지평의 적두산 기슭에 장사 지냈다가 후일 다시 강릉 즈므로 옮겨 장사 지냈다.[36]

---

36 율곡은 외조부 행장에서는 외조부가 서울에서 돌아가셨다고 말하지 않고, 그보다 나중에 쓴 외조모 묘비명에 진사공이 서울에서 돌아갔다고 기술했다. 이 때문인지 후대의 기록들은 대부분 신명화가 서울에서 세상을 떠났다고 기록한다. 그렇게 되면 서울에서 죽은 사람을 엄동설한에 십여 명의 상두꾼이 매달려 나흘 정도 상여를 움직여 지평 적두산에 묘를 쓴 것이 된다. 율곡 스스로도 외조부 행장에 불경스럽게 객사라는 말을 적을 수 없었을 것이고, 율곡과 사임당의 지난 자취를 살펴보는 후대의 사람들도 대현의 외조부 죽음에 금치어와도 같은 객사라는 말을 입에 올리는 게 불경스러워 감히 그런 표현을 쓰기가 어려웠을 것이다. 그 시절 서울에서 죽은 사람을

217

적두산에 장사를 지낸 것은 둘째 딸 사임당이 혼례를 치르던 해 겨울이었고, 강릉 즈므로 옮겨 장사를 지낸 것은 아직 태어나지 않은 율곡이 어른이 된 다음이었다. 외할아버지의 묘를 강릉으로 이장한 것도 율곡과 아직은 어린아이인 이 집의 넷째 딸이 시집을 가서 낳은 아들 권처균[37]이었다. 그곳에서 목숨을 잃었다는 것 말고는 아무 연고도 없는 지평 적두산에 언 땅에 곡괭이질을 해 장사를 지내며 용인이씨는 자기가 살아 있는 동안 남편의 묘를 강릉으로 꼭 이장하리라 결심했다. 그리고 장례를 치르고 온 다음 남편 제사의 봉사조로 지평에 논 20마지기를 마련해 두었다.

선산도 아닌 무연고의 지평 적두산에까지 일부러 모시고 와 장사 지내자면 유월장(踰月葬)의 예법에 따라 동짓달 그믐을 지낸 다음 섣달 소한 대한의 엄동설한에 더딘 걸음으로 며칠 그곳까지 상여가 나가야 하는데, 여러 날 길 위에서 상제와 상두꾼들이 먹고 자는 일들을 어떻게 해결하였을 것이며, 겨울이어서 설사 얼음이 얼었다 하더라도 상여가 나루 한 곳을 건너야 하는 일은 또 어떻게 진행하였겠는가. 나중에 강릉 즈므로 이장할 묘를 일부러 서울에서부터 이토록 많은 경비와 많은 어려움 속에 지평 적두산까지 모셔 와 묘를 쓰지 않았을 것이다.

37　그는 어린 시절 외할머니인 용인이씨로부터 북평촌의 검은 대숲집과 강릉의 토지 일부를 물려받았다. 율곡도 외할아버지가 거처하던 서울 수진방의 집과 후일 지평에 마련한 봉사조 논을 물려받았다. 율곡은 외가의 제사를 받들고 권처균은 외할아버지 신명화의 묘소와 나중에 그 옆에 쓸 자신의 묘소를 잘 받들라는 조건이었다. 그 안에 외할아버지 묘의 이장이 포함되어 있었다. 권처균은 어른이 된 다음 집 주위에 검은 대숲이 가득하다고 하여 자기의 호를 오죽헌(烏竹軒)이라고 짓고, 호를 다시 집 이름에 붙였다. 그때부터 이 집 이름이 '오죽헌'이 되었다.

놋쟁반에 포도를 그린 뜻은

초례를 치르자마자 아버지가 돌아가시고, 아들이 없는 집의 맏이 노릇을 하느라 사임당은 신혼의 단꿈조차 꿀 틈이 없었다. 존재만으로도 북평촌 대숲집의 커다란 울타리와 같았던 아버지가 세상을 떠나자 어느 날 갑자기 하늘이 무너진 듯한 느낌이었다. 그러나 혼자만의 상실감에 젖을 사이도 없이 홀로된 어머니를 보살펴야 하고, 친정집 별당에 거처를 마련한 낭군과 아래 동생들도 부족한 게 없도록 챙기고 거두어야 했다. 그러다 보면 어떤 때는 아직 아기조차 낳지 않은 새댁인데도 자신의 모습이 마치 예전에 외할머니가 살아 있을 때의 어머니를 닮아가는 것 같은 생각이 들기도 했다.

시간이 어떻게 흘렀는지도 모르게 아버지의 일 년 대상을 치르고 나자 곧 해가 바뀌어 사임당의 나이 스물한 살이 되었다. 그때까지도 사임당은 아직 서울에 있는 시어머니에게 신혼례조차 올리지 못했다. 새댁으로 그것도 마음에 큰 부담이었다. 그동안 신랑 이원수만 혼례를 올리던 해에 한 번, 지난 해에 한 번, 어머니에게 인사차 서울에 다녀왔다.

시어머니는 아들이 혼례를 치른 다음에도 파주로 돌아가지 않고 혼자 서울에 살고 있었다. 파주에 있는 집이며 농토며 그곳의 살림살이가 적지 않아 홍씨 자신이 돌아가 챙겨야 하지만 시어머니에게 서울은 두고 온 파주보다 더 의미가 큰 곳이었다. 지금은 혼례를 올리고 강릉 처가에 가 살고 있다 하더라도 하나밖에 없는 아들이 장차 과거 시험을 봐야 할 곳이고, 당연히 급제해 작은댁의 두 서방님(이기, 이행)처럼 세상 사람들 보란 듯이 벼슬살이를 해야 할 곳이었다. 시어른들이 파주에 뿌리를 내려온 근거도 중요하지만 홍씨부인에게 서울은 어린 아들의 공부를 위해 도성 안에 집을 마련해 나올 때부터 쉽게 물러날 수 없는 곳이었다. 파주는 그곳에 마름을 두고, 또 사람을 불러 챙길 수 있지만 서울은 그럴 수 없는 곳이었다.

그해 5월 단오가 지난 다음 사임당은 서울에 있는 시댁으로 신행을 떠났다. 혼례를 올린 다음 달을 넘겨 신행을 가면 달묵이, 해를 넘겨서 가면 해묵이라고 했다. 사임당은 아버지의 일 년 대상을 치르느라 두 해나 묵어 신행을 떠났다. 사임당으로서는 아직 아버지 상중이긴 하지만 태중에 아이를 가지고 있었다. 가을이 산달이라 아직 몸이 그다지 무겁지는 않지만 이 시기를 놓쳐 몸이 더 무거워지면 서울까지 먼 길을 떠날 수 없었다. 그러다 여기서 출산을 하게 되면 다시 또 해를 넘겨야 했다. 아직 겉으로 드러나 보이지 않지만 배에 손을 대면 이미 불룩하게 나와 있었다.

상중에 아이를 갖는 건 충분히 부끄러운 일이고 흉이 될 일이지만 그것은 사임당의 입장이 아니라 이원수의 입장에서 살펴볼 일로 부친상이 아닌 장인상 중의 일이면 그다지 개의할 일이 아니었다. 혼례를 치렀으면 당연히 시가의 자손을 잇는 일이 중요하기 때문이었다. 사임당으로서는 혼례 후 계속 친정에 머물러 있어도 이미 출가한 외인이나 다름없었다.

사임당으로서는 태어나 서쪽으로 늘 바라보기만 하던 대관령을 이때 처음 남편과 함께 넘었다. 혼례를 올린 지 이태 만에 시어머니를 뵈러 가는 길이라 친정어머니가 바리바리 싸서 보내는 예물도 적지 않았다. 또 신행을 갔다가 금방 돌아올 수 없는 일이어서 챙겨 가야 할 짐도 많았다.

아직 산달이 멀다 해도 아이를 가진 새댁이 강릉에서 서울까지 걸어간다는 게 쉬운 일이 아니었다. 친정어머니 이씨 부인이 가마를 준비해 주었다. 서울까지 가는 길이 아무리 멀다 하더라도 북평촌 대갓집의 색시가 첫 신행을 떠나는데 시댁에서 보아도 그렇지 걸어가게 할 수는 없는 일이었다. 가면 아이도 그곳에서 낳을 것이다. 하루 이틀 거리라면 둘이 메는 가마도 가능할 테지만 열흘 거리를 두 사람이 가마를 메고 가는 것은 무리였다. 함께 길을 떠나는 일행으로 네 명의 가마꾼과 이제까지 여러 번 서울 걸음을 한 내은산과 힘센 재동이가 예물 지게를 지고, 서울까지 가는 동안 아이를 가진 사임당의 몸을 보살펴 줄 하님으로 내은산의 처 덕실어멈과 가마 앞에 교전비로 올해 열여덟 살 먹은 소금이가 따랐다. 신랑 신부 말고도 신행에 따라가는 사람만도 여덟 명이나 되었다.

가마꾼과 짐꾼은 (내은산의 처 덕실어멈도) 서울 신랑집에 도착하면 다음 날로 돌아와야 하지만 교전비로 따라가는 소금이는 서울에 가서도 아씨를 모시고 함께 살아야 할 사람이었다. 강릉 북평촌에서도 자매들 다음으로 가장 가깝게 지내며 어려서부터 내가 입던 옷을 물려주고 새 옷도 나눠 주던 시비로 손끝도 빠르고 눈치도 빨랐다. 나이는 어려도 주인댁 아씨가 탄 가마 안의 사정을 덕실어멈보다 더 잘 챙겼다. 짐꾼과 가마꾼들이 쉴 때 가마 한구석에 놓아둔 요강을 처리하고 다시 잘 씻어 가마 안에 들여놓는 일도 나이든 하님보다 어린 소금이가 남정네 하님들 모르게 그때그때 눈치껏 하는 게 편했다. 그것은 또 북평촌 이씨 부인이 소금이만 따로 불러 단단히 이른 일이기도 했다.

첫날은 북평촌을 떠나 아직 해가 남아서 대관령 아래 첫 길손 집에 닿았다. 대관령은 해거름에 길을 재촉하면 안 되는 곳이었다. 아직 해가 남았다고 길을 재촉하다가는 금방 날이 어두워지고, 중간에 민가도 없는 산중에 산적떼와 같은 도둑을 만날 수도 있었다. 대관령을 넘는 사람들은 저녁참에 모두 길손 집에 모여 다음 날 아침 여러 명이 함께 영을 넘었다.

얼마 전까지만 해도 대관령은 사인교도 다니지 못하고 우마차도 다니지 못했다. 대관령 아래에서부터 꼭대기까지 계곡 속으로 난 토끼길을 따라 한 사람씩 줄을 서서 걸어야 했다. 길이 가파르고 좁아 등짐도 평지보다 절반만 지고 걸을 수 있었다. 그런 길을 강릉부사와 강원도관찰사와 같은 지체 높은 관리들은 두 사람에 마주 메는 여(輿)라는 가마를 타고 그 길을 오르기도 했다.

"10년 전만 해도 여기 이 길이 없었습니다요."

내은산이 대관령 길 중간에 가마를 멈추게 하고 쉬는 동안 말했다.

"길이 없다니, 무슨 얘기냐?"

이원수가 내은산에게 물었다.

"저는 스무 살 때부터 이런저런 심부름으로 대관령을 넘나들었는데, 그때는 이 길이 아직 닦이지 않아서 저 아래 산속 계곡을 따라 걸어 다녔습니다요. 산속길은 대관령을 바로 오르는 길이라 빠르긴 하지만 한 사람만 겨우 다닐 수 있습니다요."

"그러냐. 나도 지난해 그 길을 걸어 서울에 다녀왔단다. 이태 전 강릉에 처음 올 때도 그 길을 걸어서 오고."

"아, 그렇지. 서방님도 그 길을 걸으셨지."

"그런데 이 길이 없었다는 건 무슨 말인지 모르겠구나."

이원수로서는 당연히 모를 일이었다. 사임당은 남편에게 내은산이 제대로 설명하지 못한 대관령의 새로 닦은 길에 대해 말해 주었다.

"지금 덕실아범이 한 말 그대롭니다. 여기는 원래 산이 험해 아까 서방님이 말씀하신 계곡 옆으로 난 좁은 길밖에 없어서 대관령 이쪽에서 난 물산과 저쪽에서 난 물산이 오고 가기가 힘들었습니다. 그런 걸 10년 전에 강원도관찰사로 부임하신 고형산이란 어른께서 이곳에 사는 사람들을 위해 나랏돈이 아니라 그분 살림을 내어 지금처럼 우마차가 다니고 가마가 다닐 수 있게 길을 닦으셨다고 합니다."[38]

"오, 말만 들어도 대단한 분이로군. 그런데 당신은 오늘 나하고 이 길을 처음 넘는다면서 어떻게 그리 잘 아오?"

"예전에 제가 열두 살인가 열세 살 때 아버님께서 이 길을 걸어 넘어오신 다음 말씀해 주셨답니다. 이제 생각하니 아버님께서 진사시험에 입격하시고 오시던 길이니 9년 전인가 봅니다."

함께 걷지 않은 길 위에도 이렇게 아버지에 대한 애틋함이 어려 있었다.

"그리고 고형산 어른은 이 길을 만든 것 말고도 흉년에 사창을 실시하고 늘 백성들 편에서 일해 오신 분인데, 지난 기묘년에는 정암(조광조) 선생이 하는 일이 너무 급하다고 반대하는 쪽에 섰다고 합니다."

"아하, 그때 그분 우찬성이었지요. 나는 그 일까지는 생각

---

38 1512년 강원도관찰사 고형산이 닦은 대관령 길은 참으로 슬프고도 웃기며 못난 역사를 안고 있다. 고형산이 백성들을 위해 사재를 털어 길을 닦은 지 124년이 지난 1636년에 병자호란이 일어났다. 이때 배를 타고 내려온 청국 군대 일부가 주문진에서 이 길을 통해 서울로 들어왔다고 하여 참으로 못난 임금 인조는 이미 백여 년 전에 죽은 고형산이 적을 이롭게 했다는 죄목으로 그의 무덤을 파헤쳐 송장을 꺼내 부관참시했다. 그럼에도 후일 이 길을 통해 영서 간의 소통이 원활해지고 활용도가 높아지자 다시 그를 재평가해 옛 관작을 회복하고 위열공이라는 시호를 내렸다. 나라에 역사가 있듯 길에도 이렇게 화가 나기도 하도 우스꽝스럽기도 한 슬픈 역사가 있다.

하지 못했는데, 당신은 참 대단하오. 서울 도성에 사는 것도 아니고 강릉에 살면서 아녀자가 그런 일까지 속속들이 알고 있고."

"일부러 알려고 해서야 어찌 다 알겠습니까? 그때 아버님 께서도 기묘년의 일로 어려움을 겪으시고, 또 서울에 계시다 가 강릉으로 내려오셔서 저절로 알게 된 일이랍니다."

"맞아, 빙장어른도 기묘년에 화를 입으셨던 분이지."

"아버님께는 사촌이 되시고 저에게는 당숙 되시는 명 자인 자 함자를 쓰시는 어른과 함께 그러셨답니다."

"아마 모르긴 해도 두 분 어른은, 아직은 아니라 하더라 도 나중에라도 기묘년의 바른 어른들로 이름이 남을 것이오. 자, 쉬었으니 또 가봅시다."

강릉에서 서울이라는 곳은 참 멀기도 하였다. 새댁이 신 행 가는 가마를 메고 가는 길이라 걸음이 더욱 느렸다. 여러 날 가마를 타고 가면 가마를 메고 가는 짐꾼들도 힘들지만 남의 어깨로 걸음하는 가마 안의 새댁도 힘들었다. 가마꾼이 쉴 때 새댁도 틈틈이 밖으로 나와 가마 안에서 저렸던 다리 도 주무르고, 때로는 가마에서 나와 덕실어멈과 소금이 사이 서서 함께 걷기도 하며 강릉에서 떠난 지 열흘이 지나서야 서울 시댁에 닿았다.

사임당이 탄 가마가 서울 시댁 대문 앞에 도착하자 신랑

집 하님들이 가마를 잠시 멈추게 하고 대문 양옆에 짚불을 피우고 가마가 그 위를 넘어 대문 안으로 들어가게 했다. 이제까지 오는 길에 만나거나 따라왔을지 모를 잡귀를 쫓기 위해서였다. 가마가 마당 안으로 들어서자 누군가 신랑에게 새댁 사임당이 탄 가마문을 열어 주라고 말한다.

그 사이 교전비로 따라온 소금이가 저쪽 누군가의 말을 듣고 사임당에게 귓속말로 얘기한다.

"아씨, 가마에서 나올 때 깔고 앉은 방석을 들고 나오셔서 지붕에 힘껏 던져 올리세요."

아마도 그것은 이제 이 집이 내가 있을 자리라는 뜻 같았다. 사임당은 가마에서 나와 방석을 지붕 위로 던져 올리며 마음속으로 기도하듯 말했다.

'여기가 이제 내가 살 곳이구나. 이제 서방님을 잘 모시고, 내 스스로 정한 사임당이라는 당호답게 아이들도 잘 낳아 잘 길러 반드시 훌륭하게 키울 것이다. 그러니 이 댁을 지켜 주시는 조상님들도 새 며느리인 제가 그 일을 잘해낼 수 있게 힘을 주시고 지켜주시옵소서.'

"이제야 새 마님께서 도착하셨네."

마당의 사람들이 말했다. 사임당은 시댁 사람들의 안내와 부축을 받아 새로 깨끗하게 단장해 놓은 방으로 들어갔다. 그곳에 먼 길을 온 새댁을 위한 요기상이 차려져 있었다. 그

렇지만 함부로 음식에 손을 댈 수 없어서 이런 일을 강릉에
서 몇 번 해본 덕실어멈이 눈치껏 말아주는 국수 몇 모금으
로 시장기를 달랬다.

그 방에서 다시 단장을 하고 남편과 함께 안내하는 사람
들을 따라 또 다른 방으로 들자 아랫목에 시어머니가 만면
에 웃음을 띤 얼굴로 단정하게 앉아 있었다. 사임당은 초례
를 치른 지 이태 만에야 시어머니에게 며느리로서 큰절을
올릴 수 있었다. 절을 올릴 때 시댁의 하님과 이쪽의 덕실어
멈과 소금이가 거들었다.

시어머니에게 폐백 인사를 드린 다음 다시 백부님 내외·
숙부님 내외·고모님·종숙부님 내외 순으로 인사를 드렸다.
시댁 어른을 처음 대하는 자리인데도 사임당이 그 자리에서
누가 누구인지 바로 알 수 있는 사람이 셋 있었다. 그것은 절
을 올리는 순서와 자리에 앉아 있는 순서로 짐작하는 것이
아니라 그 사람의 얼굴에서 흘러나오는 기운과 그 사람을
대하는 다른 사람들의 태도 등으로 짐작할 수 있는 어떤 분
위기 같은 것이었다. 남편의 고모님 한 사람과 두 사람의 종
숙모님이 그랬다.

'아, 이분이 이번에 아드님이 별시에 급제했다는 고모님이
구나.'

'아, 이분이 함경북도병마절도사로 나가 계시는 작은댁 둘

째 당숙 어른의 부인이시구나.'

　'그리고 이분이 형보다 두 살 아래인데도 6년이나 먼저 대과에 급제해 지금은 육조 중에서도 가장 권한이 세다는 이조판서로 계시는 어른의 부인이시구나.'

　시고모는 젊은 나이에 돌아간 시아버지의 누님이었고, 모인 사람들 가운데 촌수에 따라 거의 마지막에 절을 올린 종숙모 두 사람은 예전에 남편과 혼례를 치르기 전 아버지가 그 댁에 이런 사람들이 있다, 하고 얘기해 주던 두 당숙 이기와 이행의 부인이었다. 특히나 이행 당숙은 남편과 혼담이 오갈 때 두 사람이 맺어지는데 적잖은 가교 역할을 한 사람이었다. 사임당은 시댁에 올라와서도 다시 한 번 돌아가신 아버지의 넓은 그늘을 느낄 수 있었다.

　같은 도성 안에 살아도 두 분 종숙부들은 조정에 나가 잔치에 올 수가 없었다. 여러 친척이 모인 자리에 함께 있어도 자식한테 좋은 일이 있는 사람의 얼굴과 또 높은 관직에 있는 사람 부인은 어느 자리에 있어도 존재가 드러나는 것 같았다. 좋은 의미로든 나쁜 의미로든 그랬다. 남편에게 '장리의 사위'라는 꼬리표를 달게 한 큰 종숙모는 집안 모임에서도 어딘지 모르게 당당하지 못해 어두운 구석이 있어 보이고, 작은 종숙모는 큰 종숙모보다 체구가 자그마한데도 오히려 품이 커 보이듯 반듯하고 당당해 보였다. 어른들 앞에 폐백인사를 드리며 사임당은 이제 스물네 살이 된 남편의 지금 모습과 앞으로의 모습에 대해 잠시 생각했다.

폐백인사가 끝나고 새댁에게 다시 황송하게 차려 주는 저녁상을 물린 다음 사임당은 안방에 계신 시어머니 홍씨 부인에게 가서 다시 두 사람만의 인사를 올렸다.

"진즉에 와서 인사를 드려야 하는데 그렇지 못해 죄송합니다."

"아니다. 이렇게 아가 얼굴을 보니 참 좋구나."

손님들이 떠난 다음 시어머니도 아까보다 편하고 자애로운 얼굴로 며느리를 대해주었다.

"친정에 변고가 있어 일찍 오지 못했습니다."

"그래, 그간 네가 겪은 슬픔이 크구나. 어떤 색시가 우리 집 며느리일까 많이 궁금했는데, 이렇게 아가 얼굴을 보니 내 마음이 다 놓이는구나. 그래, 산달은 언제가 되느냐?"

확실히 어른의 눈은 속일 수 없었다.

"구월이옵니다."

사임당은 누가 듣기라도 할세라 작은 소리로 대답했다. 사임당은 아버지 상중에 아이를 가진 일이 부끄러웠지만, 홍씨로서는 또 뱃속에 아이를 가지고 있는 며느리가 귀하고 대견해 보이는 것이었다. 그러나 그것도 대견한 일이지만 시어머니 홍씨가 아들과 며느리의 얼굴을 보기를 기다린 또 하나의 이유가 있었다.

"너도 아까 얘기를 들었겠다만, 보한이가 과거에 급제했구나."

시어머니가 아들 이원수에게 말했다. 보한이라면 아까 폐백 인사를 올릴 때 보았던 고모님의 아들로 이원수의 고종사촌 형을 두고 하는 말이었다. 현감을 지낸 할아버지는 다섯 아들과 두 딸을 두었다. 다섯 아들 가운데 셋째 아들인 이원수의 아버지는 일찍 세상을 뜨고, 수원최씨 집안에 시집을 간 고모의 아들이 보한이었다.

그는 이원수보다 두 살 위였다. 이태 전 이원수와 사임당이 혼례를 치르던 해 생원시험에 입격하고, 이태 만인 올해 별시문과에 급제하자마자 바로 선전관으로 뽑혔다고 했다. 선전관은 어가를 앞에서 훈도하는 임무를 맡은 무관으로 장차 무반의 중추적 인물로 성장할 인재들만 그 자리에 발탁했다. 직책 고하를 막론하고 늘 임금과 가까이 있고, 그런 만큼 임금의 믿음이 절대적인 자리라는 점에서 무반이어도 삼사의 관원들과 마찬가지로 청요직으로 꼽혔다. 최보한의 외숙모이자 비슷한 나이의 아들을 둔 홍씨 부인이 부러워하지 않을 수 없는 일이었다.

"이제 우리 아들도 열심히 공부해서 얼른 과거에 급제해야 할 텐데, 앞으로 네가 애를 많이 써다오."

"예. 어머님 분부대로 받들겠습니다."

"나는 이제 아가 너만 믿는다. 아들도 나이가 스물넷이고, 이제 곧 아이 아버지가 되는데."

"어머니 말씀이 헛되지 않도록 제가 뒤에서 힘껏 바라지하며 애쓰겠습니다."

다시 사임당이 시어머니에게 말했다. 홍씨 부인도 며느리에게 그날 폐백 자리에 앉았던 사람들 얘기를 하며 두 당숙에 대한 얘기를 다시 한 번 곁들여 했다.

그날 밤 사임당은 자리에 누워 아까 시어머니가 했던 말과 함께 낮에 보았던 두 당숙모의 모습을 다시 떠올려 보았다. 큰 당숙모는 당숙모 때문은 아니지만 당숙모의 부친이 맑게 살지 못해 둘째 당숙 어른이 지금 함경북도병마절도사로 나가 북쪽의 국경을 든든히 하느라 갖은 애를 쓰면서도 아직도 탐관오리의 사위라는 것 때문에 조정 내직의 청요직에 나가기가 쉽지 않은 것 같다고 했다.[39] 시어머니가 그 얘

---

39 이기는 동생 이행보다 늦게이긴 하지만 1501년(연산군 7년) 26살에 식년문과에 장원으로 급제했다. 그러나 그의 장인인 김진이 서산군수 시절 모시포를 뇌물로 과중하게 받아 탐관오리로 단죄된 터여서 사위인 그도 장원 급제를 하고도 좋은 벼슬을 얻지 못하고 종사관, 종성부사, 경원부사 등 외직을 전전했다. 부사 시절에도 '종성이 피폐했는데 이기가 겨우 소생시켰다'는 평을 들었을 만큼 북방의 국경을 든든히 하였음에도 새 관직으로 나갈 때마다 사간원과 사헌부가 번번이 장리의 사위인 것을 문제 삼았다. 나중에 여진족을 토벌하고 북방을 든든히 한 공로로 왕의 신임을 받아 많은 반대 속에 형조판서로 발탁되고 보다 후일 영상으로 임명될 때까지도 벼슬살이

기를 며느리에게 한 건 남자의 바깥일에 여자 집안의 일도 중요하다는 얘기일 것이다.

그리고 아래 작은당숙모는 당숙 어른이 갑자사화 후에 목숨을 내놓고 바른말을 하고, 지금 임금님의 새 왕비를 맞아들이는 일을 논의할 때 강경한 주장으로 조광조로부터 비록 탄핵을 당했어도 사직을 염려한 바른 말들이라 스스로 떳떳해 당숙모 역시 잠시 본 얼굴이지만 그런 남편에 대한 떳떳함과 자부심 같은 게 함께 깃들어져 있는 듯 보였다.

그중에서도 시어머니가 가장 부러워하는 것은 고모였다. 고모는 바로 두 달 전 아들이 별시에 급제하자마자 임금님을 가장 가까운 자리에서 모시는 선전관이 되었으니 목숨을 건 역경 끝에 이조판서가 된 작은 당숙의 출세도 부럽지 않을 것이다.

'그래, 나도 이 댁에 시집을 왔으니 이제 남편 뒷바라지를 성심껏 도와 남편도 작은 당숙처럼 세상에 떳떳하게 하고, 어머님도 고모님처럼 기쁘게 해드리자.'

그 생각 속에 새벽을 맞이했다.

50년 동안 '장리의 사위'라는 꼬리표를 평생의 주홍글씨처럼 늘 달고 다녔다. 후일 그가 윤원형과 결탁하여 을사사화에 깊이 관여하게 된 것도 오랜 세월 자신을 장리의 사위라는 연좌제로 엮은 사람들에 대한 분풀이였는지도 모른다.

다음 날 서울 집에는 또 한 차례 잔치가 벌어졌다. 강릉에서 새색시가 왔다는 소문을 듣고 이원수의 친구들이 사랑 가득 모여들었다. 이미 저녁을 먹고 술상도 한 번 바꾸어 들어갔다.

"이봐 덕형(이원수의 자), 자네 부인이 서화에 뛰어나다고 했지?"

"내가 언제 그런 말을 했던가?"

"이 사람. 자네가 하지 않은 말을 내가 어떻게 알겠는가?"

"나는 그런 말을 한 적이 없는 것 같은데."

"무슨 얘기야. 지난해 가을에 왔을 때 왜 부인과 함께 오지 않고 혼자 왔느냐고 하니까 빙장어른 상중이라 부인이 지금 강릉에 있지만 학문을 해서 글씨며 그림 솜씨가 뛰어나다고 말하지 않았던가?"

그러자 그 말이 다시 좌중을 달구었다.

"덕형의 부인이 학문을 알고 서화를 한단 말이야?"

"아니, 그게 정말이야?"

"학문에 서화라니. 이거야말로 정말 놀라운데 그래."

그날 사랑에 모인 친구들 모두 이원수의 부인이 그냥 언문 정도를 깨우친 것이 아니라 따로 학문을 했다는 말에 놀랐다. 『명심보감』이나 『내훈』을 읽는 것도 당시 어느 집안의 여자로도 쉽게 할 수 없는 일이었다. 그래서 나라에서 한문으로 쓰여진 『내훈』과 『삼강행실도』의 내용을 어떻게 하면 백성들이 쉽게 알 수 있을까 고심 끝에 언해본을 간행하고 있었다. 지금 임금 대에 들어와서도 나라에서 『삼강행실도』의 효자·충신·열녀 편을 언해본으로 무려 3천 질이나 간행하여 전국에 배포했지만, 어느 집도 여자들은 따로 글공부를 하지 않아 누가 옆에서 말로 그림 설명을 해주지 않으면 언해본을 읽는 것조차 쉽지 않은 일이었다.

이 자리에 모인 친구들의 부인들도 그랬다. 또 다들 그것을 당연하게 여겼다. 백성들을 위해 훈민정음을 창제한 세종 임금도 경연에 나아가 신하들에게 여자가 글을 배우면 정사에 참견하고 상관하게 되니 글을 배워서는 안 되고 정사에도 상관해서는 안 된다고 말했다.[40]

---

40 1437년(세종 19년) 11월 12일 경연에서 시경을 강독하다가 신료들에게 한 말이다. "중국에는 부녀자들도 문자를 알았던 까닭에 혹 정사에 참견하고 상관하였다. 환관이 정권을 멋대로 하여 나라를 그르친 적도 있었다. 우리 동방은 부녀자들이 문자를 깨닫지 못한 까닭에 부인이 정사에 참여하고 상관하지 못한 것은 진실로 의심할 바 없으나(그것은 다행스러운 일이나) 부인들이 임금의 마음을 미혹시키기는 한다. 그런 즉 임금이 그 말을 듣고 나라를 그르치게 되는 것 또한 염려스럽다" 한 마디로 여자도 글을 배우면 중국처럼 정사에 참견하고 상관하게 되니 여자는 글을 배워서는 안 되고, 환관이 나라를 어지럽게 해서도 안 되며 임금도 여자에 미혹되는 것에 조심해야 한다는 말이다. 여기에서 '중국에는 부녀자들도 문자를 알았다'는 것은 중국 여자들이 따로 공부를 많이 해서가 아니라 말과 글이 다른 우리로선 문자를 익히자면 따로 글공부를 해야지만 중국 사람들에게는 말과 글이 같은지라 부녀자들도 그것을 쉽게 알 수 있게 되는 것이다. 영국이나 미국 사람들에게 영어는 그냥 일상 속의 말과 글이지만 우리는 그것을 따로 공부해야 알게 되는 것과 같은 차이이다.

"자네 부인이 정말 학문을 하고 서화를 하는가?"

다시 한 친구가 놀랍고도 부러운 얼굴로 물었다.

"하긴 했지만, 뭐 그렇게 남들 앞에 내놓을 솜씨는 아니야."

"학문을 했다면 어떤 학문을 한 건가? 그냥 천자문을 배우고『명심보감』정도를 읽은 걸 말하는가, 아니면 우리처럼 논어 맹자도 하고 대학과 중용도 하고 그런 건가?"

"뭐 우리가 하는 걸 다 한 것 같아. 초례를 치르기 전 집에서 사서오경을 읽었다고 하니까."

"아니, 여자가 어떻게 사서오경까지 할 수 있단 말인가? 아녀자가 어려서부터 서당에 다닌 것도 아닐 텐데."

"그게 얘기를 하자면 좀 복잡하다네."

"아무리 복잡해도 그렇지. 세상에 여자가 사서오경을 아는 일보다 더 복잡한 일이 어디 있겠나?"

"사실은 그게 강릉에 있는 우리 처가의 집안 환경이랄지 가풍 때문이라네. 우리 장모님도 외동딸로 태어나 어릴 때부터 위에 어른들로부터 다른 집에서는 가르치지 않는 글공부를 하였다네. 외조부께서 예전에 예순여섯 명을 뽑는 한성 생원시에 3등을 하셨던 분이거든."

"그런 분이 가르쳤으면 훈장도 세자시강원 수준이구만 그래."

"그런데 우리 장모님이 또 아들은 낳지 못하고 딸만 다섯을 낳았다네. 여자도 공부를 시키는 가풍이 그대로 이어져 우리 처도 예전에 장모님을 가르친 외조부 아래에서 열일곱 살 때까지 우리가 매일 서당에 가서 하는 것처럼 공부를 했다네."

"그거야 말로 집안에 독선생을 두었던 거군."

"집안 환경이 그랬던 거지. 그러다 외조부가 돌아가신 다음엔 기묘년의 일로 과거를 단념하신 빙장어른께서 틈틈이 딸들 공부를 확인하였다네. 서화도 따로 선생을 두고 배운 게 아니라 외조부 아래에서 여러 그림을 놓고 따라 그리며 배운 거라네."

그렇게 설명하여도 다들 반은 믿고 반은 믿을 수 없다는 얼굴들이었다.

"그러면 자네보다 학문이 더 높은 거 아니야?"

다시 한 친구가 이번엔 조금 빈정거리듯 말했다.

"에이 사람아."

일부러 눙치고 말았지만, 친구의 말이 아니더라도 실제로 이원수도 혼례를 올린 다음 아내의 학문에 대해 놀랐다. 일부러 확인하려 했던 것은 아니지만 함께 살게 된 다음 아내가 갖추고 있는 학문의 깊이를 저절로 알게 되자 대체 이 사람은 언제 이 모든 것을 공부했나, 두려운 마음이 들었던 적도 있었다. 처음 혼담이 오갈 때 글공부를 조금 했다는 말을 언뜻 들었지만, 조금이라는 말이 으레 그렇듯 그냥 언문 정도 깨치고 천자문 정도 더듬거리는 수준이겠거니 여겼다. 그전에는 자신도 예전에 소혜왕후(성종의 어머니)가 여기저기 고전에서 가려 뽑아『내훈』을 쓴 것 말고는 어디에 사는 어떤 사대부가의 부인도 여자가 글을 한다는 말을 들어본 적이 없었다.

그런데 혼례를 치른 다음 검은 대숲이 둘러싼 처가 별당에 거처를 마련하고 함께 사는 동안 장차 자신이 해야 할 공부에 대해 얘기를 하던 중 이원수도 아내가 한 공부에 놀라지 않을 수 없었다. 둘이서 책을 놓고 하나하나 문답을 나눈 것은 아니었다. 자신이 서울에서 한 공부와 아내가 외조부 아래에서 공부한 얘기를 하던 중 이원수가 책 속에 나오는 무슨 얘기를 하면 가만히 듣고 있던 아내가 그걸 보충해 거기에 필요한 구절을 다른 여러 경전에서 주석까지 척척 가져다 붙이는데 사서와 오경 어느 한 부분도 막힘이 없었다.

"그럼 어디 자네 처 솜씨 한 번 구경하세. 우리가 부인을 이 자리로 불러 모실 수 없으니 학문이야 따로 확인할 재간이 없는 거고, 신행 온 부인의 그림 한 점 이 방으로 넣어 달라고 하게."

또 한 친구가 말했다.

"가져온 그림이 있을까?"

"가져온 그림이 없다면 우리가 여기서 술 마시고 얘기하는 동안 한 장 새로 그리면 되지 않는가? 이 집에도 지필묵이야 있을 테니."

"그래, 그게 좋겠네."

"그렇게 하세."

한 사람이 제안하자 여러 사람이 부추기듯 동의하고 나섰다. 그다지 틀린 말은 아니지만 이원수로서도 참 난감한 일이었다. 자신이 먼저 꺼낸 말도 아니고, 또 일부러 자랑하기 위해 한 말도 아니지만, 결국엔 자랑처럼 되어버리고 말아 좀 무례한 부분이 있어도 친구들의 청을 거절할 수 없었다. 또 그런 청을 하는 친구들의 마음도 충분히 이해할 수 있었다.

혼례 직후 장인이 살아 있을 때의 일이었다. 아내의 학문에 대해 놀라는 사위의 모습을 보고 장인이 오히려 사위를 위로하듯 이렇게 말했다.

"자네 처가 공부를 할 때 지금은 돌아가신 큰 어른께서 자네 처에게 이렇게 말했다네. 여자는 남자들처럼 과거를 보고 재주를 겨루는 것이 아니라서 학문이며 서화가 다 쓸모없는 것 같아도 절대로 그렇지 않다고 말이지. 여자가 학문과 기예를 익히는 일은 그냥 시간이 남고 팔자가 좋아 심심파적으로 하는 일이 아니라 이다음 세상 어딘가에 한 집안을 학문으로 부흥시키는 일로도 그렇고, 또 학문과 기예로 자식을 가르치는 일로도 남자들의 벼슬길보다 더 크게 소용되는 데가 있을 거라고 말씀하셨다네."

그런 아내의 학문 이야기를 어쩌다 친구들 앞에 하게 되어 이제 아내의 붓놀림으로 그림 한 장을 보자는 것이었다. 친구들의 성화에 이원수는 안방으로 건너가 아내의 그림을 보고 싶다는 친구들의 청을 말했다.

"서방님도 참, 어쩌다 그런 말씀을 하셨어요?"

"그러게 말이오. 정말 어쩌다보니 그런 말을 하게 되어 이런 사정까지 오게 되고 말았소."

"지금 막 신행 온 새댁인데 제가 아직은 아무 준비가 안 되었다면 아니 될까요?"

"그러면 친구들이 나를 허풍선으로 볼 거요."

하긴 그렇기도 할 것이었다. 시어머니도 그 말을 듣고 남편 기를 살려 주는 셈치고 할 수 있다면 얼른 그림 한 점 그려 사랑으로 내라고 했다. 그림을 그려 보여 주겠다는 약속 없이 남편을 그냥 사랑으로 보내면 다시 성화가 빗발칠 것이고, 결국은 그 성화에 남편의 얼굴도 친구들 앞에 제대로 서지 못할 것이다.

"제가 챙겨온 지필묵은 아직 짐을 풀지 않아 어디에 있는지 모릅니다. 그러니 예전에 서방님께서 쓰시던 지필묵을 꺼내주시고, 서방님은 그냥 사랑에 가 계세요. 그러면 제가 간단하게 요량을 해보도록 하겠습니다.”

사임당은 남편이 찾아 준 벼루에 먹을 갈았다. 강릉에 있을 때 외조부는 손녀딸들에게 자기가 쓸 먹은 꼭 자기가 갈게 하고 자기가 쓴 붓도 자기가 씻게 했다. 글씨를 쓰고 그림을 그리기 전 먹을 가는 것은 농부가 밭갈이에 앞서 쟁기를 살피는 일과 같다. 먹을 가는 동안 진한 묵향 속에 곧 자기가 쓰고 그릴 글씨와 그림을 먼저 생각해 보라는 뜻이었고 또 그러는 동안 마음을 가다듬으라는 뜻이었다. 먹을 갈며 사임당은 강릉 북평촌 서고에서 화선지 대신 놋쟁반 위에 산수화와 수묵 포도화를 연습하던 때를 떠올렸다.

‘그래, 어쩌면 그게 나을지도 모르겠다.’

먹을 다 간 다음 사임당은 앞에 놓인 화선지를 옆으로 미뤄 놓고 윗방에 대기하고 앉아 있는 시댁 어린 종을 불렀다.

“이 댁에 놋쟁반이나 놋양푼 큰 게 있느냐?”

“부엌에 놋쟁반은 큰 게 있습니다. 새마님께서 무얼 하시려고요?”

“그걸 물로 닦지 말고 마른 헝겊으로 잘 닦아 이리 가져오너라.”

그렇게 분부하자 시어머니도 무슨 일인가 궁금하게 여기고, 시댁 종도 심부름을 하며 궁금하게 여겼다. 강릉에서 교전비로 따라온 소금이만 아씨의 분부가 무슨 뜻인지 알고 살며시 웃는 얼굴로 사임당에게 말했다.

"아씨, 나으리께서 일부러 말씀하시는데 종이에 바로 그리시지 그러셔요."

"아니다. 너는 말하지 말고 그냥 가만히 있어라."

"예."

잠시 후 시댁 종이 놋쟁반을 들고 왔다. 옆에 치운 화선지보다 작기야 하지만 이만하면 충분하였다. 오히려 북평촌의 놋쟁반보다 커 보였다. 사임당은 놋쟁반을 앞에 놓고 다시 한 번 크게 숨을 가다듬었다. 그래, 서방님 친구들에게 내가 가진 부족한 재주를 자랑하는 것이 아니라 그때처럼 무언가 아쉽고 모자란 마음으로 그리자. 그렇게 생각하자 한결 마음이 편해졌다. 사임당은 붓을 들어 먹을 듬뿍 찍은 다음 익숙한 솜씨로 쟁반 위에 덩굴째 익어 가는 포도를 그려 나갔다.

집에서도 놋쟁반에 그림을 연습할 때 한 가지 아쉬움이 있다면 화선지나 비단, 무명 위에 그림을 그릴 때처럼 마음먹은 대로 농담을 주지 못한다는 점이었다. 종이와 무명엔 농담이 잘 먹었다. 익은 포도와 익지 않은 포도, 또 같은 송이에 매달려 있어도 절반쯤 익어 가는 포도알의 구분이 명확했다. 그러나 놋쟁반에는 농담을 제대로 살려 표현할 수 없었다. 연습할 때에도 그게 아쉬웠지만 아쉬운 대로 그리고 나면 포도알들이 제대로 안 익은 열매 없이 모두 제대로 익

242

은 듯 알차 보이는 느낌이 들었다. 포도 덩굴도 종이나 무명에 그릴 때보다 단단해 보이고, 잎도 포도송이만큼이나 진해 비가 온 다음 맑게 씻긴 포도 같이 보였다.

"세상에나, 지금 막 덩굴째 따온 포도가 쟁반에 담긴 듯하구나."

시어머니 홍씨가 감탄하며 그림 한 번, 새 며느리의 얼굴 한 번 바라보았다. 시댁의 어린 종도 손을 올려 입을 막고 놀랐다. 사임당은 붓을 놓고 어린 종에게 말했다.

"그냥 내가지 말고 상 위에 얹어서 내가도록 해라. 쟁반도 다른 천으로 덮고."

남편이 내준 화선지에 그리지 않고 놋쟁반에 그린 또 하나의 이유가 있었다. 화선지에 그림을 그리면 황망 간에 잘 그리지도 못한 그림을 누군가 분명 가져갈 것이고(가져가 아무개 부인이 그린 거라고 소문을 낼 것이고), 당장 지금 사랑에 모인 남편 친구들 모두 남편에게 자신에게도 한 장 그려 줄 것을 부탁할 것이다. 사람 좋은 남편은 또 그게 무슨 자랑이나 되듯이 그렇게 하겠노라고 약속할 게 보지 않아도 눈에 선한 일이었다.

시댁의 종이 상 위에 그림을 그린 놋쟁반을 얹었고, 그 위에 다시 흰 무명천을 덮어 사랑으로 내갔다. 시어머니는 새 며느리의 그림 솜씨에 놀라면서도 희색이 만면한데 정작 사임당 본인은 남편이 여러 사람들 앞에서 한 말 때문에 어쩔 수 없이 그림을 그려 내보내기는 했지만, 남편을 위해 잘했다는 생각보다는 마음 한구석에 왠지 해서는 안 될 부끄러운 일을 한 것 같은 생각이 먼저 들었다.

"네 그림 중에는 특히나 포도 수묵이 뛰어나구나."

살아 계실 때 아버지는 뒤늦게 강릉 북평촌으로 내려온 다음 늘 딸의 그림을 칭찬했다.

"부끄럽습니다."

"아니, 부끄러워할 일은 네 재주가 아니다. 아비의 눈에야 부족한 데가 없어 보인다만 네 재주를 아끼고 사랑하는 사람에게가 아니면 밖으로 재주를 자랑하듯 그림과 글씨를 돌리지 마라."

"명심하겠습니다."

"네 재주를 시험하기 위해서가 아니라, 그림과 글씨를 받으면 그게 정말 귀하여 천금처럼 여길 사람에게만 주도록 해라."

살아 계실 때 아버지가 기예를 갖춤은 바로 그래야 한다고 엄숙하게 당부하듯 말했다. 그렇게 말하는 깊은 뜻을 알기에 한 번도 여러 사람 앞에 재주를 뽐내며 경연하듯 그림을 그린 적도 없고, 자랑하듯 누구에게 그림을 내준 적도 없었다. 이번 그림 역시 마찬가지였다. 그리고 그 약속을 이제까지 딱 한 번 말고는 아버지의 생전 말씀으로 지켜왔다.

그 한 번이 바로 즈므 진외가 잔칫날에 있었다.

서울에서 온 낭군과 혼례를 올리던 해 가을의 일이었다. 즈므 진외가에 사임당보다 두 살 많은 재종 오라버니 혼례가 사임당의 혼례 몇 달 뒤에 있었다. 혼례를 치르고, 또 겪을 손님 다 겪은 다음 잔치 때 뒤에서 애쓴 사람들을 위해 보재맞이[41]를 열었다.

여자들만 모이는 자리고, 사임당 자신의 혼례 때에도 와서 애쓴 사람들이 다시 모이는 자리라 어머니가 함께 가자고 했다. 그날 자리는 참 즐거웠다. 일부러 마련한 음식을 먹고, 아직 가을이지만 편을 갈라 생율놀이도 했다. 그런데 그런 자리에 와서도 그냥 앉아 대접을 받지 못하고 잔치자리에서 일을 해야 하는 사람이 있었다. 그건 지체가 높고 낮은 것과도 상관없고, 잔치를 한 집과 더 가깝고 덜 가깝고 하는 것과도 관계가 없이 그런 자리에 가면 스스로 알아서 소매를 걷고 일을 거드는 사람이 있는 법이었다. 또 그게 다른 사람들 눈에도 자연스럽게 보여 잔치 때마다 두 번 애를 쓰는

---

41 강릉지역에 내려오는 풍습으로 장례나 혼사 등 집안의 큰일을 치른 다음 애쓴 집안사람들과 동네 사람들을 위해 음식을 마련해 감사드리는 자리. 대개 여자들만 따로 불러 작은 잔치처럼 흥겨운 시간을 갖는다.

사람들이었다.

즈므 위쪽 송암마을에서 온 한 색시가 그랬다. 어머니 말로 네 잔치 때도 와서 애를 썼다고 했다. 다들 앉아서 음식을 먹는 틈틈이, 또 생율놀이를 할 때 다과상을 들여오고 내가고 할 때에도 색시는 부엌일을 맡은 사람처럼 열심히 일자리를 찾아 살폈다. 그러느라 부엌을 들락거리는 사이 다홍치마에 식혜 국물이 묻어 아기 손바닥 크기만큼 얼룩이 졌다.

"아니, 이 일을 어쩌지……"

얼굴이 밝고 명랑하던 새댁은 금방 울상이 되었다. 집안이 가난해 남의 보재맞이 잔치에 오면서 일부러 동네 부잣님 아주머니의 옷을 빌려 입고 온 것인데, 더럽혀진 치마를 그냥 돌려줄 수도 없고, 그렇다고 새 옷감을 끊어 옷을 지어줄 수도 없고, 어쩔 줄 몰라 금방이라도 울 듯한 얼굴로 애를 태우고 있었다. 참 딱한 사정이었다. 자리에 모인 다른 사람들도 모두 저걸 어째? 하고 걱정만 할 뿐 정작 무얼 해줄 수 있는 게 없었다.

그때 사임당이 조용히 나서서 진외가 재종숙모에게 이 댁에 있는 붓과 벼루와 먹을 내달라고 했다. 그리고 그것들과 함께 새댁이 갈아입을 치마를 하나 내달라고 했다. 진외가 재종숙모가 안 입는 치마와 붓과 벼루와 먹을 내오자 사임당이 말했다.

"그 얼룩을 제가 어떻게 요량해 볼 테니 우선 이 치마로 갈아입으시고 그 치마를 이리로 펼쳐 주셔요."

새댁이 치마를 갈아입고 얼룩진 다홍치마를 생율판을 치운 자리에 펼쳤다. 사임당은 이마에 땀이 송골하게 맺히도록 정성을 다해 먹을 갈았다. 그리고 새댁이 벗어 놓은 치마의 얼룩 자리에 먼저 옅은 농담으로 포도 잎사귀 한 장을 그려 내고 그 옆에 다시 진한 먹물로 포도넝쿨과 포도송이를 그려냈다. 한여름에 한창 익어 가는 포도 몇 송이가 금세 치마 폭에 주렁주렁 열렸다.

"아니, 세상에나……"

"어쩜 이럴 수가 있나. 식혜 흘린 자리가 감쪽같이 사라졌네."

"그 댁 자녀들이 글공부를 한다는 얘기는 들었지만 그림도 정말 마당가의 포도와 똑 같이 그려 내네. 저 잎사귀에 벌레가 먹고 구멍이 뚫린 자리까지 똑 같네. 포도알이 빠진 자리의 꼬투리도 그렇고."

어깨 뒤에서 사람들이 감탄했다. 사람들의 감탄 속에 사임당은 마지막으로 포도송이 옆에 돌돌 말린 넝쿨손을 그려 넣고는 붓을 내려놓았다. 새댁이 손에 꼭 접어 쥐고 있던 흰 모시수건을 건넸다. 사임당은 수건을 받아 들고 땀이 흐르는 이마를 꼭꼭 눌렀다.

"자리가 어수선하고 급하게 그리느라 제대로 되었는지 모르겠습니다. 그래도 이걸 가지고 치마를 빌려 온 댁으로 바로 가지 말고 강릉 도호부 앞 저자에 가서 파시기 바랍니다. 제 솜씨가 아직 뛰어나지는 않지만, 거리에 내놓지 않고 드팀전에 바로 가져다 주어도 치마 몇 감 끊을 값을 쳐 줄 겁니다. 그걸로 새 치마를 지어 빌려 오신 댁에도 가져다 드리고, 아주머니도 새 치마 하나 지어 입으세요."[42]

이마의 땀을 누른 수건을 다시 건네주자 새댁의 얼굴도 처음처럼 다시 환해졌다.

"정말 고맙습니다, 아씨."

그때 그 일 이후로는 누구 앞에서도 사람들 보는 데서 글을 쓰거나 그림을 그린 적이 없었다. 그런 걸 서울 시댁에 신행을 와서 남편 친구들이 바라보는 앞에서는 아니지만, 뭔가 시험을 받듯 그림을 그린 것이 사임당 마음 안에 여러 생각이 오고가는 것이었다.

---

42 치마폭에 포도를 그린 얘기는 『강원도지』에 실려 있는 일화이다. 『강원도지』가 작성된 것은 썩 후대의 일이라 하더라도 강릉지역에 사임당과 율곡에 대해 예부터 내려오는 일화들이 많다.

당신이 공부하지 않으면 저는 중이 됩니다

사임당은 서울로 신행을 가던 해 가을에 큰아들 선(璿)을 낳고 이태가 지나 아기가 아장아장 걸을 때쯤 남편과 함께 다시 강릉 북평촌으로 돌아왔다. 시어머니가 계시는 서울로 신행을 갔다가 이태 만에 근친을 온 것이었다. 서울에 있을 때도 그랬지만, 강릉에 온 다음 남편은 더구나 공부를 제대로 하지 않았다.

그럴수록 사임당은 몇 년 전에 세상을 떠난 친정아버지 생각이 났다. 아버지는 이 사람을 사위로 맞이할 때, 내가 딸을 여럿 두었어도 둘째 딸은 초례를 치른 다음에도 곁에서 떠나보내고 싶지 않다고 했다. 그 말을 듣고 다들 아버지가 둘째 딸을 특별히 사랑해서 그렇게 말한 것이라고 했다. 사임당도 처음엔 그렇게만 여겨 혼자 아버지의 사랑을 독차지한 듯 같은 자매들한테도 왠지 미안한 마음이 들었다. 그러나 지나고 보니 다른 사람은 다 짐작하지 못해도 자기만은 아버지가 왜 둘째 사위에게 그렇게 말했는지 그때 아버지의 마음을 뒤늦게 짐작할 수 있었다. 아마 아버지가 살아 계신다면 이 사람을 지금 이 모습대로 그냥 두지 않을 것이다. 사위는 처가의 백년손님과 같은 존재라 장인이 사위의 공부를 직접 꾸짖으며 가르칠 수야 없겠지만, 이 사람이 거역할 수 없는 누구에겐가 보내 스승으로 받들게 하여 아버지 아래에 있는 것처럼 글공부를 시켰을 것이다.

사임당은 곰곰이 남편에 대해 생각해 보았다. 남편은 서울에서 공부를 하다가 스물두 살에 강릉에 있는 배필을 맞이해 혼례를 치르고 장인의 말에 따라 이곳에 내려와 살기로 했다. 그러다 갑자기 장인이 돌아가고, 장인의 일 년 대상을 치른 다음 뒤늦게 어머니가 있는 서울로 신행을 가서 이태를 지냈다. 첫아이를 서울에서 낳은 다음 다시 아내를 따라 강릉으로 왔다. 그러면 그동안 제대로 하지 못한 공부에 대해 새로 마음을 다잡고 열심히 해야 하지만 그러지 않고 뭔가 목표도 잃고 의욕도 잃은 듯한 모습이었다.

남편 입장에서 보면 스물여섯 살의 아이 아버지가 잘 알지도 못하는 처가 동네의 서당에 나가 공부하기가 쉬운 일이 아닐 것이다. 그게 남 보기가 그러면 더 멀리 강릉 도호부에 있는 향교에 나가서라도 공부를 해야 하는데 집 안에서 공부를 하는 것도 아니고 안 하는 것도 아니게 혼자 책을 펼쳐 놓고 이리 뒤적 저리 뒤적 책장만 세는 날이 늘어나고 있었다.

학문이라는 건 선생님과 함께 할 때에도 막힐 때가 있는 법이었다. 더구나 독학하듯 혼자 공부할 때에는 누군가 앞에서 막힌 데를 뚫어 주고 길을 내줘야 하는데 북평촌 처가에 와 있는 이원수에게 장인이 돌아간 다음 그럴 사람이 없었다. 아니, 아주 없지는 않았다. 바로 옆에 누구보다 가까운 사람이 있었지만, 그동안 닦은 학문이 아무리 남편보다 앞서고 통달하였다 하더라도 부부가 유별한 시절에 아내가 남편의 학문을 끌어 주고 뚫어 줄 수는 없는 일이었다.

강릉에 와서 다시 한 해가 지났다. 그 사이 이원수는 한 번 더 어머니가 있는 서울에 다녀왔다. 사임당이 서울로 신행 가던 해 별시문과에 급제해 선전관이 되었던 고종사촌 최보한이 이미 등용된 관리들 중에서 중국과의 외교에 필요한 인재를 뽑는 이문전시(吏文殿試)에 다시 급제하여 무반에서 문반으로 자리를 옮겨 집안에서 자랑이 대단하다고 했다. 이기와 이행 당숙도 사촌누나의 아들인 최보한을 불러 크게 격려했다고 한다. 누구에게나 사람 좋은 이원수를 그 일을 자기가 이룬 일처럼 사임당 앞에 집안 자랑하듯 말했다.

"모두들 그렇게 하고 계시는데, 서방님은 지금처럼 공부를 하지 않으면 앞으로 어떻게 하시렵니까?"

"나도 열심히 해야지요. 하고말고요."

"여기서 혼자서는 끌어 줄 선생님도 없지 않습니까?"

"그러니 어쩌겠소? 당신이 암만 공부를 했다 하더라도 내가 당신과 함께 공부할 수 있는 것도 아니잖소?"

"그래서 드리는 말씀입니다. 여기서 십 리쯤 걸어가야 하지만, 강릉 향교에 가서 공부하는 건 어떻습니까?"

"지금 향교라고 했소?"

"예. 향교가 어때서요?"

"서울 성균관이고 지역의 향교고 간에 신래침학(新來侵虐)이 어떻다는 거 당신은 들은 적이 없어 잘 모를 거요."

"저도 예전에 아버님께 그런 풍속이 있다는 얘기를 들어서 알고 있습니다. 그런 풍습이 중국에도 있는지 『춘추』와 『사략』[43]에서도 비슷한 예를 보기도 했습니다."

---

43 『십팔사략』은 사기, 한서, 후한서 삼국지, 진서 등의 중국의 정사 18종 가운데에

"안다 해도 빙장어른께서 딸한테 어디까지 얘기했는지 모르지만, 당신이 알고 있는 건 아마 아무 것도 아닐 거요."

그것은 선비사회에 예로부터 내려오는 고약한 풍속으로 성균관이고 향교고 하다못해 동네 서당까지도 거기에 먼저 들어온 사람이 나중에 들어온 사람에게 텃세를 부리며 온갖 학대를 다하는 것을 말했다. 면신례라고 해서 서당과 향교의 선배들이 후배에게 기합을 주기도 하고 심하게는 주먹이나 몽둥이로 때리기도 했다. 어디서 미친 여자의 오줌을 구해 와(대체 그걸 어디서 어떻게 구해 오는지 모르지만 꼭 미친 여자의 오줌을 구해 와) 새로 들어온 사람의 얼굴에 발라 주고 그걸 자기들의 허락이 떨어질 때까지 씻지 못하게 했다. 짓궂게는 선배들이 후배의 음경을 꺼내 놓게 하고 시커멓게 먹칠을 한 다음 며칠 동안 씻지 못하게 매일 검사하기도 했다. 온갖 학대 끝에 술을 내게 하는 것도 서울 성균관이나 팔도 지역의 향교나 과거에 급제해 들어간 관청이나 똑 같았다.[44]

풍교(교육이나 정치를 잘하여 세상의 풍습을 잘 교화시킴)에 관계있는 말을 가려 뽑아 한 권의 책으로 만든 것이다. 천황씨(天皇氏)로부터 원나라가 망할 때까지의 역사가 기록되어 있다.

44 후일 이원수와 사임당의 아들 율곡처럼 신래침학을 당한 사람도 드물 것이다. 열아홉 살에 금강산에 들어가 잠시 불도에 몸담은 것으로 온갖 따돌림과 모욕을 당하고 구도장원 뒤 벼슬길에 나선 초기에도 자신의 이름을 쓴 종이를 태워 그 재를 탄물 먹기를 거부하고 사직한 일이 있었다. 당시 선비들 사이에서 이름을 훼손하는 것은 곧 명예를 훼손하는 일로 죽음과 다를 바 없는 모독인 것이었다.

사임당 생각에 그 학대가 얼마나 심한 것이든 아마도 아버지 같으면 맞서 싸워 그들을 이겨 내거나 보다 후일을 위해 그것을 참고 이겨 낼 것이다. 그러나 사람만 좋지 성격이 우유부단한 이 사람은 아니었다. 당장 일신이 편하면 그것이 전부였다.

"그래도 공부를 해야 하지 않겠습니까? 제가 서울에 있을 때에도 어머님께서 그토록 부러워하시던 고모님 아드님은 남들이 다 부러워하는 선전관으로 나간 다음에도 다시 공부해서 문반으로 옮기지 않았습니까?"

"그럼 당신 생각엔 내가 어떻게 공부를 하면 좋겠소?"

"여기 강릉 향교에 가서 공부를 하는 게 내키지 않으시다면 내일이라도 당장 서울 어머님 옆으로 가십시오. 서울에 가셔서 예전에 공부하시던 곳을 찾아가 다시 공부하십시오. 서방님은 스스로 많다고 해도 서방님 나이 이제 스물일곱입니다. 지금부터 10년을 공부하여 대과에 급제한다 해도 조금도 늦지 않습니다. 부디 서방님이 그러길 어머님도 기다리고 계시고, 저도 기다리겠습니다."

억지로라도 그렇게 약속하고 며칠 후 이원수는 괴나리봇짐을 등에 메고 집을 나섰다. 사임당이 큰아들을 안고 대문 앞까지 나가 배웅했다.

"서방님. 마음 단단히 잡숫고 꼭 급제한 다음 돌아오셔야 합니다. 그러기 전에 저는 서방님의 얼굴을 보지 않습니다."

그러나 그날 밤, 이원수는 가던 길 중간에 집으로 돌아오고 말았다. 발길을 돌린 곳은 집에서 삼십 리도 떨어지지 않은 첫 역 구산에서였다. 거기는 예전 외할머니가 돌아가셨을 때 아버지가 서울에서 오던 길에 병이 났음에도 죽기로 각오하고 대관령 산길을 내려온 곳이었다. 그런 곳에서 남편은 시작과 함께 걸음을 돌린 것이었다. 사임당으로서는 기가 막힌 일이지만 이미 돌아온 남편을 어쩔 수 없었다.

며칠 후 다시 타일러 길을 떠나보냈지만, 이번에도 다음 날 돌아오고 말았다. 발길을 돌린 것도 지난번에서 조금 더 간 대관령 산 밑 아래 가마골의 길손 집에서였다. 다들 거기에서 묵고 다음 날 아침 길을 떠나 대관령을 넘어야 하는데 이원수는 대관령 중간 반정(半程)에서 걸음을 돌려 아내가 있는 북평촌으로 되돌아온 것이었다.

다시 돌아온 남편을 맞이하는 사임당의 마음은 낙담하다 못해 만 갈래로 갈라지는 듯했다. 대체 이 사람을 믿고 아이와 내가 어떻게 한 세상 살아가나 싶었다. 서너 살 먹은 아이도 아니고 실망도 이 정도면 도를 넘는 것이었다. 10년 공부를 작성하고 떠난 사람이 벌써 두 번이나 길 위에서 걸음을 멈추고 돌아왔다. 지난 시절, 자신에 대해서도 가족에 대해서도 늘 엄격한 모습을 보여 주던 아버지의 모습과 너무 달랐다. 그때엔 세상의 모든 아버지가 가족을 위해 바르게 실천하며 굳은 의지로 행동하는 줄 알았다.

"이번에는 왜 또 돌아오셨습니까?"

"나는 도저히 당신 곁을 떠나 있지 못하겠소. 이렇게 억지로 서울로 간다 한들 가서 공부도 안 될 것 같고, 당신이 보고 싶어 금방 돌아오고 말 것 같소. 그래서 서울에 가서 돌아오느니 가던 길에 다시 돌아온 것이오."

"그러면 앞으로 공부는 영영 않을 생각이신가요?"

"그냥 당신이 있는 여기서 혼자 하겠소. 세상엔 혼자 공부하고 혼자 깨치는 사람들도 있지 않소?"

"이제까지도 그리 하시다가 5년이나 허송세월하신 것 아닙니까?"

"그러니 어쩌겠소? 내가 당신 곁을 이다지도 떠나기 싫은걸……."

"서방님을 배필로 맞은 아녀자로 그 말은 정말 감사하지만, 그러나 서방님, 대체 어떤 사람을 장부라 하오리까? 저 옛날 우공의 고사가 아니더라도 장부가 한 번 뜻을 품으면 없던 곳에 산을 만들고, 있던 산도 10년이면 다른 곳으로 옮겨 치우지 않습니까? 무슨 일에서도 굳은 의지를 보이는 사람이 장부가 아니오리까. 서울에 계시는 어머님을 위해서도 또 서방님이 이루신 가족을 위해서도 한 집안의 아버지로 학문에 정진해야 할 서방님이 이러시면 저와 아이는 앞으로 누구를 믿고 살라는 말씀입니까."

사임당은 윗목 자수틀 옆에 놓인 반짇고리를 옆으로 당겨놓고, 쪽을 진 머리를 풀어 어깨 앞으로 길게 늘어뜨렸다. 아내의 행동을 가만히 바라보던 이원수가 물었다.

"무얼 하는 거요?"

"저는 예전에 아버님이 서방님을 제 배필로 정해주실 때 서방님의 너그럽고 유하신 마음이 좋았습니다. 아버님께서 그만큼 엄격하셨기 때문입니다. 그러나 너그럽고 유함이 어느 결에 서방님의 나약함으로 변했습니다. 남들은 이미 관직에 나가서도 다시 과거를 보지 않습니까? 가까이 서방님의 고종사촌 형님도 그러시고, 지금 경상도관찰사에 이르신 작은댁의 둘째 당숙 어른께서도 장리의 사위라는 질긴 꼬리표를 어찌하면 떼어낼 수 있을까 젊은 시절 다시 한 번 자신의 재주와 학문을 세상에 보이듯 과거를 보았다고 하지 않습니까?"

"그렇다고 벗은 것도 아니잖소? 더 질기게 달라붙었지."

"그건 벗고 안 벗고 문제가 아닙니다. 제가 드리는 말씀은 그것이 끝내 벗을 수 없는 일일지언정 저마다 자신의 앞날에 대해 노력하고 애쓰는 모습에 대해서입니다. 그런 분들에 비한다면 지금 서방님의 모습은 한갓 아녀자가 보아도 너무 뜻이 없고 나약하지 않습니까? 이런 서방님을 아이와 제가 어찌 믿고 살 수 있겠습니까? 또 그런 서방님을 모시고 어찌 제가 오래 살기를 바라겠습니까? 저는 이제 이것으로 머리를 자르고 산으로 가서 중이 되겠습니다. 산속의 절이 받아들이지 않는다면 입 밖으로 내기 차마 불측하오나 이미 머리를 자르고 서방님을 떠나는 몸, 어디에선가 조용히 세상을 하직하렵니다."

사임당은 반짇고리에서 가위를 찾아 들고 왼손으로 잡은 머리채 가까이 가져갔다.

"아니, 부인! 무얼 하는 것이오?"

이원수는 깜짝 놀라 가위를 잡은 아내의 손을 잡았다. 아내의 그런 모습은 그냥 남편에게 겁을 주기 위한 게 아니었다. 그는 자신의 아내가 어떤 사람인지 잘 알고 있었다. 죽어가는 남편을 살리기 위해 조상 산소 앞에서 단지 기도를 올린 장모의 성정과 결단을 아내는 그대로 닮았다. 이따금 왼쪽 가운데 손가락 절반이 없는 장모의 손을 볼 때마다 이원수는 그것이 장모의 성정이기도 하지만 아울러 어머니 용인 이씨로부터 그 딸들로 내려온 이 집 여인들의 내면에 흐르고 있는 결기이며 그 앞에 누구도 함부로 할 수 없는 엄정함이 함께 하고 있다는 것을 늘 느끼곤 했다.

"내가 잘못했소. 내 다시 날이 밝으면 떠나겠소. 떠나서 학문으로 꼭 성공한 다음 돌아오겠소."

이원수는 다시 아내 앞에서 단단히 약속했다.

이원수는 날이 밝기 전 다시 서울로 공부 길을 떠났다.

셋째 아들 율곡이 태어나다

이원수는 공부를 열심히 하겠다는 아내와의 약속을 끝내 지키지 못했다. 그는 서울에 가서 공부를 하던 중 자주 강릉으로 왔고, 와서는 또 장모와 아내의 눈치가 보이는지 금방 서울로 떠나곤 했다. 이듬해 나라에서 사임당의 어머니 용인 이씨에 대해 마을 한가운데 열녀정각을 세워 주었다. 7년 전 남편이 장모의 별세 소식을 듣고 한달음에 강릉으로 달려오다가 무리를 해 목숨이 경각에 달렸을 때 하늘에 단지 기도를 올려 죽어가는 남편을 살린 열녀로서의 표창이었다. 그게 북평촌 검은 대숲집 여인들의 엄정함이며 결기였다.

사임당은 서울에서 공부를 하는 남편을 위해 북평촌 친정에서 나와 대관령 너머 봉평 백옥포리에 작은 거처를 마련했다. 떠날 때는 10년 공부를 약속하고 갔지만, 결국은 그 다짐과 의지도 흐지부지되어 서울과 강릉을 오가는 게 이원수의 일이 되고 말았다. 그렇게 자주 오르내리다 보니 공부 역시 예전과 마찬가지로 열심히 하는 것도 아니고, 아주 안 하는 것도 아닌 모양이 되었다.

사임당이 거처를 강릉 북평촌에서 봉평으로 옮긴 것은 그곳에 무슨 연고가 있어서가 아니었다. 서울과 강릉을 자주 왕래하는 남편의 수고를 덜어주기 위해서였다. 그럴 시간이라도 아껴 공부를 하기 바라는 마음으로 서울에서 공부를 하는 남편도 챙기고 강릉에 있는 친정어머니도 외롭지 않게 자주 내려가 볼 수 있는 중간 지점이 봉평이었다. 거리상으로는 강릉이 더 가까웠지만, 강릉에서 보면 대관령 훨씬 너머에 있는 동네라 심정적으로 서울과 강릉의 중간과 같은 곳이었다.

사임당이 봉평에 거처를 마련하고 사는 동안 거기에 또 전설과도 같은 이야기가 전해져 내려오고 있다. 이원수와 사임당 사이에 아들 둘 딸 둘을 낳고, 다섯 번째 자식으로 율곡을 낳기 바로 전의 일이었다. 사임당의 나이 서른셋, 이원수의 나이 서른여섯 살 때의 일이었다.

서울에 올라가 공부를 하던 이원수는 어느 날 문득 아내가 보고 싶었다. 때는 춘삼월, 봄빛이 세상에 가득 퍼질 때의 일이었다. 이원수는 공부를 하다말고 무엇엔가 이끌리듯 급히 괴나리봇짐을 꾸려 아내와 아이들이 살고 있는 봉평으로 길을 떠났다. 한시가 급한 걸음으로 부지런히 길을 걸어 나흘 만에 방림 운교역을 지나 대화에 닿았다. 봉평 백옥포리까지 삼십 리를 앞두고 날이 저물고 말았다.

이원수는 대화마을에서 잘까 아니면 그대로 밤길을 걸어 봉평으로 갈까 망설이다가 내처 길을 걷기로 했다. 그러다 대화마을을 막 벗어난 산속 길 옆 어느 집에서 새어나오는 불빛에 이끌려 더 이상 걷지 못하고 그 집의 문을 두드렸다. 그러자 마치 이원수가 그 집으로 오기를 기다렸다는 듯이 곱게 단장한 젊은 주인 색시가 그를 맞이했다. 색시는 이원수에게 방을 내주고는 잠시 후 주안상을 차려 들고 이원수가 머무는 방으로 들어왔다.

"이것은 어인 일이오?"

"제가 선비님께서 오시길 기다리고 있었습니다."

여인은 이원수에게 술을 권하며 자신과 하룻밤 인연을 맺어주기를 원했다. 그러나 여인이 자신에게 감겨들며 추파를 보낼수록 이원수의 눈앞에는 아내의 얼굴이 떠올랐다. 평소처럼 근엄하고 어딘가 대하기 어려운 엄처의 얼굴이 아니라 지금 이 밤길에라도 당장 달려가 보지 않을 수 없는, 초례를 치르던 날의 곱고도 수줍던 새색시의 얼굴이었다. 이원수는 여인으로부터 받은 세 번째 술잔을 상 위에 가만히 내려놓고, 한쪽에 개어 두었던 두루마기를 챙겨 입고, 윗목에 밀쳐 둔 괴나리봇짐을 다시 어깨에 메었다. 그런 이원수의 태도에 여인이 눈물을 흘리며 물었다.

"선비께서는 어찌 이리 박정하시오니까?"

"아니, 내가 박정해서가 아니오. 지금 나도 모르게 내 안에 나를 시키는 무엇이 있소. 색시에게는 미안하오만 내가 이 밤에 꼭 가야 할 곳이 있고, 이 밤 안으로 꼭 해야 할 일이 있구려."

이원수는 그 집에서 나와 한달음에 백옥포리 집에 닿았다.

한편으로 그때 사임당 역시 봉평 백옥포리 집에 있다가 아이들을 모두 데리고 강릉 북평촌으로 어머니를 보러 갔다. 친정에 머물러 있던 어느 날 사임당은 잠을 뒤채이던 새벽에 꿈을 꾸었다. 꿈속에 사임당은 북평촌 집에서 나와 호수를 지나 바닷가까지 걸어갔다. 언제나 푸른 동해바다였고, 흰 파도가 밀려와 부서지는 바다였다. 그런데 갑자기 바다 속에서 한 선녀가 물 밖으로 나왔다. 그 모습을 가만히 바라보니 선녀의 가슴 앞에 백옥같이 흰 옥동자가 안겨 있는 것이었다.

'아, 참 귀한 아기로구나.'

사임당은 마음속으로 감탄하며 그 아기를 저에게 줄 수 없는지요? 하고 선녀를 향해 자신도 모르게 두 팔을 벌렸다. 그러자 천사가 물 위로 고요하고도 사뿐히 걸어 나와 품에 안은 아이를 사임당의 가슴에 살포시 안겨 주는 것이었다. 그리고는 선녀에게 고맙다고 인사도 할 사이 없이 바로 잠에서 깨어났다. 생각할수록 참으로 기이한 꿈이었다.

"어머니."

사임당은 옆에 자는 어머니를 깨웠다.

"왜 그러느냐?"

"어머니, 저는 아무래도 지금 집으로 가야 할 것 같습니다."

아직 동도 밝지 않은 새벽에 사임당은 어머니에게 말했다.

"무슨 일이냐?"

"저도 모르겠습니다. 그러나 지금 가야 할 일이 생겼습니다."

사임당은 데리고 온 아이들을 그대로 친정에 둔 채 늘 함께 다니는 몸종 하나만 데리고 새벽에 길을 나섰다. 강릉에서 봉평까지 보통은 사흘 걸음이었다. 그러나 사임당은 새벽 동트기 전에 집을 나서 그날 하루 만에 대관령을 넘어 버렸다. 그리고 다음 날 다시 부지런히 걸어 저녁 때 백옥포리 집으로 돌아왔다. 이틀이나 험한 산길을 힘들게 걸어 집으로 오자 혼곤하게 잠이 쏟아졌다. 그렇게 얼마나 잤을까. 잠결에 꿈인 듯 생시인 듯 누군가 마당에 들어와 문고리를 흔들었다.

"뉘시오니까?"

사임당은 아직도 반쯤 꿈결에 물었다.

"나요, 부인."

이제까지 그런 식으로 서울에서 오면 저 양반이 왜 공부를 열심히 하지 않고 또 왔을까 싶은 남편이 너무도 반가운 얼굴로 문밖에 서 있었다.

"어서 오십시오. 어디에서 오시길래 이리 깊은 밤 집에 오시는지요?"

사임당은 반가이 남편을 맞아들였다.

"서울에서 오는 길이오. 중간에 대화에서 잠을 자야 하는데, 누가 이르듯 오늘 밤 잠은 집에 가서 자라고 해서 지금 이렇게 한밤중에 오는 길이라오."

"아, 그러셨군요. 저도 엊그제 누군가 꿈에 사람을 보내서 얼른 집으로 가보라고 해서 지금 막 강릉에서 올라오는 길이랍니다."

그렇게 두 사람은 백옥포리의 깊은 밤, 14년 전 강릉 북평촌에서 혼례를 치르던 첫날처럼 반가이 만났다.

그리고 며칠이 지난 어느 날, 이원수는 다시 서울로 공부를 하러 떠났다. 떠나던 중에 지난 번 대화에서 겪은 일이 하도 괴이하여 일부러 그 집에 들러 보았다. 그러자 이번엔 도리어 색시 쪽에서 이원수를 냉랭하게 대하는 것이었다.

"이제는 일 없습니다. 제 집에서는 재워 드릴 수 없으니 그냥 가던 길을 가십시오."

"대체 무슨 일인지 알기나 합시다."

이원수가 그렇게 말하자 드디어 여자가 입을 열었다.

"지난 번 일부터 말씀드리지요. 그날 제가 선비께 그랬던 것은 한갓 아녀자의 정욕 때문에 그랬던 것이 아닙니다. 전날 저는 꿈을 꾸었고, 꿈속에 한 스님이 이곳을 지나는 귀인을 꼭 잡으라고 알려 주었습니다. 그래서 낮부터 준비를 하고 기다렸는데, 그날 밤 과연 제 집에 들르신 대인의 얼굴에 광채가 났습니다. 그건 분명히 나중에 천하에 이름을 떨칠 귀한 아드님을 얻으실 얼굴이었습니다. 그래서 제가 대인으로부터 그 아들을 받을 생각을 했던 것입니다. 아마 그날의 귀한 아드님은 지금 부인의 뱃속에 계시겠지요."

"그럼 지금 내 얼굴은 어떻소?"

"이제는 대인이 아니라 그냥 부드럽고 호탕한 평소 선비님의 얼굴입니다."

"하하, 그렇소? 당신이 거절하여도 오늘의 일 또한 내가 듣기에 나쁘지 않구려."

이원수는 언제나 유유자적하고 성격 좋은 사람이었다. 그리고 다시 길을 가려는데, 여자가 그를 불러 세웠다.

"잠시만, 선비께서는 제 얘기를 마저 듣고 가십시오."

"아직 남은 얘기가 있소?"

"그 귀한 아기를 저에게 주시지 않은 것은 몹시 섭섭한 일이나, 한편으로는 또 그 귀한 아기를 위해 알려 드리지 않을 수 없는 일이 있습니다. 아기는 어느 날에 낳든 분명 인(寅)시에 낳을 것이고, 그런 만큼 꼭 한 번 호환이 따를 것입니다."

"허허, 이런 변이 있나?"

"지금은 웃으시지만, 제 말대로 아기를 인시에 낳으시거든 그때는 제 말을 잊지 말고 다시 떠올려 그 아기를 위해 선비께서는 사람 1천 명을 살리는 셈치고 어디에든 밤나무 1천 그루를 심으시기 바랍니다. 그게 선비가 세상 만물에 덕을 쌓는 일입니다. 그러면 아기가 다섯 살이 되는 해 언젠가 금강산에서 늙은 스님이 와서 아기를 보자고 할 것입니다. 그때 절대 아기를 보여 주지 말고 먼저 심은 밤나무 1천 그루를 보여 주며 선비님도 세상에 덕을 쌓았다고 하십시오. 그러면 댁의 귀한 아기가 겪을 호환이 물러갈 겁니다."

"아무튼 고맙소. 언제 어느 날에 낳든 인시에 아이를 낳으면 내가 색시께서 일러 준 대로 하리다."

이원수는 다시 길을 재촉하여 서울로 갔다.

그리고 그해 섣달 스물엿샛날 이원수의 부인 사임당이 아이를 낳으니 그가 바로 후일 이 나라의 대현으로 불리는 율곡 이이였다. 사임당은 이 아이 역시 자신이 태어난 북평촌 검은 대숲집에서 낳고 싶었다. 그래서 여름이 지나고 가을이 되어 대관령 너머 봉평에 서늘한 바람이 불어올 때 그동안 남편을 위해 봉평에 거처를 마련한 살림집을 모두 정리해 이제 아기를 낳으러 강릉 북평촌으로 내려갔다.

아이를 낳던 날 밤에도 사임당은 기이한 꿈을 꾸었다. 밤에 잠이 들었는데 꿈에 동해바다로부터 검은 용이 날아들더니 북평촌 검은 대숲집의 대문을 넘어 사임당이 머무는 별채 제일 오른쪽 방 문머리에 서려 있는 것이었다. 사임당은 꿈에서 깨어난 새벽에 곧 진통을 느끼고 바로 아이를 낳았다. 울음도 우렁찬 사내아이였다. 낳고 보니 이원수가 대화에서 만났던 색시가 말한 그대로 과연 인시였다. 이원수는 아내가 꿈에 용을 보고 낳은 아이라고 해서 아기 이름을 현룡(見龍)이라고 지었다.[45]

---

45 큰 인물의 탄생 뒤엔 으레 설화와도 같은 전설이 따르기 마련이다. 이원수가 대화에서 만났던 색시 이야기는 이렇게 계속된다. 아이가 다섯 살이 되던 해 금강산에서 한 늙은 중이 강릉에 와 머물고 있는 이원수를 찾아와 이제 아이를 데려가겠노라

며 아이를 보여 달라고 했다. 이원수는 자기도 이 일로 덕을 쌓은 것이 있다며 아이 대신 노추산에 심은 밤나무 1천 그루를 보여 줬다. 그러나 늙은 중과 막상 한 그루 한 그루 더듬어 세어 보니 밤나무의 숫자는 1천 그루에서 꼭 한 그루가 모자란 999그루였다. 어느 한 나무가 중간에 제대로 자라지 못하고 썩어 죽은 것이었다. 손에 땀이 날 상황이었다. 늙은 중은 다시 이제 아이를 자기가 데려가겠노라고 했다. 그때 밤나무 숲에 섞여 있던, 잎과 줄기만 밤나무를 닮은 한 나무가 "나도 밤나무요!" 하고 소리치자 그 소리에 놀라 늙은 중이 커다란 호랑이로 변하여 산 위로 달아났다. 그러나 그 나무는 정말 밤나무가 아닌 나도밤나무였다고 한다. 율곡은 열여섯 살에 어머니가 돌아간 다음 삼년상을 치르고 열아홉 살에 금강산에 들어가 일 년 동안 마하연에서 잠시 불도에 몸을 담았다. 이 이야기 속에 늙은 중이 금강산에서 찾아온 것이며, 또 호랑이가 중으로 변장해서 찾아온 것 등이 숭유억불 시대에 율곡의 짧은 기간 출가와 연관하여 만들어진 전설이 아니었을까.

이 아들을 어떻게 키워야 할지

동서를 막론하고, 역사에 이름을 떨친 훌륭한 인물들은 어려서부터 늘 남다른 데가 있다. 그렇게 태어나기도 하고, 또 그렇게 만들어져 기록되기도 한다.

현룡이 세 살 되던 해 가을의 일이다.

외할머니 용인이씨가 뒤뜰에 잘 익은 석류를 가리키며 이 것이 무엇 같으냐고 물었다.

현룡은 자신이 어른들로부터 들은 시의 한 구절로 대답 했다.

"석류피리쇄홍주(石榴皮裏碎紅珠). 석류 껍질 속에 붉은 구슬이 부서져 있어요."[46]

세 살이라고 하지만, 생일이 섣달 스무엿새여서 아직 두 돌도 되지 않은 아기였다. 이제 막 말을 배우고 익히는 아기 입에서 누군가 들려준 고시 구절이 그대로 나온 것이었다. 놀랄 일이지만 한편으로는 또 이해 못할 일도 아니었다.

조선시대 사대부들은 어릴 때부터 시를 쓰는 것을 교양의 한 과정이자 교육의 한 과정으로 여겨 어려서부터 자녀들에게 동몽시(아동시)를 장려했다. 훗날 율곡이 '그는 나의 전생'이라고 말한 매월당 김시습도 세 살 때 맷돌에 보리를 가는 모습을 보고 '비도 안 오는데 어디선가 천둥소리. 누런 구름 조각조각 사방으로 흩어지네(無雨雷聲何處動 黃雲片片四方分 무뇌성하처동 황운편편사방분)'라는 시를 지었다.[47]

46　어린 현룡이 인용한 고시의 원문은 다음과 같다.
　　은행 껍질 속엔 푸른 구슬이 들어 있고　　銀杏殼含團碧玉(은행각함단벽옥)
　　석류껍질 속엔 붉은 구슬이 부서져 있네　　石榴皮裏碎紅珠(석류피리쇄홍주)

47　율곡이 김시습에 대해 '그는 나의 전생이다'라고 말하기도 했지만, 실제로 조선시대 유학자로 불도에 몸을 담은 사람도 김시습과 율곡 두 사람뿐이다. 김시습이 불도에 몸을 담은 것은 세조의 왕위찬탈과 사육신의 단종 복위운동 실패와 잔혹한 죽음 등 당시 정치적 상황에서 모든 사람들이 김시습이라면 충분히 그럴 만하다고(길 한가운데서 봉변을 당한 서거정조차도) 이해한 부분이고, 김시습 역시 현실 정치로 나서지 않아 크게 문제 삼을 거리도 없었다. 그러나 율곡은 그의 재종조부 이기가 벼슬살이 50년 내내 '장리의 사위'라는 연좌제에 시달렸던 것처럼 그도 첫 출사에서부터 후일 동서 당쟁의 한가운데에서 끊임없이 '불도에 몸을 담은 자'로 공격받았다. 율곡을 탄핵하는 상소의 첫머리가 '그는 불도에 몸을 담은 자'였다. 김시습과 율곡 두

네 살 때의 일이다.

즈므 진외가의 한 어른이 외할머니에게 인사를 왔다가 할머니 방에서 책을 보는 현룡에게 물었다.

"무슨 책을 보고 있느냐?"

현룡은 어른에게 책을 보여주었다.

"아니, 네가 몇 살인데 벌써 『사략』을 보느냐?"

외할머니가 친척 동생에게 여기 온 김에 한 구절을 알려주고 가라고 말했다. 현룡이 보고 있던 곳은 제나라 위왕 이야기였다. 진외가 어른이 가만히 책을 당겨 '齊威王初不治諸侯皆來伐'이라고 쓰여 있는 부분을 읽으며 '제나라 위왕이 처음에 제후들을 잘 다스리지 못하여 모두 와서 쳤다'라고 해석해 주었다. 한문은 구절을 잘 떼어서 읽어야 하는데 진외가 어른은 '齊威王初不治諸侯(제나라 위왕이 처음에 제후들을 잘 다스리지 못했다)'에서 구절을 떼었다. 현룡은 그런 어른을 가만히 보기만 하고 따라 읽지 않았다.

"왜 그러느냐?"

어른이 물었다.

"진외가 할아버님께서 잘못 읽으시는 것 같아서요."

사람 다 불도의 공통점이 있기도 하지만, 또 다른 인연으로 율곡은 그 많은 저서 가운데 인물 평전으로는 유일하게 『김시습전』을 남겼다.

현룡은 지금 할아버지가 읽은 글에서 뒤에 제후(諸侯)까지 가지 말고 제후 바로 앞 '齊威王初不治(제나라 위왕이 처음에 정치를 잘하지 못했다)'에서 구절을 떼어야 하지 않느냐고 물었다.

"그럼 어떻게 되느냐?"

"거기를 떼어 읽으면 '제나라 위왕이 처음에 정치를 잘 하지 못해서 제후들이 모두 와서 쳤다'가 됩니다."

"그러니까 제후들을 잘 다스리지 못해서 와서 친 게 아니라, 정치를 잘하지 못해서 제후들이 와서 쳤다, 이렇게 되는 거냐?"

"그렇습니다."

"오, 그래. 한문을 이렇게 구절을 잘 떼어서 읽어야 하는데 내가 잘못 읽은 걸 네가 바로 읽었구나. 실제로 제나라 위왕이 그랬단다. 그런데 아직 어려서 서당은 멀어 다니지 못할 테고, 너는 이걸 누구에게 배웠느냐?"

"어머니에게 배웠습니다."

"어머니에게?"

"예."

"집안에서 얘기는 들었다만, 네가 가학(家學)으로 집안에 큰 스승을 모시고 있구나. 학교 공부가 아무리 커도 가학을 따라갈 수 없다고 했는데, 너야말로 앞으로 큰 학문을 이룰 것이다."

할머니의 친척 동생이 어린 현룡을 칭찬하고 일어섰다.

율곡은 다섯 살이 될 때까지 어머니 아래에서 『정속』 『유학자설』 『소학』을 배우고 『사략』을 읽으며 『대학』을 배워 나가기 시작했다. 마을에 신동이라는 소문이 자자했다.

오랜 세월을 두고 전해지는 얘기라 전체적으로 과한 부분이 없지 않지만, 그러나 요즘도 서너 살에 대학과정의 수학 문제를 거침없이 풀어내는 천재들이 있지 않은가.

다섯 살 때의 일이다.

어느 날 사임당이 몹시 아파 몸져누워 있었다. 집안사람들이 우왕좌왕하며 어찌할 바를 모를 때 어린 현룡이 아침부터 보이지 않았다. 다들 찾아 나섰는데, 다섯 살 난 현룡이 집 뒤에 있는 외조부 이사온의 사당에 가서 엎드려 어머니 병을 낳게 해달라고 기도하고 있었다. 저절로 몸이 그리로 가는 건 태어날 때부터 마을에 열녀정각이 서 있는 외할머니의 이야기를 듣고 자란 때문일 것이다. 다들 어린 아이의 효심을 칭찬했다.

그리고 그해 여름에 큰물이 졌을 때였다. 어떤 사람이 집 앞 냇물을 건너다가 물속에서 앞으로 나아가지도 못하고 뒤로 돌아오지도 못하고 물에 빠질 듯 말 듯 난감한 지경이 되었다. 그걸 지켜보고 있는 사람들 모두 손뼉을 치고 웃으며 즐거워했다. 그러나 어린 현룡은 그 모습을 보고 자신이 물한 가운데 있는 것처럼 기둥을 안고 안절부절 못하며 애를 태웠다. 그러다 그 사람이 용케도 아무 일 없이 냇물을 건너자 현룡이 비로소 안심하는 얼굴로 기둥을 꽉 잡았던 손을 놓았다. 나중에 얘기를 전해 들은 사임당이 현룡을 칭찬하며 이다음 어른이 되어서 어디에서 무얼 하든 세상 사람들을 그런 마음으로 살피라고 말했다.

정말 이 아이를 어떻게 키워야 할지 사임당은 기쁨 속에서도 늘 마음이 무거웠다.

율곡에 대한 외할머니의 믿음

사임당이 현룡을 낳기 전 봉평 살림집을 정리해 강릉 북평촌의 검은 대숲집으로 들어온 것은 마음 안에 두 가지 생각 때문이었다. 첫째는 동생들도 모두 출가하여 북평촌에 어머니와 함께 사는 자식이 없었다. 너른 집에 어머니 용인이씨 혼자 가노들과 살고 있었다.

어머니의 외로운 모습을 볼 때마다 사임당은 지난 시절 아버지의 모습이 떠오르곤 했다. 아버지가 예전에 사위에게 내가 딸을 여럿 두었으나 그중에 둘째 딸은 혼례 후에도 내 곁에서 떠나보낼 수가 없다고 한 것은 사위에게만 한 말이 아니라 사위를 통해 자신에게도 함께 한 말이었다. 그 말이 아버지가 돌아가신 다음엔 이제는 네가 어머니를 모셔야 한다는 말처럼 들리고 받아들여졌다.

두 번째는 정말 인정하고 싶지 않지만 남편이 더 이상 공부를 하지 않고 있는 점이었다. 남편의 나이 스물일곱 살 때 반짇고리에서 가위를 꺼내 머리를 자르려는 모습까지 보이며 10년 공부를 약속 받았지만, 이따금 집에 들를 때 슬쩍 지나가는 문답으로 확인해 봐도 남편의 공부는 10년 전이나 지금이나 조금도 나아진 것 없이 똑 같았다. 점점 불러 오는 배를 안고 아이를 낳으러 봉평에서 다시 강릉으로 살림을 옮기던 때가 9년째였고, 섣달에 아이를 낳고 해를 넘기며 딱 10년이 되었다. 그야말로 10년의 약속이 서울과 강릉으로, 또 서울과 봉평으로 오고 가는 길 위에 다 부서지고 말았다.

사임당은 봉평에서 강릉으로 내려올 때는 이제 어머니 곁을 떠나지 않고 처음 혼례를 올릴 때 아버지가 했던 말처럼 그렇게 어머니를 모시고 살리라 생각했다. 그건 먼저 돌아간 아버지와의 약속이기도 했다.

그즈음 사임당이 느끼는 아버지와의 약속은 마음속에 참으로 막중한 것이었다. 그러나 그 약속을 더 이상 지킬 수 없는 시간이 다가왔다. 파주에 있는 시어머니가 연로해 이제 강릉을 떠나 그곳으로 가 집안의 살림을 맡아야 했다. 만약 남편이 외아들이 아니어서 어머니를 모실 형제가 있었다면 어쩌면 사임당은 남편과 함께 예전 아버지와 어머니가 그랬 듯 강릉 북평촌 검은 대숲집의 다섯 번째 주인이 되었을지 도 모른다.

　지난봄, 이제는 강릉에서 파주로 와 살림을 맡으라는 시 어머니씨의 전갈을 받았다. 사임당으로서도 준비가 필요하 고, 출가 후 내내 한 집에서, 또 가까이 봉평 백옥포리에서 아들 없는 친정의 아들 노릇을 하던 둘째 딸을 떠나보내는 용인이씨로서도 준비가 필요했다.

　사임당이 서울로 떠나오기 며칠 전이었다. 그날 방에는 용인이씨와 다섯 명의 딸들과 다섯 명의 사위가 둘러앉았 다. 용인이씨 바로 옆에는 작은 상을 펴고, 그 위에 분깃문기 를 작성하기 위한 지필묵을 갖추고 얼외사촌 최난손이 앉았 다. 그는 용인이씨의 둘째 외삼촌과 그 집 안채 일을 거드는 시비 사이에서 태어난, 출생으로는 그 집 아들이어도 신분으 로는 여전히 둘째 진외가의 노비인 사람이었다. 그는 예전 에 이 집주인 신명화가 위중할 때에도, 또 신명화가 서울에 서 강릉으로 오던 중 지평에서 세상을 떠나 그곳에서 장례 를 치를 때에도 용인이씨 옆에서 많은 일을 도왔다.

용인이씨는 지난해 환갑이 지난 62살이었고, 큰딸은 41살, 둘째 딸 사임당은 38살, 셋째 딸은 35살, 넷째 딸은 33살, 다섯째인 막내딸은 31살이었다.[48] 이씨가 다섯 딸과 다섯 사위를 모이게 하고, 얼사촌 최난손을 불러 지필묵을 준비하게 한 것은 둘째 딸이 이제 아이들과 함께 서울로 떠나기 전 이씨 자신이 가지고 있는 재산 가운데 노비의 일부를 먼저 자식들에게 나누어주기 위해서였다.

그날 이씨가 다섯 딸에게, 또 두 외손자에게 나누어 준 노비는 173구였다. 이제 나이 든 이씨가 신공을 관리하기 편한 강릉 지역의 노비 절반만 남기고 나머지를 모두 다섯 딸에게 고루 나누어 주었다. 그 노비들은 조선 팔도 가운데 평안도와 경상도를 제외한 경기·충청·전라·황해·강원·함경도에 널리 흩어져 있었다. 경기도의 노비도 서울과 개성, 그리고 남편 신명화의 묘가 있는 지평, 이렇게 세 군데에 있었다.

노비를 나누어주는 방식도 6도 19고을에 흩어져 있는 173구의 노비를 며칠 동안 얼사촌 최난손의 도움을 받아 그 노비들이 살고 있는 지역과 가족관계, 남녀의 성별, 나이를 감안해 29구에서 35구까지 다섯 몫으로 나누어 누가 어느 몫을 가질지 그것까지 공평하게 제비를 뽑아 정했다. 강릉에

---

48 용인이씨와 사임당 외 다른 자매들의 나이는 정확하지 않아 추정하여 썼다.

있는 내은산의 가족과 같은 솔거노비 몇을 빼고는 모두 일 년에 주인에게 면포 두 필을 바치는 신공노비들이었다. 만약 아들딸 셋을 둔 노비 부부라면 일 년에 주인집에 바쳐야 할 면포가 열 필이 되었다. 한 개인으로 보면 그다지 무겁지 않아 보이지만, 어린 아이를 포함하여 가족으로 보면 매우 버거운 신공이었다.

용인이씨가 나누어 준 노비는 첫째 딸 35구, 둘째 딸 32구, 셋째 딸 33구, 넷째 딸 34구, 다섯째 딸 29구였다. 큰딸처럼 받은 노비의 수가 많으면 그중엔 아직 어리거나 늙은 노비가 좀 더 많이 포함되어 있고, 막내딸처럼 받은 노비의 수가 적으면 상대적으로 15살에서 40살 사이의 젊은 노비가, 그것도 젊은 여자 노비가 많았다. 노비가 혼인하여 아이를 낳으면 경국대전이 정한 법에 따라 어미 쪽 주인의 소유가 되기 때문이다. 만약 용인이씨의 얼외사촌 최난손이 그 집 시비의 아들이 아니라 다른 집의 비를 건드려 낳은 자식이라면 외삼촌의 얼자여도 다른 집 소유의 노비가 되는 것이다.

용인이씨는 딸들에게 노비를 나누어 주며 그 노비를 예전 누구에게서 받았는가에 따라 남편 신명화 집안 쪽에서 전해 내려온 노비면 '가옹 변전래'라고 적고, 자신의 친정 쪽에서 내려온 노비면 '자의(自矣, 이두문자로 '나의') 변전래'라고 적었다.

그날 신씨의 자매들만 재산을 나누어 받은 것이 아니었다. 이제 여섯 살 된 현룡과 그해에 막 태어난, 넷째 딸의 아들 권처균도 봉사조와 배묘조로 재산과 노비를 물려받았다. 그 부분을 용인이씨는 얼사촌 최난손에게 이렇게 기록하게 했다.[49]

• 제사를 받드는 봉사조는 손자 현룡

서울 수진방에 있는 기와집 1채(예전 신명화의 집)

노 3구(강릉 2, 김제 1)

비 2구(강릉 1, 평산 1)

논 20마지기(신명화의 묘가 있는 지평)

밭 7복 6속(이천)

• 산소를 돌볼 배묘조는 손자 운홍(雲鴻, 권처균의 아명)

강릉 북평촌 기와집(외할머니 이씨가 살고 있는 검은 대숲집)

노 2구(강릉1, 김제 1)

비 3구(강릉2, 김제 1)

논 25마지기(강릉)

---

49 이 분깃문기는 강원도 유형문화재 제9호이다.

주자가례에도 봉사조는 매 위마다 집안 재산의 20분의 1을 마련하도록 하였고, 경국대전에도 주자가례를 기준으로 이미 그 양이 정해져 있었다. 노비 말고 전답만으로 따진다면 이씨의 재산은 그때 율곡이 받은 것의 스무 배가량 된다는 뜻이었다. 운홍이 받은 배묘조와 따져도 그랬다. 그러니까 논 4~5백 마지기와 따로 밭이 있다는 얘기였다. 한 고을에서 첫 번째나 두 번째 갈 만큼 큰 재산이었다.

문기 제일 끝에 이씨는 '재주(財主) 고 성균진사 신명화의 처 이씨'라고 쓰고, 그 아래에 다섯 딸들 대신 사위들의 신분과 이름을 차례대로 쓰고 수결하게 했다. 둘째 사위로 그 문기에 적혀 있는 이원수(문서에는 개명 전 이름 이난수)의 신분은 '병절교위 호분위 부사정'이었다. 그는 그때 마흔한 살로 중앙군 오위 가운데 호분위의 부사정을 맡고 있는 병절교위로 이것은 문과든 무과든 과거시험에 오른 적이 없는 그가 음서로 얻은 체아직[50] 벼슬이었다.

호분위 부사정이면 무반의 종7품으로 일 년에 몇 차례 돌아가며 교대하는 체아직 벼슬이긴 하지만, 그나마 그것도 이

---

50 문관인 동반과 달리 무관인 서반은 80퍼센트 가량이 체아직으로 대부분 오위의 군직들이다. 체아의 훈(訓)은 "아나, 이것 받아라"라고 말할 때의 '아나'로 상시 근무하는 것이 아니라 일 년에 몇 차례 교체되며, 복무기간 동안의 녹봉을 받는다. 관직은 적고 관직을 원하는 사람들은 많아 "아나, 이거나 받아라" 하는 식으로 던져 주는 직책을 일 년에 몇 교대로 운영했다.

원수가 그 직책에 나갈 수 있게 집안에서 누군가 도움을 준 사람이 있다는 뜻이었다. 사임당이 어린 자식들에게 곧고 바름에 대해 교육할 때 늘 작은댁 작은할아버지를 닮으라고 말했던 이행은 이미 8년 좌의정 벼슬을 끝으로 권신 김안로의 전횡을 논박하다가 오히려 모함을 받아 평안도로 귀향을 간 다음 47살에 그곳에서 세상을 떠났다.[51]

큰 당숙 이기 역시 한성부좌윤 시절 사법업무를 관장하는 관서를 모독했다는 이유로 김안로의 탄핵을 받아 강진으로 유배되었다가 김안로가 문정왕후의 폐위를 기도하다가 들통이 나 사사된 다음 돌아와 임금의 강력한 후원 아래 공조판서와 형조판서를 지낼 때 힘을 쓴 것인지 모른다. 아니면 이 무렵 대사헌과 대사간 등 삼사의 으뜸 자리를 두루 거치고 형조참판으로 막 임명된 남편의 고종사촌형 최보한이 힘을 쓴 것인지 그것은 사임당도 잘 알 수가 없다. 둘 다 충분히 힘을 쓸 만한 자리에 있었다. 사임당은 강릉에 있었고, 이원수는 호분위 복무기간이 아닐 때에도 서울에 있는 날이 많았다.

중요한 것은 그날 용인이씨가 작성한 분깃문기에 율곡과

---

51 유배지 함종에서 죽은 다음 4년 뒤인 1537년 김안로 일파가 축출되면서 복관되었다. 훗날 허균이 '입신의 경지'라고 우러를 만큼 문장이 뛰어나고, 청렴하였으며 글씨와 그림에도 능했다. 저서로 『용재집』이 있으며 중종 묘정에 배향되었다.

운홍의 이름이 들어 있다는 점이었다. 운홍은 그해에 막 태어난 아기인데, 용인이씨가 아직 핏덩이 같은 외손에게 북평촌의 집까지 주어 가며 후일 자신과 남편의 산소를 돌볼 배묘조를 맡긴 것은 둘째 딸 사임당이 강릉을 떠나 서울로 가면 넷째 딸이 그 빈자리를 채우듯 들어와 함께 살기 때문이었다. 이제 막 태어난 외손 운홍에 대한 믿음이 아니라 이제부터 한집에 들어와 살게 되는 넷째 딸과 넷째 사위에 대한 믿음이었다. 그리고 운홍에게 맡긴 배묘조의 임무 속에는 지금 지평에 있는 남편의 산소를 자신이 죽기 전에 강릉 북평촌 가까이 옮기라는 뜻도 포함되어 있었다. 그것은 운홍에게만 주어진 임무가 아니라 봉사조를 맡은 율곡에게도 함께 주어진 임무이기도 했다.

그러나 그렇다 하더라도 용인이씨는 자신과 남편의 제사를 왜 율곡에게 맡겼을까. 산소를 돌보는 일을 맡긴 운홍은 이제 막 태어난 아기여도 넷째 딸의 큰아들이지만, 율곡은 그때 이미 열여덟 살 된 큰형과 열한 살(추정)된 둘째 형이 있었다. 그것은 외할머니로서 용인이씨 마음속에 위에 두 손자보다 나이는 어리지만 자라는 동안 옆에서 보살피며 지켜본 율곡에 대한 믿음이 더 컸던 때문인지도 모른다. 강릉 북평촌에서 태어나 어린 시절 용인이씨가 거의 업어 키우다시피 한 율곡과 외할머니 사이는 율곡이 어른이 되어 관직에

나가고 용인이씨가 아흔 가까운 나이가 되었을 때에도 세상에 그런 사이가 다시없는 모자지간 같았다.[52]

---

52 율곡은 19살 때 금강산에 들어가 1년간 불문에 몸을 담았다가 다시 세상으로 나올 때에도 제일 먼저 외할머니를 찾았고, 33살 때 조정 하급 관직의 가장 꽃과도 같은 요직인 이조좌랑에 임명되었을 때에도 외할머니의 병환 소식을 듣고 곧바로 벼슬을 버리고 강릉으로 달려갔다. 그때 사간원에서 외조모 봉양은 나라의 법전에 없는 일이므로 직무를 함부로 버리고 가는 것은 용서할 수 없는 죄라고 임금에게 파직을 청했지만 선조는 '비록 외조모일망정 정이 간절하면 어찌 가 뵙지 않을 수 있겠는가. 효행에 관계된 일로 파직하는 것은 지나치다'고 듣지 않았다. 다음 해에도 율곡은 8월에 외조모 봉양을 위해 다시 사직상소를 올렸으나 허락되지 않았고, 10월에 왕이 특별히 허락하는 휴가를 받아 강릉에 갔고, 12월에 90세의 일기로 돌아간 외조모의 장례를 치렀다. 이때 율곡은 외할머니의 죽음을 추모하며 쓴 제문에서 '겉으로는 외조모와 외손자 사이지만 정만큼은 어머니와 자식이었습니다. 이제 돌아가시니 오장이 타고 찢어지는 듯합니다' 하고 애통해 했다.

대관령을 넘으며

사임당은 늙은 어머니를 두고 서울로 가는 게 마음이 많이 무거웠다. 그래도 북평촌 가까이 살고 있는 넷째 동생 내외가 어머니 혼자 있는 집으로 들어와 살게 된 것이 여간 다행스럽지 않았다. 서울로 가기 전 사임당은 이제 자기 대신 어머니를 모시게 된 넷째 동생에게 꼭 마음의 정표를 선물하고 싶었다.

사임당은 떠나오기 한 달 전부터 열심히 그림을 그리고, 또 이다음 언제든 병풍을 만들 수 있는 초서 휘호 여섯 장을 썼다. 초서 휘호는 모두 당나라 시인들의 오언절구로 그때 사임당의 마음과도 같이 참으로 무상하게 흐르는 시간 속에 어느새 늙어버린 어머니의 모습과 이별에 대한 시였다.

처음 쓴 휘호는 이제 머리가 하얗게 센 어머니를 생각하며 고른 대숙윤의「이당 산인에게」라는 시였다.

이내 뜻 고요하여 아무 일 없네
此意靜無事(차의정무사)

문 닫으면 풍경조차 더디 가지
閉門風景遲(폐문풍경서)

늘어진 버들가지랑 흰 머리카락이
柳條將白髮(유조장백발)

서로 마주보며 실처럼 드리웠네
相對共垂絲(상대공수사)

그 다음에 쓴 것은 이제 북평촌을 떠나 서울로 가는 자신의 마음을 담은 유장경의「동려로 돌아가는 사람을 보내며」라는 시였다.

돌아가는 이는 거룻배 타고
歸人乘野艇(귀인승야정)

달빛 속에 강마을 지나가네
帶月過江村(대월과강촌)

지금 바로 찬 물결 밀려오나니
正落寒潮水(정락한조수)

그것 따라 한밤이면 문 앞에 닿겠지
相隨夜到門(상수야도문)

사임당은 산수도 한 점과 포도도 한 점, 색조를 넣어 그린 초충도 몇 점, 그리고 제일 마지막으로 쓴 초서 휘호 여섯 점을 넷째 동생에게 주었다.

"이제 내가 가면 아주 못 오지는 않겠지. 언젠가는 어머니 뵈러, 또 널 보러 올 거야. 그렇지만 서울 강릉이 굽이돌아 칠백 리인데 언제 또 올 수 있다고 쉽게 약속하겠니? 이건 내가 너에게 주는 작별 선물이야. 나중에 족자를 만들든 병풍을 만들든 네 마음에 들게 하려무나."

"고마워요, 언니. 금을 준다 한들 은을 준다 한들 이보다 더 귀한 선물이 있겠어요. 이건 내가 언니한테 받는 평생 두 번째로 큰 선물이에요."

"두 번째로 큰 선물?"

"예. 제일 큰 선물은 외할아버님 돌아가시고, 또 아버님마저 돌아가신 다음 언니가 우리에게 외할아버님과 아버님이 남기신 공부를 마저 가르쳐주었어요. 나나 이실(이씨 집에 시집 간 막내)은 언니가 아니면 천자문도 제대로 공부할 수 없었을 거예요."

"고맙구나. 그걸 가장 큰 선물로 여겨줘서."

"고마운 건 나나 이실이죠. 정말 이렇게 헤어지면 우리는 언제 또 볼까요?"

자매는 함께 끌어안고 눈물을 흘렸다.

뒤의 이야기까지 하면 그때 사임당이 넷째 동생에게 준 초서 휘호는 참으로 오랜 시간이 흐른 다음 여섯 폭의 병풍이 되어 강릉의 어느 최씨 집안에서 나왔다. 오랜 세월이 흐르는 동안 그 병풍 뒤에는 '이 글씨는 사임당이 이종 손녀의 간청으로 써준 것인데, 최씨 집안의 물건으로 수백 년 전해져 내려왔다'는 발문이 붙어 있었다. 그러나 그것은 훗날 발문을 쓴 사람이 휘호가 전해진 내력을 잘못 알고 쓴 것이었다. 어쩌면 최씨 집안에서 잘못 전해져 내려온 말로 발문을 부탁했던 것인지 모른다.

그 시절 최씨 집안에 시집 간 사임당의 이종 손녀라면 사임당의 넷째 동생의 아들 권처균의 딸이었다. 실제 그 딸은 병풍을 가지고 있는 후손들의 10대조 할머니이기도 했다. 그러나 사임당은 그녀의 아버지인 권처균이 열한 살 때 세상을 떠났다. 그때 아직 태어나지도 않았을 이종 손녀가 나중에 사임당의 무덤에 가서라면 모를까 현실에서는 무얼 간청할 수 없는 노릇이었다. 사임당이 이별을 앞두고 넷째 동생에게 써 준 글씨를 동생의 손녀가 최씨 집안으로 시집갈 때가져간 것인데, 중간에 그런 내력을 모르는 사람들에 의해사실과 다른 발문이 쓰여진 것이었다. 그러나 발문은 사실이아니어도 초서 휘호를 다른 사람이 아닌 그 손녀가 가져갔기에 지금까지 세상에 전하는 것인지도 모른다.

병풍 속의 시 가운데 이별의 마음을 담은 시 한 편을 더보면 이렇다. 앞에 소개한 당나라 시인 대숙윤의 「고명부를작별하다」라는 시였다.

강남에 비 그쳐 이제 막 개었지만
江南雨初歇(강남우초헐)

산은 어둑하고 구름도 젖은 채로네
山暗雲猶濕(산암운유습)

아직 노 저어 돌아가지 못할 것 같네
未可動歸橈(미가동귀요)

앞 냇물의 바람이 정말 거세다네
前溪風正急(전계풍정급)

우리는 이 시를 다시 한 번 잘 살펴볼 필요가 있다. 원작에서는 아직 노 저어 돌아가지 못할 것 같은 이유가 '앞 냇물의 바람이 정말 거세어서(前溪風正急)'가 아니라 '앞길의 풍랑이 거세어서(前程風浪急)'이다. 시의 흐름을 보아 사임당이 원작을 잘못 알고 쓴 것이 아니라 일부러 원작의 시를 북평촌 검은 대숲집 앞의 풍경처럼 '앞길의 풍랑'을 '앞 냇물의 바람'으로 바꾸어 쓴 것이었다. 이제 서울로 떠나야 하는데 떠나고 싶지 않은 마음을 북평촌 앞 냇물의 거센 바람으로 핑계 삼고 싶은 것이다. 문장 한 부분을 바꾸거나 가볍게 비틀은 것 같지만, 그러나 전체 시의 의미와 향기를 그대로 살리며 이렇게 하기가 쉬운 것이 아니다. 이것은 사임당이 대가의 원작시가 주는 여운과 향기를 그대로 살리며 자신의 심경을 그 속에 한 번 더 담아내어 변형할 정도로 학문과 시에도 그만큼 조예를 갖추었다는 뜻이었다.

그렇게 초서 휘호 여섯 점과 다른 그림들을 한 달 동안 온 정성을 다해 쓰고 그려서 넷째 동생에게 선물한 것이었다.

예전에 살아 계실 때 아버지가 말했다.

"네 재주를 아끼고 사랑하는 사람에게가 아니면 밖으로 재주를 자랑하듯 그림과 글씨를 돌리지 마라."

"명심하겠습니다."

"네 재주를 시험하기 위해서가 아니라, 그림과 글씨를 받

으면 그게 정말 귀하여 천금처럼 여길 사람에게만 주도록
해라."

사임당은 글씨를 쓸 때나 그림을 그릴 때면 늘 아버지가
자신을 머리 위에서 내려다보는 듯했다. 책을 읽고 공부를
할 때면 책 속에 나오는 성현이 그러하듯 아버지 역시 늘 딸
의 모습을 지켜보았다.

며칠 후 사임당은 강릉에서 쓰던 세간살이 중에 긴요한 것
만 챙겨 서울로 떠났다. 오래전 서울에 신행 가서 이태 산 적
이 있고 봉평에서 산 적도 있지만, 혼례를 올린 지 햇수로는
20년 만에 아주 강릉 북평촌을 떠나 서울로 가는 것이었다.

짐은 우차에 실었다. 꼭 짐 때문이 아니더라도 이번 길엔
우차가 필요했다. 서울로 가는 사람은 어른 내외와 아이가
여섯이었다. 어릴 때부터 부증을 앓아 자주 몸이 붓곤 하지
만 이제는 아이라고 할 수 없는 맏아들 선이 벌써 열여덟 살
이었다. 혼례를 올려도 좋을 나이였다. 자라나는 모습도 학
문도 글씨와 그림의 기예도 사임당의 그 시절을 닮아 가고
있는 큰딸 매창은 열세 살이었다. 그 아래로 열한 살 된 둘째
아들과 아홉 살 된 둘째 딸, 그리고 여섯 살 된 현룡과 세 살
된 막내딸이 있었다. 그중에 아래 둘은 아직 어려서 서울까
지 어른의 도움 없이 걸어갈 수가 없었다. 우차에 짐을 싣고

한쪽에 두 아이가 앉을 자리를 마련했다. 20년 전 사임당이 초례를 치르고 처음 서울로 신행 갈 때와 근친 올 때는 가마를 탔다. 그러나 지금은 아이도 어른도 걸을 수 있는 사람은 모두 걸어야 했다. 아홉 살 먹은 둘째 딸도 하루 걷는 길의 절반은 우차에 태워야 했다.

아이와 어른, 여덟 식구가 서울로 가는 길에 노비 넷이 따랐다. 세 살 된 막내딸을 챙기며 그때그때 여자들이 필요한 일들의 시중을 들어줄 사람으로는 예나 지금이나 소금이가 사임당에게도 편하고 딸들에게도 편했다. 남자로는 나이를 먹어 기운이 예전만 못해도 서울 길을 여러 번 다녀 본 내은산이 길잡이처럼 나서고, 힘이 세어 우차를 잘 다스리는 경동이가 쇠고삐를 잡고, 중간중간 기운 쓸 일에 힘을 보탤 사람으로는 소금이의 남편 석구가 함께 나섰다. 내은산과 경동이는 서울에 도착한 다음 다시 우차를 끌고 북평촌으로 돌아가야 하지만 소금이 내외는 소금이가 예전 교전비로 따라나섰을 때부터 사임당의 수족 같은 존재라 앞으로 서울에서 함께 살아가야 했다. 그래서 소금이의 짝도 파주 본댁의 솔거가노 중에서 가장 듬직한 석구와 맺어 주었다. 그 사이에 열다섯 살된 딸과 열두 살 된 아들이 있는데, 두 아이 다 이제는 어미아비와 떨어져 있어도 될 만큼 자라 본댁의 시어머니 아래에 있었다. 서울에 가면 두 아이 다 식구 많은 서울

집에서 할 일이 있을 것이다. 서울로 가면 소금이는 지난 몇 년 떨어져 지내던 아들딸을 만나는 셈이었다.

지금 같이 우차를 끌고 먼 길을 가자면 풀이 자라 오른 봄과 여름이 좋았다. 우차를 끄는 소의 먹이 때문이었다. 가을이 되어 풀이 마르면 소에게 풀 대신 여물을 쑤어 먹여야 했다. 추수가 끝나면 논에서 난 짚을 모두 이엉으로 엮어 초가지붕에 얹었다. 낯선 마을에서 소 먹이로 쓸 짚을 구하기도 쉽지 않고, 그걸로 깍지를 썰어 여물을 끓일 쇠죽가마를 길손집에서 빌리기도 쉽지 않았다. 여름엔 낫과 숫돌만 있으면 되었다. 우차를 멈추고 걸음을 쉬는 틈틈이 꼴을 베어 소에게 먹이면 되었다. 그건 사내들의 일이지만 사방에 풀이 우거지는 봄과 여름이 아니면 먼 길에 우차를 가져가기 힘들었다.

"이제 떠나겠습니다. 어머니, 늘 건강하시고 몸조심하세요."

사임당은 친정어머니 용인이씨에게 깊숙이 허리를 숙여 마지막 인사를 올렸다.

"그래. 더운데 너도 멀리 가는 길 몸 조심해라. 아이들도 잘 거두고. 들으니 서울엔 명화강도[53]가 극성이라는데."

---

53 밤에 횃불을 켜들고 집을 태우며 불로 공격하며 재물을 빼앗는 떼강도를 말한다. 이미 연산군 때 홍길동이 있었으며 이보다 뒤엔 임꺽정과 같은 명화적이 있었다. 공신들과 벼슬하는 사대부에 농지를 빼앗긴 유민들이 산으로 들어가 명화강도가 되었다.

친정어머니 용인이씨가 대문 밖으로 나와 딸의 인사를 받았다.

"내 나이가 예순둘인데, 이렇게 가면 너를 다시 볼 날이 있을지 모르겠구나."

그 말에 사임당도 울고 어머니도 울고 지켜보는 다른 자매들도 울었다.

우차를 끌고 가는 길이라 북평촌에서 흰다리와 위촌마을 쪽으로 가지 못하고 큰길이 난 도호부쪽을 거쳐 첫날 저녁 무렵 대관령 가마골 아래 길손집에 닿았다. 거기서 하루 자고 다음 날 다른 길손들과 함께 숫자를 늘려 영을 넘어야 했다.

다음 날 이른 아침부터 다시 우차를 끌고 밀며, 대관령 아흔아홉 구비를 걸어 올랐다. 그러다 구산역과 횡계역의 중간쯤 되는 대관령 한 중턱 반정에 닿았다. 예전 이원수가 10년 공부를 약속하고 두 번째로 서울로 떠났다가 다시 북평촌으로 걸음을 돌린 곳이었다.

떠나온 지 이제 겨우 이틀인데 그곳에 서서 바닷가 쪽을 바라보니 다시 돌아가기 쉽지 않다는 생각에 벌써 아득한 느낌이 들었다. 북평촌에서 서쪽을 바라보면 대관령의 제일 높은 봉우리와 그보다 조금 낮은 곳에 위치한 고갯길의 정상이 첫눈에 보이는데, 반대로 대관령에서 아래쪽을 내려다

보면 올망졸망한 산들 사이에 어느 곳이 북평촌인지 금방 찾아내기가 쉽지 않았다. 산들 사이에 북평촌을 찾아내도 거기에서 다시 검은 대숲집의 위치를 찾아내기가 이 마을이 그 마을 같고 그 마을이 이 마을 같아 얼른 짐작해 내기가 어려웠다. 예전 젊었을 때 서울로 신행을 갈 때에도 마음이 달랐고, 봉평에 거처를 마련하고 강릉으로 오갈 때와도 마음이 달랐다.

이제 저 고개를 마저 넘어가면 다시 돌아보기 어려운 고향이었다. 사임당은 반정에서 걸음을 멈추고 쉬는 동안 혼자 마음속으로 생각했다. 우리 마음에 고향이 어디던가. 그곳은 바로 어머니가 계신 곳이 아니던가. 그러다가 어머니가 돌아가시면 그때는 마음속의 고향마저 사라지고 마는 것이 아니던가. 그러자 왠지 왈칵 서럽고도 슬픈 생각이 밀려들었다. 거기에 흰 구름까지 몇 점 대관령 굽이 길에 흰 띠처럼 드리워져 있었다. 사임당은 자신이 고개를 다 넘기 전 저 구름이 어머니가 계신 곳을 가릴까봐 그것도 마음 졸였다.

"이제 떠날깝쇼?"

내은산이 물었다.

"아니다. 조금만 더 있다가 가자꾸나."

사임당은 저 멀리 북평촌에 두고 온 어머니 생각에 저절로 마음이 복받쳤다. 산 아래 눈길까지 아득한 북평촌을 바

라보며 남편과 아이들 모르게 눈물을 짓고 난 다음 사임당
은 마음속으로 시 한 수를 지었다.

　　늙으신 어머니를 임영(강릉)에 두고
　　慈親鶴髮在臨瀛(자친학발재임영)

　　외로이 서울을 가는 이 마음
　　身向長安獨去情(신향장안독거정)

　　돌아보니 북평촌은 아득도 한데
　　回首北村時一望(회수북촌시일망)

　　흰 구름만 저문 산을 날아 내리네.
　　白雲飛下暮山靑(백운비하모산청)[54]

"자, 이제 가자꾸나."

거기에서도 대관령 꼭대기까지는 서른 굽이를 더 돌아야
했다. 한 굽이를 돌 때마다 멀리 새파란 하늘 아래 하늘보다
푸른 동해바다와 경포호수가 보였고, 그때마다 사임당은 어

---

54 이 시의 제목이 「踰大關嶺望親庭(유대관령망친정, 대관령을 넘으며 친정을 바라
보다)」이다. 이 시의 마지막 연에 나오는 백운(白雲)은 그냥 흰 구름이 아니다. 당나
라의 뛰어난 재상 적인걸이 태행산에 올라가 흰 구름을 바라보며 '저 구름 아래 아버
지가 계신다' 하고 서 있다가 구름이 옮겨간 뒤에야 그곳을 떠났다는 고사를 인용한
것으로 사임당이 시문에만 능한 것이 아니라 이 고사가 실려 있는 『당서』와 열전 등
에 해박한 지식을 가지고 있다는 뜻이기도 하다. 시 한 줄로도 사임당의 학문과 지식
을 짐작할 수 있는 부분이다.

머니 생각에 마음이 무거웠다.

'정말 다시 돌아갈 수 있을까?'

'돌아가더라도 어머니 살아 계실 때 돌아가 뵐 수 있을까?'

걸어가는 산길에도, 걷고 있는 사임당의 마음에도 흰 구름이 날아 내렸다.

서울로 오는 중간 지평을 지날 때의 마음 역시 무겁고도 무거웠다. 그곳에서 사임당은 적두산을 향해 절한 다음 어린 율곡에게 말했다.

"위에 형들도 그렇지만, 이다음 외할아버지 제사를 맡은 현룡이는 더욱 잘 봐 두어라. 여기가 외할아버지의 산소가 있는 곳이다. 나중에 네가 강릉의 운홍이와 함께 이 산소를 외가 근처로 옮겨야 한다. 할머니가 오래 사시면 살아생전에 옮겨야 하고, 할머니가 돌아가시면 나중에라도 할머니 산소 옆으로 옮겨야 한다."

"예. 어머니."

어린 율곡이 입술을 꼭 깨물 듯이 대답했다.

우차가 멈춰 선 곳은 수진방(지금의 청진동)에 있는, 예전 신명화의 집이었다. 아버지가 살던 집이어도 사임당은 처음 가 보고, 이원수는 사임당과 혼담이 오갈 때 장인 신명화를 찾아 이 집에 한 번 와 보았다. 이 집에 가장 많이 와본 사람은 길잡이로 따라온 내은산이었다.

"나으리!"

내은산은 마당에 들어서며 마치 방안에 사람이 있는 것처럼 옛정에 복받쳐 신명화를 불렀다. 대답하는 사람이 있을 턱이 없었다. 그래도 내은산은 다시 한 번 마음속으로 옛주인을 불렀다.

'나으리. 그간 적적하셨지요? 이제 나으리께서 가장 귀애하시던 따님과 서랑께서 나으리의 뒤를 이어 이곳에 오셨습니다요.'

강릉에서 떠난 지 꼭 아흐레가 되는 날이었다.

「오이와 메뚜기」, 신사임당, 종이에 채색, 48.6×35.9cm, 강릉시오죽헌시립박물관 소장

오직 풀과 벌레지만 살아있는 모양 그대로일세
부인이 그려낸 것 어찌 이렇게 오묘한가?

「석죽과 풍뎅이」, 신사임당, 종이에 채색, 48.6×35.9cm, 강릉시오죽헌시립박물관 소장

그 그림을 모사하여 병풍을 만들어 궁궐에 놓겠다
애석하구나 한 폭이 빠진 것을 모사해 한 장 더해놓는다
채색만을 한 것이라 더욱 아름다워라

신사임당의 초충병풍 모사작에 숙종이 남긴 글

「수박과 여치」, 신사임당, 종이에 채색, 48.6×35.9cm, 강릉시오죽헌시립박물관 소장

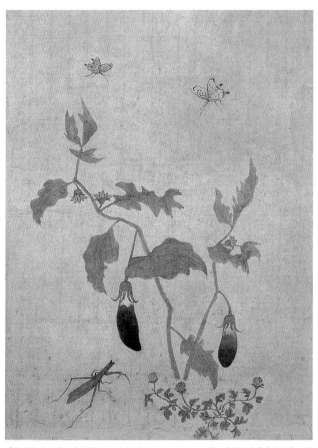

「가지와 사마귀」, 신사임당, 종이에 채색, 48.6×35.9cm, 강릉시오죽헌시립박물관 소장

꽃다운 그 마음방심 신과 같이 열렸나니
묘한 생각 맑은 자취 따라잡기 어려워라

소세양의 「동양 신씨 그림족자에 붙여」 중에서

「맨드라미와 개구리」, 신사임당, 종이에 채색, 48.6×35.9cm, 강릉시오죽헌시립박물관 소장

이내 뜻 고요하여 아무 일 없네
문 닫으면 풍경조차 더디 가지

신사임당의 초서 중 대숙윤이 지은 「이당 산인에게」 중에서

「양귀비와 풀거미」, 신사임당, 종이에 채색, 48.6×35.9cm, 강릉시오죽헌시립박물관 소장

「봉숭아와 방아깨비」, 신사임당, 종이에 채색, 48.6×35.9cm, 강릉시오죽헌시립박물관 소장

「원추리와 벌」, 신사임당, 종이에 채색, 48.6×35.9cm, 강릉시오죽헌시립박물관 소장

강남에 비 그쳐 이제 막 개었지만
산은 어둑하고 구름도 젖은 채로네

신사임당의 초서 중 대숙윤이 지은 「고명부를 작별하다」 중에서

배 저어 안개 낀 물가에 대니
해는 저무는데 나그네 수심은 새로워라
들은 드넓고 하늘이 나무에 나직하니
강물 맑고 달은 사람에 가까워라

맹호연의 「숙건덕강」

맹호연 시 「숙건덕강(宿建德江)」이 담긴 「이곡산수병」, 신사임당,
종이에 수묵, 34.2×62.2cm, 국립중앙박물관 소장

갠 하늘에 기러기 한 마리 멀리 날고
확 트인 바다 위 외로운 돛배 느릿느릿
밝은 해 바야흐로 저물려 하는데
푸른 물결 아득하여 기약이 어렵네

이백의 「송장사인지강동」

이백 시 「송장사인지강동(送張舍人之江東)」이 담긴 「이곡산수병」, 신사임당,
종이에 수묵, 34.2×62.2cm, 국립중앙박물관 소장

「묵포도」, 이우, 종이에 수묵, 36.8×21.8cm, 강릉시오죽헌시립박물관 소장

「국화도」, 이우, 종이에 수묵, 36.0×25.2cm, 강릉시오죽헌시립박물관 소장

「가지」, 이우, 종이에 수묵, 36.9×25.6cm, 강릉시오죽헌시립박물관 소장

낙동강 나룻가에 날리는 빗발
어깨 위에 흩뿌려 옷 적시더니
저물녘 회오리바람에 눈이 되어
고산 온갖 나무 모두 매화 피었네

이우의 「감천에서 비를 만나 고산에 이르러 짓다」

「매화도」, 이우, 종이에 수묵, 36.8×22.2cm, 강릉시오죽헌시립박물관 소장

개고기 주서 이팽수, 개고기 독사 진복창

그것은 참 별일이었다.

일곱 살 된 아이가 종이를 달라더니 금방 글을 지어 어머니에게 보여 줬다.

내용은 이러했다.

陳復昌傳(진복창전)[55]

---

55 이 「진복창전」은 율곡이 세상에 남긴 최초의 글이다.

성현께서 이르기를 군자는 안으로 덕을 쌓으므로 마음이 늘 태연하고, 소인은 안으로 욕심을 쌓아서 마음이 늘 불안하다. 내가 복창의 사람됨을 보건대 속으로는 불평과 불만을 가득 품고서 겉으로는 태연한 척한다. 이런 사람이 제 뜻을 이루게 된다면 후일에 닥칠 걱정이 어찌 끝이 있겠는가.

略曰(약왈) 君子德充於已(군자덕충어이) 故坦蕩蕩(고탄탕탕) 小人荏藏乎內(소인임장호내) 故長戚戚(고장척척) 今復昌常有戚戚之容(금복창상유척척지용) 使斯人得志(사사인득지) 異日爲患(이일위환) 庸有極乎(용유극호)

일곱 살짜리 아이의 글이었다. 사임당은 깜짝 놀랐다.

"네가 이 진복창이라는 사람을 아느냐?"

"아닙니다."

사임당이 묻고 현룡은 천진난만하게 대답했다.

"아는 게 아니면 보았느냐?"

"아닙니다."

현룡은 비로소 어머니의 얼굴이 평소와 다름을 감지한다.

"그러면?"

"아버님과 아버님 친구들이 말씀하시는 걸 들었습니다."

그 말에 사임당은 바로 짚이는 게 있었다. 바로 엊그제의 일이었다. 남편의 친구 몇이 놀러 와서 사랑에서 오래 이야기를 나누다 돌아갔다. 집안사람의 힘으로 일 년에 몇 달 호분위 부사정 직에 나가 그 기간 동안만 녹봉을 받는 이원수의 처지가 그렇듯 그날 모인 사람들도 모두 식년시마다 과장에 나가기는 하지만 생원시든 진사시든 초시에조차 오르지 못한 사람들이었다. 자연히 이야기가 자신들을 제치고 관직에 나가 지금 제법 행세하는 자리에 있는 사람들의 얘기로 이어지고, 누구는 어떻고 누구는 어떻다는 식의 인물평이 나왔다. 거기에 진복창의 이야기가 나온 모양이었다.

진복창은 현룡이 세상에 태어나기 일 년 전에 이미 별시 문과에 장원으로 급제하여 그 무렵 한창 벼슬길을 쌓아 가고 있는 사람이었다. 사랑에서 어른들이 그 사람 얘기를 했다. 진복창보다 먼저 말이 나온 것은 이팽수라는 사람의 얘기였다.

이팽수의 별명이 가장주서(家獐注書)였다. 가장은 집 노루라는 뜻으로 개고기를 말하고, 이팽수가 개고기를 뇌물로 써서 주서로 승진했다는 뜻이었다. 이원수의 친구들이 모여 이 얘기를 했는데, 실제 중종실록에도 그때 이팽수가 주서로 승진한 것에 대해 사관들이 이렇게 적어놓았다.

이팽수는 승정원 내부의 천거도 없었다. 김안로가 마음대로 천거한 것이다. 팽수와 김안로는 한 마을에 살았고, 팽수의 아버지가 김안로의 가신이었다. 그런데 김안로가 개고기를 좋아해 팽수가 봉상시[56] 참봉으로 있을 때부터 크고 살찐 개를 사다가 요리해 늘 김안로의 구미를 맞추었다. 김안로가 팽수의 개고기를 침이 마르도록 칭찬했는데, 어느날 갑자기 청현직에 올랐다. 그래서 사람들이 이팽수를 개고기주서라고 불렀다.

진복창도 이때 이팽수가 있는 봉상시의 주부로 있었는데, 그 역시 개고기를 구워 김안로에게 바쳤지만 이팽수만큼 칭찬을 듣지 못했다. 실록에는 이렇게 적혀 있다.

진복창은 개고기 구이로 김안로의 입맛을 맞추어 온갖 요사스러운 짓을 다했다. 매번 좌중에 김안로가 개고기를 좋아하는 사실까지 자랑삼아 말했으나 오히려 크게 쓰이지는 못했다. 개고기를 굽는 실력이 이팽수만 못해서 그렇다고 말하는 사람도 있었다.

그가 사헌부 장령으로 승진할 때에도 사관들은 그의 인물

---

56 국가의 제사와 시호를 의론하여 정하는 일을 관장하기 위해 설치한 관서.

평에 '사람됨이 경망하고 사독하다'고 했다.

그날 사랑에서 어른들이 그의 인물됨을 얘기하는 걸 어린 현룡이 듣고 「진복창전」을 쓴 것인데, 이것은 율곡이 세상에 남긴 최초의 글이기도 했다. 그가 쓴 글 가운데 '군자는 안으로 덕을 쌓으므로 마음이 늘 태연하고, 소인은 안으로 욕심을 쌓는 까닭에 마음이 늘 불안하다'는 것은 『논어』의 술이편에 나오는 '군자는 마음이 평탄하고 넓으며, 소인은 언제나 걱정을 한다(君子坦蕩蕩 小人長戚戚)'는 구절에서 따온 것이었다. 어머니와 함께 공부를 하고 있기는 하지만, 일곱 살짜리 아이가 이미 『논어』를 제대로 이해하고 글 속에 활용하고 있다는 뜻이었다.

그러나 사임당이 놀란 것은 그런 것에 대해서가 아니었다. 나이도 어린 아이가 자신이 아는 것도 아니고, 본 것도 아닌 것에 대해 남들의 말만 듣고 함부로 말하는 것에 대해 사임당은 그날 현룡을 크게 꾸짖었다.

"그러면 어미가 다시 묻겠다. 이 글을 쓴 너는 군자더냐?"

현룡은 대답하지 못했다.

"네가 아는 것도, 본 것도 아닌 것에 대해 말하는 것이 군자의 태도냐고 묻는 것이다."

"아닙니다, 어머니."

"어미도 그 사람이 어떤 사람인지 모른다. 어쩌면 그 사람이 네가 말한 대로 소인이고, 나중에 뜻을 이루어 큰 벼슬에 오르면 후일 여러 후환거리가 끝이 없는 사람일 될 수도 있다. 그래서 네가 지금 한 말이 다 맞는 말이 되더라도 그것은 본시 그 사람의 바탕이 잘못된 때문이지 네가 한 말이 옳아서 그렇게 되는 것이 아니다. 지금 어미가 하는 말이 무슨 얘긴지 알겠느냐?"

"예, 어머니."

"이번 일을 끝으로 앞으로는 절대 네가 알지 못하고 보지 못한 일에 대해 함부로 말하지 마라. 지금처럼 글로 무얼 남겨 말하는 일은 더욱 그렇다. 네가 알고, 네가 본 것에 대해서만 얘기해라. 남에게 들은 것만으로 얘기하는 것은 절대 안 된다."

"예. 잘 알겠습니다. 어머니."

"네가 네 마음 안에 소인의 태도와 나쁜 것을 경계하는 뜻은 어미도 잘 안다. 그러나 네 자신은 남의 말을 하는 것으로 경계하는 것이 아니라 네 스스로의 마음과 몸가짐을 닦아 경계하는 것이다."

그날 사임당은 어린 현룡에게 사람을 평가하는 일이 얼마나 어려운 것이며, 그리고 글로 무엇을 세상에 남기는 일이 얼마나 신중해야 하는지에 대해서 다시는 그런 일이 없도록 혹독하고도 따끔하게 말했다.

그러나 훗날 진복창은 김안로에 이어 정권을 잡은 윤원형의 손발이 되어 대사간과 대사헌을 지내는 동안 지난날 자기에게 조금이라도 나쁜 말을 했던 사람들을 무자비하게 탄핵하고 퇴출시키며 온갖 악행을 다 저질렀다. 나중에는 그가 책임을 맡은 삼사의 젊은 관리들이 동시에 일어나 그를 내쳐야 한다고 상소했다. 그는 삼수에 유배되어서까지 사사로이 사람을 불러 벌주고 뇌물을 받으며 나쁜 짓을 저지르다가 위리안치되어 비참하게 죽었다. '이런 사람이 제 뜻을 이루게 된다면 후일에 닥칠 걱정이 어찌 끝이 있겠는가' 하는 어린 율곡의 말이 훗날 그대로 현실이 되어 나타났던 것이다.

  이것 역시 진복창이 위세를 떨치던 훗날의 일로 일곱 살 때「진복창전」을 지은 율곡이 성년이 되어 혼례를 치른 다음 율곡의 장인이 되는 노경린이 진복창한테 탄핵 당하여 좌천되는 일이 일어났다. 이 글 때문에 생긴 일은 아니지만, 이 글의 인연도 어린 소년이 남긴 진복창에 대한 인물평도 예사롭지 않은 것만은 틀림없는 일이었다.

  사임당은 어린 아들이 쓴「진복창전」을 본 다음 남편에게 조용히 말했다.

  "영감. 이제는 아이들이 자랍니다. 영감께서도 친구들과 나누는 이야기일지라도 밖에서도 그렇고 안에서도 아이들이 보고 듣는 곳에서는 말씀을 삼가고 늘 조심하셔야 합니다."

"무슨 일이 있었소?"

사임당은 율곡이 쓴 진복창전을 남편에게 보여주었다.

"허허, 틀린 말도 아니군 그래."

"모두 맞는 말이라 하여도 아버지가 아들이 듣는 앞에서 하실 말씀이 있고, 하셔서는 안 될 말씀이 있는 거지요."

"알겠소. 현룡이가 벌써 그렇게 컸구려. 내가 조심하지요."

그 모습을 사임당이 세상을 떠난 다음 율곡은 어머니의 행장에 이렇게 적었다.

가군께서 어쩌다 실수가 있으면 반드시 간하고, 자녀가 잘
못이 있으면 따끔하게 훈계하였다.

화석정과 경포대에 소년이 남긴 시와 부

사임당의 눈에 셋째 아들은 자라는 모습이 확실히 예사롭지 않았다.

여덟 살 때 선대로부터 터전을 이루어 온 파주 율곡원에 가서 그곳 임진강 기슭에 있는 화석정 정자에 올라 시 한 편을 지었다.

숲속 정자에 가을이 이미 깊으니
林亭秋已晚 (임정추이만)

시인의 생각도 끝이 없어라
騷客意無窮(소객의무궁)

멀리 보이는 저 물빛은 하늘에 이어져 푸르고
遠水連天碧(원수연천벽)

서리 맞은 단풍은 햇볕을 받아 붉구나
霜楓向日紅(상풍향일홍)

산은 외롭게 생긴 둥근 달을 토해 내고
山吐孤輪月(산토고윤월)

강은 만 리에서 불어오는 바람을 머금었네
江含萬里風(강함만리풍)

변방에서 날아오는 저 기러기는 어디로 가는가
塞鴻何處去(새홍하처거)

울음소리 저무는 노을 속에 끊기네
聲斷暮雲中(성단모운중)

아홉 살 때의 일이다.

현룡이 『이륜행실도』[57]를 보다가 옛날 장공예의 9대 가족

57 중종이 김안국의 청을 들어 오륜 중에서 장유와 붕우의 윤리를 진작하기 위하여
편찬한 책이다. 이보다 훨씬 먼저 세종 임금 때 간행되었던 『삼강행실도』가 효자·충
신·열녀의 행적을 다루고 있는 것과 비교해 볼 때 장유와 붕우의 윤리를 넣어 실제적
으로 오륜도 간행의 완결을 의미한다.

이 한집에서 화목하게 살았다는 것을 읽고 자신의 칠 남매가 할머니와 아버지 어머니를 모시고 화목하게 사는 그림을 그려 온 가족에게 보여 주며 우리도 이렇게 살자고 말했다.

사임당은 자녀들에게 장공예에 대한 얘기를 해주었다.

"당나라 고종 때의 얘기란다. 장공예의 집안이 화목하다는 소문이 궁궐에까지 나서 어느 날 황제가 장공예의 집에 행차했단다. 황제가 이렇게 9대가 함께 살면서 화목하게 지내는 비결이 무엇이냐고 물었지. 그러자 장공예가 대답 대신 종이와 붓을 가져와 참을 인(忍)자 백 개를 써 황제에게 주었단다. 집안 화목은 그냥 만들어지는 것이 아니라 아래위로 부모자식간에도, 형제간에도 서로가 참고 인내하면 화목하게 지낼 수 있다는 얘기란다."

형제들이 함께 그러겠다고 대답했다.

열 살 때의 일이다.

강릉 외할머니가 서울로 인편에 현룡이가 얼마큼 컸는지도 보고 싶고, 또 당부할 일이 있다고 서찰을 보내왔다. 사임당도 4년 전 헤어져 온 고향집과 어머니가 보고 싶었다. 사임당은 서울에서 강릉까지 7백 리 길을 이제 저 혼자 걸을 수 있는 현룡을 데리고 친정 나들이 길에 올랐다. 이번에도 소금이 내외가 함께 따라 나섰다. 며칠 강릉 북평촌에 머무는 동안 현룡이 경포대 정자에 올라 그 앞의 맑은 호수와 동해바다를 바라보며 「경포대부」를 지었다.

한 기운이 유통하는 조화가 맺히기도 하고 녹기도 해서 그 신비함을 바다 건너에 벌려 놓았는데 그중에서도 청숙함을 산동[58]에 모았도다. 호수는 바다에서 나뉘어 한 개의 차가운 거울처럼 맑고 신선이 사는 봉도에서 예까지 두어 점 푸른 봉우리가 펼쳐졌구나.

여기에 한 누각이 호수 가까이 있어 마치 발돋움하는 자세로 날아갈 듯하다. 비단 창문에 서늘한 바람이 불어오고 아침 햇빛은 푸른 하늘에서 비춰주네. 정자에 오르면 아래로는 땅이 아득해 성곽을 보고서야 겨우 분별되고, 위로는 하늘로 치솟아 별을 잡아 어루만질 듯하다. 경계는 속세 바깥이요, 땅은 선경에 든 듯하다. 호수 물결엔 두루미 등 뒤로 달이 잠겨 있고, 난간은 뱃머리 바람을 받아들인다. 길 가는 사람들이 다리를 건너면 긴 무지개가 물속에 박힌 것처럼 보이고 신선 궁궐이 구름결에 솟아오르니 흡사 신

58　1545년 조선 명종 즉위년에 쓴 글이다. 그 시절 세상의 중심은 너무도 당연히 중국이어서 조선 땅에 태어난 소년의 시각으로도 우리나라는 중국의 바다 건너 '해외'로 표시되고 '산동' 역시 중국의 산동이 아니라 중국으로부터 '해외의 산동'으로 우리나라 태백산맥 동쪽 강릉지역을 말한다.

기루가 허공에 뜬 것 같구나.

그리고 경포대의 봄여름가을겨울 이야기와 그 풍경 속에 장자의 이야기가 이어지는데 '장주는 내가 아니고 나비는 실물이 아니니 생각건대 꿈도 없고 진실도 없으매, 보통사람이라고 해서 없는 것도 아니고 성인이라고 해서 있는 것도 아니거늘 마침내 누가 득이고 누가 실이겠는가.' 이게 70에 이른 노사(老師)의 글도 아니고, 공부하는 학동들을 앞에 앉혀 둔 50세 훈장의 글도 아닌, 아직 아홉 돌도 지나지 않은 10세 소년의 글이었다. 이 열 살 소년은 또 글 속에 말한다.

'우리 인생이란 바람 앞의 등불처럼 짧은 백 년이고, 몸은 넓은 바다의 한 알 좁쌀 같은 존재라 여름 벌레가 겨울의 얼음을 의심하는 것이 가소롭고, 달인도 고독을 당할 때가 있다'고……

10세 소년의 「경포대부」 안에는 장자의 소요유, 논어의 선진편과 술이편, 송나라 범희문의 악양루 기문, 춘추시대 진나라 대부 조맹의 고사, 진나라 도연명의 사시시, 조나라 양왕의 바람에 얽힌 고사를 적은 송옥 풍부, 유공권이 당나라 문종과 더불어 지은 하일장, 진서 문원에 나오는 장한에 얽힌 고사, 소동파의 적벽부, 왕희지가 눈 오는 밤에 흥분에 못 이겨 친구를 찾아간 고사, 매화를 아내로 학을 자식으로 삼

328

은 송나라 임포의 고사, 당나라 최호의 등황학루시, 당나라 왕발의 등왕각서, 후한서의 양수전, 노나라 은공의 고사, 제갈량의 은거에 대한 고사, 주나라 태공망에 대한 고사, 문선에 나오는 손작의 유천태산부, 위나라 왕찬이 고향을 그리워하며 지은 등루부 등이 문장마다에 섞여 있거나 인용되어 있다.

이쯤 되면 소년이어도 소년이 아닌 것이다.

이해 이원수의 당숙 이기가 70세의 나이에 재상 후보로 추천되었으나 대간들이 다시 그의 원죄와도 같은 장리의 사위를 문제 삼고 나섰다. 그럼에도 임금은 이기를 우의정으로 임명했다. 대간들은 더욱 크게 그걸 문제 삼고 일어났다. 워낙 반대가 거세어 임금도 어쩔 수 없이 이틀 만에 그의 우의정 직을 체직하여 소관업무가 없는 보국숭록대부로 임명했다. 이때부터 그는 문정왕후의 오빠와 동생인 윤원로, 윤원형 형제와 더욱 가까이 지내기 시작하며 윤원형의 도움으로 관직에 복귀해 병조판서가 되고, 병조판서를 겸임하는 우의정이 되었다.

그와 때를 같이하여 조정에 또 한 차례 피바람이 불었다. 이기는 윤원형의 입맛대로 윤임, 유관, 유인숙 등 대윤파를 몰아내고 그간 자신을 반대해 온 사람들을 인종 임금 시절

경원대군(지금의 임금인 명종)을 제거하려 했다는, 종사를 모위한 자들로 몰아 처벌해 나갔다.

진복창도 독사 같은 자이지만, 이기야말로 독사 중에서도 독사와도 같은 자였다. 그와 유인숙은 내외종사촌으로 유인숙의 어머니가 이기의 고모였다. 이원수와 최보한과 같은 관계였다. 이기가 윤원형과 대윤파를 제거하기 위해 내통하던 어느 날 이기가 윤원형에게 편지 한 통을 써서 젊은 친척에게 심부름을 시켰다.

"이걸 판서 댁에 전해라."

편지를 받은 젊은이는 그걸 윤원형에게 전하지 않고, 이기의 사촌인 이조판서 유인숙에게 전했다. 사촌이지만 대윤파로 윤임과 가까운 유인숙은 이기의 편지를 바깥 사람에 공개해 그를 망신 주었다. 나중에 정권을 잡은 이기는 유인숙이 윤임 유관과 함께 계림군과 봉성군을 왕으로 추대하려 했다는 거짓 고변을 꾸며 이미 자기 손에 죽은 사촌을 다시 관 속에서 끄집어내 목을 잘라 효수하고, 그의 네 아들까지 모조리 죽여 버리는 복수를 했다.

이원수의 고종사촌 최보한 역시 이기와 윤원형을 도와 대윤파를 제거하는 일에 앞장서 2등공신으로 책록되고, 유인숙의 뒤를 이어 다시 이조판서가 되었으나 이기와 더불어 당연히 세상의 평이 좋지 않았다. 사관들도 최보한이 이조판서가 되어서는 친족들을 대거 등용하고 뇌물을 좋아하여 청탁이 공공연히 행해졌으나 이기가 두려워서 어느 누구도 감히 입을 열지 못했다고 적었다.[59]

다음 해 열한 살에 소년이 파주에 있을 때였다.

소년의 아버지는 중병을 다투었다. 소년은 조상의 신위를 모신 사당에 들어가 아버지 대신 자신이 죽게 해달라고 빈 다음 팔뚝을 찔러 거기에서 나오는 피를 아버지 입에 흘려 넣었다. 예전 외할머니의 모습 그대로였다.

아버지가 자리에서 일어나고, 이때부터 소년은 현룡이라는 아명을 벗고 이이(李珥)라는 본명을 쓰기 시작했다.

이해 이원수의 사촌 최보한이 병으로 죽었다. 그러나 조정에 그를 동정하는 사람이 없었다.

---

59 이원수가 이제까지 무관 체아직인 호분위 부사정에서 문관직인 내섬시 주부(각궁에 올리던 토산물 등을 관리하던 관서의 문서를 주관하던 종6품 관직)로 벼슬을 바꾼 것이 아마 고종사촌이 이조판서로 있던 이때가 아닌가 싶다. 역사에는 가정이 없는 일이긴 하지만, 이원수가 최보한처럼 일찍 등과하여 벼슬길에 나섰다면 당숙 이기의 재촉과 지시 아래 최보한과 같은 역할을 떠맡았을지도 모르는 일이다.

진사시험에 장원한 소년

그 소년은 또 자라 열세 살이 되었다.

그날 이른 아침의 일이었다. 새벽이어도 천고마비라는 말
이 저절로 떠오를 만큼 가을하늘은 참으로 맑고 높았다. 스
물다섯 살의 큰아들과 열여덟 살의 둘째 아들, 그리고 열세
살의 셋째 아들이 진사시험 초시를 보러 가는 아침이었다.

나라의 과거는 3년마다 돌아오는 식년에 치른다. 12간지
가운데 자(子), 묘(卯), 오(午), 유(酉)가 들어가는 해였다. 그
밖에 임금이 공자의 신위를 모신 문묘에 석전제를 올린 다

음 치르는 알성시가 있고, 원자의 탄생과 같은 나라의 경사가 있을 때 별시로 증광시를 치른다. 알성시는 단 한 번의 시험으로 끝나지만, 식년에 보는 과거는 한 번 시험으로 끝나는 게 아니라 산 너머 산과도 같이 여러 과정을 거친다. 문과만 따져도 단계별로 소과와 대과가 있고, 각각 초시와 복시가 있으며, 또 초시와 복시 안에 초장·중장·종장이 있다.

초시는 소과도 대과도 식년이 되기 전해 가을에 미리 본다. 그러니까 내년 기유년에 치를 식년시의 초시를 한 해 앞서 무신년 가을에 치르는 것이다. 지방에서도 초시를 치를 수 있는데도 서울은 좀 다른가 싶어 사람이 구름같이 모여든다. 전국적으로 소과 초시를 보려는 사람이 수만 명이나 된다. 너무 사람이 많아 조흘강이라고 해서 먼저 시험관 앞에서 『소학』의 내용을 배강하는(책을 안 보고 뒤돌아 앉아 외우는) 구두시험에 통과해야지만 녹명소에 응시자로 이름을 올릴 수 있다. 그래도 사람이 많아 시험을 보는 장소도 두 군데로 나누어 1소는 예조(지금의 정부종합청사 자리)에서 2소는 성균관에서 본다. 팔도의 다른 지역은 각 도의 감영이 있는 곳에서 치른다.

과거는 보고 싶다고 아무나 다 볼 수 있는 게 아니다. 과거를 볼 수 있는 자격은 평민부터이지만, 죄를 범하여 영구히 임용될 수 없는 자와 국가 재정을 횡령한 장리의 아들, 재가하였거나 실덕한 부녀의 아들과 손자, 서얼 자손은 문과에 응시하지 못한다. 서자는 세조 임금 때의 유자광처럼 왕이 특별히 허통해야 응시할 수 있다. 부모 상중에도 응시하면 안 된다. 죽은 부모야 자식이 얼른 등과를 하면 좋겠지만, 그러나 그것은 상중에 혼인을 하는 것과 마찬가지로 효의 예를 어기는 일이다.

문과의 일로만 봐도 소과는 유학의 경전을 중요시하는 생원과와 시가와 문장을 중요시하는 진사과가 있다. 초시를 치르고 이듬해 봄에 복시를 치르는데 이렇게 하여 전국에 진사 100명, 생원 100명을 뽑는다. 여기에 입격하면 군역이 면제되고(이것은 정말 대단한 특혜와 기득권이다) 성균관에 입학할 자격이 주어진다.

성균관에 들어가면 선비로 혜택이 많다. 우선 과거 시험을 볼 기회가 많고, 들어가 일정 기간이 지나면 관시라고 해서 성균관 유생만 볼 수 있는 시험도 있었다. 또 여럿이 공부하기 때문에 공부의 효율도 높고, 성균관 안에서 10일마다 제술시험이 있고(학관순제), 매달 예조에서 주관하는 시험을 보고(월강), 매년 3월과 9월에 의정부와 육조에서 주관하는 제술시험(연고)을 치르다 보니 시험 보는 방법에 대해서도 많은 것을 배우게 된다. 성균관은 숙식과 공부에 대한 모든 비용이 나라에서 나왔다.

그러나 생원진사과에 입격했다고 성균관에 꼭 들어가야 하는 것은 아니다. 형편이 되어 들어가면 좋지만 혼자 공부할 수도 있고, 향리에서 그냥 생원진사로 대접받으며 살 수도 있다. 또 생원진사과에 오르면 참봉과 같은 하급 관리로 임용될 수 있다.

생원진사과에 오르면 그 다음 대과를 본다. 대과 역시 초시와 복시를 보는데, 두 시험 다 초장·중장·종장을 치른다. 초장에 올라야 중장을 볼 수 있고, 중장에 올라야 종장을 볼 수 있다. '초장에 떨어졌다'는 말이 바로 여기에서 나온 것이다.

대과는 초시와 복시를 거쳐 최종적으로 33명을 선발한다. 선발 수준이 엄격해 그보다 적게 뽑을 때는 있어도 넘치게 뽑는 경우는 없다. 여기에 뽑힌 33명이 마지막으로 궁궐에 들어가 임금님 앞에서 전시를 치른다. 이 시험이 그해 과거의 마지막 순위 결정전과 같다. 대과에 급제하면 바로 관리로 임용되는데, 임금이 직접 나와 장원을 뽑는다. 여러 인물 가운데 한 사람을 발탁한다는 의미의 낙점이 바로 여기에서 유래되었다. 시험관이 골라 올린 마지막 두 편 가운데 한 편을 임금이 먹물을 듬뿍 머금은 붓을 들어 점을 찍는다.

장원이 되면 종6품 벼슬을 받고, 갑과의 아원과 탐화는 정7품, 을과의 7명은 정8품, 병과의 23명은 정9품 벼슬을 받는다. 장원과 갑과의 급제자들이야 말할 것도 없지만, 3년에 한 번 팔도의 구름 같은 선비들 가운데 을과의 7명과 병과의 23명 안에 드는 일만 해도 저마다 닦은 학문과 문장으로 그 것을 이루어내기가 이토록 멀고도 어렵다. 오죽하면 한 집안에 대과 급제자가 나오자면 사대가 공력을 들여도 부족하다는 말까지 생겨났겠는가. 증조부와 조부 대에 아랫대 자손이 걱정 없이 공부할 수 있도록 재산을 모으고, 부모 대에 아낌 없이 지원하고, 자식 대에 마당에 펼쳐 놓은 곡식 멍석이 갑 자기 내리는 비에 떠내려가도 한눈팔지 않고 30년 넘게 오로지 공부에만 몰두해도 이룰까 말까 한 것이 바로 대과급 제이다.

평민도 과거를 볼 수 있지만 현실적으로 공부하는 동안의 책값이라든가 비용이 만만찮아 실제로 응시하기란 쉬운 일 이 아니다. 그럼에도 매년 과거시험 급제자를 보면 양반보다 는 평민이 더 많다. 과거에 급제하면 말 그대로 개천에서 용 이 나고 신분이 바뀌는 것이다.

열흘 전의 일이었다.

이번 가을에 생원진사과의 초시를 본다는 방이 한 달 전 에 붙자 큰아들 선과 둘째 아들 번이 함께 녹명소로 갈 준비 를 했다. 과거시험은 시험을 보기 전에 녹명소에 먼저 시험

볼 사람의 이름을 올려야 응시할 수 있었다. 이때 너무 많은 사람들이 몰려와 앞에서 말한 것처럼 『소학』 배강으로 사람을 추려냈다.

"저도 형님들 따라 갈래요."

셋째 이(珥)가 말했다.

"네가?"

어머니 사임당도 그렇게 묻고 위의 형들도 그런 얼굴이었다. 그간 닦아온 학문의 넓이와 깊이를 떠나 다들 너무 빠른 것 아니냐는 생각이었다.

"저도 어떤 시험인지 미리 한 번 보고 싶어요. 성균관에서 시험을 보면 성균관도 한번 구경하고 싶고요."

"성균관에 안 가봤니?"

사임당이 물었다.

"가보긴 했지만, 자세하게 돌아보지는 않았어요."

다시 이가 말했다.

"선아."

사임당이 큰아들을 불렀다.

"예."

"현룡이가 저토록 가보고 싶어 하는데 네가 데리고 가도록 해라."

사임당은 여전히 셋째 아들을 현룡이라고 불렀다.

"예. 그러겠습니다."

"그리고 현룡이도 가서 형들이 시험 보는데 방해하지 말고 과거를 어떻게 치르는지 잘 보고 돌아오도록 해라."

그렇게 셋째 아들도 위에 두 형을 따라 녹명소로 갔다. 생원시든 진사시든 초시를 보기 위해서는 미리 녹명소에 가서 자신의 성명과 본관과 거주지, 아버지 할아버지 증조할아버지가 지낸 관직과 성명, 또 외가 쪽 본관과 어른들이 지낸 관직과 성명을 적은 사조단자를 써내야 한다. 그러기 전 조흘강으로 『소학』 배강 구두시험을 치르는데, 배강 시험관이 이 이를 보고 조금 놀라는 얼굴을 했다. 이런 소년의 방문이 아주 없는 일은 아니었다. 가끔 이 나이 또래의 소년들이 자기가 한 공부가 얼마큼 되었는가 배강을 통해 시험해 보러 오기도 했다.

"그냥 형들을 따라온 게 아니라 네가 시험을 치르러 온 것이냐?"

배강 시험관이 물었다.

"예."

"나이는 어떻게 되느냐?"

"열세 살입니다."

"생일은 언제야?"

"섣달 스물엿새입니다."

"그럼 이제 열 돌이 지나 열한 돌이 되어가겠구나."

"그렇습니다."

"그럼 어디 『소학』 내편 계고 명륜을 앞에서부터 읊고 해석해 보아라."

그것은 이에게 식은 죽 먹기와도 같은 것이었다. 그는 아직 소년이어도 이미 열한 살에 오서육경을 거꾸로 외는 치외기까지 끝냈다.

"虞舜(우순) 父頑母嚚(보완모은) 象傲(상오) 克諧以孝(극해이효) 烝烝乂(증증예) 不格姦(불격간). 우순의 아버지는 완고하시고, 계모는 어리석고, 이복동생은 오만하였거늘 순은 능히 그들을 효도로써 화목하게 하고, 살아가면서 차차 다스리니 간악한 곳에 빠지지 않게 되었다.

萬章(만장) 問曰(문왈) 舜往于田(순왕우전) 號泣于旻天(호읍우민천) 何爲其號泣也(하위기호읍야) 孟子曰怨慕也(맹자왈원모야) 我竭力耕田(아갈력경전) 共爲子職而已矣(공위자직이이의) 父母之不我愛(부모지불아애) 於我何哉(어아하재). 만장이 묻기를 순임금이 밭에 가서 하늘을 우러러 울었는데 어찌하여 그토록 부르짖어 울었습니까, 맹자께서 말씀하시기를 부모에게 사랑을 받지 못하는 자신을 원망하며 어버이를 사모하여 운 것이니라, 나는 힘을 다해 밭을 갈아 공손히 자식의 직분을 다하고 있는데 부모님께서 나를 사랑하지 않으

339

시니 나에게 무슨 잘못이 있어서일까, 하고 생각한 것이다.

帝使基子九男二女(제사기자구남이녀)……."

"됐다. 거기까지 하고, 지금 그건 어디에 나오는 것이냐?"

"맹자 만장 장구에 나오는 얘기를 소학에 짧게 줄여 옮긴 것입니다. 중용에도 나옵니다."

"그게 어디에 나오는 구절인지도 다 아는구나."

"예. 어떤 구절을 줄였는지도 말씀드릴까요?"

"능히 짐작이 가니 더 하지 않아도 된다. 나도 너만한 아들이 있다만 놀랍구나. 저쪽에 사조단자를 써내고 조흘첩과 시험지를 받아가거라."

그날 이는 위에 형들과 똑같이 녹명소에 이름을 올리고 녹명관이 도장을 찍은 명지[60]와 조흘첩을 받아 왔다. 조흘첩이 있어야 시험 날 과장에 들어갈 수 있었다. 큰아들 선과 셋째 아들 이가 시험 볼 곳은 2소 성균관이고, 둘째 아들 번이 시험 볼 곳은 1소 예조였다.

시험 날 아침, 세 아들은 새벽같이 일어나 해가 뜨기 전부터 시험을 보러 갈 준비를 했다. 저마다 조흘첩과 명지를 챙기고, 괴나리봇짐 안에 붓과 벼루와 먹과 물통과 어머니가

---

60 과거시험을 볼 때 쓰는 종이로, 그 위에 응시자의 이름을 쓴다고 해서 명지(名紙)라고 부른다.

밤새 정성껏 준비한 점심을 넣었다. 시험지는 과장에서 다시 다섯 줄로 자신의 성명과 본관과 거주지, 아버지 할아버지 증조할아버지가 지낸 관직과 성명, 또 외가 쪽 본관과 어른들이 지낸 관직과 성명을 적은 다음 누구의 것인지 알 수 없게 그 위에 다시 종이로 붙여 봉한다. 시험을 보는 동안 예조의 검시관이 자리마다 돌아다니며 시험지에 도장을 찍어 함부로 바꿔치기 하는 것을 방지하는 것이다. 복시부터는 더욱 엄격하여 시험지를 내면 누구 글씨인지도 알 수 없게 여러 명의 시험 종사관이 다시 다른 종이에 글을 옮겨 적어 필체조차 가린 채 등급을 매겼다.

"다들 잘 보고 오너라."

아버지와 어머니가 문 앞까지 나와 배웅했다. 큰딸과 둘째 딸도 마당 안에서 배웅했다.

"이 선비, 과거 잘 보고 오시게."

큰딸 매창이 위에 형들과 함께 시험을 보러 가는 셋째 동생이 조금은 귀여운 듯 웃으며 격려하듯 말했다.

"오라버님도 잘 보셔서 장원급제하시고요. 번이도 장원과 다투는 아원급제 해오시고."

다시 매창이 말했다. 이 집 큰딸 매창은 한 달 뒤 자기보다 한 살 아래의 한양조씨 댁 자제와 초례를 치르도록 단자가 오갔다. 나중에 충청도관찰사를 지내게 되는 조대남이라

는 사람인데 아마 그 집에서도 지금 마당에서 과거시험을
보러 가는 아들을 배웅하고 있을 것이다.

세 아들은 이렇게 아침에 가도 한밤중에나 돌아온다. 진사
시험은 과장에서 시험문제가 공개되면 거기에 맞춰 시와 부
를 한 편씩 쓰는데 시험지 제출은 한밤 인경이 울릴 때까지
이다. 늦게 시험지를 제출하는 사람은 횃불 아래에서도 시를
짓고, 가져온 촛불의 흔들리는 불빛 아래에서도 부를 짓는다.

저녁이 되어 사임당은 여러 차례 대문까지 나갔다가 들어
왔다. 세 아들은 인경이 울린 다음에도 한참 뒤에 돌아왔다.
큰아들과 둘째 아들은 밤늦게 돌아와 다음 날 아침 다시 생
원시험을 보러 가야 했다. 진사시가 끝난 다음 날부터 생원
시를 보았다. 그건 초시도 그렇고 복시도 늘 그렇게 해왔다.
지난번 녹명소에 갔을 때 위에 두 아들은 생원시 초시까지
녹명하고 오고, 셋째 아들은 경험삼아 진사시 초시에만 녹명
하고 돌아왔다.

그리고 보름이 지났다.

예조와 성균관에 생원시와 진사시의 초시, 그리고 대과의
초시 입격자 방이 붙었다. 위에 두 아들은 생원시와 진사시
초시에 모두 떨어지고, 열세 살의 셋째 아들이 서울에서 백
명을 뽑는 진사시 초시에 장원을 한 것이었다.

셋째 아들 이이의 얘기는 장안에 금방 소문이 났다. 이번

진사 초시는 서울 수진방에 사는 이이라는 13세 소년이 장원을 했다고, 선비들이 모이는 곳마다 또 아낙들이 모이는 곳마다 화제가 되었다. 호패를 찰 열여섯의 나이도 아니고 열세 살에 진사시 장원이라니, 그런 자식을 둔 부모는 얼마나 보람되고 흐뭇하겠느냐는 얘기들이었다.

방이 붙은 날 이원수는 많이 기뻐하였지만, 사임당은 그러지 않았다. 아니, 사임당도 마음속으로는 많이 기뻤다. 그러나 위의 두 아들 앞에서도 장원을 한 셋째 아들 앞에서도 조금도 내색하지 않았다. 그저 곧 혼례를 치르는 큰딸 매창에게 "외할머니가 현룡을 귀애하셨는데 아시면 기뻐하시겠구나. 네가 이렇게 자라 초례를 치르는 모습을 보셔도 기뻐하실 테고" 하는 말이 전부였다.

어려도 셋째 아들의 재주가 이미 위에 두 형님을 뛰어넘는 것 같은데도 사임당은 이 세상에 형만한 아우가 어디 있느냐고 늘 말했다. 막내아들 우의 기억으로도 그가 말을 배울 때부터 어머니는 어느 자리에서나 자녀들에게 늘 부의모자 형우제공(父義母慈 兄友弟恭, 아버지는 의롭고 어머니는 자비로우며, 형은 우애하고 동생은 공경한다)을 말해 왔다.

이것 역시 썩 후일의 일이지만, 셋째 아들 율곡이 출사한 다음 대사헌과 이조판서 시절에도 여러 사람이 모인 자리에서 둘째 형 이번이 무얼 가져다 달라고 하면 다른 사람에게 시키지 않고 환하고도 공손한 얼굴로 그걸 두 손으로 직접 가져다주는 심부름을 하고, 식사 때는 또 형의 물시중을 들 곤 했다. 어린 시절부터 사임당의 가르침이 그랬다. 그 시절 둘째 아들 이번은 또 아우가 임금이 불러 조정에 들어갔다 가 다른 이들의 모함으로 상처받고 돌아온 다음 다시 임금 의 부름에 또 상처 받으러 갈 게 뻔한 길로 나서는 게 안타 까워 '나라 위한 신하는 쫓겨나고, 착한 이를 질투하는데 그 곳에 다시 가지 않으면 안 되느냐'는 시를 써서 동생을 위로 한 적도 있었다.

그것이 아무리 초시라지만 열세 살짜리 소년이 시와 부를 팔도의 구름 같은 선비들과 함께 겨루어 장원을 하자 많은 사람들이 이 소년을 보고 싶어 했다. 재종조부(할아버지의 사촌)인 좌의정 이기도 집안의 자랑이라고 이원수와 함께 집안 손자를 부르고, 예전에 평안도 함종 유배지에서 별세한 다음 김안로의 죽음 후 삭탈된 관작이 회복된 작은 재종조부 댁 에서도 집안 손자를 불러 칭찬했다. 예전에 이행 할아버지가 유배 중 돌아간 다음 가솔들이 모두 고향으로 돌아갔다가 아들이 다시 관직에 나서게 되어 할머니가 아들을 따라 서 울에 와 살고 있었다.

작은댁 할머니가 이원수 대신 사임당을 율곡과 함께 부르 며 사임당이 타고 올 가마를 보내 주었다. 집에 도착하자 작은댁 할머니가 반가이 두 사람을 맞이했다. 사임당도 시당숙 모님에게 공손하게 절을 올렸다.

"자네는 예전에 신행 올 때도 참 곱고 반듯하다 했더니 지금도 여전히 곱고 반듯하구면."

"아닙니다. 당숙모님."

"이 집 할아버지가 돌아가시기 전 이따금 부친 얘기를 하셨다네. 벼슬로 나서지는 않으셨지만 반듯한 선비라고 하셨지. 자네하고 아이 아버지 혼례도 이 집 할아버지가 우리 집에 좋은 신랑감이 있다고 은근히 말을 놓은 걸."

"제 아버님께서도 예전에 그리하셨다고 일러주셨습니다."

"내가 아이 아버지를 부르지 않고 자네를 부른 건 이쪽 집 어른 지난 얘기를 좀 하려고 그런다네."

"말씀을 주시면 분부대로 잘 받들겠습니다."

"이 집 할아버지는 열여덟 살에 문과에 급제했다네. 지금 좌의정으로 계시는 위에 형님(이기)보다 6년이나 일찍 출사를 하셨지. 이번에 장원한 아이가 열세 살이라고 했던가?"

"예, 그렇습니다."

"자네가 학문을 했다고 했지? 아이도 직접 가르치고."

"부끄럽습니다."

"또 붓도 잡고. 몇 년 전 조카가(이원수가) 들고 와서 그림도 몇 점 보았다네."

"부끄럽습니다. 예까지 가져다 드린 줄 몰랐습니다."

"부끄럽긴, 여자로서도 어미로서도 자랑스러운 일이지. 글에 어둡고, 말에 어두운 내가 글에도 밝은 재주도 밝은 자네에게 무슨 얘기를 하랴만은 그냥 오래 산 집안 어른 얘기로 들어주게."

"예. 당숙모님."

"아이 할아버지가 일찍 돌아가시고, 그 아래 아버지도 과거에 오르지 못한 채 나이 들고, 그러다 아이가 열세 살에 한성시 장원을 했으니 대과엔 또 언제 급제 하나 다들 지켜보고 기다릴 게야. 당장 아이 아버지나 어미 마음도 그럴지 모르고."

"아닙니다. 절대 그렇지 않습니다, 당숙모님."

"그래. 자네는 학문을 한 사람이니 세상 이치를 나보다 더 깊이 알고 생각도 깊겠지만 그 얘기를 하려 한다네. 오늘 보니 아이가 용모도 아주 반듯하고 눈도 총명한 게 우리 덕수 가문뿐 아니라 나중에 나라의 큰 자랑이 될 게야. 그런 재목을 두고 부모가 마음을 서두르지 말게. 부모가 서두르면 오히려 큰 재목이 제대로 자라지 못할 수 있다네."

"명심하겠습니다."

"우리 집안의 소년 장원공이 나니 예전에 열여덟 살 초례를 치르던 해 대과 급제를 한 이 집 할아버지 생각도 나고,

또 그 할아버지가 예전에 신진사 댁에 중신의 말을 참 잘 띄웠구나 하는 생각도 들고 해서 일부러 자네를 부른 거라네."

"앞으로도 부르시면 자주 와서 분부 받들겠습니다."

"잠시를 봐도 자네는 참 반듯하고 지혜로운 사람이구먼. 아이 앞날은 이제 걱정하지 않아도 될 듯싶네. 잘 키우게. 잘 다듬고. 한 재목이 바로 크는데 어미만한 역할이 어디 있겠는가."

그날 사임당과 율곡은 오래 그 집에 머물다 돌아왔다. 올 때에도 마님은 사임당이 타고 갈 가마를 내주고, 살아서 시문에 입신의 경지를 이룬 이행이 쓴 휘호 한 점을 어린 율곡에게 챙겨 주었다.

우리가 어머니에게 배운 것은

이제 남은 이야기는 사임당 어머니의 막내아들, 저 이우(李瑀)가 하도록 하겠습니다.

제가 일곱 살이던 해 가을, 율곡 형님이 열세 살의 소년으로 한성 진사시 초시에 장원을 하고, 스무 살인 매창 누님은 곧 한양조씨 댁 자제와 초례를 치릅니다. 초례를 치르기 며칠 전 저녁에 누님이 저를 방으로 불렀습니다.

"우야, 앉아 봐."

저는 며칠 후 이별을 앞둔 누님 앞에 다소곳하게 앉았습니다.

"나는 곧 이 집을 떠나는데, 문득 전에 어머니가 너를 가졌을 때의 모습이 생각나서 너를 불렀어."

곧 혼례를 앞두고 누님은 어머니와 막내 동생인 저를 함께 생각한 것입니다. 그해 어머니는 서른아홉이셨고, 맏창누님은 열네 살이었습니다.

"그 전해 강릉에서 서울로 이사를 온 다음 어머니가 너를 가지셨어. 강릉에서는 외할머니가 살림을 도맡아 하셨는데, 서울에 와서는 파주에 계시는 할머니가 늙으셔서 어머니가 할머니를 서울로 모시고 살림을 도맡아 하셨어. 그런 중에 너를 가지신 다음에는 더욱 단정한 모습으로 자리에 앉는 것도 어느 쪽으로도 기울지 않은 바른 자리에 앉으시고, 음식 하나라도 절대 깨어진 그릇엔 담지 않으셨어. 내가 열네 살이어도 맏딸이고 이다음에 출가하면 어머니처럼 아이를 낳아야 하니 이다음의 나를 위해서 널 가지신 동안 늘 말씀하셨단다."

저는 가만히 누님의 얘기를 들었습니다. 제가 어머니 뱃속에 있을 때의 얘기입니다.

"널 가지신 동안 어머니는 스스로도 너에게 태교를 하시고, 또 딸인 나에게도 태교에 대해 직접 어머니의 모습과 말씀으로 교육하셨던 거란다. 아이를 가졌을 때는 언제나 바른 몸가짐과 바른 생활 속에 마음속으로도 선하고 바른 생각을 해야 다음에 훌륭한 자식을 낳는다고 하셨어. 그래서 어머니는 내가 자수를 하다가 옷섶에 무심코 바늘을 꽂으면 이다음 혼례를 치르고 아이를 가진 다음에도 자기도 모르게 무심코 옷섶에 바늘을 꽂게 된다고, 그렇게 하지 못하게 야단을 치셨어."

저는 어머니가 그러시는 모습을 맏창 누님에게서는 보지 못하고, 둘째 누님과 셋째 누님에게 그러시는 모습을 봤습니다.

"어머니는 너를 가지셨을 때 옆으로 누워 잠들지 않으시고, 잠시 쉴 때에도 옆으로 눕지 않으셨어. 앉을 때에도 방 한쪽에 기울게 앉지도 않으시고, 음식도 텁텁한 것은 입에 대시지 않으시고, 고기도 두부도 다른 채소도 바르게 자르지 않은 것은 드시지 않으셨어. 누가 남을 헐뜯으면 그 소리를 듣지 않으시려고 일부러 그런 자리는 피하시고, 틈나면 늘 책에서 좋은 내용을 찾아 읽으시고 그러셨단다. 우야, 그렇게 해서 네가 태어난 거란다."

"알아요, 누님."

"어머니의 그런 모습을 보면서 그때는 어머니가 동생을 가져서 그러시는구나 했는데, 그런데 그게 어디 너뿐이겠니? 어머니가 우리 칠 남매를 모두 그렇게 낳으시고 기르신

건데, 이제 내가 이 집을 떠날 때가 되어서야 어머니가 너를 가지셨을 때의 생각이 나는구나. 그게 또 예전에 나를 가지셨을 때의 모습인데 말이지."

매창 누님만이 아닙니다. 율곡 형님도 마흔 살이 되던 해 선조 임금에게 지어 올린, 제왕이 갖추어야 할 배움의 모든 것을 담은 『성학집요』에 어머니의 태교에 대해 말했습니다.

'옛날에는 부인이 아이를 임신하면 옆으로 누워 자지 않고, 비스듬히 앉지 않으며, 외발로 서지 아니하고, 맛이 야릇한 음식을 먹지 않았습니다. 칼로 자른 자리가 바르지 않은 음식을 먹지 아니하고, 자리가 바르지 않으면 앉지 않았습니다. 잠자는 일, 먹는 일, 앉는 일, 서는 일, 보는 일, 듣는 일, 말하고 행동하는 일이 하나같이 모두 다 올바라야만 자식을 낳으면 그 형체와 용모가 단정하고, 재주가 남보다 뛰어나게 됩니다.'

형님이 올린 글 속에는 옛날에 부인이 임신하면 그런다고 했지만, 그러나 그것은 바로 형님과 우리 칠 남매를 그런 태교를 하여 낳은 어머니의 이야기였습니다. 어머니는 예전에 초례를 앞두고 스스로 사임이라는 당호를 지으실 때 이미 그런 생각을 하셨던 것입니다.

태어나 자랄 때에도 우리는 여느 집의 자녀들과 다른 점이 있었습니다.

우리 형제들은 따로 서당에 다니지 않았습니다. 형님들은 강릉 북평촌 시절부터 어머니 아래에서 공부를 했습니다. 어머니가 아버지의 10년 공부를 뒷바라지 하던 중간에 몇 해 올라가 사셨던 봉평 백옥포리는 봉평 본동에서도 멀리 떨어진 냇가 마을인데다 동네가 작아 서당도 있을 턱이 없었습니다. 율곡 형님은 강릉에서 나고 자라도 서당에 다니지 않았습니다. 강릉 북평촌에 서당이 있었지만 남들이 아직 서당에 나가기도 전인 여섯 살에 어머니 아래에서 서당공부를 절반 넘게 끝내고 서울에 왔기 때문입니다. 서울에 와서도 형님들은 서당에 나가지 않았고, 저도 자라며 서당에 다니지 않았습니다.

저희가 한 세상을 살 때뿐 아니라 저희 위로도 아래로도 조선조 전체를 통틀어서 말씀드린다 하더라도 어린 시절 서당에 다니지 않고 집에서 아버지와 형 아래에서 공부를 하거나 재물이 넉넉해 독선생을 불러 공부한 집안은 있어도 어머니가 자식들에게 천자문과 『명심보감』을 넘어(어머니가 천자문과 『명심보감』을 가르치는 일도 조선시대엔 거의 없던 대단한 일이지만)『소학』을 더한 오서와 육경을 직접 가르친 집안은, 또 그런 어머니는 우리 어머니 사임당이 유일할 것입니다.

저는 말할 것도 없고, 우리 칠 남매 가운데 학문이 제일 나았던 율곡 형님도 어디에 가서든 자신의 스승은 어머니라고 했습니다. 우리 형제들은 면학하는 동안 어머니 이외의 분에게 따로 학문을 배우지 않았습니다. 셋째 형님이 휴암 백인걸 선생의 문하에 든 것도 열여섯 살 때 어머니가 돌아가시고 삼년상을 끝낸 다음 열여덟[61] 살 때의 일입니다. 그때 그곳에서 평생의 친구 성혼 선생을 만났던 것입니다.

『격몽요결』은 율곡 형님이 마흔두 살 때 모든 관직을 버리고 해주 석담에 가서 온가족을 그곳에 모으고 살며 어린 아이들과 같은 초학자들에게 학문의 바른 방향을 알려 주기 위해서 쓴 책입니다. 아동과 초학들이 뜻을 세우고, 부모 봉양을 배우고, 남을 대접할 줄 알고, 제 스스로 몸과 마음을 닦고, 책을 읽고 학문을 하는 바른 방법과 방향을 일러주는 책으로 중종 임금 때 박세무 선생이 쓴 『동몽선습』과 함께 후일 우리나라 모든 서당의 기초교재로 쓰이던 책입니다.

그 책 안에 이런 구절이 있습니다.

학문이라는 것이 이상하고 별다른 것이 아니다. 어버이가

---

61 삼년상을 끝낸 시기가 열아홉 살이 아니고 열여덟 살인 것은 삼년상 기간이 2년하고 3년째 되는 첫 달까지, 달 수로는 25개월이기 때문이다. 사임당은 율곡이 열여섯 살이던 해 5월에 세상을 떠났다. 그러면 삼년상이 끝나는 시기는 열여덟 살 6월이 되는 것이다.

마땅히 자식을 사랑하고, 자식이 마땅히 효도하고, 신하가
마땅히 충성하고, 부부가 마땅히 분별이 있고, 형제가 마
땅히 우애롭게 지내고, 젊은이가 마땅히 어른을 공경하고,
친구간에 마땅히 신의가 있어야 하는데, 날마다 생활 속에
그 마땅함을 얻도록 공부하는 것이 바로 학문이다.

사람이 학문을 하지 않는 것은 마치 아무런 재주도 없이
하늘로 올라가려고 하는 것과 같다. 학문을 하는 것은 구
름을 헤치고 푸른 하늘 아래를 내려다보는 것 같고 산마루
에 높이 올라가 온 세상을 눈 아래 굽어보는 것처럼 상쾌
한 일이다.

처음 공부를 배우는 사람은 먼저 뜻을 세우고, 반드시 덕
과 지혜를 갖춘 성인이 되겠다고 스스로 약속하고 털끝만
치라도 자신을 작게 여기며 핑계 대려는 생각을 하지 말아
야 한다.

말로는 뜻을 세웠다고 하면서도 공부를 하지 않고 미적거
리며 후일을 기다리는 것은 공부를 하고자 하는 정성이 없
기 때문이다.

자기의 몸과 마음을 닦는 수신이 어려운 게 아니다. 예가 아니면 보지 말며, 예가 아니면 듣지 말며, 예가 아니면 말하지 말며, 예가 아니면 움직이지 말라는 이 네 가지가 바로 자기의 몸과 마음을 닦는 수신의 요점이다.

무릇 책을 읽을 때는 반드시 단정히 손을 모으고 무릎을 꿇고 앉아서 공경히 책을 대하는 마음을 가져야 한다.

생각에 간사함이 없는 것(사무사)과 어떤 일에도 공경하지 않음이 없는 것(무불경), 이 두 말은 일생토록 되뇌어도 부족하니 벽에 써붙여 잠시 잠깐이라도 잊으면 안 된다.

율곡 형님이 쓴 『격몽요결』의 이런 내용들이 바로 우리가 어릴 때 어머니로부터 공부에 대해 늘 듣던 가르침들입니다. 특히나 학문을 하는 사람은 먼저 뜻을 세우는 것을 중하게 여기고, 털끝만치도 자기 자신을 작게 여겨서는 안 된다는 말씀을 하고 또 하셨는데, 그것은 학문을 할 때 자기 자신을 장차의 성인으로 자신감을 가지고 스스로를 귀하게 여겨야 한다는 뜻이었습니다. 우선 자기 자신을 바르고 귀하게 여겨야 그 안에 깃드는 학문도 나중에 바른 쓰임새로 귀하게 쓰인다는 것이었습니다.

차례대로 공부하는 방법에 대해 쓴 글도 그렇습니다. 형님이 쓴『격몽요결』속에 공부하는 책의 순서를 살펴보면 이렇습니다.

먼저『소학』을 읽어 오륜의 도리를 알아 이를 실천해야 하고,

그다음에『대학』과『혹문』(보충하여 주서를 붙이고 해설한 책)을 읽어 이치를 궁구하며 마음을 바르게 하고,

그다음에『논어』를 읽어 어짊을 구하며,

그다음에『맹자』를 읽어 의리와 이익을 밝게 분별하여 욕심을 막고 천리를 보존하며,

그다음에『중용』을 읽어 성정의 덕을 이루고,

그다음에『시경』을 읽어 선한 마음을 깊이 생각하며 악함을 징계하고,

그다음에『예경』을 읽어 천리의 절문과 사람이 행할 의칙을 강구하고,

그다음에『서경』을 읽어 요순과 삼왕의 천하 다스림의 근본을 배우고,

그다음에『역경』을 읽어 길흉존망의 기미를 관찰하고 연구하고,

그다음에『춘추』를 읽어 성인이 선악을 가려온 말씀과 뜻을 배우고,

그 외에 『근사록』, 『가례』, 『심경』, 『이정전서』, 『주자대전』, 『어류』, 『성리설』과 같은 책들을 틈틈이 정독하고, 남은 여가에 역사책을 읽어 옛날과 지금 일에 통하고 사물의 변에 통달하여 식견을 높여야 한다.

이 부분 역시 우리가 어머니 아래에서 공부를 해온 순서 그대로입니다. 어머니와 함께 공부를 할 때 『대학』과 『논어』를 공부한 다음 『중용』을 공부하지 않고 그 사이에 『맹자』를 먼저 공부한 것도 어머니가 우리에게 가르쳐 준 공부의 순서입니다. 한 권의 책을 읽고 그다음 책을 공부할 때에도 어머니는 반드시 한 책을 익숙하게 읽어 완전히 통달해 의심이 없게 된 다음에야 다른 책을 공부하게 했습니다. 많이 읽기를 탐해 바삐 섭렵하지 말아야 한다고 늘 경계하여 말씀했습니다.

학문에서뿐이 아닙니다.

매일 날이 밝기 전에 일어나 세수하고, 머리 빗고 옷을 입고, 띠를 두르고서 부모님 침소로 나아가 기운을 낮추고 목소리를 부드럽게 하여 덥고 추움과 편안함과 편안하지 않음을 살펴보아야 한다. 날이 어두워 저녁이 되면 침소에 나아가 이부자리를 정해 드리고 따뜻한지 서늘한지 살펴보아야 한다. 낮 동안 받들어 모실 적에는 항상 얼굴빛을 온화하게 하고 용모를 공손히 해서 응대하기를 공경하게 하고, 나가고 들어올 적에 반드시 절하며 어딜 가는지 아뢰고 들어올 적에도 절하고 뵈어야 한다.

부모가 앉고 누우시는 곳에는 자식이 감히 앉고 눕지 않으며 부모가 손님을 접대하는 곳에는 자식이 사사롭게 손님을 접대하지 않는다.

부모의 뜻이 만일 의리에 해로운 것이 아니면 마땅히 부모의 뜻을 먼저 알아차리고 받들어 순종하며 조금이라도 어기지 말 것이요, 만일 의리에 해로운 것이면 기운을 온화하게 하고 얼굴빛을 환하게 하며 음성을 부드럽게 하여 간해서, 반복하게 아뢰어 반드시 따르시게 기약하여야 한다.

형님이 쓴 『격몽요결』의 한 부분이지만, 할머니를 모실 때 어머니의 생활이 이랬습니다. 어머니는 아버지께도 그렇게 하였고, 나중에 우리 형제들도 서모께 그렇게 하였습니다. 특히나 부모님을 낮 동안 받들어 모실 적에는 항상 얼굴빛을 온화하게 하고, 용모를 공손히 해서 응대하기를 공경하게

358

하는 것은 어머니가 할머니께 하시던 모습 그대로입니다.

우리 가족이 강릉에서 서울로 올 때 아버지 옆에 이미 서모가 있었습니다. 이때는 할머니가 연로하셔서 가사를 돌보지 못할 때인데 이때의 일도 나중에 율곡 형님이 어머니의 행장에 쓴 기록대로입니다.

강릉에서 서울에 와 수진방에 살았는데 이때에 할머니는 늙어 가사를 돌보지 못하셨으므로 어머니가 집안 살림을 맡아서 했다. 어머니께서 윗분을 공양하고 아랫사람을 기르며 어떤 일도 맘대로 한 적이 없고 모든 일을 반드시 시어머니께 고한 다음에 했다. 그리고 할머니 앞에서는 희첩(姬妾)도 꾸짖는 일이 없고 말씀은 언제나 따뜻하고 안색도 언제나 온화하게 대했다.

후대의 많은 책과 글들이 율곡 형님이 어머니의 행장에 쓴 저 희첩을 두고 대부분 아버지의 삶이나 어머니의 삶에 혹여 누가 되지 않을까 싶어 '시중드는 여종'이라고 말하는데, 시중을 드는 여종은 시비(寺婢)이지 희첩이 아닙니다. 그 시절 아버지 곁에 이미 서모가 있었던 것입니다.

그런 중에 어머니는 항상 강릉에 계시는 외할머니를 그리워하여 밤중에 사람이 기척이 조용해지면 눈물을 흘리고, 새벽이 되도록 잠을 이루지 못할 때가 많았습니다. 아마도 그때 아버지 옆에 희첩이 있는 삶의 마음고생 때문에 더욱 그러셨던 게 아닌가 싶습니다. 어느 날은 집안사람들 모두 모인 자리에서 천척 어른을 모시는 시희가 찾아와 거문고를 뜯었습니다. 어머니는 그 소리를 듣고 조용히 눈물을 흘리며 "거문고 소리가 그리움이 있는 사람의 마음을 더욱 그립게 하고 애타게 한다"고 했습니다. 그 말에 온 방 사람들이 다 슬퍼하면서도 어머니 마음속의 그리움이 어떤 것인지 잘 짐작하지 못했습니다.

어머니가 강릉에 두고 온 외할머니를 그리워하며 사친시(思親詩)를 쓴 것도 그 무렵입니다.

어머니 그리워(思親)

산첩첩 내 고향 천리연마는
千里家山萬疊峰(천리가산만첩봉)

자나 깨나 꿈속에도 돌아가고파
歸心長在夢魂中(귀심장재몽혼중)

한송정 가에는 외로이 뜬 달
寒松亭畔孤輪月(한송정반고윤월)

경포대 앞에는 한줄기 바람
鏡浦臺前一陣風(경포대전일진풍)

갈매기는 모래 위에 헤락 모이락
沙上白鷗恒聚散(사상백구항취산)

고깃배는 바다 위로 오고 가리니
海門漁艇任西東(해문어정임서동)

언제나 강릉길 다시 밟아 가
何時重踏臨瀛路(하시중답임영로)

색동옷 입고 앉아 바느질할꼬
更着斑衣膝下縫(갱착반의슬하봉)

어머니가 쓰신 이 시를 우리 자식들은 우리 마음의 시처럼 여겼습니다. 저보다 강릉에서 태어나고 자란 형님들과 누님들은 더 그런 마음이었겠지요. 율곡 형님은 어린 시절에도 그랬고 어른이 된 다음에도 이 시를 한 구절 한 구절 다시 떠올릴 때마다 어머니와 외할머니의 생각으로 절로 눈물이 난다고 했습니다. 저 역시 이 시를 읊을 때마다 외할머니를 그리는 어머니의 절절한 마음이 그대로 느껴집니다.

자식들간의 우애 역시 매일 생활에서 어머니가 참으로 강조한 말들입니다.

제가 어릴 때 어머니는 막내인 저를 앉혀 놓고 이렇게 말씀하곤 하였지요.

"형제는 부모의 몸을 함께 받은 한 몸 같은 사람들이니 형제를 대할 때는 너와 나의 간격이 없어야 한다. 음식과 의복도 마땅히 같이 해야 한다. 가령 형은 굶주리는데 아우는 배부르고, 아우는 추운데 형은 따뜻하다면 이것은 한 몸 가운데 한쪽 손은 건강해도 다른 한쪽 손이 아프고 병든 것과 같은데 어찌 몸과 마음이 한쪽만 편할 수 있겠느냐?"

막내인 제가 그렇게 많이 들었는데, 형님들도 자라면서 차례로 이 말을 얼마나 많이 들었겠습니까. 저는 어머니가 형님들에게 하는 말씀을 들을 수 없어도 형님들은 어머니가 저에게 하는 말씀까지 다 들었을 테니까요.

"형제간에 서로 사랑하고 아끼지 않는 것은 부모를 사랑하지 않는 것과 같다. 부모를 사랑하는 마음이 있다면 어찌 그 부모의 자식을 사랑하지 않을 수 있겠느냐? 만일 형제에게 좋지 못한 행실이 있으면 마땅히 온 정성을 다해 충고해서 도리로써 깨우쳐 감동하여 깨닫게 해야지, 형제가 잘못을 했다고 노여운 낯빛으로 버럭 거슬리는 말로 온화함을 잃어서는 안 된다. 말은 옳아도 그게 형제간의 우애를 해치는 행동이다. 이 어미가 또 강조하여 말한다. 동기간에 우애를 가지고 의를 상하게 하지 마라."

어머니가 자식 중에 누구를 가르치는 중에 이 말을 하면 우리 형제들은 모두 자신에게 한 말씀처럼 듣고 한꺼번에 예, 하고 대답했습니다.

"아버지는 할아버지께서 일찍 돌아가셔서 너희들처럼 수족과 같은 형제가 없지만, 너희는 위아래로 여러 형제가 아니더냐. 형제의 자식도 내 자식과 같단다. 형의 아들도 동생의 아들도 다 내 아들 같으니 그 아이들을 사랑하고 가르치는 걸 내 아들을 가르치는 것과 똑같은 마음을 해야지, 거기에 무거움과 가벼움이 있고, 두터움과 얇음이 있으면 안 된다."

나중에 어머니도 돌아가시고, 아버지도 돌아가시고, 큰형님과 둘째 형님도 돌아가신 다음 셋째 율곡 형님이 해주 석담에 형님들의 가솔들과 저까지 모두 불러 한 울타리 안에 함께 사실 생각을 한 것도 일찍이 이런 어머니의 가르침 때문이었습니다. 형님은 또 어머니가 우리에게 했던 형제간의 우애 얘기를 그대로 『격몽요결』 안에 넣어 조선의 후학과 동몽들을 가르쳤습니다. 어쩌면 어머니의 가르침이 우리나라 팔도의 서당에 그대로 이어지고 있는 것인지 모릅니다.

집안의 하인들에 대해서도 어머니는 그렇게 했습니다.

율곡 형님이 쓰신 『격몽요결』의 한 부분입니다.

비복들은 나의 수고로움을 대신하니 마땅히 은혜를 먼저 하고 위엄을 뒤에 하여야 그들의 마음을 얻을 것이니 이것은 임금이 백성들에게 하는 것과 주인이 비복에게 하는 것의 이치가 똑같다. 임금이 백성을 아끼지 않으면 백성들이 흩어지고, 백성이 흩어지면 나라가 망하게 되는 것처럼 주인이 비복을 아끼지 않으면 비복이 흩어지고, 비복이 흩어지면 집이 망하는 것이 다 정한 이치인 것이다.

비복에 대해서는 반드시 추위와 굶주림을 깊이 염려해서 옷과 밥을 대주어 살 곳을 얻게 해주어야 한다. 허물과 악행이 있으면 먼저 부지런히 가르쳐서 고치게 하고, 가르쳐도 고쳐지지 않으면 그때야 초달(회초리)을 가하는데, 이때에도 주인이 초달이 가르침에서 나오는 거지 미워해서 그러는 게 아님을 먼저 알게 해야 한다. 그래야 비복도 마음을 고치고 얼굴을 고친다.

어머니는 정말 이런 것을 집안에서 먼저 실천하였습니다.

어머니는 비복들에게 아침 일찍 일어나서 마당 안팎에 물을 뿌리고 쓸어 집 안을 깨끗이 정리하게 하였습니다. 그것은 『소학』에 나오는 첫머리의 말입니다.[62] 어머니는 집안의

---

62 『소학』은 소쇄응대(掃灑應對), 즉 집안을 깨끗이 청소하고 인사하고 또 대답하는

누구도, 또 비복들끼리도 상스런 말을 하지 못하게 했습니다. 또 사람을 무슨 치니, 물건이니 하고 부르지 못하게 하고, 좋지 않은 행실이 있으면 심하게 꾸짖기보다 조용히 깨닫도록 훈계해서 율곡 형님이 쓰신 어머니의 행장 속의 기록 그대로 비복들도 모두 어머니를 존경하며 받들고 좋아했습니다.

제가 태어나기 전부터 어머니는 쇠고기를 드시지 않았습니다. 처음 시작은 율곡 형님이 쇠고기를 먹지 않기 때문이었습니다. 율곡 형님이 쇠고기를 먹지 않게 된 것은 여섯 살 때 강릉 북평촌에서 서울로 올라오던 때부터의 일이라고 합니다. 강릉에서 서울까지 무거운 짐을 실은 수레를 소가 끌고 왔는데, 그때 여러 날 소가 끄는 수레를 타고 오며 소의 수고를 본 다음 형님이 어머니께 이렇게 말했다고 합니다.

"소가 논밭에서도 힘들게 일하고, 또 저렇게 무거운 짐을 끌면서 사람 일을 대신 해주는데 나중에 저 소를 잡아 고기를 먹는다는 건 너무 몰인정한 일입니다. 저는 이제 쇠고기를 먹지 않을 거예요."

그 말을 듣고 사람들은 웃었지만, 형님은 그 뒤로 평생 쇠

기술을 몸에 익히는 것으로부터 시작한다.

고기를 입에 대지 않았고, 어머니 역시 그런 아들의 뜻을 중하게 여겨 함께 쇠고기를 드시지 않았습니다. 어머니는 어린 자식의 말에서 마음속에 가지고 있는 어진 생각을 보았던 것입니다. 꼭 율곡 형님뿐 아니라 어머니는 어느 자식이든 자식의 생각을 늘 존중하고 그것이 바른 생각이면 뜻을 함께 해왔습니다. 저도 언제부턴가 형님의 생각에 따라 쇠고기를 먹지 않게 되었고, 매창 누님을 시작으로 작은 누님들 역시 자연스럽게 그렇게 생각하게 되었다고 했습니다.

"그것 봐라. 처음엔 현룡이 그렇게 말했을 때 사람들은 아이의 말이거니 하고 웃어넘겼지만, 나이가 많고 적고를 떠나 어진 생각과 어진 말은 언제든 좋은 화답을 부른단다."

정말 그런 것인지 모릅니다. 한 집에서 어머니가 우리에게 하시는 말씀 역시 그러했습니다. 어머니는 목소리는 낮지만 어떤 일에 대해서도 늘 듣는 사람의 마음에 북을 울리듯 얘기했습니다. 아버지께도 그러셨고, 자식들에게도 그러고, 집안의 아랫사람들에게도 그랬습니다.

어머니는 이다음 자식들이 현감과 군수와 같은 지방의 수령이 되었을 때의 일에 대해서도 얘기했습니다.

"내가 책에서 보기로 중국에는 수령들이 나라로부터 사사로이 받는 녹봉이 있는 것 같더구나. 그런데 우리나라의 수

령들은 나라에서 별도로 받는 녹봉이 없고, 다만 공곡에서 그때그때 필요한 것들을 가져다 쓰는데, 만약 이 공곡을 자기 몫처럼 여겨 사사로이 착복하거나 아는 사람에게 마구 퍼준다거나 하면 그것이 많고 적음을 떠나 모두 죄가 되지 않겠느냐. 또 심하게는 나라의 재산을 감추고 축내는 장죄(臟罪)가 되지 않겠느냐. 전에 대관령에 길을 닦으신 고형산 어른처럼 자기 사재를 덜어 무얼 하는 것이라면 백성을 위한 아름다운 일이 될 수 있겠지만, 수령이 되어 공곡을 함부로 쓰는 것은 아무래도 나라의 큰 죄가 될 듯하다. 그러면 수령만 그런 것이 아니라 수령으로부터 무얼 받은 사람 또한 마찬가지가 되지 않겠느냐. 형이 어디 군수로 나가니까 형으로부터 공곡을 받고, 또 아우가 어디 군수가 되니까 아우한테 손을 내밀어 무얼 달라고 하고, 나중에 너희들이 나라의 녹을 먹더라도 이런 일들을 조심해야 할 것이다.”

어머니가 특히나 장죄에 대해 어린 우리에게 강조하고 또 강조했던 것은 어머니가 작은댁의 이기 할아버지가 어떤 관직에든 나갈 때마다 '장리의 사위'로 늘 반대를 받던 일을 누구보다 잘 알기 때문이었습니다.

저는 어머니의 이 말을 두 차례의 비안현감과 괴산군수와 고부군수를 지내던 시절, 그것이 더구나 어머니의 말씀이었기에 제 수령 생활의 철칙처럼 지켰습니다. 율곡 형님 역시

청주목사로 계시던 시절에도 그러했고, 해주 석담에 일가를
다 불러 모으고 청계당을 짓고 은병정사[63]를 건립하던 시절,
어릴 때부터 사귐이 있던 재령군수 최립[64]이 형님에게 얼마
간의 곡식을 보내 주겠다고 했을 때 형님은 그것을 일언지
하에 거절하고, 또 이런 내용을 수령의 처신으로 『격몽요결』
에 올리기도 하였습니다.

어머니는 강릉에서 서울로 와서 다시 자수를 하고 서화를
했습니다. 특히나 서울에 올라와 자수와 서화에 부쩍 마음을
쏟은 것은 매창 누님 때문이었습니다. 그때 매창 누님은 열
세 살로 예전 어머니의 그 시절처럼 서화에 깊은 재미를 붙
이고 있었습니다.

"그래. 부녀가 학문을 하는 게 꼭 세상에 드러내려고 하는
건 아니지만, 너는 또 서화에 남다른 재주가 있지 않느냐?
남자만 수신을 하는 게 아니란다. 네 스스로 이 재주를 사랑
하고 갈고 닦는 것도 이다음 아이를 낳아 키우는 어미로 수

---

63 율곡이 벼슬을 그만두고 낙향하여 후진을 양성하고 학문을 연구하기 위해 세운
공부터로 석담구곡 중에서도 가장 아름답다는 다섯 번째 굽이 '은병'에 자리 잡고 있
다. 율곡은 처음에 제자들을 가르치기 위해 청계당을 1576년에 짓고, 이태 후 강당
격인 은병정사를 지었는데 우리나라 최초의 사립대학으로 일컬어지고 있다.

64 교산 허균이 『성소부부고』에 지금 자기 당대에 시는 이달이요, 문장은 최립이 최
고라고 한 그 최립이다.

신을 하는 것이지. 어떤 재주도 갈고 닦지 않으면 처음부터 없는 재주와 똑 같단다."

어머니는 또 맏창 누님뿐 아니라 세 누님 모두에게 부덕과 부엌살림의 근검에 대해 늘 말했습니다.

"예부터 옷감을 짜는 일과 바느질과 자수는 사대부 가정에서부터 양민과 비복들의 살림에 이르기까지 여자면 누구라도 배우고 익혀야 할 일이란다. 너희가 그 일을 성심껏 하는 것도 부녀로서 중요한 일이지. 살림에 쓰는 기구와 그릇들도 비록 그것이 흙으로 빚은 것이라 하더라도 오래 정을 들여 소박하고 깨끗하면 놋그릇과 옥그릇보다 낫고, 거기에 담는 음식 또한 정성을 다해 정갈하게 지으면 강조밥에 풀반찬이라 하더라도 진수성찬보다 나은 법이란다."

그러면 세 누님이 함께 어머니 앞에 예, 하고 대답했습니다.

"무엇보다 재물은 늘 검소하게 써야 한다. 재물이라는 것은 한이 있고, 쓰기는 무궁하지. 너희는 학문과 서화를 배워 다른 집안의 여자들이 쓰지 않는 종이를 쓰는 사람들이라는 걸 늘 생각해 다른 재물을 더욱 절약해야 한다. 흩어진 밥과 흘린 쌀 한 톨이라도 낱낱이 다시 거두어 수채와 뜰에 나가지 않게 하는 것도 그 집 안주인이 분별할 일이란다."

종이를 쓰는 만큼 다른 것을 더 절약하게 하는 것은 남자 형제들에 대해서도 그랬습니다. 저희는 어릴 때 글씨를 쓸 때는 종이를 써도 하늘에 띄우는 연 한 장 제대로 만들어 보지 못하고 자랐습니다. 놀이에 빠지는 것도 경계했지만 물건을 함부로 쓰는 것도 어머니께서 늘 경계했습니다.

"새벽잠을 탐하여 늦게 일어나는 버릇을 들이지 않도록 해라. 남자에게도 여자에게도 가장 나쁜 버릇이 아침에 늦게 일어나는 것이다. 한 집안의 어미가 늦게 일어나 버릇하면 그 집의 바깥주인도 아이들도 늦게 일어나 버릇하게 된다. 주인이 늦게 일어나고, 낮잠을 즐기면 그 집의 비복들도 아무 데서나 등을 붙이고 잠을 자게 된다. 그러면 그 집의 살림이 모두 게을러지기 마련이다."

그것은 어머니의 반듯함과 스스로에 대한 엄격함일 것입니다.

"작은 소리로 이야기를 나눌지라도 형제남매간에도, 벗들하고도 절대 소곤거리듯 얘기하지 마라. 그것은 다른 형제와 다른 벗들 사이에 쓸데없는 오해를 부를 수 있다. 군자는 어떤 일과 어떤 말을 하더라도 푸른 하늘의 밝은 낮같이 누구나 환히 보고 알 수 있도록 해야 한다."

그런 어머니의 모습을 닮아서일까요. 얌전하면서도 야무져 보이고, 또 반듯한 모습의 매창 누님은 이미 혼례를 치르기 전에도 부녀자 중에 군자 같은 모습이었습니다. 어머니는 큰형님이나 둘째 형님에게 학문을 가르쳤던 것처럼 매창 누님에게도 똑같이 글을 가르쳤습니다. 어머니는 매창 누님에게도 둘째 누님에게도 너희는 여자라 과거를 볼 것도 아니니 이만큼만 하면 된다, 하지 않았습니다. 매창 누님도 그런 핑계 뒤에 숨지 않고 큰형님이나 둘째 형님과 똑같이 공부하고 또 스스로 좋아하는 서화를 연습했습니다. 사람들은 매창 누님이 모습도 성격도 서화의 기예도 어머니를 닮아 간다고 했습니다.

매창 누님과 저는 다른 형제들과 다르게 어릴 때부터 어머니로부터 따로 그림 지도를 받았습니다. 다른 형제에게는 하지 않고 우리에게만 했던 것이 아니라 매창 누님과 제가 어릴 때부터 그림 그리기를 좋아하자 자식들의 교육도 재능에 따라 북돋우어 주었던 것입니다. 어머니는 저와 매창 누님에게 그림에 대해 단순한 손재주만이 아닌, 그림 속에 표현하고자 하는 사물이 그림을 바라보는 사람에게 말하는 뜻을 읽어야 한다고 말했습니다. 그러자면 돌이든 나무든 꽃이든 새든 작은 풀벌레든 우선 그것을 잘 관찰해야 하고, 그것과 똑 같게 그려 내려고만 애쓸 것이 아니라 그림 속에서 그것이 사람에게 말을 거는 것처럼 생생하게 그려 내야 한다고 했습니다. 매창 누님은 그 뜻을 보다 일찍 깨달았지만, 어린 저는 어머니가 돌아가신 다음에야 알았습니다. 어머니의 그림이 왜 정묘한지, 정묘하면서도 살아 움직이는 듯한 생기는 어디에서 오는 것인지 제가 알았을 때는 어머니께서 이미 이 세상을 떠난 다음이었습니다.

어머니와 매창 누님의 그림은 서로 조금 다른 데가 있습니다. 어머니의 그림은 어머니가 즐겨 그리시는 초충도가 그렇듯 같은 대나무를 그려도 좀 더 여성스럽고 매우 정묘한 모습인데 매창 누님은 어머니의 그림보다 댓잎 한 잎 한 잎이 조금 더 힘을 주는 듯한 느낌이 듭니다. 어머니의 대나무가 바람이 일기 전의 고요와 단정함을 갖추고 있다면 매창 누님의 대나무는 한바탕 바람이 일고 간 뒤 바람을 이긴 모습 같다고 할까요. 화조도의 새 그림들도 조금은 차이가 납니다. 어머니는 또 어머니와 다른 매창 누님의 붓길을 어머니에게는 없는 재주라고 좋아하고 격려했습니다.

확실히 어머니는 서울에 올라오신 다음 붓을 잡는 날들이 많아졌습니다. 그림도 그랬지만 서예도 강릉에서보다 더 많이 했습니다. 어린 날 저에게 인상적이었던 것은 형님들이 공부하는 방에 써서 붙여놓은 휘호였습니다. 어머니는 가장 반듯한 해서체로

개권대월(開券對越)

혁약유림(赫若有臨)

연수부족(年數不足)

출연심경(怵然心驚)

우경석(右警夕)

이라고 써서 형님들 공부방 서녘 벽에 붙여 주었습니다.

'책을 펼쳐 성인의 말씀을 대하면 확연히 옆에 임하여 보시는 듯하다. 공부할 햇수가 모자라매 마음이 먼저 두려워 놀란다. 이것은 하루를 보낸 저녁에 읽는 경구'라는 뜻입니다. 학문에 대해서 어머니의 좌우명과도 같은 글입니다. 어머니가 처음 글을 배울 때 외할아버지께서 손수 천자문을 써주며 천자문 제일 뒤에 남은 여백에 이 말을 써주었다고 합니다. 어머니의 말씀을 들으면 어머니에게 외할아버지는 학문에서도 품성에서도 어머니를 이끌어 주시고 지켜 주신 완전하고 완벽한 어른 같은 생각이 듭니다.

"너희 외할아버님은 참 강직한데도 모남이 없이 반듯하셨단다."

우리는 외할아버지를 뵌 적이 없지만, 저녁에 읽는 저 경구대로 우리가 공부를 할 때 책을 펼치면 마치 외할아버지가 우리를 지켜보는 것 같은 느낌을 받을 때가 있습니다. 형님들은 강릉 북평촌에 있을 때에도 공부를 하는 방에 이 글씨가 붙어 있었다고 합니다. 어머니는 외할아버지께서 써 주신 천자문으로 처음 공부를 하고, 저희는 어머니께서 써주신 천자문으로 처음 공부를 시작했습니다.

어머니는 어머니에게 글을 가르쳐 주신 어머니의 외할아버지이신 이사온 할아버지에 대해서는 또 이렇게 말했습니다.

"그 할아버님은 봄바람처럼 부드럽고 따뜻하신데도 허술함 없이 반듯하셨지."

누구보다 엄격하신 외할아버지와 또 따뜻하신 진외가할아버지, 그 두 분이 어머니의 마음가짐과 학문과 예술을 불어넣고 또 지켜 주신 분들입니다. 자식교육에서도 어머니는 자식들마다 소질에 따라 그걸 북돋아 주는 가르침을 베풀었습니다. 첫째 형님과 둘째 형님과 셋째 형님에게는 학문에 힘쓰게 했고, 매창 누님과 저는 서예와 그림을 함께 가르쳤습니다. 또 제가 여섯 살 때부터 이따금 친척 어른의 시회가 가져와 뜯는 거문고 소리에 남다른 관심을 보이자 어머니는 저에게 그것을 배우게 했습니다. 제가 시·서·화·금의 사절을 이룰 수 있게 된 것도 어머니가 저에게 어린 날부터 그것을 배울 수 있게 해주신 때문입니다. 소리만 듣고도 악보를 짓고 적는 것은 어릴 때부터 소리에 밝아야지 성년이 된 다음부터 듣기 시작해서는 쉽게 이룰 수 없는 일입니다.

어머니의 그림을 보는 두 가지 눈길

어머니는 참 많은 글씨와 그림을 남겼는데, 오랜 세월이 지난 다음 어머니의 글씨로 후대에 전하는 것은 강릉에서 서울로 올라올 때 넷째 이모에게 써 준 초서 휘호 여섯 점과 우리가 공부하는 방에 늘 붙여 주었던, 공부에 대한 어머니의 좌우명과 같은 해서체 휘호 한 점이 전부입니다.

거기에 비해 그림은 후대에까지 전하는 것이 글씨보다는 조금 더 많습니다. 어머니가 그린 그림들에 붙인 시와 발문도 많습니다. 제가 자식으로 어머니의 그림에 대해 직접 말하는 것보다 여러 사람들의 말을 그대로 전하는 게 어머니의 그림을 이해하는 데 더 나을 듯싶습니다.

어머니의 그림에 대해 세상 사람이 말하는 것은 두 가지로 나눌 수 있습니다. 먼저는 어머니가 살아 계실 때 어머니가 누구의 아내며 어떤 사람인지를 말하지 않고 당대의 여류 화가로 오직 어머니의 그림에 대해서만 얘기한 사람들입니다. 두 번째는 어머니가 돌아가시고 백 년이 지난 다음 똑같은 그림을 놓고 이야기하면서도 여류화가의 자취는 지워버리고 오직 동방의 대현 율곡 선생의 어머니로 사임당의 그림에 대해 이야기한 사람들입니다.

먼저 어머니가 살아 계실 때 어머니의 그림에 대해 말한 사람으로 형조·호조·병조·이조판서를 거친 다음 우찬성과 좌찬성을 지낸 양곡 소세양 선생을 말하지 않을 수 없습니다. 이 분은 성주사고(星州史庫)가 불타자 춘추관의 실록을 그대로 등사하여 봉안하는 일을 책임지고 했는데 젊을 때부터 문명이 높아 시문도 뛰어나고 글씨도 당대의 일인자로 일컬어졌습니다. 이조판서를 지낸 다음 평양 기생 황진이와 둘이서 딱 한 달만 살기로 미리 약조하고 같이 산 적도 있어 풍류 쪽으로도 이름이 널리 알려진 사람입니다. 그런 일이 있고 나서 황진이가 이 어른을 늘 그리워하며 '달 밝은 밤에 그대는 누구를 생각하나요. 붓을 들면 때로 제 이름을 써보나요. 이 세상에 저를 만나 기쁘셨나요. 그대 생각하다 보면 모든 게 궁금해요. 내가 참새처럼 떠들어도 여전히 정겨운가요' 하는 시를 써 훗날 사람들에게 '황진이의 남자'로 불리기도 했습니다.

보다 젊은 시절엔 이행 할아버지가 중국 세종 황제의 즉위사신을 영접할 때 종사관으로 명나라 사신을 함께 맞이하였고, 후일에는 또 명나라에 진하사로 다녀오기도 하고 그들을 영접하기도 해 중국에까지 그의 시문과 문명이 널리 알려진 사람입니다.

이분이 어머니의 산수화에 시를 남긴 것은 벼슬길에서 완전히 물러나 있던 예순세 살 때의 일로 어머니의 그림이 어떻게 이분의 손에까지 들어갔는지는 알 수 없습니다. 당대에 문명을 떨치던 명필로 그림에도 자연 관심이 깊다 보니 누군가 어머니의 그림을 이분에게 보였을 수도 있고, 이미 그 시절 선비들 숲에 여류 화가로 이름이 알려져 있던 어머니의 그림을 이 분이 일부러 수집하였던 것인지도 모릅니다.

이분이 어머니의 산수화에 붙인 시는 백 년의 시간이 흐른 다음 아주 엉뚱한 논리로 또 다른 논란거리가 되기도 하는데, 그것은 뒤에 다시 이야기하도록 하고 먼저 시부터 소개하겠습니다.

동양 신씨 그림족자에 붙여[65]

시냇물 굽이굽이 산은 첩첩 둘러 있고

바위 곁에 늙은 나무 감돌아 길이 났네

숲에는 아지랑이 자욱이 끼었는데

돛대는 구름 밖에 뵐락말락 하는구나

해 질 녘에 도인 하나 나무다리 지나가고

소나무 정자에서는 중들이 한가로이 바둑 두네

꽃다운 그 마음방심 신과 같이 열렸나니

묘한 생각 맑은 자취 따라잡기 어려워라.

그리고 중종과 명종 임금 시절 서얼 출신으로 중국어에
뛰어나 외교에도 크게 이바지하고 시와 서화를 평론하는데
일가를 이루었던 어숙권이라는 학자가 있습니다. 그는 서얼
출신이지만 시문에 워낙 뛰어나 소세양이 우리나라로 오는
중국 사신을 영접할 때 종사관으로 중국 사신들과 함께 시
문과 서화를 논하던 사람입니다.

그는 자신이 쓰고 편집한 『패관잡기』[66]에 어머니의 그림에

———
65 소세양의 문집 『양곡집』 안에 전하는 시로 노산 이은상 선생의 번역이다. 여기서
동양 신씨는 중국으로부터 동쪽 땅의 신씨라는 뜻으로 사임당을 가리킨다.
66 조선 중종과 명종 때의 학자 어숙권의 수필집으로 총 6권으로 되어 있는데, 우리

대해 다음과 같이 말했습니다.

> 근래 선비로 그림을 잘 그리는 사람이 대단히 많다. 산수
> 화에는 별좌 김장과 선비 이난수(이원수)의 처 신씨와 벼슬
> 에 나가지 않은 사람으로 안찬이 있고, 새나 짐승을 그리
> 는 잡화에는 종실 두성령이 있으며, 풀벌레 그림에는 정랑
> 채무일이 있고, 묵죽에는 현감 신잠이 있는데 이들이 그중
> 에서도 가장 저명한 사람들이다.

어숙권은 어머니의 그림이 여자 화가로서가 아니라 당대
선비들이 그린 그림 전체에서도 가장 뛰어나다고 말한 것입
니다. 이것은 『패관잡기』 2권에 실린 내용이고, 4권에서는
또 어머니의 그림에 대해 또 이렇게 말합니다.

> 산수화를 잘 그리는 사람으로 지금 동양 신씨가 있는데,
> 신씨는 어려서부터 그림을 잘 그렸다. 포도화와 산수화는
> 아주 절묘하여 그림을 평하는 사람들마다 안견 다음간다
> 고 하였다. 아, 어찌 부녀자의 필치라고 해서 가벼이 여길

나라의 각종 설화·시화 등을 모아 해설을 붙인 것으로 패관문학의 대표작이라 할 수
있다.

수 있으며, 또 어찌 그림을 그리는 것이 부녀자에게 합당한 일이 아니라고 말할 수 있겠는가?

어머니의 그림은 매우 섬세하면서도 여유로운 느낌을 줍니다. 가만히 보고 있으면 산과 물과 들이 어울린 그림이 정적이면서도 보는 사람들 마음속에 따뜻한 기운을 채워 줍니다. 그것은 산수화뿐 아니라 어머니가 즐겨 그리던 포도와 난초와 물고기와 새와 풀벌레와 함께 어울린 들풀과 화초 그림도 그렇습니다.

특히나 어머니의 포도 그림은 잘 익은 열매와 아직 영글지 않은 열매가 함께 어우러져 덩굴에 주렁주렁 매달려 있고, 손바닥처럼 큼지막한 이파리가 금방 불어온 바람에 나부끼며 포도송이를 가릴 듯 드러낼 듯 그 안에 포도향기 같은 생기가 흘러넘칩니다. 실제로 어머니는 그림을 그릴 때 색조 그림을 그릴 때든 먹으로 그릴 때든 잎사귀와 줄기를 서로 독립시켜 때로는 잎맥까지 세밀하게 그려 냅니다. 특히 풀벌레 그림의 들풀과 화초를 그릴 때는 색조 채색만으로 줄기는 그리지 않고 잎만 그려 넣는 무골법을 즐겨 썼습니다.

그런 어머니의 포도 그림에 시를 붙여 격찬한 또 한 분이 있습니다. 임당 정유길 재상입니다. 이 분은 스스로도 시문에 뛰어나고 서예에도 일가를 이루어 이 분의 글씨체를 사람들이 '임당체'라고 부를 정도로 평가받았던 분인데, 어머니의 포도 그림에 이런 시를 남겼습니다.

> 규방 안의 동양(東陽)이 빼어나듯
> 산림 속의 이역 풍경 진기하다
> 신령이 응축되어 오묘한 조화를 빚으니
> 붓이 빼앗아 똑같이 그려냈네.

이 시에서도 동양은 어머니를 가리키는 말입니다. 그리고 이 시를 쓴 정유길 재상의 당숙으로 관각문인(홍문관·예문관 출신의 문인)의 한 사람이자 대제학을 지낸 정사룡 선생도 어머니의 산수도를 칭찬하는 시를 남겼습니다.

그리고 아주 오랜 세월이 흐른 다음 숙종 임금도 어머니의 풀벌레 그림 병풍에 다음과 같은 시를 남깁니다.

> 풀이여, 벌레여 살아있는 모양 그대로일세
> 부인이 그려낸 것 어찌 그리 묘하온고
> 그 그림 모사하여 대궐 안에 병풍쳤네
> 아깝구나 빠진 한 폭 모사 한 장 더해놓다
> 채색만을 쓴 것이라 한결 더 아름다워
> 그 무슨 법일런고 무골법이 그것일세.

숙종 임금의 시도 그렇지만, 겉으로 보기에 어머니의 그림에 대한 평가는 어머니가 살아 계실 때보다 돌아가신 다음 백 년 후에 보다 활발하게 이루어지는 듯 보입니다. 흔히 예술에 대한 평가라는 것이 당대의 평가보다 후대의 평가가 더 깊고 후하기는 하지만, 그러나 어머니의 서화에 대한 후대의 평가는 또 다른 측면이 있습니다. 자식인 제가 봐도 그림 그 자체보다는 또 다른 목적성을 띄는, 거기에 어떤 이데올로기적 혐의들이 짙게 배어 있는 평가들이었습니다.

그중에 몇 가지만 적어 보겠습니다.

위에서 소세양이 시를 써 붙인 어머니의 산수화 족자는 백 년 후 어떤 경로를 거쳐서인지 저의 증손인 이동명[67]이 간직하게 됩니다. 고조할머니의 그림이니 당연히 자신이 집안의 가보로 보관하고 싶었겠지요. 이 족자를 간직하게 된 다음 이동명은 당시의 재상인 이경석[68]에게 발문을 부탁하고 이경석은 아래와 같은 발문을 써줍니다.

---

67 이우의 증손으로 경주부윤·예조참의·서천군수를 역임하고, 여섯 번이나 승정원에서 근무하였다. 1689년(숙종 15년) 기사환국으로 서인들이 축출되고 남인들이 정권을 잡은 다음 관작을 삭탈당하고 부령으로 유배되어 그곳에서 죽었다. 후에 관작이 회복되었다.

68 벼슬로는 이조판서를 거쳐 우의정과 좌의정을 역임한 다음 영의정에 올랐다. 특히나 병자호란을 수습하는 과정에서 지은 삼전도비문에 대해 사후에 청나라에 아첨한 행동이라고 비난받는 등 논란이 있기도 했으나 정묘호란, 병자호란 등 안팎으로 얽힌 난국을 적절하게 주관하였던 명상으로 꼽는다.

천지의 빼어난 기운을 모아 태어난 사람은 남녀를 불분하고 하나의 큰 이치를 알게 되면 다른 것들도 다 꿰뚫어 알게 되어 가슴속이 환하다. 그런 사람은 손에 붓을 잡고 먹을 뿌릴 때에도 신묘한 경지에 이르는 것이다. 처음부터 정신을 집중하여 생각을 허비하여 얻는 것이 아니라 그저 자연히 그렇게 되는 것이다.

삼가 신부인의 산수화를 보니 구름과 모래가 아득하고, 숲에는 연기가 자욱하며, 멀리 겹쳐진 산봉우리와 그 아래로 굽은 강이 긴 모래톱을 휘감아 흘러 기이하면서도 날카롭지 않고 담박한 멋이 있다. 암자며 초가며 끊어진 벼랑의 위태로운 다리들이 있는 듯 없는 듯, 보일 듯 말 듯한 형상이 털끝조차 가려낼 만큼 섬세하다. 이 모든 것이 붓을 잡고 있는 분의 뜻이 그윽하면서도 조용하고, 단단하면서도 깊은 덕으로 저절로 나타난 것이다. 이것이 어찌 배워 가지고 될 수 있는 일이겠는가? 이것은 하늘이 주어 얻은 재주이다.

율곡 선생을 낳으심도 하늘이 내려 준 것으로 천지의 기운이 쌓여 얻은 일이다. 어진 이를 밴 것도 바로 그 이치이니 어찌 특히 조화가 손끝에만 있다고 할 것인가. 과연 기이

하고도 아름답도다.[69]

저의 증손 이동명은 이 발문을 족자 뒤에 붙이고 16년이
지난 다음 다시 송시열에게 발문을 부탁합니다. 나이 칠십에
이른 송시열도 이때 서인 중에서도 노론의 영수로 자기 위
치와 서인의 정통성 확보를 위해 동방의 대현 이율곡 선생
의 신격화에 온 정성과 유학자로서의 모든 권위를 다 쏟아
붓습니다. 그러나 저 산수화가 자신이 신처럼 떠받드는 율곡
선생의 어머니가 그린 그림이긴 하지만, 조선 유학의 도를
자기 시대에 자기 손으로 중화(中華)와 일치시키고 거기에서
자기 위치의 정통성을 확보하고 싶은 송시열로서는 그 그림
에 뭔가 못마땅한 게 있습니다.

조선의 유학을 이끄는 송시열이 가장 참다운 여인상으로
여기는 사람은 중국 북송 때 대유학자 정호·정이 형제를 낳
은 후부인입니다. 후부인은 부녀자들이 글이나 글씨를 써 남
에게 전하거나 세상에 남기는 것을 매우 그릇된 일로 여겼
습니다. 자신이 종주로 받드는 율곡 선생의 어머니가 중국의
후부인처럼 집안에서 바느질이나 하고 좀 더 나가 자수 정

---

69 노산 이은상 선생의 번역을 다시 정리하였다. 앞에 사임당의 시와 그림에 붙인
시에 대한 번역들도 많은 부분 이은상 선생의 번역을 다시 정리했다.

도나 하면 참 좋았을 텐데, 그러면 두 분의 부인을 바로 일치시키고 율곡 선생도 정호·정이 형제와 바로 일치시킬 수 있는데, 어머니는 시문만 남긴 것이 아니라 부인의 몸으로 집 바깥으로 나가 세상을 두루 둘러보지 않고는 그릴 수 없는 산수화를 그렸다는 게 무엇보다 못마땅하기 짝이 없습니다. 어쩌면 그것이 바로 어머니가 살아 계실 때였던 백 년 전과 가장 크게 달라진 백 년 후의 모습으로 송시열이 가장 앞에서 이끌어 가는 조선 성리학이 예전보다 더 강퍅하게 집안에서 부녀에게 강압하고 있는 질서인지도 모릅니다.

게다가 그림 뒤에 시와 발문을 붙인 사람들도 송시열로서는 마음에 들지 않습니다. 소세양이 아무리 시문에 능했다 하더라도 다른 사람도 아닌 황진이의 남자로 불리던 일세의 바람둥이 같은 자가 감히 서인의 법통이자 종주인 대현 이율곡 선생을 낳으신 지혜롭고도 현숙하신 사임당의 그림에 시를 써 붙였다는 게 송시열로서는 마치 서인의 유림 전체가 모욕을 받은 것처럼 불쾌한 일입니다. 거기에 비록 탁상공론으로 끝난 일이긴 하지만 마음만은 이미 수십만의 군대를 양성하며 수백 번 북벌에 나섰던 송시열로서는 병자호란 때 삼전도비문에 청나라에 아첨하는 글을 쓴 이경석이 감히 대현의 모친 그림에 발문을 붙인 것도 마음에 들지 않습니다.

그래서인 때문일까요. 이동명이 발문을 부탁하자 송시열

은 이동명에게 도리어 편지를 보내 어머니의 산수화에 다음과 같은 의문을 제시하며 노골적으로 불편을 드러냅니다.

며칠 전 내게 발문을 부탁한 족자를 잘 받았네. 그런데 거기에 서로 의논하여 고쳐야 할 점이 있으나 인편이 막혀 여태껏 미루어져 유감스럽네. 생각해보건대 신부인이 어진 덕으로 대현 율곡 선생을 낳으신 것은 송나라 후부인이 정호·정이 두 분을 낳으신 것에 비할만한 일이라네. 후부인의 행장에 쓰여 있기를 '부인은 부녀자로서 문장이나 필찰이 세상에 전해지는 것을 매우 옳지 않게 생각했다'고 했는데 아마도 신부인의 의견도 그와 같았을 것이네. (……) 내게 전해진 족자의 그림은 그림을 전공으로 하는 화가들의 그림과 똑 같아 한때 우연히 장난삼아 그리던 이들의 그림 같지 않다네. 다시 말해 부모의 말에 따라 억지로 그리던 그림들과는 좀 다른 점이 있지 않나 생각되네.

송시열은 편지 서두부터 후부인의 행장을 들어 어머니가 시문을 짓고 서예를 하고 그림을 그려 그것을 후세에 전한 것을 매우 못마땅하게 여깁니다. 아마 어머니도 후부인처럼 부녀자로서 문장이나 필찰이 세상에 전해지는 것을 매우 옳지 않게 생각했을 것이다, 그런 생각을 가진 분의 그림이 남아 전한다면 그것은 한때 우연히 장난삼아 그리던 그림이거나 '어디 너도 한 번 그려봐라' 하는 어버이의 분부 아래 억지로 그린 그림 정도일 텐데, 이 족자의 그림은 그런 부녀자의 그림 같지 않고 그림을 그리는 걸 업으로 삼는 전공 화가의 그림과 같다, 그래서 이 그림은 후부인과 같은 생각을 하는 신부인의 그림으로 볼 수 없다고 하는 것입니다.

편지에 송시열이 트집을 잡는 내용은 다음과 같습니다.

- 보내 준 그림은 전공화가의 수준이라 부인의 그림으로 볼 수 없다.
- 그것을 인정한다 하더라도 소나무 아래 관을 쓴 사람의 모습이 분명치 않은데 소세양은 그걸 중이라고 했다. 유학을 숭상하는 나라에서 부인의 그림에 중을 운운하는 것은 현숙한 부인에게 적절치 않은 말이다.
- 남녀의 구별이 지극히 엄격해 일가친척이라도 무슨 물건을 서로 빌어가지 못하고, 심지어 한 우물도 같이 먹지 못하거늘 부인의 인장이 찍혀 있는 위에 소세양이 시를 써 놓다니, 참으로 미안한 일이다.
- 부인의 그림에 붙이는 시에 '꽃다운 마음'이니 '맑은 자취'니 '따라잡기 어렵다'니 하는 말 따위가 어디 있느냐? (그러나 소세양이 따라잡기 어렵다고 한 것은 그림의 예술적

경지를 따라잡기 어렵다는 뜻으로 쓴 말이다.)

- 소세양이 도대체 무례하고 공손치 못하다. 부인과 무슨 인연이 있어 감히 그 위에 이따위 시를 썼던 것이냐?

그러면서 송시열은 편지에 계속 말합니다.

가령 저 후부인의 글씨가 있다고 하세. 정호 선생 형제가 어버이의 뜻을 어겨가며 기어이 그것을 남에게 보이고, 또 시인에게 그 원본 속에다 시를 쓰게 하지는 않았을 것이네. 마음속에 의심스러운 바를 숨길 수 없어 이같이 말하네.

나는 이 부분에서 그만 눈앞이 아뜩해졌습니다. 비록 편지로지만, 또 송시열이 17세 연상이긴 하지만 그로부터 이런 말을 들었을 나의 증손 이동명의 마음은 어떠했을까를 잠시 생각했습니다. 어머니의 그림이 너무나 뛰어나 그 정도의 실력이면 전공 화가의 그림이지 일반 아녀자의 그림 같지 않아 믿을 수 없다고 하는 의심은 누구나 충분히 할 수 있다고 봅니다. 어쩌면 그것이 어머니의 그림에 대한 역설적 칭찬일 수도 있겠지요.

그러나 후부인의 글씨가 있다고 했을 때 그의 아들 정호· 정이가 어머니의 뜻을 어겨 가며 기어이 그것을 남에게 보이고, 또 시인에게 그 원본 속에다 시를 쓰게 하지는 않았을 것이라고 하는 말은 그 그림을 자기에게(그리고 앞으로도 누구에게 보일) 이동명에게 그래서는 안 된다고 꾸짖다 못해 대놓고 모욕하는 말이 아닌지요.

나의 증손이어서가 아니라 이동명이 고조할머니의 그림을 이경석과 송시열에게 보이고, 그림에 발문을 청하는 일이 이토록이나 할머니의 자손으로서 해서는 안 될 일이며 그게 이런 식으로 모욕 받아야 할 일인지 모르겠습니다.

송시열은 나의 아버지, 아니 우리 칠 남매의 아버지 증좌찬성 이공의 묘표[70]도 짓고, 묘비명도 손수 짓고, 내가 죽은 다음 70년 후 나의 증손 이동명이 나의 흩어진 시편들을 모아 간행한 『옥산시고』에 과찬의 서문도 쓰고, 비슷한 시기에 내 무덤 앞에 세운 묘갈의 묘갈문을 썼던 사람입니다. 율곡 형님에 대해서는 또 얼마나 많은 글과 자취와 떠받들음 남긴 사람인가요. 그러나 유독 어머니의 그림에 대해서만은, 더구나 그것이 세상 밖으로 나가 두루 살펴보아야만 그릴 수 있는 산수화에 대해서는 후부인의 예를 들어 조금도 그걸 인정하려 하지 않습니다. 그에게 율곡 형님은 정호·정이

---

70 죽은 이의 이름과 생몰 연월일, 행적 등을 새기어 무덤 앞에 세우는 퇫돌이나 푯말.

처럼 한 나라 유학의 기틀을 이루는 대 유학자이고, 어머니는 그들의 어머니 후부인과 꼭 같아야 하기 때문입니다.

송시열이 그보다 17년쯤 일찍 어머니의 난초 그림에 남긴 발문은 또 이렇습니다.

이것은 고 증찬성 이공(이원수) 부인 신씨가 그린 것이다. 손끝에서 나온 것으로도 혼연히 자연을 이루었으니 사람의 힘을 빌려서 된 것 같지 않다. 그림도 이 같거늘 하물며 우주 오행의 정수를 얻고 천지의 기운을 모아 참 조화를 이뤄 사람이 태어나게 하는 일에는 어떠하겠는가. 과연 율곡 선생을 낳으심이 당연하다.

이미 이때에도 송시열에게는 어머니와 관련된 모든 것의 결론은 율곡 형님입니다. 어머니가 사임당이라는 당호를 쓰고, 그림에 당호를 새긴 낙관을 써도 송시열에게 어머니는 화가 사임당이 아니라 '증좌찬성 이공의 부인'일 뿐이고, 사람의 힘을 빌려서 된 것 같지 않은 난초 그림 역시 어머니의 작품으로 뛰어난 것이 아니라 율곡 형님의 탄생을 우주의 참 조화로 설명하기 위한 하나의 보조물일 뿐입니다.

이것은 비단 어머니에게만 해당되는 일은 아닙니다. 어머니가 살았던 때로부터 불과 백 년 사이에 조선 유림이 성마르게 달라져 온 변화들입니다. 네 번의 큰 전란(임진왜란·정유재란·정묘호란·병자호란)을 겪은 다음 안으로 다진 존명벌청[71]의 명분 속에 중화와 일치를 꿈꾸는 조선의 성리학은 집 밖에 나가면 늘 얻어터지는 못난 사내들이 집안에서는 오히려 더 군림하려 드는 것처럼 밖으로는 허약하고 안으로는 빗장을 걸 듯 더욱 강경하게 교조화합니다. 혼례에서는 남귀여가[72]에서 일단 혼인하면 출가외인으로, 재산 상속에서도 예전 남녀균분에서 남자독식(나아가 장자독식)으로 바뀌어 가고 남존여비를 더욱 굳건히 합니다.

이들이 바라는 세상에서는 부녀자의 문장이나 필찰이 세상에 전해지는 것을 매우 옳지 않게 생각하는 후부인과 같은 여성이 필요한 것이지 오서육경에 통달하여 일곱이나 되는 자식들을 누구 하나 서당에 보내지 않고도 어머니가 교육시키고, 안견 다음으로 정묘하게 산수화를 그리는 사임당이 필요한 것이 아닙니다. 그것은 그들에게 대단히 현숙하지 못한, 아니 남자들만의 세계를 넘보는 오히려 위험하고 불온하기 짝이 없는 여성들의 모습입니다. 그래서 송시열은 어머니의 낙관이 찍힌 작품까지도 그것이 너무나 전문 화공의 그림

---

71 사라진 명을 의리로 받들고 근본이 오랑캐인 청을 정벌하겠다는 뜻이다.

72 남자가 여자 집에서 혼례를 올린 다음 그대로 처가에서 살다가 자녀를 낳아 자녀가 성장하면 본가로 돌아오는 우리나라 고유의 혼인풍속이다.

같아 어머니의 그림으로 인정할 수 없다는 것이었습니다. 자신이 생각하는 세상의 질서로 보더라도 그에게 그것은 절대 대현 율곡 선생 어머니의 그림이어서는 안 되는 것입니다.

송시열은 나중에 이동명의 설명을 듣고 나서 쓴 발문에서도 사임당의 낙관까지 찍혀 있는 어머니의 그림을 끝내 어머니의 그림으로 인정하지 않습니다. 아니, 인정하려 들지 않는다는 표현이 옳을 것입니다. 그러면서 작품의 내용과 다른 엉뚱한 말을 합니다.

이 그림은 이동명의 집에서 나왔는데 그의 고조모님의 유적이라고 한다. 그러나 세대가 오래되어 참인지 거짓인지 자세하지 않다. 이동명은 그것이 좀먹고 먼지에 더러워지는 것을 참지 못해(방지하거나 막기 위해서가 아니라 참지 못해) 장첩을 꾸며 보관했다. 이것은 주나라 왕실에 있는 적도(무왕이 상나라의 폭군 주왕을 죽일 때 쓰던 칼)와 천구(역시 주나라의 보물로 하늘빛의 옥)가 어찌 선왕이 친히 만든 것일까만은 잘 지키는 것이 효도인 것과 같은 셈이다.

그러니까 사임당의 인장이 찍혀 있어도 자신으로서는 끝까지 이것을 율곡 선생의 어머니가 그린 그림으로 인정하고 싶지 않고, 주나라의 보물이 그렇듯 그것이 어머니가 그린 그림이 아니라 하더라도 잘 지키는 것이 효도하는 것이라는 내용입니다. 앞서의 서찰도 그렇지만 이런 무례하기 짝이 없는 글을 어머니의 그림에 함부로 쓸 수 있다는 것만으로도 당시 서인 유림 안에서 그의 위세를 짐작할 수 있습니다.

어머니가 돌아가신 지 137년 되던 해, 여든두 살의 송시열은 다시 우의정 홍중보에게 편지를 보내 오랫동안 돌보지 못한 어머니의 묘소를 정비하자고 말합니다. 서인과 남인의 당쟁이 한창이고, 숙종 임금의 환국정치로 게다가 세자책봉 문제에서 다른 의견으로 서인의 입지와 송시열의 목숨이 풍전등화처럼 흔들리던 때입니다. 바로 그런 때 어머니의 묘소를 정비하자고 한 것은 이 힘든 시기에 율곡 선생 어머니의 묘소를 정비하는 것으로 서인의 결속을 강화하자는 것이었지 한 사람의 독립된 인물로 사임당을 인정해서가 아니었습니다. 그들은 단지 그들의 정통성에 종주와도 같은 율곡 형님을 낳으신 후부인과 같은 어머니가 필요했던 것입니다.

이후 어머니의 그림에 대한 후대인의 평은 대략 다음과 같습니다.

내가 일찍이 옛 서적을 살펴본 바 이른바 여자의 일이란 베 짜고 길쌈하는데 그칠 뿐 그림 그리는 따위의 일은 하지 않았다. 그런데도 부인의 기예가 이와 같은 것은 어찌 여자가 받아야 할 교육을 등한시한 때문이겠는가. 진실로 타고난 재주가 총명하여 여기까지 온 것이리라. 옛사람이 이르되 시와 그림은 서로 통하는 것이라 하였다. 시도 부인이 할 일은 아니지만 『시경』에 있는 「갈담」, 「권이」 같은 것은 저 거룩한 부인(문왕의 어머니 태임)이 지은 것이다. 또 여자가 지은 것으로 「초충」편이 있는데 이 그림(사임당의 초충도)이 바로 그것을 그려낸 것이니, 이것을 어찌 베 짜고 길쌈하는 것 외의 일이라 업신여길 수 있겠는가? 내가 들으니 부인은 시에도 밝고 예법에도 익어 율곡 선생의 어진 덕도 실상 그 어머니의 태교에서 비롯된 것이다.

- 사임당의 「초충도」를 보고 김진규가 쓴 글[73]

그림을 그린 이는 율곡 선생의 어머니요, 선생을 공경함이 부인께도 미치어 그림을 보다가 나도 모르게 경탄했네. 내가 생각건대 고이 앉아 종이 위에 붓 던질 때 그림을 그리려고 한 것은 아니었고, 「갈담」, 「권이」에서 읊은 것을 본떠서 그려 내니 소리 없는 시로구나.

- 신정하의 「사임당초충도가」 중에서

---

73 이 글은 시와 그림이 서로 통한다는 전제 아래 『시경』에 나오는 태임의 시와 「초충」편을 들어 송시열이 그림을 그리는 일은 후부인과 같은 여자가 할 일이 아니라고 불편해 한 것을 해소하는데 주력했다.

예로부터 그림 잘 그리는 이야 많지 않았는가. 다만 그 사람 자신이 후세에 전할 만한 인품을 가진 후에야 그가 그린 그림이 더욱 귀하게 되는 것이다. 그러지 못하면 '그림은 그림대로 사람은 사람대로'인데 어찌 비교할 수 있겠는가. 부인의 정숙한 덕과 아름다운 행실은 지금껏 부녀들의 으뜸이라고 일컫기도 하는데 하물며 율곡 선생을 아들로 두지 않았는가. 율곡 선생은 백세의 사표인데 그분을 앙모하면서 어찌 그 스승의 어버이를 공경하지 않을 수 있겠는가.

– 송상기의 「사임당화첩」 발문 중에서

율곡 선생은 백대의 스승이라 내 일찍이 저 태산과 북두성처럼 우러렀는데 이제 또 그 어머니의 작품을 보니 그 경모되는 바가 과연 어떻겠는가.

– 권상하의 「대·오이·물고기 그림첩에 적음」 중에서

부인은 훌륭한 덕행을 갖추고 대현을 낳아 기르셨는데 이 점은 진실로 후부인에게 뒤지지 않는다. 그런데 지금 그림첩을 보니 재주가 뛰어나고 예술이 우뚝한데 이것은 후부인에게서 듣지 못한 말이다. 이와 같다면 덕을 갖추고도 모든 일에 능한 분이라 아니할 수 있겠는가.

– 정호의 「사임당화첩」 발문에서

율곡의 선생됨을 보면 이른바 단샘에도 근원이 있고, 지초
도 뿌리가 있다는 말을 증험하게 한다.

    – 신경이 사임당의 그림을 보고 나서 쓴 글 중에서

붓 솜씨가 그윽하고 고우면서도 고상하니 고운 것은 여성
인 때문이요, 고상한 것은 율곡 선생 어머니 된 까닭이다.

    – 조구명의 『동계집』 중에서

정성 들여 그은 획이 그윽하고 고상하고 정결하고 고요하여
부인께서 더욱더 저 태임의 덕을 본든 것임을 알 수 있다.

    – 사임당의 글씨에 대해 강릉부사 윤종의가 쓴 글

이렇듯 후대의 평들도 모두 송시열의 뜻에 착실합니다. 어
머니의 그림과 글씨에서 그림과 글씨는 보지 않고 그것을 가
리킨 송시열의 심중과 송시열의 손끝만 봅니다. 어머니가 있
어 자식이 있는 게 아니라, 그들에게는 율곡 형님이 없으면
어머니도 없습니다. 어머니의 그림은 더욱 없습니다. 다른
곳에 쓴 것도 아니고 어머니의 그림에 붙인 평에 여자는 베
나 짜고 길쌈이나 하는 것이지, 시를 쓰고 그림을 그리는 것
은 부인이 할 일이 아니라고 대놓고 말합니다. 더욱 특별한
것은 송시열의 거친 불만 이후 어머니의 그림 가운데 초충도

와 포도도에 대한 평과 발문은 더러 나와도 산수화에 대한 글은 시든 발문이든 더 이상 나오지 않았다는 것입니다.

송시열은 유학으로 당대의 정치 이데올로기와 헤게모니를 장악했던 사람입니다. 홍중보에게 편지를 쓴 다음 해 세자 책봉 문제로 노론이 실각하며 사약을 받긴 했어도, 그가 그토록 불편하게 여겼던 어머니의 산수화에 대해 말하는 것이 이 땅의 유학자 어느 누구에게도 쉽지 않았던 것입니다. 율곡 형님이 퇴계 선생과 더불어 조선 성리학의 양대 산맥과도 같은 상징적 존재라면 송시열 역시 당쟁으로 목숨을 잃어도 그 당쟁으로 오히려 우뚝 자신의 이름을 세운, 노론의 유림 안에서는 누구도 쉽게 유학의 이름으로 범접할 수 없는 그 시대의 또 다른 상징적 인물이었던 것입니다.

모두들 어머니의 그림에 대해서 송시열이 일찍이 규정한 범위 안에서 얘기합니다. 어머니에 대해 송시열이 심중에 담고 있는 뜻 그대로 어머니의 모습에서 억지로 글과 그림을 떼어 내고 후부인처럼 현숙한 부인의 모습만 남기고자 했던 것입니다. 그리고 그런 그들의 의도대로 살아생전에는 화가로 이름을 떨쳤던 어머니는 하늘의 조화를 받아 오직 율곡 선생을 낳은 현숙한 어머니로 그들의 유학 사회에 또 한 명의 후부인이 되어 갔던 것입니다.

그러나 송시열과 이후의 유학자들이 어떻게 말하든 어머

니는 그들이 꿈꾸는 세상으로부터 백 년 전 이미 그 시대에 '신씨' 혹은 '동양' 때로는 '동양신씨'로 불리며 명성을 떨친 화가였습니다. 어머니가 돌아가신 다음 열여섯 살의 율곡 형님이 소년의 시선으로 눈에 보이는 그대로 쓴 것처럼 이미 그 시기에 어머니는 어머니의 그림을 모범으로 따라 그린 병풍과 족자가 세상에 많이 나올 만큼 가족 중 누구의 도움 없이도 백 년 전의 스승 안견 다음가는 자리의 당당하고 고아했던 화가 사임당 신씨였습니다.

『동계만록』 속의 어머니와 서모 이야기

정래주라는 사람이 있습니다. 숙종 임금 때 태어나 벼슬을 시작해 영조 임금 때 동래부사로 나갔는데 사헌부에서 정래주가 병들어 정신이 혼미하다고 하자 임금이 서울 조정으로 불러올렸습니다. 중앙에 올라와 승지를 하면서 아무 문제가 없자 곧이어 북청부사로 나가고 후일 병조참판, 형조참판을 지냈는데, 그의 저서 가운데 『동계만록』이 있습니다.

거기에 아버지와 어머니의 얘기가 실려 있습니다. 사실적인 얘기가 아니라 어머니가 돌아가신 지 180년이나 지난 다

음 정래주가 지어낸 얘기로 아버지와 어머니가 아버지의 재
혼에 대해 이야기를 나눕니다.

사임당: 제가 몸이 안 좋으니 아무래도 당신보다 먼저 죽
겠지요. 제가 죽은 뒤에 당신은 다시 장가를 들지 마십시
오. 우리에게 아들 넷, 딸 셋, 칠 남매의 자녀가 있는데,
또 무슨 자식을 더 낳으려고 예기의 가르침을 어길 수가
있겠습니까?

이원수: 공자가 아내를 내보낸 것은 무슨 예법에 합하는
것이오?

사임당: 그것은 공자가 노나라 소공 때 난리를 만나 제나
라 이계라는 곳으로 피난을 갔는데, 부인이 따라가지 않
고 송나라로 갔기 때문입니다. 그러나 공자가 그 부인과
다시 살지 않았을 뿐 아주 내쫓았다는 기록은 없습니다.

이원수: 공자가 아내를 내친 기록이 없다는 게 맞소? 그러
면 증자가 부인을 내쫓은 것은 무슨 까닭이오?

사임당: 증자의 부친이 찐 배를 좋아 했는데 부인이 배를
잘못 쪄서 부모 봉양하는 도리에 어긋남이 있었기 때문
에 부득이 내쫓은 것입니다. 그러나 증자는 한 번 혼인
한 예를 존중하여 다시 새 장가를 들지는 않았습니다.

이원수: 주자의 집안 예법에는 이 같은 일이 일어나지 않

았소?

사임당: 주자가 47세 때 부인 우씨가 죽고 맏아들 숙은 아
직 장가를 들지 않아 살림할 사람이 없었지만 다시 장가
를 들지는 않았습니다.

이원수: (할 말을 잃음)

정래주가 지어낸 이야기지만 부부가 아니라 마치 스승과
제자가 문답하는 듯하고 어머니는 아버지께 재혼하면 왜 안
되는지에 대해 그 이유를 예기와 고전들을 차곡차곡 인용하
며 논리적으로 말씀을 폅니다. 가상이지만 흡사 어머니가 살
아 계실 때 두 분이 문답하는 모습과도 같습니다. 실제로 어
머니는 아버지와 말씀을 나눌 때 이야기는 조곤조곤하지만
그 안에 아버지가 반드시 지켜야 할 것들과 또 해서는 안 될
일들에 대해 차근차근 말씀드리곤 했습니다. 그러면 아버지
는 또 너그러운 선비의 풍모로 빙긋이 웃으며 어머니의 말
씀을 귀담아 듣고 받아들였습니다. 두 분은 정말 집안에서
큰소리를 내지 않았습니다. 특히 어머니는 자식들이 보는 앞
에서는 언짢은 기색도 내지 않았습니다.

그런데 아버지와 어머니 말고도 선대에 남편보다 아내가
먼저 세상을 떠난 집안도 많은데 왜 이런 얘기가 아버지와
어머니 사이에 만들어졌을까 생각해보았습니다. 우선은 율

곡 선생의 부모인 때문이겠지요. 그리고 거기에 또 다른 짐작들도 있겠지만, 제 생각엔 아마도 후대에 구전으로 정설처럼 전해진 '율곡의 못된 서모' 얘기 때문에 더욱 이런 얘기가 만들어진 것이 아닐까 싶습니다.

아버지는 어머니가 돌아가신 다음 새 장가를 들었던 것이 아니라 어머니가 돌아가시기 전 이미 옆에 서모가 있었습니다. 서모가 언제 들어왔는지는 제가 그때 너무 어려서 잘 모르지만, 아무튼 제가 어릴 때부터 이미 집안에 서모가 있었습니다. 율곡 형님이 쓴 어머니의 행장에 나오는 희첩이 바로 그 서모입니다. 구전 속의 서모가 술집 주모였다는 것은 어머니가 율곡 형님을 잉태하던 날 아버지가 서울에서 봉평으로 오던 중 방림을 지나 대화 외딴집에서 만났던 여인의 얘기가, 또 그 여인이 아버지를 하룻밤 붙잡기 위해 유혹했던 얘기가 주모의 얘기로 윤색된 것이 아닌가 싶습니다.

구전 속에 서모의 못된 이야기도 여러 모습으로 나옵니다. 매일 아침 식전부터 술을 마시고 자식들에게 패악이나 부리고, 섭섭한 일이 있을 때마다 마당에 놓아둔 독에 대고 통곡해 동네사람들에게 자식들 망신을 주고, 누군가 가져온 홍시 쟁반에 감이 비었다고 노발대발하는 모습들인데 앞에서도 잠시 얘기했지만, 우리 자식들이 남긴 기록엔 결단코 그런 일은 없었습니다. 율곡 형님이 어머니의 행장에 쓴 것처럼 어머니가 평소 서모가 어떤 실수를 하여도 늘 온화하게 웃는 얼굴로 대했듯 서모도 어머니가 돌아가신 다음 자식들에게 크게 모나게 대한 일이 없습니다. 아버지가 돌아가신 다음 당연히 큰형님이 모셨고, 큰형님이 돌아가신 다음엔 율곡 형님이 해주 석담에 일가를 다 불러 모아 살 때 언제나 상석에 모셨습니다.

서모가 더러 실수를 했다면 율곡 형님과 성혼 선생과 송익필 선생이 서로 편지로 주고받은 것을 모은 『삼현수간』[74] 속에 짧게 들어가 있는 얘기와 같은 것들입니다. 서모가 아들 친구의 절을 받을 때 어떤 예를 갖춰야 하는지 몰라 실수했던 것과 또 형님이 후일 석담에 가솔들을 다 불러 모으고 살 때 늙은 서모를 늘 불쌍히 여겨 예기에 정해진 예보다 높게 인정을 위주로 하여 모셨던 얘기들입니다.

그런데도 우리 형제들이 모두 세상을 떠난 다음 서모가 못되고 악독한 사람으로 그려진 것은 제 생각으로는 아마 후대의 사람들이 율곡 형님을 대현의 자리로 떠받들며 형님의 고난과 효행을 앞에서 말한 형님의 억지 적빈 얘기만큼이나 돋보이게 하기 위해 과장되게 그려놓은 때문이 아닌가

---

74 『삼현수간(三賢手簡)』은 주로 송익필(1534~1599), 성혼(1535~1598), 이이(1536~1584) 사이에 왕래한 편지를 후대의 송취대가 4첩으로 제작한 것으로 대한민국의 보물 제1415호로 지정되었다.

여겨집니다.

그것은 형님 편의 사람들도 그렇고, 반대편의 사람들도 그렇습니다. 형님을 받드는 쪽에서 먼저 주목했던 것은 순임금의 고사였습니다. 요임금의 뒤를 이은 순임금의 아버지는 성격이 완고한 장님이었고 어머니는 서모인데 매우 간악했습니다. 서모의 아들도 오만하고 간악하여 몇 차례에 걸쳐 순을 죽이려고 하였지만 순은 끝까지 효를 다하여 모든 가족들이 착하고 순해지게 했습니다. 서모 이야기를 여기에 맞춘 것인데, 어쩌면 그것은 송시열이 어머니를 억지로 후부인에게 맞추려 했던 것과 똑 같은 모습일 수 있습니다.

거기에 또 하나 서모와 관련된 이야기로 율곡 형님은 어머니의 삼년상을 마친 다음 열아홉 살 때 집을 떠나 일 년 금강산에 들어갔다가 나옵니다. 유학을 숭상하는 나라에서 이것은 나중에 형님이 벼슬살이를 하는 내내 발목을 잡습니다. 동서분당 이후 동인들은 율곡 형님을 탄핵할 때마다 이 말부터 합니다. 그들에게 형님은 '서모와 싸우고 가출하여 불도에 몸을 담은 자'입니다. 채 한 문장도 되지 않은 말 속에 이 땅의 선비가 절대 어겨서는 안 되는 두 가지 잘못이 들어가 있습니다. 충과 효를 삶과 행동의 근본으로 삼는 유학의 나라에서 효의 근본조차 잊고 아버지와 함께 살고 있는 서모와 싸우고 절에 들어가 불도에 몸을 담은 자로 공격하는 것입니다.

　그 공격은 율곡 형님 사후에도 마찬가지였습니다. 숙종 임금 시절 형님은 선조 임금의 묘정에 배향되었다가 기사환국 때 노론이 실각하며 출향됩니다. 이때에도 어김없이 나온 말이 '서모와 싸우고 가출하여 불도에 몸을 담은 자'를 종묘에 배향할 수 없다는 것이었습니다. 후일 갑술환국 때 다시 배향되었지만, 형님을 퇴계 선생의 반대편 서인의 종주로 내세우는 사람들이 형님의 금강산 출가의 불가피성을 은근히 변호할 때 내세우는 말 중의 하나가 바로 못된 서모 때문이라는 것이었습니다. 이때에도 율곡 형님은 절대 서모와 싸운 적이 없고, 큰 형님이 서모와 자주 싸워 그 가운데서 어떻게 할 수 없는 열아홉 살 청년이 어머니를 잃은 상심 속에 심신이 지친 나머지 집을 떠나 금강산으로 갔다고 심정적으로 변호합니다. 형님을 두둔하는 쪽에서도, 형님을 공격하는 쪽에서도 저마다의 필요에 따라 '율곡의 서모'는 적당히 못된 점을 갖추어야 했던 것입니다. 금강산 출가의 문제뿐 아니라 저 옛날 순임금처럼 나중에 그런 서모를 감복케 하는 서인 쪽의 효를 위해서도 그렇고, 당장 서모와 싸우고 집을 떠나는 동인 쪽의 불효를 위해서도 그렇습니다.

어머니가 돌아가시다

아버지가 수운판관이 된 것은 어머니가 돌아가시기 한 해 전인 경술년 여름이었습니다. 그 전해 5월에 작은댁 이기 할 아버지가 일인지하 만인지상(一人之下 萬人之上)의 영의정 자리에 올랐습니다. 동생이지만 보다 일찍이 좌의정에 오르셨 던 이행 할아버지가 돌아간 지도 오래 되고, 아버지의 고종 사촌인 최보한 대감도 돌아간 지 삼 년이나 지난 다음이어 서 아버지는 예전보다 더 자주 이기 할아버지 댁에 출입했 습니다. 거기 말고는 과거시험에 오른 것도 아닌 아버지가 끈을 댈 곳이 없었습니다. 그런 지 일 년쯤 지난 다음 아버지가 수운판관으로 임명되었습니다.

수운판관은 경기도관찰사 예하에서 한강의 수운을 담당하는 관직입니다. 충주 가흥청에도 수운이 있고, 항해도 배천[75]에 수운이 있는데 충주 수운은 경상도와 충청도 일부지역의 세곡의 운송을 지휘 감독하고, 관서의 수운은 황해도의 연백평야와 각 군의 세곡을 걷어 겨우내 보관했다가 봄이 되어 얼음이 녹은 다음 예성강에서 강화 교동도 앞바다를 지나 한강을 거슬러 서강까지 운송하는 것을 지휘 감독하는 종5품직입니다. 무록관직이어도 나라의 세곡을 운송하는 막중한 직책입니다. 이런 직책이 과거시험에 오른 적도 없는 아버지에게 주어진 것은 당시 날아가는 새도 떨어뜨린다는 이기 할아버지의 막강한 입김 때문이라는 걸 모르는 사람이 없었습니다.

아버지가 벼슬을 받은 지 며칠이 지난 다음 어머니가 틈을 보아 아버지에게 간곡하게 말했습니다.

"영감님. 요즘 영감님이 밖에 다니시는 일이 작은댁 둘째

---

75 한자로는 白川이라고 쓰지만, 배천이라고 읽는다. 조선 후대 매관매직이 일상처럼 일어나던 시절 한 사람이 돈을 주고 배천현감 사령장을 받고 "아이고, 감사합니다. 제가 이제 백천현감이군요"라고 말했다. 그러나 아무리 매관매직하던 시절이라도 배천현감인지, 백천현감인지도 모르는 사람을 그곳으로 보낼 수 없어 사령장을 취소했다는 우스갯소리도 이 한자 때문에 나왔다.

할아버지 댁에 출입하는 일이었는지요?"

"늘 가지는 않지만 내게는 당숙이 아니오? 이따금 가서 나이 드신 어른 문후 여쭙는 일이오."

"그러시는 걸 잘 압니다. 그렇지만 지금 우리 아이들이 한창 자라고 있습니다. 이 아이들이 자라서 나중에 무엇이 될지는 아무도 모르는 일이랍니다."

"지금 무슨 말을 하고 있는 거요? 그냥 바로 말해 보도록 하오."

"제가 밖에서야 무슨 얘기를 들을 수 있겠습니까? 남도 아닌 집안사람들이 모이는 자리에서 어쩌다 말이 나와 듣는 얘기로도 작은댁 영의정 어른께서 어진 선비를 많이 모해하고 또 목숨을 앗았다고 합니다."

"아니, 당신 말대로 남도 아니고, 대체 그런 얘기를 집안에서 누가 하는 거요?"

"영감님. 누가 하는 게 중요한 게 아닙니다. 다른 사람이 아닌 집안에서 그런 얘기가 나온다면 밖에서는 또 어떤 말들이 오갈지는 생각하지 않으시는지요? 그걸 한 번 생각해보세요. 그렇게 어진 선비를 모해하고 권세를 탐해서 저 자리까지 오르셨지만, 그분 연세가 지금 일흔넷인데 그 영화가 앞으로 얼마나 오래 가겠는지도 함께 생각해 보십시오."

"나, 이거야……. 그 어른과 나는 유복친(상을 당했을 때 상복을 입는 가까운 족친) 중에서도 다섯 촌 안이 아니오. 거길 드나드는 일을 가지고 이러면 내가 어딘들 갈 수 있겠소?"

"알지요. 그 어른이 세상을 떠나면 영감님도 복을 입으시고, 우리 아이들도 복을 입습니다. 그러기에 더 드리는 말씀입니다. 차라리 남이면 상관없는 일이고, 말씀도 드리지 않습니다. 가까울수록 더 조심해야 할 일이기에 드리는 말씀입니다."

"얘기해 보시오."

"자라나는 아이들을 생각해서도 영감님은 이제 그 댁에 더 드나들지 마십시오. 영감님 한 사람의 일이 아니라 이 집의 네 아들의 앞날이 함께 거기에 있습니다. 아무리 권세가 막강하여도 세상인심을 거스르는 권세는 없습니다."

"알았소. 당숙께서 찾기 전에는 내 안 가리다."

"그것만으로는 부족합니다."

"그럼 어떻게 하라는 것이오?"

"그 댁엔 영감님 외에도 드나드는 사람이 많아서 영감님이 가시지 않는다고 해서 일부러 찾는 일도 없겠지만, 이제 부고 기별이 아닌 다음에는 아예 발길을 끊으셔야 합니다. 부디 아이들의 앞날을 생각해 영감님 먼저 그 댁으로 걸음하지 마시기 바랍니다."

"허 참. 알겠소. 당신은 말은 낮게 조용조용하게 하면서도 한 마디 한 마디가 아주 추상같소. 나이 들수록 빙부님 옛 시절 모습과 어쩌면 그리 똑 같소?"

어머니는 그런 분이었습니다. 그때부터 아버지도 더 이상 작은댁 이기 할아버지 집에 출입하지 않았습니다. 이기 할아버지는 몇 년 전 새 임금(명종)이 즉위할 때 임금의 외삼촌인 윤원형과 손잡고 을사사화를 주도한 인물입니다. 역사적으로는 소윤이 대윤을 몰아낸 사건이지만 이 사화에 백 명도 넘는 사림이 목숨을 잃거나 숙청당했습니다. 이기 할아버지는 아무도 그 권세에 눌려 말하지 않았지만 이 사화의 원흉으로 지목되고 있었습니다. 세간의 평도, 인심도 다들 어디 그 권세가 얼마나 갈지 두고 보자는 식이었습니다. 아버지가 그런 이기 할아버지 집에 출입하는 것을 알고 어머니가 미리 예방을 하셨던 것이고, 아버지 역시 순하고 너그럽게 어머니의 말을 따랐던 것입니다. 그 댁에 계속 출입을 하고 또 금방 더 나은 자리로 옮겨가고 했다면 세상의 인심 역시 아버지에게 나쁠 수 있고, 그게 우리 형제들에게 미칠 수도 있었겠지요.

우리 형제들에게도 어머니는 작은댁의 여러 형제 할아버지 가운데 이행 할아버지를 늘 바른 모범으로 말씀하시고, 그 할아버지를 닮으라고 했습니다. 집안사람들 사이에서도 전해 오는 얘기가 있습니다. 이기 할아버지는 장리의 사위로 그토록이나 연좌제에 시달리면서도 술을 즐기고 놀이로 활쏘기를 좋아하며 직무에 태만하다고 사헌부로부터 탄핵을 받기도 했지만, 이행 할아버지는 춘추관 편수관으로 도당낭청을 맡았을 때 전례에 따르면 반드시 일류 기생들을 뽑아 연정회를 베풀어야 하는데 할아버지가 도당낭청이 되자 벽에 누군가 '도리야 화려함을 자랑마라. 이행이 들어왔다'고 써 놓았다고 했습니다. 그 말은 이행 할아버지가 암만 관례여도 명류 기생이 참여하는 연정회 같은 것은 절대로 열지 않을 것이라는 뜻이라고 했습니다. 녹봉을 받는 관리로 절대 전장을 마련하지 않았던 것도 어머니가 늘 귀감으로 이야기하곤 했습니다. 죽어서 한 사람은 나중에 묘 앞에 세운 비석이 깨뜨려지고, 또 한 사람은 왕의 묘정에 배향되었습니다. 형제여도 달랐습니다.

어머니가 돌아가시기 전해 봄에 우리 집은 수진방에서 삼청동으로 이사를 했습니다. 먼저 있던 수진방 집을 아버지와 서모에게 내주고 우리가 이사를 한 것입니다. 이사를 하자마자 아버지가 황해도의 세곡을 조운하는 일로 배천으로 가셨습니다. 여기에 큰형님과 셋째 형님이 따라갔습니다. 집에는 둘째 형님과, 둘째·셋째 누님과 제가 있었습니다. 아버지와 형님들이 배를 타고 관서로 갈 때엔 아무 일이 없었습니다.

그러니 큰형님을 아버지를 따라 가게 했던 것이지요.

그런데 5월 초 어머니가 갑자기 아버지와 두 형님이 가계시는 배천 금곡에 있는 수운참으로 편지를 써 보냈습니다. 집을 떠난 지 두 달이 되어 가는데 아버지의 건강은 어떠하신지, 그리고 함께 간 큰아들과 셋째 아들도 잘 지내는지 궁금하다는 안부편지였지만 안부 말고는 별 말을 쓰지 않아 그 편지를 받은 아버지도 형님들도 어머니가 편지를 쓰신 마음속의 뜻을 짐작하지 못했습니다. 어머니의 심부름으로 서강 서울창 수점에 편지를 전하고 온 둘째 형님도 편지만 전하고 어머니가 어떠시다는 말은 따로 전하지 않아 더욱 그랬습니다.

며칠이 지난 어느 날 어머니께서 갑자기 몸살 기운이 있으신지 몸이 으슬으슬 추우시다며 자리에 누우셨습니다. 그리고 이틀이 지난 다음 집에 남은 자식들을 모두 불러 앉히고, 먼저 살던 수진방 집에 있는 서모까지 부른 다음 멀리 집 떠나는 사람처럼 하나하나 일러 이야기했습니다.

"내가 아무래도 오래 살지 못하겠다. 너희 아버지께서 언제 오실지 모르겠다만, 아무래도 그 전에 내가 떠나게 될 것 같구나. 아무쪼록 너희는 아버지 말씀 잘 듣고, 어미가 없더라도 불편하신 게 없도록 잘 받들어 모시도록 해라. 그리고 모두들 열심히 학문에 뜻을 두어라. 어미가 보기에 그것이 너희 형제들에게 가장 맞는 일이고 정직하고 바르게 세상을 사는 일이다. 집안에 있는 내 그림과 글씨는 아직 어리다만 이다음 자라서 우가 보관하도록 하려무나. 예전에 너희 외할 아버지께서 어미한테 그림이고 글씨고 귀하게 여기는 사람이 아니면 함부로 돌리지 말라고 했다. 이 말을 둘째도 명심하여 형과 아우에게 일러주고, 또 우도 꼭 명심하여 어미의 그림과 글씨를 함부로 돌리지 않도록 해라."

어머니는 서모에게도 아버지와 자식들에게 대해 몇 가지를 당부했습니다. 그리고는 정말 아무 일 없는 듯 저녁이 되고 밤이 되어 편하게 주무시길래 옆에 지키고 있던 자식들도 서모도 어머니가 아까 말씀은 그렇게 하셨지만, 오히려 병환이 다 나은 걸로 생각을 했는데 새벽에 갑자기 숨이 가빠하시더니 그대로 세상을 떠났습니다.

신해년 오월 열이렛날입니다.

기이한 일은 집을 나가 밖에 계시던 아버지와 형님들에게도 있었습니다. 어머니가 돌아가시던 바로 그날 아버지와 형님도 세곡을 조운하는 일을 모두 마치고 배를 타고 서강에 닿았는데, 행장 속에 든 유기그릇이 모두 빨갛게 변해 있어 이게 무슨 일일까 모두 괴이쩍게 여기던 참에 어머니가 돌아가셨다는 기별을 들었다고 했습니다.

어머니는 그렇게 아버지와 우리 칠 남매를 남겨 두고, 또 어머니가 공부를 가르친 자식들의 미래에 대한 많은 걱정을 간직한 채 마흔여덟 살에 세상을 떠났습니다. 그때 혼인한 자식은 큰딸 매창 누님뿐이었고, 혼기를 넘거나 혼기에 이른 아들과 딸이 셋이었습니다. 스물여덟 살의 큰아들과 스물한 살의 둘째 아들은 초시에조차 아직 입격하지 못했고, 어머니가 믿는 학문에서 가장 큰 재주를 보인 셋째 아들은 이제 열여섯 살이었습니다.

삼 년 전 셋째 형님이 열세 살의 나이로 위에 형님들을 따라 처음 과장에 나가 치른 진사과 초시에서 소년 장원을 한 것이 어머니에겐 자식들이 공부로 이루어 보여 드린 기쁨의 전부였다는 것이, 그렇게 어머니를 보내 드린 것이 한 배의 자식으로 너무도 가슴이 아프고 안타까울 뿐입니다. 정말 그 해 아직 나이도 어린 셋째 형님이 한 나라의 동량으로서 보여 준 믿음마저 없었다면 어머니는 어떻게 눈을 감으셨겠는지요.

어머니가 돌아가신 다음의 일이긴 하지만, 형님은 열세 살 때 소년 장원을 한 다음 십 년 후 한양 별시에서 또 한 번 장원을 하며 세상을 깜짝 놀라게 하는 글을 내놓았습니다. 이때의 시험문제는 정말 오랜 세월을 두고, 조선 왕조가 끝나고 과거시험 제도가 완전히 끝날 때까지 사람들 입에 과거 때마다 회자되던 것이었습니다.

'해와 달과 별의 움직임을 포함한 우주의 바른 운행 원리는 무엇이며, 좋은 조짐의 별(경성)과 불길한 조짐의 혜패(혜성)는 어떤 때에 나타나는지, 또 바람이 불고 구름이 모여 비와 눈이 내리는 기상의 순리와 태풍이 불고 온 하늘이 어둡도록 황무와 대무가 끼는 기상 이변에 대한 대책을 논의하라'는 것이었습니다. 뜻밖의 문제 앞에서 응시자 대부분 벼루에 먹을 갈 엄두조차 내지 못하고 입을 벌리고 있는데 셋째 형님은 반나절도 되기 전 전체 응시자 중에 세 번째로 우주의 원리와 그 속에 살고 있는 인간 심성의 근원을 살피는 2,500자의 답안을 써내 사람들을 놀라게 했습니다.

이것이 훗날 중국 사신들도 우리나라로 올 때 미리 그것만은 꼭 읽고 와 감탄하는 율곡 형님의 글 가운데서도 그렇고 조선 500년 역사에서도 명문 중에 명문으로 꼽히는 '율곡 이이의 「천도책」'입니다. 후일 형님이 퇴계 이황 선생이 주장하는 이기이원론과는 전혀 다른 논증으로 펼쳐 나가는 이기일원론의 사상적 기초가 이미 그때에 체계를 갖추었던 것입니다.

저는 꼭 형님 생각만도 아니게 틈틈이 이 글을 볼 때마다 어머니가 셋째 형님이 스물아홉 살 때 초시·복시·전시의 삼장장원으로 급제한 다음 호조좌랑으로 처음 벼슬길로 나서는 모습은 보지 못하더라도 스물세 살 때에 쓴 이 글만은 꼭 보고 가셨더라면 얼마나 좋았을까 하는 생각을 늘 합니다. 외할아버지 말씀대로 어머니야말로 뭇 선비들과 함께 과거를 봐도 좋을 학문을 하였고 또 우리의 학문을 이끄셨으니 형님의 저 「천도책」을 누구보다 깊이 읽어 내셨을 것입니다. 아니면 하늘에서 그것이 형님의 마음 안에서 글이 되어 나오는 것을 누구보다 먼저 읽어 내셨던 것일까요? 부디 그렇게 하셨더라면 제 안타까움이 만분의 일이라도 덜어질 것 같습니다.

여성으로 조선 최고의 학문을 이루었던 어머니이기에 더욱 그렇습니다.

어머니는 그렇게 우리의 곁을 떠나 세상의 어머니가 되었습니다. 세상 사람들이 모두 말하고 받드는 율곡 선생의 어머니로…….

그리고,
예술가 사임당의 자리로 제가 어머니를 모시고 옵니다.

소설 속 사임당과 율곡 관련 연표

1390년(고려 공양왕 2년)

오죽헌을 지은 최치운 태어남.

1417년(태종 17년)

화가 안견 태어남. 훗날 사임당이 안견의 산수도를 보고 그림 공부를 함.

1440년(세종 22년)

최치운 서울에서 이조참판으로 재직하던 중 세상을 떠나며 둘째 아들인 최응현에게 오죽헌을 물려줌.

1447년(세종 29년)

안견 안평대군의 꿈 얘기를 듣고 「몽유도원도」를 그림.

1476년(성종 7년)

신명화(사임당의 아버지) 태어남.

이원수(사임당의 남편)의 당숙 이기 태어남.

1478년(성종 9년)

이기의 동생이자 이원수의 작은 당숙 이행 태어남.

1480년(성종 11년)

사임당의 어머니 이씨 부인(이사온의 외동딸) 태어남.

1482년(성종 13년)

조광조 태어남.

1483년(성종 14년)

사임당 외조부 이사온 생원 입격. 이 무렵 최응현은 둘째 딸과 둘째 사위 이사온에게 오죽헌을 물려주고 이사온은 강릉 오죽헌에 가서 살기 시작함.

1495년(연산군 1년)

오죽헌의 주인 최응현 대사헌이 됨.

이행(이원수의 작은 당숙) 18세에 두 살 위의 형 이기보다 6년 빠르게 문과 급제하여 벼슬길에 나섬. 생육신 성담수와 성담년이 이기와 이행의 외삼촌이고 성삼문이 그의 외재종숙임.

1497년(연산군 3년)

이행 20세에 예문관 검열 겸 춘추관 기사관에 선보되고 전직하여 봉교에 이르렀는데 선진들이 어리다고 가볍게 보았으나 그가 쓴 초고를 보고 모두 놀라 탄복함. 후일 이행에 대해 조선 최고의 문장가 허균이 '이행의 시가 입신의 경지에 들었다'고 말함.

1498년 (연산군 4년)

최응현 성종 임금시절 대사헌을 지내고 다시 대사헌이 됨.

연산군의 원칙 없는 정치로 대간들의 사직이 1,000회에 이름.

10월 무오사화 일어남. 「조의제문」을 쓴 김종직의 문집을 불태우고 무덤을 열어 관을 꺼내 부관참시함. 김종직의 제자 김굉필은 평안도 희천에 유배되었다가 그곳에서 지방관으로 부임한 조원강의 아들 조광조를 만나 학문을 전수함.

1501년(연산군 7년)

율곡 아버지 이원수 서울에서 태어남.

퇴계 이황, 남명 조식도 같은 해에 태어남.

이기는 문과에 장원으로 급제했으나 장인 김진이 서산군수 시절 모시포를 뇌물로 과다하게 받은 장리여서 이에 대한 연좌제로 사위 이기도 청요직에 나가지 못함. 동생 이행은 비슷한 시기에 세자시강원 사서, 사헌부 지평, 홍문관 교리와 같은 청요직을 거침.

1504년 (연산군 10년)

10월 29일 강릉 북평촌에서 신사임당 출생.

갑자사화 일어남. 사화는 연산군이 모비인 폐비 윤씨의 복위를 추진하려는 것을 사림과 관료들이 반대하는 과정에서 일어났으며, 궁중파 임사홍 등이 부중파 훈구세력까지 일망타진하려 하면서 사태가 확대되었음. 김굉필 죽음.

왕의 행동을 비난하는 언문 익명서 나붙자 언문의 교수 학습을
금지.

이행은 폐비의 휘호를 반대하여 장형을 받고 충주로 귀양감.

1506년(중종 즉위년) 사임당 3세

10월 중종반정 일어남.

이행은 갑자년 이후 수차례 고문 후 충주에서 다시 거제로 귀양
갔다가 홍문관의 옛동료 박은에 얽힌 벽서사건으로 다시 죽을 때
까지 곤장을 치게 하였는데, 의금부 관리가 왕명을 받고 가던 중
중종반정이 일어나 구사일생으로 살아남.

이원수 6세. 이해 이원수의 아버지 이천이 24세의 나이로 죽음.

1507년(중종 2년) 사임당 4세

사임당 외증조부 최응현 79세의 나이로 죽음.

강원도관찰사였던 고형산이 사비를 털어 대관령 길을 우마차가
다닐 수 있도록 만듦.

이행 강원도 향시 사관으로 강릉대도호부에 시험관으로 옴. 이 무
렵 강릉에 있던 신명화와 사귀기 시작해 이것이 후일 신명화의
둘째 딸과 이행의 당질 이원수가 혼례를 치르는 계기가 됨.

1510년(중종 5년) 사임당 7세

조광조 사마시에 장원 입격. 진사가 되어 성균관에 들어가 공부함.

사임당 스승 없이 안견을 사숙하여 그림그리기를 시작함. 풀벌레
와 포도를 그리는 데 남다른 재주가 있었고, 외조부 이사온이 사
임당 등 외손녀들에게 천자문과 명심보감·사략과 사서와 육경,

주자를 가르쳐 사임당도 일찍부터 학문 소양을 갖추어 나감.

1511년(중종 6년) 사임당 8세

10년 전 문과에 장원 급제하였으나 장리의 사위라는 꼬리표에 시달리던 이기는 36세에 다시 정시에 합격하고, 그의 동생 이행은 34세에 홍문관 부응교, 예문관 응교에 제수됨.

1515년(중종 10년) 사임당 12세

이행 사간원 사간에서 대사간이 됨.

조광조 성균관 유생들의 천거와 안당의 적극적 추천으로 조지서 사지라는 관직에 초임됨. 그 후 가을 별시문과에 급제. 예조 좌랑을 역임하고 정언이 되어 언관으로서 의도를 펴기 시작함.

정경왕후가 죽고 계비 책봉 문제가 거론되자 순창군수 김정, 담양부사 박상 등은 중종의 정비(폐위된 신씨)를 복위시킬 것과 신씨의 폐위를 주장했던 박원종을 처벌할 것을 상소함.

이때 대사간 이행이 나서서 이들을 탄핵하여 귀양을 보냄(이행이 "연산주가 모비를 위하다가 도리어 선왕을 원수로 삼아 조정을 도륙하여 종묘사직이 위태한 지경에 빠졌다. 신수근은 이미 죄를 받았으니 그 아비를 죽이고 그 딸을 왕비로 세워 패망의 자취를 따른다면 이 나라 사직이 어떻게 되겠느냐?"라고 하자 조광조는 "이행이 대사간으로서 상소자를 벌함은 언로를 막는 결과가 되므로 국가존망에 관계된 일이다"라며 오히려 이행 등을 파직하게 하여 왕의 신임을 받음).

1516년(중종 11년) 사임당 13세

신명화 41세에 한성에서 진사시에 합격.

이기 종성부사로 재직 중 '그간 종성이 피폐하였는데, 이기가 겨우 소생시켰다'는 말을 들음.

1517년(중종 12년) 사임당 14세

이행 봄에 부제학에 제수되었다가 다시 대사성이 됨. 가을에 대사헌 조광조 교리로 경연시독관, 춘추관기주관 겸임. 향촌의 상호부조를 위하여 여씨향약을 8도에 실시하도록 하고 소학을 언문으로 번역하여 간행.

이기 함경도 진장이 됨.

윤지임의 딸이 문정왕후가 됨.

1518년(중종 13년) 사임당 15세

조광조 부제학이 되어 유학의 이상 정치를 구현하기 위해 노력함. 미신을 타파하기 위해 궁중의 소격서 폐지를 강력히 주청하고 많은 반대 속에서도 이를 혁파함. 11월 대사헌이 되어 부빈객을 겸함.

1519년(중종 14) 사임당 16세

조광조의 주청으로 대신들의 천거를 통한 현량과를 실시함. 이에 따라 김식, 안처겸, 박훈 등 28명 발탁하고 이어 김정, 박상, 이자, 김구 등 소장학자를 뽑아 요직에 앉힘.

영의정 윤은보, 형조판서 남효의가 신명화를 현량과에 천거하였으나 신명화가 한사코 사양하여 후일 기묘사화를 면함.

조광조는 정국공신이 너무 많음을 강력히 비판하고, 이에 훈구파는 경빈박씨 등 후궁을 움직여 왕에게 신진 사류를 무고하도록 하고 대궐 나뭇잎에 과일즙으로 '주초위왕(走肖爲王, 조씨가 왕이 된다)' 글자를 써 벌레가 파먹게 하여 이를 왕에게 바침.

홍경주, 김전, 남곤, 고형산, 심정 등이 밤에 비밀히 왕과 만나 조광조 일파가 당파를 조직해 조정을 문란케 한다고 탄핵함. 이에 평소 조광조의 도학정치와 개혁에 염증을 느껴 오던 왕은 훈구대신의 탄핵을 받아들임. 그 결과로 12월 조광조 사사.

신명화의 사촌 동생 신명인이 성균관유생 등 1,000여 명을 이끌고 광화문에 집결하여 조광조 등 사림파의 구명을 위하여 중종에게 간하는 상소를 올림. 이때 신명화도 유생들과 같이 있다가 붙잡혀 나흘 동안 옥고를 치르고, 후일 기묘명현에 이름을 올림.

이후 신명화는 벼슬을 단념하고 강릉 오죽헌으로 거처를 완전히 옮김.

사임당은 여성임에도 외조부 이사온 아래에서 공부를 해 오서육경 등 성리학적 지식과 문장, 고전, 역사에 해박하여 아버지를 놀라게 함.

1521년(중종 16년) 사임당 18세

사임당의 외조모 최씨(최응현의 딸로 이사온의 부인) 별세.

신명화 장모인 최씨의 부음을 듣지 못한 상태에서 한성에서 강릉으로 가던 중 염병이 나고, 부인 용인이씨가 외증조부 최치운의 묘에서 손가락을 자르고 기도를 올림. 후일 율곡이 이 일을 바탕으로 「이씨감천기」를 쓰고, 이것이 후일 광해군 때 발간한 『동국신속삼강행실도』에 실림.

임금이 원자(인종)를 세자로 책봉하고 명의 황제로부터 세자 책봉을 허락 받기 위해 사신을 보냄. 이에 중국의 황제 무종이 다음과 같은 칙서를 내림.

'역(懌, 중종)의 아들 이호(李峼)를 조선의 세자로 봉한다. 이를 기려 역에게는 흰 비단과 붉은 구슬을 내릴 터이니 역은 그곳에 나는 진기한 물건과 아직 성년에 이르지 않은 어린 남자와 어린 여자를 찾아 진상하도록 하라.'

북경에 갔던 사신이 돌아와 이 말을 전하자 금방 도성에 중국으로 보낼 사대부가의 처녀를 선발한다는 소문이 흉흉하게 돎. 딸을 둔 집안에서는 예법에 따르지 않고 미친 듯이 사위 맞기를 재촉해 비록 사대부의 집안이라 하더라도 예를 갖추는 사람이 없는 가운데서도 신명화는 예법에 따라 둘째 딸(사임당)의 초례를 치름. 다행히 그 일은 다음 해 봄 중국의 무종이 죽고 세종이 새 황제로 즉위하면서 없었던 일이 됨.

황제의 즉위를 알리는 중국 사신이 올 때 의정부 우참판인 이행이 원접사로 그들을 맞이하러 의주로 가고, 의주목사로 있는 형 이기가 동생을 상관으로 호위함.

1522년(중종 17년) 사임당 19세

사임당 6월 20일 강릉 북평촌 오죽헌에서 이원수와 결혼. 이때부터 '사임당'이라는 당호를 쓰기 시작함.

혼례를 치른 지 몇 달 후 사임당의 아버지 신명화가 서울에 갔다가 강릉으로 오던 중 지평에서 죽음(47세).

1524년(중종 19년) 사임당 21세

사임당 한성에서 시어머니 홍씨 부인께 신혼례를 올림.

맏아들 선 9월에 서울에서 태어남(율곡보다 12세 위).

이원수의 고종사촌인 최보한이 별시문과에 급제하여 선전관(어가를 앞에서 훈도하는 임무의 무관)으로 임명됨.

이행 47세에 이조판서가 됨.

1525년(중종 20년) 사임당 22세

사임당과 이원수가 강릉 오죽헌으로 돌아온 다음 사임당이 남편 이원수의 공부를 인도함.

1527년(중종 22년) 사임당 24세

김안로가 아들 김희를 시켜 작서의 변(쥐를 잡아 동궁(훗날 인종)을 저주한 사건)을 꾸밈.

최보한은 이문전시에 급제하여 무반에서 문반으로 직을 옮김.

이행 우의정 겸 홍문관 대제학, 예문관 대제학이 됨.

1528년(중종 23년) 사임당 25세

사임당의 친정어머니 용인이씨의 열녀정각이 강릉 북평촌에 세워짐(용인이씨 49세).

이기 경상도관찰사에서 평안도관찰사가 됨.

「후속록」에는 '장리와 탐관오리 사위에게는 청현직을 제수하지 말라'는 조항이 있는데 중종이 이기를 병조판서로 삼으려 하자 사헌부와 사간원에서 반대함. 우여곡절 끝에 임금이 「후속록」 조항을 고치게 하고 양사(사간원·사헌부)가 서경하여 이기를 병조판서에 앉힘.

1529년(중종 24년) 사임당 26세

이원수와 사임당의 큰딸 매창 태어남. 매창은 후일 작은 사임당이라는 소리를 들을 만큼 그림과 자수에 능함. 매창은 나중에 한 살아래 조대남(후일 충청도관찰사가 됨)과 혼인함.

이행 좌의정 겸 세자부가 됨.

이기 사헌부로부터 술을 즐기고 활쏘기를 좋아하며 직무에 태만하다고 탄핵받았으나 왕이 무마하여 9월 평안도관찰사가 됨.

1530년(중종 25년) 사임당 27세

이행 좌의정, 『신증 동국여지승람』 지어 올림.

이기 함경도병마절도사가 됨.

1532년(중종 27년) 사임당 29세

이행 예전에 자신이 풀어 주었던 김안로의 전횡을 논박하다가 오히려 그 일파의 반격으로 판중추부사로 좌천되고, 이어 평안도 함종에 유배됨.

1533년(중종 28년) 사임당 30세

이기도 김안로의 탄핵을 받고 강진으로 유배.

이원수의 사촌 최보한이 사간원 정원이 됨. 각촉부시(촛불을 켜놓고 그 불이 어느 정도 타들어 올 때까지 시를 짓는 시험)에서 차석을 하여 왕으로부터 활을 받음.

1534년(중종 29년) 사임당 31세

김안로 우의정이 되어 정적에 대해 종친·공경이라도 축출 살해하는 공포정치를 실시함. 정광필, 이언적, 나세찬, 이행, 최명창, 박소 등 많은 인물이 사사되거나 숙청되고, 경원박씨와 복성군도 죽임을 당함.

이행 평안도 함종현에서 57세로 죽음. 30년 벼슬하면서도 누가 전장을 마련하길 권하면 "나라로부터 녹봉을 받는 관리가 전원을 차지해 버리면 녹봉이 없는 백성들이 어찌 살아가겠는가? 후안무치한 일이 아닌가? 내 녹봉이 농사짓는 것을 대신하기에 충분한데 권세를 빙자하여 재물을 갈취하여 전답을 불림으로써 자기 한 집안을 편안케 하고 자손을 위한 계책을 삼는 따위의 짓을 나는 하지 않는다"고 말함.

3년 후 김안로가 복죄되자 이행의 구직이 회복됨.

1536년(중종 31년) 사임당 33세
12월 26일 인시(오전 4시) 율곡 태어남.

1537년(중종 32년) 사임당 34, 율곡 2세
김안로 문정왕후 폐위를 기도하다가 종종의 밀령을 받은 윤안인, 양연에 체포되어 유배 후 바로 사사됨.
이기 강진에 유배되었다가 김안로가 사사된 다음 풀려남.
최보한 사헌부 지평, 사간원 헌납을 역임하며 김안로와 그 일파를 제거하는데 앞장 섬.

1538년(중종 33년) 사임당 35, 율곡 3세
율곡 3세에 글을 읽기 시작함. 어머니의 글과 그림을 흉내냄.
어릴 적부터 총명했던 율곡은 외부로 나가 공부하지 않고 사임당에게서 사서를 비롯한 여러 경전을 배움. 외할머니 이씨가 석류를 가리키며 "저것이 무엇 같냐?"라고 묻자 어린 율곡이 "석류 껍질 속에 붉은 구슬이 부서져 있어요"라는 옛 시구를 읊어 대답함.

이기 63세에 다시 공조 판서와 형조판서가 됨.

1539년(중종 34년) 사임당 36, 율곡 4세

율곡 중국의 『사략』을 공부하는데 어른보다 토를 잘 달아 사람들을 놀라게 함.

최보한 부제학이 됨.

1540년(중종 35년) 사임당 37세, 율곡 5세

사임당이 병석에서 몹시 고통스러워하자 어린 율곡이 외조부(이사온) 사당에 들어가 어머니 병환이 속히 낫게 해달라고 빌어서 사람들을 놀라게 함.

최보한 대사헌, 대사간을 두루 거치고 형조참판이 됨.

이기 1월에 형조판서, 7월에 호조판서로 임명됨(사헌부로부터 장리의 사위여서 적임자가 아니라는 반대가 심했음. 중종이 임명을 강행하였으나 다시 탄핵되자 스스로 사임함). 그러나 중종의 막강한 신뢰로 11월에 한성부 판윤이 됨.

1541년(중종 36년) 사임당 38세, 율곡 6세, 사임당 어머니 용인이씨 62세

사임당 가족과 함께 서울로 올라옴.

서울로 오기 전 친정어머니 용인이씨가 다섯 딸들에게 재산을 나누어주는 '이씨분재기'를 작성함. 용인이씨가 둘째 딸의 아들인 율곡에게 서울 수진방 집을 주고, 넷째 딸의 아들인 권처균에게 오죽헌을 물려줌.

이원수는 장모인 용인이씨 분재기에 '병절교위 호분위 부사정'이라는 직책을 쓰고 수결함.

이기 여진족 토벌한 공으로 중종이 병조판서에 임명하려 했으나 다시 사림이 장리의 사위로 서경을 받을 수 없다고 반대함. 그는 벼슬생활 50년 내내 장리의 사위라는 연좌제에 시달림. 이기의 고종사촌 유인숙과 유관도 반대하였음. 이언적의 주장으로 허통되었으나, 후일 이기는 유인숙과 유관을 잔혹하게 보복하여 죽임. 유인숙의 네 아들까지 다시 죄목을 만들어 잔혹하게 죽임.

최보한 다시 대사헌이 됨.

1542년(중종 37년) 사임당 39세, 율곡 7세

막내 아들 이우(李瑀)가 태어남(호는 옥산, 1609년 68세에 별세).

어머니 사임당을 닮아서 시·서·화·거문고에 모두 뛰어 났음. 후에 우리나라 초서의 성인으로 불리는 고산 황기로의 사위가 되었음.

어린 율곡이 「진복창전」을 지음. 짧지만 의표를 찌르는 표현이 많아 사람들을 놀라게 함. 이 글이 율곡이 쓴 최초의 글로 남게 되고, 후일 진복창은 율곡의 장인이 되는 노경린을 탄핵하는 기묘한 인연이 생김.

1543년(중종 38년) 사임당 40세, 율곡 8세

율곡이 파주 화석정에 올라 화석정 시를 지음.

최보한 이조판서가 됨.

1544년(중종 39년) 사임당 41세, 율곡 9세

사임당은 강릉에서 서울로 올라온 다음 이때부터 많은 그림을 그리기 시작함.

어린 율곡이 『이륜행실도』를 읽다가 옛날 장공예의 9대 가족이 모두 한집에 살았다는 것을 보고 그것을 사모한 나머지 형제들이 부모를 받들고 사는 그림을 그림.

이해 대윤과 소윤이 싸우는 와중에 중종이 사망하고 인종이 즉위하여 대윤파 득세함.

이기 탄핵을 받아 판중추부사로 강등되어 이 일로 대윤파의 거두 윤임 등에게 앙심을 품게 됨. 인종이 즉위한 후 조광조의 복직이 이루어지고 그 문하 김굉필의 문하생 다수 등용됨. 그러자 김굉필과 조광조 문인들이 다시 이기가 장리의 사위인 점을 지적하여 이기를 공격함.

1545년(명종 1년) 사임당 42세, 율곡 10세

율곡이 강릉 외가에 내려가 경포대에 들러 장문의 「경포대부」를 지음. 10세 소년의 글이지만 노장사상에 대한 내용이 담겨 있어 사람들을 놀라게 함.

이기 70세가 되어 재상 후보로 추천되었으나 대간들이 또 장리의 사위를 문제 삼음. 그럼에도 우의정에 임명되자 대간들이 계속 문제를 삼아 이틀만에 체직됨. 이 때문에 자연히 윤원형 일파와 가깝게 지내며 윤원형, 윤원로의 후원으로 다시 관직에 복귀하여 병조판서 임명되고 병조판서를 겸임하는 우의정이 됨. 유관, 유인숙, 윤임을 공격하며 윤원형과 함께 을사사화를 일으켜 그동안 자신을 반대한 사람은 모두 처벌하고 보익공신 1등으로 책록됨.

최보한 이기와 함께 을사사화 전면에 나서 위사공신 2등으로 책록되고 다시 이조판서가 되어서 친족들을 대거 등용함. 뇌물을 좋아하여 청탁이 공공연히 행해졌으나 이기의 위세가 두려워 아무도 입을 열지 못함. 이 무렵 이원수는 무관 체아직에서 문관 주부로 직책을 옮김.

1546년(명종 2년) 사임당 43세, 율곡 11세

이기는 좌의정 겸 병조판서가 됨.

이조판서 최보한 병으로 죽음

율곡은 아버지 이원수가 중병에 걸려 목숨이 촌각을 다투게 되자 조상을 모신 사당에 들어가 아버지 대신 자신이 죽게 해달라고 비는 한편 자신의 팔뚝을 찔러 거기서 나오는 피를 신음하는 아버지 입 속에 흘려 넣음.

1548년(명종 3년) 사임당 45세, 율곡 13세

율곡이 진사시 초시에 소년 장원하여 서울 장안에 명성이 자자해짐.

형조·호조·병조·이조판서와 우찬성·좌찬성을 지낸 소세양이 사임당의 산수화 족자에 시를 시를 써 붙임.

비슷한 시기에 어숙권이 사임당의 그림에 대해 '사임당의 포도와 산수는 절묘하여 평하는 이들이 안견 다음에 간다, 라고 한다. 어찌 부인의 그림이라 하여 경홀히 여길 것이며, 어찌 부녀자에게 합당한 일이 아니라고 나무랄 수 있으랴'라고 평함.

특히 어숙권은 '근래 선비로 그림을 잘 그리는 사람이 대단히 많다. 산수화에는 별좌 김장과 선비 이난수(이원수)의 처 신씨와 벼슬에 나가지 않은 사람으로 안찬이 있고, 새나 짐승을 그리는 잡화에는 종실 두성령이 있으며, 풀벌레 그림에는 정랑 채무일이 있고, 묵죽에는 현감 신잠이 있는데 이들이 그중에서도 가장 저명한 사람들이다' 하고, 사임의 그림을 여자 화가로서가 아니라 당대 선비들이 그린 그림 전체에서도 가장 뛰어나다고 말함.

그 외 정유길, 정사룡이 사임당의 산수화와 포도도를 크게 칭찬함.
사임당은 이미 이 무렵 살아 있을 때 당대의 화가로 뚜렷하게 평가 받음.

1549년(명종 4년) 사임당 46세, 율곡 14세
이기 74세의 나이로 드디어 영의정에 오름.

1550년(명종 5년) 사임당 47세 율곡 15세
이원수는 수운판관(지방으로부터 나라에 조세로 바치는 곡식을 실어 올리는 선박사무를 맡은 종5품벼슬)이 됨. 이기의 도움이 컸을 것으로 여겨짐.

1551년(명종 6년) 사임당 48세
그해 수진방에서 삼청동으로 이사함.
초여름 남편 이원수가 수운판관으로 세곡을 수송하는 공무로 평안도에 갔을 때 맏아들 선과 셋째 아들 율곡이 수행함.
사임당 죽음.
큰아들 선 28세. 큰딸 매창 23세. 둘째 아들 번 21세(추정). 둘째 딸 19세(추정). 셋째 아들 율곡 16세. 셋째 딸 13세(추정). 막내 우 10세.

이 때의 일을 율곡 이이는 「선비행장」에 이렇게 씀.

어머니께서 평안도에 가 계신 아버지께 편지를 써 보내셨는데, 울면서 쓰신 것이었다. 그러나 사람들은 그 뜻을 몰랐다. 조운 이 끝나 아버지께서 배를 타고 서울로 향하였는데 당도하기 전 에 어머니께서 3일을 병석에 누웠다가 문득 집에 남아 있는 자 녀들을 불러 말했다. "나는 다시 일어나지 못할 것 같다." 이 한 마디를 남긴 채 눈을 감으니 이때가 5월 17일 새벽이었다.

사임당을 파주 두문리 자운산에 장사 지냄.
남편은 10년 후 부인과 합장.
아들들이 모두 시묘살이를 하고, 율곡은 어머니의 일대기인 「선 비행장」을 지음.
같은 해에 선조가 태어남.
선조는 중종의 서자인 덕흥군(德興君)과 정세호(鄭世虎)의 딸 하동 부대부인 정씨 사이에서 셋째 아들로 태어남.

1552년(명종 7년) 율곡 17세
이기(77세) 장리의 사위라는 꼬리표를 달고도 영의정까지 오른 그 는 말년에까지도 조금이라도 사사로운 원한이 있으면 꼭 앙갚음 하여 조정의 대소신료들이 모두 두려워함. 이기의 병세가 중해지 자 왕이 좌부승지를 보내 문병하고 이기가 죽자 3일간 정사를 파 하고 애도함. 문경(文敬)이라는 시호가 내려졌으나 그가 받은 훈록 은 선조 초년에 모두 삭탈되고, 묘의 묘비가 쓰러지고 깨뜨려짐.
반대로 동생 이행은 중종 묘정에 배향됨.

1553년(명종 8년) 율곡 18세

사임당의 어머니 이씨 부인 74세.

율곡은 어머니의 삼년상(실제로는 2년 1개월)을 치르고 어머니와 외할머니에 대한 그리움으로 자신이 어머니에게 들은 외할머니의 이야기를 그대로 「이씨감천기」를 씀.

또 율곡은 어린 시절 율곡은 스승 없이 어머니 아래에서 공부를 하다가 어머니의 삼년상을 치른 다음 조광조의 문하생인 휴암 백인걸을 찾아감. 백인걸의 문하에서 우계 성혼을 만나 서로 오랜 친구가 됨. 조광조의 직계 제자였던 백인걸은 비교적 자유로운 분위기에서 유생들과 청년들을 가르쳤고, 이이는 백인걸 앞에서도 조광조에 대해 급진적이라고 자기의 소신을 거침없이 얘기함.

1554년(명종 9년) 율곡 19세

율곡은 금강산 마하연으로 들어가 불교를 수행함. 성리학을 지배 이념으로 삼았던 조선시대에 입산 경력이 있는 사대부는 김시습과 이이뿐임. 이이는 후일 유일한 평전으로 『김시습전』을 씀.

송응개 등 동인은 후일 율곡에 대해 "서모와 싸워 집을 버리고 머리를 깎고 중이 되었다"고 비난함. 이기가 평생 '장리의 사위'라는 연좌제로 고생했다면 율곡 또한 관직생활 내내 '불도에 몸을 담은 자'로 비난 받음.

1555년(명종 10년) 율곡 20세

율곡 금강산에서 나와 강릉으로 외조모를 찾아감(외조모 이씨 76세). 거기에서 스스로 경계하는 글 「자경문」을 짓고, 유학에 전념함.

맏형 이선이 32세에 13세 연하의 선산곽씨를 맞아 초례 치름. 이선은 어릴 때부터 몸이 부어오르는 부증을 앓았음. 이원수가 아들에게 보낸 편지에도 '너의 부증이 아직 차도가 없다니 참으로 걱정스럽다'고 걱정함.

1556년(명종 11년) 율곡 21세
율곡 강릉에서 서울로 돌아와 한성시에 급제함.

1557년(명종 12년) 율곡 22세
율곡 5월 초에 아버지 이원수를 따라 장인이 될 성주목사 노경린의 집으로 가서 혼례를 올리고, 처가에서 생활하며 과거시험 공부를 함.

1558년(명종 13년) 율곡 23세
율곡 예안으로 자신보다 35살 많은 퇴계의 도산서당을 찾아감. 퇴계의 집에 머문 기간은 이틀밖에 되지 않았지만 유림의 대가와 가졌던 첫 대좌였던 만큼 율곡은 퇴계에게 자신의 학문적 견해를 밝히며 의미 있는 시간을 보냄. 돌아오는 길에 선산 매학정에 들러 조선 초서의 대가 고산 황기로를 만남(이것을 인연으로 훗날 동생 우가 고산의 따님과 결혼함).
서울로 돌아와 한서 별시에서 조선 오백 년 최고의 명문 중에 명문으로 꼽히는 「천도책(天道策)」을 써내 장원을 함.

1559년(명종 14년) 율곡 24세
황해도에 민란 일어나고, 임꺽정 개성부 포도관을 죽임.

1560년(명종 15년) 율곡 25세

후일 동인의 영수 허엽 대사성이 됨.

임꺽정 무리가 한성까지 침입하고, 정철이 「성산별곡」 지음.

이황 예안에 도산서원의 모태가 서당을 세움.

1561년(명종 16년) 율곡 26세

5월에 아버지 이원수 죽음(61세). 아들이 모두 삼년상을 치름. 성혼의 아버지 정수침이 이원수 묘비명 '자못 옛어른의 풍도가 있었다'고 씀.

1562년(명종 17년) 율곡 28세

황해도 농민봉기 주모자 임꺽정 처형.

1563년(명종 18년) 율곡 28세

윤원형 영의정이 됨.

허난설헌 강릉 초당에서 태어남.

1564년(명종 19년) 율곡 29세

율곡 7월에 생원진사에 오름. 8월에 명경과에 「역수책」으로 삼장 장원급제한 뒤 호조좌랑에 임명됨. 이때까지 아홉 차례 장원을 하였다고 구도장원공이라는 별호 얻음.

이해 율곡의 맏형 이선도 41세에 진사에 오름.

1565년(명종 20년) 율곡 30세

7월 문정황후 죽음.

율곡은 예조좌랑으로 자리를 옮기고, 승려 보우와 외척 윤원형의 잘못을 상소로 논박함.

윤원형 삭탈관직당하고 쫓겨났다가 죽음. 이때 이기 등도 훈작이 삭탈됨.

1566년(명종 21년) 율곡 31세

율곡 3월에 다시 사간원 정언에 임명됨.

5월에 동료들과 더불어 시국의 급선무라 할 '시무삼사'를 명종에게 상소함. 삼사의 내용은 '마음을 바로 해 정치의 근본을 세울 것', '어진 이를 등용하여 조정을 맑게 할 것', '백성을 편안케 해 나라의 근본을 튼튼히 할 것' 등임.

이해 겨울 이조좌랑으로 임명됨.

형제들이 아버지 재산을 나누어 가지고 분재기를 남김(이이남매분재기, 보물 제477호).

분재기를 살펴보면 부모의 재산을 아들딸 구분 없이 균분하였는데, 이 시기는 혼인을 해서도 여성의 재산이 남편에게 흡수되지 않았고, 철저히 따로 관리되고 분재되었다. 여자도 그만큼 경제력을 가질 수 있었고, 이씨 부인과 사임당의 예에서 보듯 혼례를 올리고 처가에서 거주하는 경우도 많았다. 임진왜란과 병자호란 등 큰 변란을 겪은 뒤 조선사회에 성리학 중심의 강고한 가부장적 질서가 자리를 잡기 전까지는 이런 것이 일반적 모습이었음.

1567년(명종 22년) 율곡 32세

6월 28일 명종 죽음.

율곡 퇴계에게 글을 올려 국장을 의논하고 명종의 만사를 지음.

7월 3일 덕흥대원군의 아들 하성군 즉위함. 선조의 나이 16세.

율곡의 막내아우 이우(26세) 생원시험에 올라 태조의 어진을 모신 경기전 참봉에 임명되었으나 멀어서 취임하지 않음. 후일 이우는 빙고별좌, 사복시주부, 비안현감, 사헌부 감찰, 상의원 판관, 괴산과 고부군수를 지냄.

1568년 (선조 1년) 율곡 33세, 외조모 이씨 89세

율곡은 2월에 사헌부 지평. 성균관 직강이 됨.

4월에 장인 노경린 죽음.

조광조를 영의정에 추증.

8월 이황 대제학이 되었다가 곧 사직.

율곡 가을에 천추사 서정관이 되어 명나라에 다녀옴.

11월에 이조좌랑으로 임명되었으나 외조모의 병환 소식을 듣고 벼슬을 버리고 강릉으로 감(그때 사간원에서 외조모의 봉양은 우리나라 법전에 없는 일이므로 직무를 함부로 버리고 가는 것은 용서할 수 없는 죄라고 임금께 율곡을 파직하라고 상소를 올림. 이에 대해 선조는 '비록 외조모일망정 정이 간절하면 어찌 가 뵙지 않을 수 있겠는가. 효행에 관계된 일로 파직까지 한다는 것은 지나치다'고 받아들이지 않음).

1569년(선조 2년) 율곡 34세

이황 3월 이황 우찬성을 사직하고 향리로 내려감.

외조모 90세. 율곡은 강릉으로 가서 외조모를 모시고 같이 있다가 6월에 교리에 임명되어 7월에 서울로 올라옴. 8월에 외조모 봉양을 위해 상소했으나 받아들여지지 않음.

이해 「동호문답」을 지어올리고, 「시무구사」를 상소함.

율곡은 특히 허례와 허식을 비판했는데, 이런 것이 오해를 불러 원로들로부터 오국(誤國)소인이라는 지탄을 받기도 함. 허엽과 이준경이 율곡을 예절과 근본을 모르는 사람이라고 말하고, 이준경은 이이의 스승인 백인걸을 찾아가 항의함. 이 무렵 선조는 현실의 일들과 인물들에 대해 사심 없이 판단하는 이이에게 매료되어 여러 인물에 대해 물어봄(성혼, 백인걸, 또 짐은 어떻게 생각하는가?). 율곡 10월에 선조의 특별 사가(휴가)를 받아 강릉 외할머니에게로 감. 이해 12월 90세의 나이로 이씨 부인 별세.

1570년(선조 3년) 율곡 35세

율곡 4월에 교리에 임명되어 서울로 돌아옴.

맏형 이선, 47세에 서울 남부의 참봉이 되었으나 8월에 세상을 떠남. 율곡이 형의 관을 붙들고 제문을 짓고 묘지명을 지었음.

율곡 10월에 병으로 벼슬을 사직하고 해주 들마을 처가로 돌아감.

퇴계 12월 퇴계 70세로 별세. 율곡은 아우 이우로 하여금 자신이 지은 제문을 가져가 직접 조문케 함.

1571년(선조 4년) 율곡 36세

율곡 1월 해주에서 파주 율곡리로 돌아가 이조정랑에 임명되었으나 나가지 않음.

여름에 다시 교리로 부름 받음. 홍문관 부응교 지제교 겸 경영사 독관 춘추관 편수관으로 옮겼으나 병으로 모두 사퇴하고 해주로 돌아감.

6월에 청주목사로 임명되어 여씨향약(呂氏鄕約)을 토대로 '서원향약'을 만들어 고을의 자치능력을 키우려 했으나 병을 얻어 큰 성과를 올리지는 못함.

1572년(선조 5년) 율곡 37세

율곡 병으로 모든 관직 사퇴하고 서울로 돌아옴.

여름에 다시 부응교에 제수되었으나 병으로 사퇴하고 파주 율곡원으로 들어감.

8월에 원접사 종사관, 9월에 사간원 사간, 12월에 홍문관 응교, 홍문관 전한에 임명되었으나 모두 사퇴함.

1573년(선조 6년) 율곡 38세

율곡 7월에 홍문관 직제학에 임명되자 병으로 사퇴했으나 허락되지 않으므로 부득이 대궐에 들어가 세 번 상소하여 겨우 허락 받아 8월에 파주 율곡리로 물러남. 이때 나가고 물러나길 반복하다가 9월에 다시 직제학에 임명되어 서울로 갈 때 둘째 형 이번이 시를 지어 아우를 걱정함.

1574년(선조 7년) 율곡 39세

율곡 1월에 승정원 우부승지가 되었으며 「만언봉사」를 올려 '제도 개혁을 단행하고, 실사에 힘쓰며, 백성이 편안히 살 수 있는 방책을 마련해야 한다'고 말함.

선조는 비답을 통해 '상소의 사연을 살펴보니 임금과 백성을 요순 시대처럼 만들겠다는 뜻을 짐작할 수 있다. 훌륭하다. 이런 신하가 있는데 어찌 나라가 다스려지지 않음을 걱정하겠느냐'고 말함.

율곡 2월에 사간원 대사간에, 곧 우부승지로 임명되었으나 4월에 병으로 사퇴하고 율곡리로 들어감. 10월 황해도관찰사로 임명되어 상소를 올려 황해도 민폐를 개혁할 것을 요구함.

1575년(선조 8년) 율곡 40세

허엽 59세 대사간이 됨.

이때부터 동서당쟁이 시작됨.

율곡 3월에 병으로 사직하고 율곡리로 돌아갔다가 다시 홍문관 부제학에 임명됨.

9월에 『성학집요』를 저술해 왕에게 올림. 그러나 선조는 "이 글은 성현의 말씀과도 같으니 백성을 다스리는 데 유익할 것이다. 그러나 나 같은 불민한 사람은 시행하기가 어렵겠다"고 말함. 율곡은 관직을 버리고 해주 석담에 은둔하며 저술과 후진 양성에 힘씀.

동인과 서인의 당쟁이 표면화하자 율곡은 중도에서 중재를 꾀했으나 동서의 갈등과 대립은 더욱 심각한 양상으로 치달음.

특히 당시 정계의 원로이자 보수 세력의 대표인 이준경은 개혁론을 편 율곡에 대해 "경박한 주장을 일삼는다"고 폄하하고, 율곡도 이준경을 '완고하고 노회한 정치가'라고 말하며 한 치도 물러서지 않음(이준경: "율곡은 자신의 품행 단속은 하지 않고 공연히 큰소리만 치며 붕당을 맺어 분란만 일으킨다." 율곡: "옛 분들은 죽음에 다다르면 그 말이 착한데, 지금의 사람들은 죽음에 다다르면 그 말이 악하다"). 이로 말미암아 동인은 율곡에게 '싹수가 노란 소인'이란 극언을 퍼부음.

율곡 선조의 계속되는 부름을 거절할 수 없어 재출사해 대사간을 맡게 됨.

1576년(선조 9년) 율곡 41세

율곡 2월에 관직을 버리고 율곡리로 돌아감.

10월에 해주 석담으로 들어가 청계당을 지음.

1577년(선조 10년) 율곡 42세

율곡 처가가 있는 해주 석담에 가서 가족을 모으고 같이 살기 시작함. 만형님 이선의 사당을 세우고, 형수에게 형님의 신주를 모셔 오게 해서 제사를 지내게 함. 서모도 극진히 봉양함. 이곳에서 조선 후기 서당의 필수 공부과목인 『격몽요결』을 완성하고, 해주 향약을 만들어 폐습을 바로 잡고, 사창제도(빈민구호를 위한 향촌 자체의 곡물대여 제도)를 실시하여 가난한 백성을 경제적으로 구출하기에 힘씀.

1578년(선조 11년) 율곡 43세

율곡 해주 석담에 은병정사(우리나라 최초의 사립대학)를 짓고 「고산구곡가」를 지음.

3월에 대사간 임명되었으나 4월에 율곡원으로 들어감.

5월에 다시 대사간에 임명되었으나 사퇴하고 겨울에 석담으로 돌아감. 이때 『성학집요』를 쓰고, 선조가 '이건 부제학의 말이 아니라 성현의 말씀이다. 바른 정치에 절실하게 도움되겠지만, 나같이 불민한 임금이 행하지 못할까 두려울 뿐이다'라고 극찬함.

1579년(선조 12년) 율곡 44세

율곡 5월에 대사간에 임명되었으나 상소로 사퇴하고 동서붕당의 폐해를 깨끗이 하고, 화합하여 오직 어진 사람을 등용할 것을 간

청함. 동인의 김효원과 서인의 신의겸, 친구인 정철을 동시에 탄핵하기도 함. 그러나 동인들로부터 편파적이라는 공격을 받음.

백인걸 역시 율곡과 함께 동서분당의 폐단을 논하고 진정시킬 것을 주장했으나 서인(西人)을 편든다는 공격을 받음.

이해 백인걸, 성혼 죽음.

율곡 이종사촌 권처균에게 예전에 외할머니로부터 추가로 받은 토지를 팜(양여문서 강릉시오죽헌시립박물관 소장, 강원도유형문화재 제10호). 해주에 가족들이 함께 살 땅을 마련하기 위한 것으로 추정.

1580년(선조 13년) 율곡 45세

율곡 12월에 다시 대사간의 부름을 받고 나아감(선조: "오랫동안 서로 보지 못하였는데 하고 싶은 말이 없는가?" 율곡: "임금께서 즉위하셨을 때에는 모든 백성들이 태평을 기대하였는데, 지금까지 옛 제도를 고치지 못하고 폐습을 그대로 답습하고 계시니 어찌 발전을 보시겠습니까? 만약 옛날의 폐습을 버리지 않는다면 결코 좋은 정치를 할 수 있는 가망이 없습니다. 조정의 기강이 무너져 대소 관료들이 자신의 직분을 일삼지 않는 것이 이미 고질이 되었습니다. 먼저 임금께서 자신을 닦은 뒤에 어진 선비를 불러들여 그들에게 성취의 책임을 지우게 하신다면 치도(治道)가 일어날 것입니다").

영의정 박순이 '율곡이 조정에 나아가니 내 마음이 기뻐 잠을 이루지 못하겠다'고 함.

율곡 조광조의 묘지명을 씀.

1581년(선조 14년) 율곡 46세

율곡 6월에 가선대부 사헌부 대사헌에 특별 승진하고, 10월에 자

헌대부 호조판서에 오름. 형님의 가솔을 다시 서울로 부름.

1582년(선조 15년) 율곡 47세

율곡 1월에 이조판서에 임명됨. 『김시습전』과 학생들의 생활태도에 관한 글인 『학교모범』을 지어 올림(『학교모범』의 내용 일부—스승을 쳐다볼 때 목 위에는 봐서 안 되고, 선생 앞에서는 개를 꾸짖어서도 안 되고, 웃는 일이 있더라도 이빨을 드러내서는 안 되며, 스승과 겸상할 때는 7푼만 먹고 배부르게 먹지 말아야 한다).

8월에 형조판서에 임명됨.

9월에 숭정대부로 특별 승진하고 의정부 우찬성에 임명되어 다시 만언소를 올림.

12월에 병조판서에 임명됨.

1583년(선조 16년) 율곡 48세

율곡 2월에 시국에 대한 정책을 개진했으나 율곡이 당쟁을 조장한다며 동인들이 탄핵하자 스스로 사직함.

4월에 시국 구제에 관한 상소를 올림. 그 내용은 불필요한 벼슬을 없앨 것, 고을들을 병합할 것, 생산을 장려할 것, 황무지를 개간할 것, 백성들에게 과중한 부담이 있는 공납에 대한 법규를 개혁할 것, 군인의 명부를 정확히 할 것, 특히 서자를 등용하되 곡식을 가져다 바치게 하고, 노비들도 곡식을 바침에 따라 양민으로 허락해 주자는 것들이었음.

병조판서 시절 북쪽 오랑캐들이 국경을 침략해 들어온 사실로 삼사(사헌부·사간원·홍문관)의 동인들이 다시 탄핵하자 사직하고 해주 석담으로 감.

9월에 다시 이조판서에 임명됨.

1584년(선조 17년) 율곡 49세

율곡 1월 16일 대사동 집에서 별세.

영면하기 십여 일 전부터 병석에 누워 있는 동안 북방의 백성을 위로하고 격려하기 위해 떠나는 서익에게 병조판서 시절의 경험을 당부하기 위해 자리에 누워서도 동생 이우를 바로 앉혀 놓고 자신의 말을 대신 써 전하도록 함. 이것이 「육조방략」으로 율곡의 생애 마지막 글이 되고, 율곡은 손톱을 깎고 목욕을 마친 뒤 동쪽으로 머리를 향한 채 숨을 거둠(그런데 무슨 한이 많았던지 율곡은 죽은 다음 이틀 동안 눈을 감지 못했다고 한다. 그가 숨을 거두고도 이틀이나 진정 눈을 감지 못했던 것은 곧 전란에 휩싸일, 바람 앞에 등불처럼 위태로운 조선의 앞날 때문이 아니었을까).

율곡의 부음이 전해지자 선조는 곡하는 소리가 밖에까지 들리도록 애통해 했고, 수랏상에 고기를 올리지 못하게 했다. 선조는 "나라를 위해 몸이 여위도록 정성을 다해 애쓴 율곡이야 무엇이 슬프겠는가? 큰 물 가운데서 노를 잃었으니 나야말로 애통하다"라며 슬피 울며 장례를 후하게 치르라 하교함.

죽은 지 63일 만인 3월 20일 파주 자운산에 장사를 지냄.

그 후……

1659년(현종 즉위년)

송시열이 사임당 난초에 그림에 '사람의 손으로 된 것 같지 않다. 과연 율곡 선생을 낳으심이 당연하다'는 내용의 발문을 씀.

여전한 동서분당 속에 송시열은 특히나 서인의 종주로 율곡을 높이기 위해 율곡을 중국의 대유학자 정호·정이와 동일시하고 사임당을 그들의 어머니 후부인과 동일시하여 받들기 시작함. 이때부터 율곡이 없으면 사임당도 없다는 식으로 사임당의 작품에 대해서도 율곡의 탄생을 설명하기 위한 하나의 보조물로 여기기 시작함.

1661년(현종 2년)

소세양이 시를 붙인 사임당의 산수화에 이경석이 발문을 씀.

1676년(숙종 2년)

소세양과 이경석이 시를 쓰고 발문을 쓴 사임당의 산수화에 송시열이 중국 후부인이 '부녀자로서 문장이나 필찰이 세상에 전해지는 것을 매우 옳지 않게 생각했다'는 말을 내세워 사임당도 후부인과 같은 생각일 것이므로 이런 작품을 남길 리가 없다는 식으로 사임당의 산수도에 노골적으로 불만을 표함(이후 조선 유학자 누구도 송시열이 불편하게 여긴 사임당의 산수화에 대해서는 말하지 않고, 「포도도」와 「초충도」에 대해 이 그림을 보니 율곡의 어머니 됨이 당연하다는 식의 발문들만 나옴. 살아생전에는 화가로 이름을 떨쳤던 사임당은 이후 송시열의 의도대로 하늘의 조화를 받아 오직 율곡 선생을 낳은 현숙한 어머니로 조선 후기 유학 사회에 또 한 명의 후부인이 되어감).

1681년(숙종 7년)

율곡 이이 선조 묘정에 배향됨.

1689년(숙종 15년)

기사환국으로 서인 실각, 율곡 문묘에서 출향됨.

1694년(숙종 20년)

갑술옥사로 남인 몰락. 폐비 민씨 복위. 율곡 다시 문묘에 배향됨.

Hunjin Choi / 정경숙 / 김태수 / TreeJIYEON / 박영식 / axehj / 무명 / 지영 / 자유인 / 독서사랑 / jacker / lmk1939 / 8561903 / Syfried / upannie / zpopopo / csr2686 / 새싹반디 / 드림파이터 / mjw1837 / ㅁㅏㅁㅏㅁㅏ / 리치마인드 / 고니 / 이허생 / 살리 / 조승주 / 비타원골드 / 보고읽고쓰고 / 책읽개 / ruru / sos12 / 이상이라는이상 / zeze / 나무샘 / badugi44 / 책마니사랑 / 리버 / **별총총** / 행복행복 / DreamPartner / goodjust / 안나숲 / royalpenguin / 나비80 / 작은나무 / 야옹 / 조승주 / 초콜리토 / 동대장 / 장돌뱅이
외 48분이 독자 북펀드를 통해 출간을 응원해 주셨습니다.